作家出版社 & 悬疑世界（上海浩林文化传播有限公司）

命运有无限种可能

克苏鲁神话 II

黑暗中的低语

[美]H.P.洛夫克拉夫特 /著

作家出版社

目录
Contents

H.P.洛夫克拉夫特生平
All H.P.Lovecraft's Life

作者：*Setarium*

1890年8月20日上午九点，霍华德·菲利普斯·洛夫克拉夫特出生在罗得岛州首府普罗维登斯城，父母均为早期英国移民的后裔（这一点使重视血统与出身的洛夫克拉夫特在日后十分自豪）。他的父亲，温菲尔德·斯科特·洛夫克拉夫特（Winfield Scott Lovecraft），时任格尔汉姆银器制品公司[1]的销售员，时常因生意出行，旅居于美国东海岸。在洛夫克拉夫特三岁时，温菲尔德因梅毒晚期引发精神失常而住院，直至五年后的1898年在波士顿的巴特勒医院逝世。据日后洛夫克拉夫特的书信称，当时他被告知自己的父亲是因工作压力而精神崩溃，所以就医，而洛夫克拉夫特本人是否得知其父入院与死亡的真正原因，今日已不可知。

父亲住院之后，抚养小霍华德的重任便落在了其母莎拉·苏珊·菲利普斯·洛夫克拉夫特（Sarah Susan Phillips Lovecraft）与他的两个姨妈，及其外祖父惠普尔·范·布伦·菲利普斯（Whipple Van Buren

---

[1]格尔汉姆银器制品公司：Gorham & Co. Silversmith，日后改名为格尔汉姆工业公司（Gorham Manufacturing Company），是一家起于普罗维登斯的银制器皿制造商，现为美国规模最大的银与银合金制品生产商之一。

1.1915年，洛夫克拉夫特的美国业余记者协会照。

Phillips）——一位在当时颇有名气的富商身上。当时，洛夫克拉夫特家家境富足，五人均住在其外祖父的大宅里。宅邸中专门设有一间藏书室，作为私人图书馆所用，而洛夫克拉夫特童年的绝大多数时间便是在那里度过。也因此，洛夫克拉夫特在孩童时期展现出惊人的文学天赋——他两岁便能背诵诗词，在六七岁时便可写出完整的诗篇。在外祖父的鼓励下，他阅读了诸多文学经典，例如《天方夜谭》、布尔芬奇[1]的《神话时代》与《伊利亚特》《奥德赛》等古典希腊神话，而外祖父也时常给他讲述一些哥特式恐怖故事。这成为了他对恐怖与怪奇的兴趣的源头，同时，对神话的阅读也激发了他对古典文学乃至一切古代文化与事物的爱好。这一爱好最终伴随了他一生。也是在这时，年轻的洛夫克拉夫特自《天方夜谭》中汲取灵感，创造了"阿卜杜·阿尔哈兹莱德"（Abdul Alhazred）这一人物，日后在其笔下成为了《死灵之书》的作者。

青年与少年时期的洛夫克拉夫特常受身心疾病，特别是心理疾病所困扰。他在八岁入学于斯雷特街公

 1. 1892 年，莎拉、霍华德和温菲尔德·洛夫克拉夫特。
2.1892 年 11 月，幼年洛夫克拉夫特。
3. 日期不明，童年洛夫克拉夫特。

---

[1] 布尔芬奇：汤玛斯·布尔芬奇（Thomas Bulfinch），19 世纪的美国作家，在 1881 年编纂完成了一部面向大众的普及的西方传说合集《神话时代》。

学，之后因健康状况数次休学。但这并没有影响洛夫克拉夫特对求知的渴望，并因对科学的爱好首先自学了化学，尔后转向天文学。在兴趣的指引下，洛夫克拉夫特开始自己编辑出版了几期胶版印刷刊物——《科学公报》（*The Scientific Gazette*）（1899–1907）与《罗得岛天文学杂志》（*The Rhode Island Journal of Astronomy*）（1903–1907）——在社区与好友之间传阅。之后，洛夫克拉夫特于赫普街高中就读，并在其中结识了诸多好友。也是在这时，他开始为如《鲍图基特谷拾穗者》《普罗维登斯论坛报》（1906–1908）与《普罗维登斯晚报》（1914–1918）等当地报刊撰写天文学或类似的科普专栏。

1904年，惠普尔因中风去世，而家人对其遗产的经管不当使洛夫克拉夫特家很快陷入了财政危机。因此，洛夫克拉夫特与其母不得不搬离外祖父的豪宅，既而入住于安吉尔大街598号的一座小屋。外祖父的去世，外加失去了自己心爱的家园，使洛夫克拉夫特遭受了沉重的打击，甚至一度令他产生了自杀的念头，不过这时他的求知欲仍远胜于这些消极情绪。然而在1908年，洛夫克拉夫特因自己无法学好高等数学，进而无法成为他理想中的职业天文学家引发了精神危机，又在不久之后演变为严重的精神崩溃，因此在高中毕业前夕退学。虽然他在日后坚称自己获得了

4. 1915 年摄。
5. 1919 年 6 月 30 日，洛夫克拉夫特在普罗维登斯欧茶德大道 30 号的院内。
6. 1919 年 6 月 30 日（待考证），洛夫克拉夫特在位于普罗维登斯安吉尔大街 598 号的家门口。

高中文凭，但他始终没能完成高中学业，而未能入读心仪的布朗大学深造天文学也成了洛夫克拉夫特一生中无法释怀的遗憾。

在退学后的1908年到1913年里，洛夫克拉夫特变成了一位隐士。这是他一生中唯一一段几乎对外界完全封闭的时光，除了继续自学天文学与诗歌创作之外毫无建树——据其高中同窗回忆，当时洛夫克拉夫特很少出门，而当他外出时则会将衣领拉得很高，对任何人，即使是高中时的好友，也会回避有加。他的母亲也仍被丈夫的死所困扰，因而患上了歇斯底里症和抑郁症，并与洛夫克拉夫特处在一种爱恨交加的关系中——大多数时候她仍会像洛夫克拉夫特小时候那样疼爱他，但有时又会莫名其妙地对他数落谩骂，称他相貌丑陋——这也进一步导致了洛夫克拉夫特的自我封闭，也是他在日后近乎自卑自谦的源头。

将洛夫克拉夫特从避世带回到现实的事件多少有些偶然。在阅读了大量当时的通俗杂志后，他对业余杂志《大船》[1]中的一位名叫弗莱德·杰克森（Fred Jackson）的浪漫爱情作品意见甚多，认为它们庸俗

---

[1]《大船》：*The Argosy*，美国著名通俗杂志，创刊于1882年，是美国第一部通俗杂志。它在1920年与另一份杂志《故事全刊》（*The All-Story*）合并（接后页）

不堪，因此写了一封抨击其作品的信。这封信于1913年发表后立刻引来了杰克森的支持者一连串的反攻，洛夫克拉夫特不甘示弱，相继在《大船》和类似业余杂志的来信专栏展开还击。这场激烈的争论引起了当时的联合业余刊物协会（United Amateur Press Association, UAPA）——一个由美国各地的业余作家与杂志出版人构成的组织——会长爱德华·F.达奥斯（Edward F. Daas）的关注，他在不久后邀请洛夫克拉夫特加入了这一组织。洛夫克拉夫特于1914年初应邀入会，并在1915年自创杂志《保守党人》（*The Conservative*）（1915–1923）以发表自己的诗作与论文。在后来的岁月中，他又当选为协会会长与首席编辑，也曾在联合业余刊物协会的竞争对手，全国业余刊物协会（National Amateur Press Association, NAPA）任会长一职。参与业余写作协会是洛夫克拉夫特人生中的一个重要的转折点——这一系列事件不但将他从可能默默无闻的一生中所拯救，他在其中所结识的业余作家也对他多加鼓励，使他重拾了一度遗弃的小

5. 1921年7月5日，洛夫克拉夫特、查尔斯·W.汉斯和W.保罗·库克。
6. 1922年，洛夫克拉夫特在布鲁克林。
7. 1921年7月5日，刊登于索尼娅·格林的《彩虹》杂志。
8. 1921年9月7日，哈罗德·B.门罗和洛夫克拉夫特。

（接前页）改名为《大船—故事全刊》（*Argosy All-Story*），最终在1978年停刊。众多美国著名科幻与奇幻作家，如E. E. 史密斯、A. 梅里特、埃德加·莱斯·巴罗斯与罗伯特·E. 霍华德均由此起家或在此杂志刊有其作品。

说创作。虽然直至1922年他的作品大多仍是诗篇与论文，但是在这段时间里他还是写出了如《坟墓》与《大衮》等具有代表性的早期作品。同时，他也通过这些业余作家协会的联络网认识了日后众多志同道合的好友。

　　洛夫克拉夫特的母亲因每况愈下的身体与精神状况，在1919年的一场精神崩溃后被送入了其夫曾经入住的巴特勒医院，并于1921年5月24日在一场失败的胆囊手术后离世。虽然在1908–1913年的五年中，洛夫克拉夫特与母亲之间有过些许不和，但他们仍旧保持着亲密的关系，即使在她入院之后两人之间仍有密切的通信来往。毫无疑问，母亲的去世是继外祖父的死以及失去童年家园后，洛夫克拉夫特所再次承受的巨大打击。这使他又一次短暂地陷入了与世隔绝的状态，不过几周后便从中恢复，并在1921年7月前往波士顿参加了一次业余刊物集会。也是在这一场会议中，他遇到了自己未来的妻子，索尼娅·格林（Sonia Greene）——一位比自己年长七岁、居住在纽约的衣帽商人。两人一见如故，洛夫克拉夫特还特意在1922年前往索尼娅在纽约布鲁克林的公寓看望她，最终在两年后的3月3日成婚。不过，洛夫克拉夫特的姨妈——他仅存的两名亲人——对两人的交往在一开始便毫不赞同，认为自己的外甥不应被商人的铜臭味所玷污，

1.1921年7月5日，R. 克雷纳、索尼娅·格林和洛夫克拉夫特在波士顿。

所以洛夫克拉夫特在婚礼结束之后才向她们传达了自己婚事的消息。婚后，洛夫克拉夫特搬入了索尼娅在布鲁克林的公寓。在这场婚姻的初期，一切看似对两人都十分有利：洛夫克拉夫特因其早期作品被杂志《诡丽幻谭》[1]所采纳，正式开始了职业写手的生涯，同时索尼娅在纽约第五大道的衣帽店的生意也蒸蒸日上。

　　这段时间可能是洛夫克拉夫特生命中唯一的高潮。在初来纽约时，他在书信中将其描绘为"如同仅在梦里才能一见的城市"；而在索尼娅的陪伴下，他的饮食也改善了很多，开始略微发福。对他来说，未来充满了希望，同时在这段时间他也接触了邓萨尼勋爵的作品，并为其中奇伟瑰丽的梦之幻境而着迷，进

---

[1] 诡丽幻谭：*Weird Tales*，美国著名的通俗杂志，主要以刊登恐怖与奇幻作品闻名，也是洛夫克拉夫特作品面向大众的主要途径。在 20 年代至 30 年代初，洛夫克拉夫特的恐怖小说、克拉克·阿什顿·史密斯的奇幻小说，以及罗伯特·E.霍华德的"蛮王柯南"剑与魔法奇幻冒险系列是杂志社的三大顶梁柱。同时，这部杂志也是众多当时的年轻作家，如弗里茨·雷柏（Fritz Leiber）、雷·布拉德布里、亨利·库特纳、奥古斯特·德雷斯与罗伯特·布洛克的起家之所。《诡丽幻谭》于 1954 年停刊，但在 80 年代至 90 年代经历了屡次复兴，并在 2000 年后以不定期电子杂志的形式持续至今。

2. 1922 年 4 月 11 日，弗兰克·贝尔科纳福·朗、洛夫克拉夫特和詹姆斯·F.莫顿在纽约福特汉姆的爱伦·坡小屋。

而写出了如《乌撒的猫》《塞勒菲斯》《蕃神》《伊拉农的探求》等邓萨尼式风格浓厚、奇幻大于恐怖的作品，与之前爱伦·坡式的哥特恐怖风格大相径庭。夫妇两人在这一段时间里也合作完成了一篇名为《马汀海滩的恐怖》的小说。

不过好景不长，两人不久便遭遇了困境。索尼娅的衣帽店因经济原因破产，她本人也不堪重负而病倒，不得不在新泽西的一家疗养院养病；洛夫克拉夫特因不愿搬去芝加哥而拒绝了《诡丽幻谭》杂志副刊的编辑职位，并试图在其他领域寻找工作，但他并没有在其他领域的工作经验，加之年龄偏高（34岁），所以一筹莫展。1925年1月，索尼娅应聘前去克利夫兰工作，而洛夫克拉夫特则因廉价的房租搬去了人种杂居的布鲁克林雷德胡克（Red Hook）区，落脚于一间单人公寓中。

尽管洛夫克拉夫特在纽约结交了许多朋友——弗兰克·贝尔科纳福·朗、莱恩哈特·克莱纳，以及诗人萨缪尔·洛夫曼等——他仍因与日俱增的孤独感，以及在移民潮中无法找到一份适合自己的工作，只能靠撰写毫无文学价值的庸俗文章以及代写与修订工作勉强度日，这一切所带来的挫败感令他日渐沮丧。洛夫克拉夫特十分看重出身与血统，并因自己对早期殖民时代的认同感，认为盎格鲁-撒克逊文明是世界上

1. 1922年8月，洛夫克拉夫特在马萨诸塞州马格诺力亚的海岸。
2. 1924年(待考证)，洛夫克拉夫特在纽约。
3. 1925年，在布鲁克林的克林顿街169号前面。

最为先进的文明。此时，自己作为一名盎格鲁–撒克逊人的后裔，面对来自东欧、中东以及世界各地的移民大潮却几乎无法维生。这使他对自己眼中的"外国人"逐渐产生了偏见与抵触，而他作品的主题也由起初对家乡的怀念（《避畏之屋》，1924年，取材自普罗维登斯）转向了消沉与厌世（《他》和《雷德胡克的恐怖》均写作于1924年，前者表达了他对纽约的厌恶，而后者更像是他对外来移民的恐惧与憎恨之情的宣泄）。最终在1926年，他在与朋友的书信中声明自己正在计划返回普罗维登斯，随后下定了回家的决心；虽然洛夫克拉夫特在书信中仍称对索尼娅爱慕有加，但他的姨妈依然坚决反对两人的婚事。于是，洛夫克拉夫特与索尼娅的婚姻（其中两人相处的时光仅有三年）于1929年终结。离婚后，索尼娅在加利福尼亚定居，并在那里度过了余生。

洛夫克拉夫特在1926年4月17日返回普罗维登斯，入住于布朗大学以北的巴恩斯街10号。这一次他并没有像在1908年一般使自己在默默无闻中消亡——直到1936年去世为止，这最后的十年是洛夫克拉夫特生命中最为高产的时光，也是在这十年里，他脱离了之前爱伦·坡或邓萨尼勋爵的风格，明确地在作品中建立了独属于自己的笔风。在他的写作生涯中最具有代表性的作品——《克苏鲁的呼唤》《疯

4. 1925年(待考证)，洛夫克拉夫特抱着弗兰克·贝尔科纳福·朗的猫菲利斯。
5. 1927年8月21日，亚瑟·古迪纳夫、洛夫克拉夫特和W.保罗·库克在古迪纳夫位于佛蒙特州西博瑞特波罗的家门前。
6. 1928年9月，洛夫克拉夫特和弗莱斯·特奥顿在佛蒙特州。

狂山脉》《印斯茅斯的阴霾》《敦威治恐怖事件》《查尔斯·德克斯特·沃德事件》与《超越时间之影》均是这十年间的产物。同时，作为坚定的古典爱好者，他也时常沿着北美东海岸旅行，到访一个又一个古城镇的博物馆与历史遗迹，最远曾前往加拿大的魁北克城。也是在这时，他通过数量惊人的书信联络，认识了诸多在当时仍处在事业初始阶段的年轻作家，如在他死后大力推广其作品、为保持其作品流传而功不可没的奥古斯特·德雷斯与唐纳德·汪德雷，20世纪60年代著名科幻与奇幻巨头弗里茨·雷柏，《惊魂记》（*Psycho*）小说原作者罗伯特·布洛克等，并鼓励他们积极创作，同时无偿为他们修改文章。洛夫克拉夫特也是在这时结识了大名鼎鼎的罗伯特·E.霍华德——"蛮王柯南"系列的作者。两人进而成为了好友，在书信之间对如人类文明的发展等主题展开了诸多讨论，而两人的作品也因此相互影响。但洛夫克拉夫特终究心仪于生养自己的土地——新英格兰地区与普罗维登斯城，于是，它们也成为了他这十年内作品灵感的源泉。同样也是在这时，他开始对美国以及世界上所发生的一切产生了兴趣：因大萧条对经济与政治的影响，他开始支持罗斯福的"新政"并逐渐成为了一位温和社会主义者，但同时对古典文化以及英国

1.1930年（待考证），洛夫克拉夫特坐像。
2.1931年，洛夫克拉夫特在布鲁克林。
3.1931年（待考证），弗兰克·贝尔科纳福·朗和洛夫克拉夫特在布鲁克林。
4.1931年7月11日，弗兰克·贝尔科纳福·朗和洛夫克拉夫特在布鲁克林玩"拳击"。

王权的认同又使他对墨索里尼的法西斯主义[1]产生了好感（不过他却鄙视希特勒，认为希特勒不过是效仿墨索里尼、哗众取宠的小丑），并持续了对从哲学到文学，再到历史与建筑学知识的自学。

不过，洛夫克拉夫特一生中最后的数年间却充满了艰辛。1932年，他的一位姨妈，安妮·E.菲利普斯·加姆威尔（Annie E.Phillips Gamwell）病故，洛夫克拉夫特便于1933年再次迁居至学院街66号，与另一位姨妈，母亲的姐姐莉莉安·D.克拉克（Lillian D.Clark）同住。而他后期的作品因其长度与词句之复杂，向杂志社的推销开始逐渐变得困难。加之洛夫克拉夫特表面上处世态度波澜不惊，但私下里对其作品受到的批评却十分敏感，尤其是《疯狂山脉》在科幻杂志《惊奇故事》（*Amazing Stories*）中首先惨遭大篇幅修改，进而饱受看惯了浮夸的"太空歌剧"式科幻作品的读者的猛烈抨击，这对洛夫克拉夫特的打击巨大，使他几乎产生了放弃写作的念头。同时，在他生命中最后的几年里，外祖父留下的家产已然消

5. 1931年（待考证），唐纳德·汪德雷、洛夫克拉夫特以及弗兰克·贝尔科纳福·朗在纽约。
6. 1931年，弗兰克·贝尔科纳福·朗和洛夫克拉夫特在布鲁克林。
7. 1931年7月11日，弗兰克·贝尔科纳福·朗和洛夫克拉夫特在布鲁克林。
8. 1933年。

---

[1]墨索里尼的法西斯主义：墨索里尼在上台之初组织修复了诸多意大利境内古罗马时代的遗迹，希望重现罗马帝国的荣光。这一举动，外加一些其他政策博得了一批国外古典主义者的好感，似乎洛夫克拉夫特也位列其中。

耗殆尽，洛夫克拉夫特被迫又回到了在纽约时期的老本行，以代写与修订工作挣取收入，依靠廉价的罐头食品（有时甚至是过期的罐头食品）度日。在这段时间里，他唯一的慰藉来自于与自己保持通信的友人们——1935年，居住在美国东海岸的朋友陆续前来拜访洛夫克拉夫特，而他也在1935年夏季南下至佛罗里达州探望好友罗伯特·巴洛，之后在秋季迎来了巴洛北上的旅行。

1936年，挚友罗伯特·E.霍华德自杀身亡，这使得洛夫克拉夫特在震惊与悲伤之余备感疑惑。但当年冬季的旅行，以及业余出版协会同好威廉姆·L.克劳福德决定将《印斯茅斯的阴霾》以书籍形式出版仍为他带来了些许惊喜——即使这个版本错误连篇且漏洞百出，篇幅与正规书籍相比也只能算是小册子，但这仍是洛夫克拉夫特在活着时唯一以书籍形式出版的作品。

艰辛的生活，以及长期因财政窘境而养成的糟糕的饮食习惯，终于在1937年初使洛夫克拉夫特一病不起。他的病情在年初开始迅速恶化，仅用了几个星期便使他因难以忍受的疼痛而无法自由行动。因此他推掉了诸多写作任务，其中包括一项来自英国出版商、很可能会使其从通俗杂志写手转为主流作家的项目。当友人们在2月底拜访洛夫克拉夫特时，他已经因剧痛而卧床不起，并终于在3月10日入住普罗维登斯的简·布朗纪念医院。1937年3月15日早晨7点15分，在

入院五天后，霍华德·菲利普斯·洛夫克拉夫特因小肠癌与世长辞，终年46岁。

　　因其生前并不十分出名，在洛夫克拉夫特死后，他的作品面临着被遗忘的危险。而他那些以通信而结识的朋友在此刻则帮了他的大忙——奥古斯特·德雷斯与唐纳德·汪德雷为了使洛夫克拉夫特的作品保持流通，不惜自己出钱成立出版社出版他的作品，使他的作品能够流传至今；众多曾受他鼓励与指导的作家在日后都为纪念洛夫克拉夫特写下了回忆录。不过，洛夫克拉夫特能有今日的影响力，且受世人敬仰，除了友人的不懈努力，与其作品的独特性，以及其中超越时代的洞察力是有着无法分割的关系的。诚然，他的一些作品的主题在今日看来早已不被时代所接受，而他的笔风也有些许迂腐，但其中对于人类过度探索未知的警示，以及在人类无法企及的未知边缘所徘徊的恐惧却是永恒的——无论在史蒂芬·金脍炙人口的小说中，还是在克里夫·巴克笔下光怪陆离的扭曲异界里，抑或在托马斯·黎哥提对形而上的黑暗的探寻中，我们都能看到洛夫克拉夫特的影子。可能正如洛夫克拉夫特自己在他的著名论文《文学中的超自然恐怖》中所提，黑暗题材终于在今日成为了大众瞩目的焦点。但无论如何，洛夫克拉夫特早已与世长辞，如今只有他的作品留下供众人品析。

4. 1935年（待考证），洛夫克拉夫特在佛罗里达（待考证）。

无名之城
The Nameless City

译者：竹子

　　早在逐渐接近无名之城时，我便已意识到这是座被诅咒了的城市。当我于月色下行走在一条干枯龟裂的可怕河谷中时，就已远远地望见它神秘地匍匐在黄沙之上，如同小半具从简陋陵墓里突露出来的尸体。它是历经大洪水的古老幸存者，古老得足以成为最古老的金字塔的曾外祖父——从那些遭岁月磨蚀的石块里我感受到了恐惧；一种看不见的气息抗拒着我，命令我远离这片古老而邪恶的秘密——任何人都不当目睹这些秘密，也从未有人胆敢目睹这些秘密。

　　这座无名之城就这样沉默地躺卧在阿拉伯半岛沙漠的偏远角落里。残缺破败，寂静无言。那低矮的土墙几乎已被无穷年月的黄沙掩盖了。可以肯定，早在人们打下孟菲斯的第一块基石之时，早在修筑巴比伦城的砖块还未烘焙成型之前，它就已经是这副模样了。从未有哪个传说能够古老到去讲述它的名字，也没有哪个传说还能回忆起它活着时的光景；但营火边的隐秘传闻却讲述着它，酋长帐篷里的老妪们也会喃喃地提及它的存在。正因为如此，所有部落都会回避这座城市，可完全不知缘由为何。疯子诗人阿卜杜·阿尔哈兹莱德曾在夜间梦见过这块地方，在那个时候他还不曾吟诵出那段令人费解的叠句：

> "那永恒长眠的并非亡者，
> 在诡秘的万古中
> 即便死亡本身亦会消逝。"

　　我本该知道，阿拉伯人有着充分的理由回避这座无名的城市，回避这座出现在离奇传说里却从未有任何活人得以眼见过的城市；可我却对他们嗤之以鼻，并且牵着自己的骆驼踏入了这片从未有人涉足过的荒漠。我独自一人看见了它，这也是为何其他人的脸上从未出现过如此恐惧的神情；也是为何当夜风刮过窗台时，没有人的肩膀颤抖得像我这般厉害。当我在无尽沉睡的可怖死寂中走向它时，它置身在炎热的沙漠中，透过冰凉的月光，冷淡地看着我。而当我回应它的目光时，已然忘记了发现它时所感受到的成就与喜悦，与自己的骆驼一同止步不前，等待黎明的到来。

我等了几个小时，直到群星逐渐黯淡、东面的天空泛起了灰白，然后那灰白又转变成了带着金边的玫瑰色光辉。接着，我听到了一阵悲鸣，并且看到一场沙暴开始在那片古老的巨石间肆虐——可这个时候，天空依旧干净而澄澈，沙漠那广袤的边缘也清晰可见。然后，突然之间，太阳在沙漠那遥远的地平线上露出了燃烧着的边沿，穿透过那场早已消散的微小尘暴出现在了我眼前。在那种激动的状态下，我似乎感觉到了一阵犹如音乐般的金属碰撞声从遥远的地下深处传来——如同门农[1]站在尼罗河的陆岸上称颂太阳一般，那种声音仿佛也在歌颂这轮升起的火红圆盘。它一直回响在我的耳朵里，搅动着我的想象力。在它的伴随下，我牵着骆驼缓缓行过黄沙，来到这座木讷而沉默的城市前；来到了这块世人中唯独我才看见过的地方。

我漫步在这座城市里，出入那些构造奇形怪状的地方与房屋，却从未发现一处雕塑或是一处铭文在讲述那些在久远过去修建，并居住在这座城市里的人们——如果他们真的还是人的话。这个地方古老得有些令人不适，而我则一直期盼着遇到某些记号或是某些装置，好证明的确是人类修建塑造了这座城市。在这座废墟里，总有某些方面、某些比例让我感到厌恶。我身边带着许多工具，也挖掘了不少建筑遗迹的墙壁；但进展却很缓慢，没有发现什么有意义的东西。当黑夜与

---

[1] 门农：希腊神话中一名埃塞俄比亚的国王，是提托诺斯与黎明女神厄俄斯之子。

月亮再度出现时，一阵冰凉的寒风为我带来了新的恐惧，让我不敢再在这座城市多做停留。当我走出这些古老的土墙，准备休息时，一阵小型的沙暴叹息着，在我身后渐渐扩大，吹过那些灰白的石头。可是头上的月亮却仍旧明亮，沙漠的大部分地段也依旧清晰可见。

当我从一连串恐怖的噩梦中惊醒过来时，黎明刚刚降临。我的耳朵里还回响着某种钟鸣般的金属声响。一场小型沙暴在那座无名的城市里翻腾，我看见太阳从沙暴消散时的最后一阵狂风后投下鲜红的一瞥。那座无名的城市在黄沙下起伏、膨胀，犹如一只盖在床单下的可怕妖魔。我再一次冒险走入了那片令人焦虑与恐惧的废墟；开始徒劳地挖掘着那个被遗忘的种族所留下的遗迹。等到中午的时候，我休息了一会儿。在接下来的下午，我花了大量的时间去寻找墙壁，搜索过往的结果，并勾勒出那些几乎快消失的建筑物的轮廓。我意识到这座城市的确曾经巨大无比，并开始好奇它的巍峨究竟源自何处。我描绘出了一个即便卡尔迪亚王国[1]也无法回忆起的古老岁月曾拥有过的所有荣光；并想起了那被毁灭的萨尔纳斯[2]——在人类尚且年幼之时，它曾屹立在奈尔大陆之上；但同样也是在那里，早在人类出现之前，就已耸立着灰白的岩石雕像了。

忽然，我来到了一处地方。在这里，岩盘突兀地耸立在黄沙之上，形成了一道低矮的断崖。而我则饶有兴趣地注意到了一些东西，它们很可能能为我提供更多有关这些上古住民的线索。断崖的表面上粗陋地凿刻着一些建筑，那无疑是几座矮胖的小屋或神庙。虽然沙暴早已抹去了任何可能存在于外侧的雕刻，但这些建筑的里面也许还保存着许多久远得难以估计的秘密。

---

[1] 卡尔迪亚王国：伊朗南部与科威特境内的一块土地，早在公元前600年，就有部落在此定居。后来被新巴比伦王国所统治。

[2] 萨尔纳斯：此地有一中文译名为鹿野苑，在印度，相传是佛陀第一次正式弘法的地方。但此处应该源自洛夫克拉夫特在1920年所著的《降临到萨尔纳斯的灾殃》，其中的萨尔纳斯是一群游牧民族在一块名叫奈尔的土地中央的大湖边建造的城市。在湖的对岸同样也有一座由一个从月亮上降临到地球的奇怪种族所修建的城市。城市用灰白色的岩石修建，满布雕塑。

所有离我较近的入口都很低矮，而且无一例外地被黄沙堵住了入口。但我用铲子清除掉了一个洞口前的阻塞，并带着一支火把匍匐着爬了进去，准备去揭露任何它掩藏起来的秘密。当我真正进入那座建筑时，我发现它的确是一座神庙，并且看到了许多那个种族早在这片沙漠还不是沙漠时，在这里生活与膜拜偶像的明显痕迹。原始的祭坛、石柱与壁龛应有尽有，却都低矮得奇怪；虽然没有看见任何雕塑与壁画，但那里的确有许多奇怪的石头被按照人工意愿塑造成了种种象征式的符号。这间在断崖上凿出来的房间低矮得奇怪，在那里面我几乎都无法伸直自己的膝盖；但这块地方却相当大，甚至我的火把一次也只能照亮其中的一部分。偶尔，我会为远处的某些角落而感到不寒而栗；因为这里陈设的某些祭坛与巨石都暗示着一些早已被遗忘，但却可怕、令人嫌恶而又匪夷所思的仪式，让我不由得怀疑他们究竟是怎样一群人，能够建造并且经常造访这样一个神庙。当看过这座建筑里所有的东西之后，我再次从低矮的入口里爬了出去，试图搞清楚这些神庙里究竟供奉着什么。

　　这个时候，夜幕已经降临了。然而那些我目睹过的有形事物让脑中的好奇逐渐盖过了内心的恐惧，所以我并没有再度逃避那些由月光投下的长长阴影——虽然在第一次见到这座无名之城时，这些阴影曾令我感到恐惧与胆怯。在微光中，我挖开了另一条孔道，带着另一支火把，匍匐着爬了进去。在那里面，我找到了更多形状模糊的石头与符号，但，相比先前那个神庙里所包含的东西，这里也没有什么东西能提供出更明确的信息。这个房间和之前的那个一样低矮，但却要窄得多。房间的尽头是一条非常狭窄的通道，上面挤满了模糊而又神秘的神龛。当我还在窥探这些神龛时，一阵风声夹杂着我那头骆驼的叫声打破了四周的死寂，令我不得不出去看看到底是什么惊吓了那头牲畜。

　　那些原始遗迹在月光的勾勒下闪烁着隐约的光芒，而同样被月光照亮的还有一团浓密沙尘组成的密云。这团沙云似乎是由眼前断崖上某处吹出的一股强烈但却正在渐渐减弱的狂风扬起的。我猜就是这阵夹杂着沙尘的刺骨夜风惊扰了我的骆驼，于是打算把它领到一处更好的避风处。就在这个时候，我意外向下瞥了一眼，却看见在断崖下没有丝毫的风。这让我惊异非常，并让我再次感到了恐惧，但我立刻回忆起这正是我之前看到听到的，在日出与日落之前，突然刮起的局部狂风，于是把它当成了寻常事物。我断定这阵风肯定来自某条通向一个洞穴的岩石缝隙，并看着那团翻滚的沙暴寻找着它的源头；很快，我便看到它从我南面远处几乎位于视线尽头的一座神庙的黑色洞口里涌出来。顶着那令人窒息的尘暴，我费力地走向了那座神庙。当我靠近时，才发现它显现得要更大一些，并且有着一个并没有被结块沙砾堵塞住的入口。如果我现在进入那个入口，这冰冷夜风那可怕的力量一定足以熄灭我手里的火炬。那夜风疯狂地从那黑暗的门户里涌出来，不祥地哀叹着，卷起黄沙，穿梭在那些奇诡的废墟里。很快，它就减弱了，沙尘变得越来越多，直到最后完全停止了下来；但似乎仍有某些东西还在这座城市那鬼怪般的巨石间潜行。当我望向月亮时，它似乎也在颤抖，就仿佛投影在不平静的水面上一般。我感到了一种无法解释的恐惧，但却还不足以阻挡我的好奇；等那阵风一停下来，我便进入了它的源头，那间黑暗的房间。

　　和我在外面时预料的一样，这座神庙要比我之前造访的那些神庙更大；而且可能是一个天然的洞穴，因为它能从深处的某个地方刮出刚才的狂风来。在这里，我能完全站直身子，可那些石头与祭坛却和其他神庙里的一样低矮。在墙面与天花板上，我第一次看到了这个远古民族绘画后留下的某些痕迹。图案上那些奇怪而又卷曲的条纹几乎已经完全褪色或者剥落了；在其中两座祭坛上方，我颇感兴趣地发现了一组复杂但样式完整的曲线雕刻。当我举起火把照亮它时，我发现天花板上突出的形状非常规则，不太可能是自然作用的结果。我不禁好奇那些史前的雕刻家是使用什么东西在岩石上留下这些痕迹的。他们在工程学方面肯定颇有研究。

　　这时火把上那奇异的火焰散发出了更明亮的光辉，照亮了我一直寻找的东西，那通向刮出阵风的遥远深渊的入口；但当我看到那坚实的岩石间凿刻着一扇矮小、却明显有着人工痕迹的石门时，几乎要昏了过去。我将火把探了进去，看见了一条黑色的隧道。拱形的天花板低矮地架在一段粗糙的阶梯上。阶梯被分成了无数级陡峭向下但却非常窄小的台阶。等到后来了解到这些台阶意味着什么时，我时常在梦境里看见那一级级窄小的台阶。但在那时，我完全不知道该把它们当成台阶还是仅仅当成一段陡峭下坡路上的立足点。我的脑海里翻滚着无数疯狂的想法，阿拉伯先知的话语与警告似乎从那遥远的、人类所熟知的大地上飘过来，飞越了无垠沙漠，进入了这座人类甚至不敢去探知的无名之城里。然而，我仅犹豫了一瞬便开始继续前进，穿过那扇小门，双脚向下，开始小心地像是爬梯子一般爬进了那段陡峭的坡道。

只有在药物带来的可怕幻觉或是精神错乱的谵妄中，其他人才能想象这样一段向下的路程。那条狭窄的通道无穷无尽地向下延伸，就像是一只令人毛骨悚然的、闹鬼的深井。举在我头上的火把完全无法照亮我爬进的未知深渊。我忘记了时间，也忘记再去查看我的手表，但当我想起自己穿越了多远的距离时，顿时感到无比恐惧。通道在方向与坡度上都在不断变化；有一段时间，我来到了一条狭长、低矮的水平通道。在这里，我不得不沿着岩石地面扭动着自己的双脚，把火把尽力举过头顶。那个地方的高度还不够我跪下。在那段通道之后，则是更多陡峭向下的台阶，而我则继续没完没了地向下爬去，直到我最后的火把也燃烧殆尽。我不认为我在第一时间就注意到了它的熄灭，因为当我注意到火把熄灭时，我仍像先前那样高举着它，仿佛它还在燃烧一样。追寻那些奇异与未知事物的本能一直以来都让我心神不宁，让我四处流浪，追寻那些偏远、古老且被人们视为禁忌的地方。

在一片黑暗中，我的脑海里突然闪过那些我一直视为珍宝的邪恶传说中的某些片段；那个阿拉伯疯子阿尔哈兹莱德口中诵念的词句，那些来自大马士革、真伪不明的可怖传说中出现过的段落，那些戈蒂埃·德·梅斯在癫狂谵妄的《世界的图景》[1]中写下的恶名昭彰的行

---

[1]《世界的图景》：原文为 Image du Monde，法语，此书与其作者均现实存在。写于 11 世纪，是一部以诗歌形式讨论造物与宇宙的作品。

段。我反复回顾着这些怪诞离奇的片段，喃喃念叨着弗拉西阿卜[1]以及奥克苏斯河上与他一同漂流向下的恶魔们；之后又反反复复诵念着邓萨尼勋爵所创作的《深渊里永不回荡的黑暗》中的一节段落。当向下的通道变得不可思议的陡峭时，我又开始朗诵托马斯·穆尔[2]所歌咏过的某些东西，一直朗诵到自己害怕再多念诵哪怕一句。

> 那黑色的容器积蓄着黑暗
> 像是女巫的大锅
> 装满了月蚀下提炼的迷药
> 若要迈步行过，且倾身张望
> 越过那无底深坑
> 在视野所及之尽头
> 我望见，那下方
> 墨玉般的一面如玻璃般光洁
> 仿佛恰好用那暗色的沥青
> 掩盖了死亡之所
> 而抛出它那黏滑的滨岸

当我的双脚再次感觉到水平的地面时，时间仿佛完全停止了。我置身在了一个稍高一点的地方，但也只仅仅比那两座小神庙里的房间稍稍高出一点儿——现在它们已在我头顶上方无法想象的远处了。我并不能完全站直身体，但起码能伸直自己的膝盖。在黑暗中，我四下胡乱地蹒跚摸索着。接着，我很快就知道自己正站在一条低矮的通道里。通道的墙上排列着木质、前端仿佛是玻璃质感的箱子。当我在那个位于地下深处的古老通道里，摸到那些类似抛光的木材和玻璃般的东西时，随之浮现的那些可能的含义令我不寒而栗。这些箱子都是长

---

[1] 弗拉西阿卜：根据《列王纪》的记载，是一名虚构的突兰（公元 2 世纪到 6 世纪的波斯）国王与英雄。

[2] 托马斯·穆尔（1779-1852）：爱尔兰文学史上杰出的爱国主义诗人。

方形的，水平放置在通道的两侧，之间留有规则的间隔。那形状与尺寸让人毛骨悚然地想起了棺材。当我试图移动其中的两三具进行更进一步的检查时，才发现它们都被牢牢地固定着。

我意识到这条通道将会很长，倘若黑暗里有眼睛正在注视着我的话，那么快速爬行穿过通道的鲁莽举动似乎将会非常可怕。于是我频繁地从通道的一边摸到另一边，好感觉周围的环境，并且也便于确认那些墙壁与箱子依旧按照原来的样子在继续延伸。人类实在太过于依赖视觉上的图像进行思考，以至于我暂时忘记了身边的黑暗，而为自己描绘出一条无尽延伸的通道，勾勒出两旁那些单调点缀的、木头与玻璃制作的箱子，仿佛我亲眼见到了一般。而后，在一个难以形容的瞬间，我确确实实地看到了这一切。

我已经没法说清楚真实的景象到底是在什么时候融合进了自己的想象，但前方的确出现了一丝逐渐明亮的光辉。紧接着，我便意识到自己的的确确看见了箱子与通道的昏暗轮廓。它们被某种未知的地底磷光点亮了。刚开始那会儿，周边的一切都与我想象的一模一样，因为起初的光亮实在太微弱了。但当我机械地跌撞着冲进更加明亮的光芒中时，我意识到自己的想象太苍白无力了。这个地方并非像是上方城市里的神庙那样是一处粗糙破败的遗迹，而是一座纪念馆，里面保存着那些最为宏伟壮丽同时也最为奇异陌生的艺术品。墙面壁画上大量生动而又大胆离奇的图案与画卷构成了一个连续的体系。绘画的线条与色彩都难以诉诸文字。而那些箱子则是由一种奇怪的金色木头制作的，前端镶着精美的玻璃，里面装着一些生物那已经干瘪的尸体。那些干瘪的尸体要比人类最为混乱的梦境更加怪诞。

我完全没有办法为这些鬼怪给出一个大致的概念。它们像是爬行动物，身体轮廓偶尔会让人想起鳄鱼，偶尔则会想起海豹，但更多的时候则是某些博物学者或者古生物学家闻所未闻的模样。它们的体形要比人稍微小一些，而它们的前腿生长着精细而明显的脚掌。可那脚却奇怪地像是人类的手与手指。在那一瞬间我曾试图把它们比作猫、牛蛙、传说中的萨特，甚至人类，但事实上没有什么东西可以拿来与它们作比。即便天神朱庇特也没有那样硕大隆起的前额，而且那张脸上还没有鼻子，却生长着几对犄角，以及像是短尾鳄一样的下颌。这些特征都让它们完全不属于已确立起来的物种分类体系。有一会儿，我不禁有些怀疑这些木乃伊的真实性，觉得它们是些人造的偶像；但很快，我又推翻了这种猜测，确定它们的确是某种古生物，而且就生活在这座无名之城还活着的那段时期。仿佛为了突出它们的怪异，它们中的大多数都怪异地包裹在极其昂贵的织物里，身旁慷慨地装满了黄金、珠宝以及其他不知名的闪亮金属制作的饰物。

这些爬行着的生物肯定非常重要，因为在那些描绘在墙壁与天花板上的疯狂图案中，它们往往占据着最重要的位置。那些艺术家依靠着无可比拟的技巧，将它们画进了一个属于它们的世界。在那个世界里，它们拥有按照自己特点设计的城市与花园；让我不禁意识到图画上那些属于它们的历史是否包含有寓言的成分，也许正反应了那个崇拜这些生物的民族的发展。我对自己说，这些生物对于那些曾生活在这座无名之城的人们来说，就像是罗马人的母狼，或是某些印第安人部落所崇拜的图腾野兽。

怀着这种观点，我便能模糊地了解这座无名之城曾有过的宏伟史诗。这个故事讲述了一个早在非洲大陆从波浪中升起之前就已存在的海滨都市，讲述了它在海洋退缩远离后的挣扎求存，讲述了沙漠缓缓爬进了那原本供养着它、丰饶而又肥沃的河谷。我看到了发生在这座城市里的战争与胜利、威胁与抵抗，以及后来对抗沙漠的残酷奋斗。当沙漠开始侵蚀这座城市时，数千城市里的居民——在图画上，艺术家们以寓言的方式把他们象征性地描绘成了那些怪异的爬行动物——被迫以某种奇异的方式开始向下凿开岩石，将通道一直开凿到另一个他们的先知告诉他们的世界。那些绘画既怪诞生动又充满了现实主义的气息。我亲自证明了其中表现的那些向下极深的通道的确存在。甚至，我还认出了那些通道。

当我沿着通道爬向更加明亮的地方时，我看到这连串史诗图画中较晚的那一部分——这个曾在无名之城与那片河谷周围里居住了一千万年的民族告别了那一切；这个民族的灵魂不愿面对他们撤离的场景，但他们的身体却在很早以前就已经知道这一切了。他们曾在地球尚且年轻时就如游牧民一般定居在这里，在那些原岩中开凿。他们从未停止崇拜那些原始的圣地。走到这里时，光线变得更加明亮了，我开始靠近更加细致地研究起那些壁画来。每逢图画上出现那些奇怪的爬行动物时，我便知道这代表着那群无人知晓的、生活在无名之城里的人——我想这大概是无名之城里的传统。图画里的许多东西都非常奇怪，匪夷所思。这座城市的文明，以及他们所使用的一套字母表，似乎要比很久之后的埃及和卡尔迪亚王国更加高级，然而其中却存在着某些奇怪的遗漏。比如，除开那些牵涉到战争、暴力以及瘟疫的绘画，我没有发现有哪幅壁画表现过死亡，或是描绘了葬礼的仪式；这让我不禁好奇他们在自然死亡这件事上为何表现得如此缄默。似乎他们被培养出了一种令他们欢呼雷动的错误信念，坚持认为自己是永生不朽的。

在接近通道终点的地方描画着许多极其生动与华丽的场景：艺术家们以对比的方式展现了无名之城的废弃与逐渐毁坏，也展现了这个民族掘开岩石后抵达的那个奇异的新乐园。在这些对比中，城市与那荒芜的河谷往往都是些月光下的景色。在艺术家们那空灵而又难以琢磨的画笔下，金色的光晕环绕在那些倒塌的墙壁上，模糊隐晦地展示着那存在于过去的辉煌与完美。而那些乐园里的场景则太过富丽堂皇而让人难以置信。它们展现了一个有着永恒白昼的隐匿世界，里面充满了辉煌壮丽的城市，美丽非凡的山川与河谷。

在最末的那些绘画中，我认为我看到了艺术衰落的迹象。绘画开始变得不再那么技法娴熟，而且甚至远比早期绘画中最疯狂的场景更加怪诞难解。它们似乎记录了远古血统的逐渐衰败，而且针对那个因为沙漠驱赶而被迫离开的外部世界的态度也开始变得越来越残暴。居民的形状——当然仍是用那些神圣的爬虫来表现的——似乎逐渐变得瘦削起来，但他们那些翱翔在被月光照亮的废墟之上的灵魂也相应地增加了。消瘦的祭司——画面上表示成一群穿着华美长袍的爬虫——诅咒着地面上的空气，以及一切呼吸着空气的活物；而在一幅最晚出现的可怕图画中，一个看起来颇为原始落后的人——也许是古老的千柱之城埃雷姆[1]的囚徒——被这个古老民族的成员撕成了碎片。我记得那些阿拉伯人是多么畏惧这座无名之城，同时也很高兴在这之后那些灰色的墙面与天花板就都变得光秃秃的了，再也没有出现更多的绘画。

浏览过这一系列壁画所描述的历史后，我已经快走完这段天花板低矮的长厅了。这时，我留意到了一扇大门。所有那些照亮四周的磷光正是从大门的另一侧漏进来的。我爬向它，望向它后面的世界，接着便在前所未有的惊异中大声叫喊了出来。因为在那扇门后并不是其他一些更加明亮的房间，在那后面只有一片充满了光芒的无尽虚空。如果要描述那幅景象，可以想象一下，站在珠穆朗玛峰的顶端俯视下方一片被阳光照亮的白色迷雾。在我身后是一条何等狭小，甚至我都无法站直身子的通道；而在我前方却是一片无穷无尽的地底强光。

通道后方一条陡峭的阶梯一直向下通往充满光辉的深渊——阶梯被分成了无数级小台阶，和我曾穿过的那些黑暗通道一模一样。但阶梯向下几英尺后，发光的水汽便掩盖住了一切。安装在入口左手边墙上的是一扇厚重的黄铜大门。那扇大门难以想象的厚实，并装饰着奇妙的浅浮雕。如果能关上大门，则肯定将里面世界的光辉与门后的墓穴和通道完全隔开。我看着那些台阶，一时间不敢继续向下。我碰了碰开着的黄铜大门，完全无法挪动它。接着我向下倒在岩石地面上，无数惊人的想法在我脑海里徘徊不去，甚至即便精疲力竭得要死了一般也无法将它们从我脑海里驱走。

我躺在那里，闭着眼睛，开始自由地思索起来。这时，之前许多我在壁画上只是稍加关注的东西开始重新浮现出来，并且带出了可怕的全新含义——在那些表现无名之城处于全盛时期的场景里——比如那些出现在周围河谷里的植被，以及与他们有着贸易往来的远方大陆。如此普遍地借用那些爬行动物进行寓言也令我颇为迷惑不解，让

---

[1]埃雷姆：阿拉伯半岛上的一座遗失的城市（或者是指该遗失城市的周边区域）。此地传说位于阿拉伯半岛南端，可能自公元前3000年到公元1世纪有人曾在此定居。但是现代历史学尚未发现这个城市存在的证据。

我怀疑它们为何会与一系列如此重要而且用来表现历史的壁画联系得这么紧密。在壁画中，这座无名之城的一切均被表现为与那些爬虫相适的样子。这让我不仅怀疑起它过去的真正比例与壮丽程度，而且在一时间回忆起了某些我在废墟里遇到过的古怪之处。我好奇地回忆起那些原始神庙与地底通道是多么低矮，这无疑是在向这里所崇拜的爬虫神明表示他们的敬意；虽然这必然要迫使那些崇拜者以爬行的方式进入神庙。也许这里的所有仪式都包含有爬行的动作，以模仿他们所崇拜的生物。然而，没有哪种宗教理论能够解释为何这些位于地底极深处的水平通道也会修建得与那些神庙一样低矮——甚至更低一些，因为我都无法跪在里面。当我想起那些爬行动物时，不由得引起新一轮恐惧的悸动。那些令人毛骨悚然的爬虫木乃伊距离我是如此之近。而精神上的联想则是非常奇怪的。我突然想起，除了最后那幅画中被撕成碎片的可怜人以外，在这些遗骸与那表现远古生活的符号中，我是唯一一个人类。这种想法令我有些不寒而栗。

但在我那奇妙的漂泊生涯中，好奇很快就驱散了恐惧。这次也不例外，因为那充满光辉的深渊，以及它中间所包含的东西值得我展开一趟最为伟大的冒险。这条台阶特别狭小的阶梯下方远处必定连接着一个离奇怪诞的神秘世界，对于这一点，我毫不怀疑。而我也希望能在那里找到那些这条壁画通道中不曾描述过的人类墓碑。那些壁画已经描述了一个难以置信的城市，以及周围的河谷，还有这位于地面之下的世界。而我则把想象全神贯注地集中在前面那些正等候着我发现的奢华而又巨大的遗迹废墟。

事实上，我的恐惧感更加来自过去，而非将会面对的事情。即使置身在我所熟知的世界之下数英里的地底；趴在一条充满着爬虫尸体与史前壁画的低矮通道里；面对着另一个充满了神秘光芒与迷雾的新世界，所有这些实在的恐怖都不足以与这地方那深不可测的古老所带给我的致命畏惧相比拟。这里是如此的古老，甚至任何测量手段都是苍白无力的。而现在，那种古老似乎正从无名之城里那些最初的巨石以及从石块里开凿出的神庙中不怀好意地睥睨着我。即便是在那些出现时间最晚同时也令人惊异的地图上，所标注出的海洋与大陆也早已被人们所遗忘，仅仅只在四处的轮廓上，还隐约有着一些熟悉的感觉。至于这个厌恶死亡的民族停止了他们的绘画工作，在愤恨中屈从于堕落与衰退之后所经历的那段漫长地质时期里到底还发生过些什么，恐怕没有谁能说得清楚。过去，生命一定在这些洞穴与之后那个泛着光芒的王国里繁荣昌盛；但现在我一个人处在这里，伴随着那些栩栩如生的遗迹。一想到这些遗迹在一片荒芜中死寂地守候过的那无穷岁月，就令我微微颤抖。

　　突然，我感受到了另一种强烈的恐惧。自从我在一轮冷月下第一次看到那条可怕的河谷与其中的无名之城时，这种恐惧就一直间歇性地侵袭着我。尽管我现在精疲力尽，但我却发现自己开始疯狂地坐起来，直直地回望着那条通向隧道与外部世界的黑暗通道。我有了一种那晚曾迫使我避开无名之城时一样的感觉，而且既强烈又无法解释。然而在下一个瞬间，我便遭到了另一次更加令我震惊的打击。这次是一阵明确的声响——这第一次打破了这墓穴般的深处那绝对的寂静。那是一阵低沉的呜咽，就好像远处有着一大群被诅咒的鬼魂，而且是从我过来的那个方向传来的。那声音的音量提升得很快，很快便在低矮的通道里回响着。与此同时，我感觉到了一股冰冷的空气，同样也是从隧道以及上方的城市里涌进来的。冷风的触碰似乎帮我恢复了心神，因为我立刻便回忆起这正是在日出与日落时，从深渊入口处产生的那股突然而至的强风。它曾经为我揭露出了这条隐藏着的通道。我看了看手表，发现日出的时间快要到了；这股狂风像之前夜间呼啸而出一样，再次呼啸着吹回它的洞穴起点，同时也令我觉得神清气爽。我的恐惧再次消退了，因为这种自然现象驱散了那些笼罩在未知上的阴郁与恐怖。

　　但那夜风呜咽着、尖叫着，越来越疯狂地灌进地下世界的深坑。我再次俯卧在地，徒劳地试图抓住地板，害怕被狂风吹走，穿过那扇打开着的大门，跌落进那充满着磷光的深渊。我没有料到这阵强风会如此狂暴，当我越来越担心自己可能真的会滑进身后巨大的深渊时，无数忧惧与想象中的恐怖包围着我。狂风所表现出的恶意在我心中唤醒了无数不可思议的幻想；我再一次颤抖着将自己与这条可怖通道中那唯一的人类形象——那个被这无名的民族撕成碎片的可怜人做了对比；因为这气流打着旋，凶恶地攫着我，似乎就和那个无名的民族一样，对于那些比它更强壮的事物怀有一种报复性的狂怒，因为它基本上已经无能为力了。我想在那号叫着的暴怒狂风快结束的时候，我也许疯狂地尖叫了起来——我几乎要发疯了。我努力地匍匐在地面上，对抗着那势不可挡的无形洪流，但即使这样，我甚至也无法稳住自己。狂风无情地将我缓缓推向了那个未知的世界。最后一丝理智肯定已被咔嚓折断，因为我感觉自己开始咿呀着一遍又一遍念叨着那个曾梦见无名之城的阿拉伯疯子阿尔哈兹莱德所说过的那段令人费解的叠句：

"那永恒长眠的并非亡者，
在诡秘的万古中
即便死亡本身亦会消逝。"

只有那些严酷、阴郁的沙漠神明才知道到底发生了些什么——只有他们才知道我在黑暗中经历了何等难以言喻的挣扎与攀爬，才知道究竟是什么魔鬼指引我重获生机。在死亡——或者其他更糟的东西——攫取我之前，我肯定会永远记得这一切，并永远在夜风中战栗发抖。这件事情太可怕、太违反常理、太令人惊异了——远远超越了人类的任何想象，完全难以令人信服。人们只有在清晨无法入睡时那一小段该诅咒的死寂时间里才会相信这样的事情。

我曾说过，那汹涌的狂风所表现出的暴怒犹如魔鬼，犹如邪灵；而它的声音搭配上那永恒荒芜的幽闭与邪恶令人毛骨悚然。这时，那些依旧在我面前喧嚣哗乱的声音在我那已被彻底击溃的大脑里似乎转变成了另一种清晰有力的声音正从我背后传来。置身在那初迎黎明的人类世界下方数里格[1]的地底，置身在这个死寂了无数岁月的古老坟墓中，我清楚地听到了那些有着奇怪语调的恶魔所发出的可怖诅咒和嗥叫。转过身去，正对着深渊中那散发着光芒的虚空，我看见了一些轮

---

[1] 里格：一种已废弃的长度计量单位，约等于三英里。

廓。原本在通道的昏暗中我看不见它们，但那深渊的光芒却勾勒出了这些形状。那是一群快速移动着、犹如噩梦一般的魔鬼；这些魔鬼令人憎恨地扭曲着，怪异地包裹在甲胄中，却又轮廓清晰。没有人会弄错它们的来历——那正是那些生活在这座无名之城里的爬虫。

当狂风消散时，我疯狂地猛冲进了地底深处那聚集着幽灵鬼怪的黑暗。因为在我身后，当最后一个生物进入那片深渊之后，厚重的黄铜大门便关上了。伴随着大门的关闭，传来了一阵音乐般震耳欲聋的金属钟鸣声。那声音回荡着涌向远处的世界，就像站在尼罗河岸上的门农一样，为那初升的太阳而欢呼。

关于已故亚瑟·杰尔敏及其家系的事实
Facts Concerning the Late Arthur Jermyn and His Family

译者：玖羽

I

人生是丑恶的，但在"真实"那恶魔般的暗示下，我们有时会在自己所知的人生背后，窥见比人生本身还要丑恶千倍的东西。科学已经被各种冲击性的事实所困扰，它最终恐怕会使人类这个种族——如果我们的确是一种孤立的生物——彻底灭绝。因为，假如那些科学还无法推测的恐怖被一齐解放，人类的头脑将绝对无法承受。如果我们知道我们这些人类的本性的话，恐怕都会像亚瑟·杰尔敏爵士一样做吧。一天晚上，亚瑟·杰尔敏把油浇满全身，点着了自己的衣服。没有一个人去把他烧焦的残骸碎片捡进骨灰瓮，也没有一个人去竖起介绍他生平的纪念碑。他死后，人们发现了一些文件和装在箱子里的东西，但所有人都希望把看到的东西彻底忘记，甚至还有些认识他的人绝不承认他曾经存在于世上。

亚瑟·杰尔敏在见到从非洲送来的箱子里的东西之后，就跑到荒地上自焚而亡了。使他自尽的，并不是异常的容貌，而是箱子里装的东西。常人如果长成亚瑟·杰尔敏那个样子，多半是活不下去的，但亚瑟·杰尔敏既是诗人又是学者，他不在乎自己的长相。他的曾祖父罗伯特·杰尔敏(Robert Jermyn)爵士是著名的人类学家，因此亚瑟从小就学富才高，而五代前的当主瓦德·杰尔敏(Wade Jermyn)更是最早踏足刚果一带的探险家，他把自己对刚果的部族、动物、古老习俗的渊博知识写了下来。事实上，瓦德的求知欲近乎疯狂，他对"史前时期在刚果的白人"这个主题进行了奇特的考察，并将结果著作成册，以《对非洲各部族之考察》(*Observations on the Several Parts of Africa*)一名出版，因而被称为奇人。这位不知恐惧为何物的探险家最后于1765年被送进了亨廷顿(Huntingdon)的精神病院。

疯狂在杰尔敏家的所有人身上都存在着，人们不禁要庆幸，杰尔敏家的成员不是很多。杰尔敏家没有旁系，亚瑟是最后的嫡子。如果不是这样，那么，在东西送到时亚瑟所行之事的意义，就根本无从得知了。杰尔敏家似乎没有一个长相正常的人——总是有点儿怪异，亚瑟是最丑的一个，但从家中所藏的祖先肖像画中可以看出，在瓦德之前，祖先的容貌还是很端正的。疯狂也的确是从瓦德那一代开始发源，他在向为数甚少的朋友讲述关于非洲的不可思议之事的时候，会一边欣喜一边颤抖。这种疯狂正表现在他搜集了很多普通人根本不会搜集，也不会保存的纪念品和标本上，也表现在他以东方的隐居方式隔离了自己的妻子上。根据瓦德的说法，他的妻子是葡萄牙商人的女儿，和他在非洲相识，她好像很厌恶英国的风习。在瓦德第二次也是最长的旅行后，他把妻子和在非洲生下的幼子一起带回英国，她跟着瓦德进行了第三次也是最后旅行，从此就没有回来。据说这位夫人的脾气十分恶劣，所以就连家里仆人也没有一个清楚地见过她的容貌。在她居住于杰尔敏家的短暂时间里，一直待在宅邸最遥远的一翼，由丈夫亲自照料。事实上，除此之外，瓦德对别的事情都不闻不问，即使是去非洲的时候，除了一个从肯尼亚来的肮脏的黑人妇女，他也不允许别人照顾自己的幼子。而当杰尔敏夫人去世、瓦德归国之后，他的儿子更是由他独自照料。

但瓦德爵士向人讲述的东西，特别是他在茶叙时讲述的东西，都让朋友们觉得他已经陷入了疯狂。在18世纪那种理性的时代，有识之士认为谈起刚果月色下那异常的景象和怪奇的场面，是一种不智之举——拥有巨大墙壁和立柱的被遗忘都市遍处倾颓、爬满藤蔓，潮湿而沉默的石阶通往地下的宝库和深不可测的黑暗墓穴；而他们认为更加不理智的，乃是谈起可能正生活、潜藏在这种地方的生物——那都是些丛林和亵渎的古代都市杂交的产物，就连普林尼(Pliny)[1]也只会用怀疑的笔调将它们记载下来。那些生物也可能是些巨大的类人猿，它们占据了这座濒死的，拥有墙壁、立柱、穹顶和诡异雕刻的城市。可瓦德爵士最后一次回国后，每当在"骑士脑袋"(Knight's Head)酒店三杯酒下肚，就会开始用令人害怕、非比寻常的热情吹嘘自己在丛林里目睹的东西，以及只有他知道的部族在可怕的废墟里生活的情状。因为他最后提到了那些生物的事情，所以就被送进精神病院。他的精神越发不正常，就算被关在精神病院的铁窗里，也没有露出丝毫悔意。自从儿子长大以后，他就越来越讨厌自己的家，最后竟仿佛对家感到恐惧。他几乎就住在"骑士脑袋"里，被精神病院收容后，他好像是为了自己得到保护，而表示出一些隐晦的谢意。三年后，瓦德爵士去世。

瓦德·杰尔敏的儿子菲利普(Phillip)是个格外异常的怪人。他强壮的身躯与父亲相仿，但那让人避之唯恐不及的容貌和品行则完全不像。即便菲利普没有像一些人害怕的那样，遗传了父亲的疯狂，但他头脑很笨，还会短暂地出现无法控制的暴力倾向。他身材矮小却力大无穷，而且敏捷得令人难以置信。在继承了父亲的头衔十二年后，他与一名猎场看守之女结婚，人们传说那女子有着吉卜赛血统。然而，儿子降生之前，菲利普就以一名普通水手的身份加入了海军，别人已经对他的癖性和门不当户不对的婚姻完全无法忍受了。对美战争结束后，人们听说菲利普给一名从事非洲贸易的商人当了船员，他攀登的技巧和力气深受好评。但在船只停泊在刚果海岸的一个夜晚，他却突然消失不见了。

菲利普·杰尔敏爵士的儿子使这名门的命运发生了奇特而致命的改变。长得高挑英俊，尽管身材有一些轻微的怪异，但却带着一种不可思议的东方式优雅，罗伯特·杰尔敏开始了他那学者和研究者的人生。他是第一个将那位疯狂的祖父从非洲带回来的浩如烟海的藏品加以科学分类和研究的人，也正是他使杰尔敏这个名字在民族学界

---

[1] 普林尼(Pliny)：指老普林尼，古罗马博物学家，著有《博物志》。

变得和在探险界一样著名。1815年，罗伯特爵士与第七代布莱特罗姆(Brightholme)子爵的千金结婚，生下了三个儿子。最初和最后生下的两个儿子身心俱残，从未在人前出现过，身为科学家的罗伯特为了抚平哀痛，投身于工作，对非洲内陆进行了两次长时间的远征。1849年，他的次子——仿佛是结合了菲利普·杰尔敏的粗鲁和布莱特罗姆家的傲慢一般、人皆生厌的涅维尔(Nevil)和一个粗俗的舞女私奔了，但翌年罗伯特归国后原谅了他们。后来，丧妻的涅维尔带着年幼的儿子阿尔弗雷德(Alfred)一起住回杰尔敏家，这个阿尔弗雷德就是亚瑟·杰尔敏的父亲。

据朋友们所说，这一连串的不幸也许就是罗伯特·杰尔敏爵士发疯的原因，不过，引发悲剧的却可能只是一则单纯的非洲民俗传说。已入老龄的学者罗伯特开始搜集位于祖父和他自己都曾调查过的地区附近的、一个名叫恩伽(Onga)的部落的传说，希望它能为瓦德爵士那荒唐无稽的故事——居住着怪异杂种生物的失落都市——提供解答的方向。在他祖先留下的奇妙文件中有着某种连贯性，也许那疯子正是受到当地原住民神话的刺激，才产生了这样的想象力。1852年10月19日，探险家塞缪尔·西顿(Samuel Seaton)带着自己从恩伽部落搜集的笔记的原稿，前来杰尔敏邸拜访。他觉得某些讲述了被白神支配、居住着白色类人猿的灰色都市的传说，对民族学家来说会很有价值。在交谈中，西顿大概说得更详细，但其真相我们永远不会知道了，因为这正是一连串丑恶悲剧的开端。当罗伯特·杰尔敏离开书斋的时候，他身后扔下了探险家被扼死的尸体，而在被逮捕之前，他还杀害了自己的三个儿子，包括从未在人前出现过的那两个和私奔的那一个。涅维尔·杰尔敏虽然被杀，可却成功地守住了自己两岁的儿子，这幼子显然也包含在老人那疯狂的杀人计划之中。罗伯特对自己的行为一直没有任何解释，只是不断尝试自杀，他在被关押两年后死于脑出血。

阿尔弗雷德·杰尔敏爵士在他四岁生日那天接受了准男爵的爵位，但他的脾性却从未与这爵位相称过。二十岁那年，他加入了一个歌舞剧团，三十五岁时抛妻弃子，和马戏团一起开始了美国之旅。他最后的结局令人作呕：在马戏团养的动物里有一头巨大的、颜色比同类淡的雄性大猩猩，这只出奇温驯的野兽的表演很有人气。阿尔弗雷德·杰尔敏对这头大猩猩异常着迷，经常隔着铁栏杆与它对望，最后，他训练这头大猩猩的请求得到允许，而他的成果令观众和团员们都大为惊叹。在芝加哥的时候，一天早晨，大猩猩和阿尔弗雷德·杰尔敏进行了一场非常机灵的拳击比赛的练习，大猩猩用力过大，伤到了这名业余驯兽师的身体和尊严。至于那之后发生了什么，"地球最棒秀"的团员都不愿提起。他们没想到，阿尔弗雷德·杰尔敏爵士竟会发出一声刺耳的、非人的尖号，用两手把粗笨的敌人压到地板上，用力咬向对方长毛的喉咙。大猩猩开始只是自卫，但没有忍耐太久；当职业驯兽师赶来想做些什么的时候，准男爵的身体已经剩不下可以辨认的部分了。

II

亚瑟·杰尔敏是阿尔弗雷德·杰尔敏爵士和一个出身不明的剧团歌手所生的儿子，那位丈夫兼父亲抛弃了他的家庭之后，母亲把自己的儿子带到杰尔敏家；没有一个人反对他们住下来。这个女人对贵族的尊严并非一无所知，她让自己的儿子接受了家财允许的最高等教育。杰尔敏家的财产现在已经见了底，就连宅邸也无钱修理，只能放任荒废。可年幼的亚瑟却对这幢老旧的宅子及其中的一切相当倾心，和杰尔敏家的其他成员完全不同，他是个诗人和梦想家。在他那些曾听说过瓦德·杰尔敏那位无人见过的葡萄牙妻子的亲戚里，有人说拉丁民族的血统现在显现出来了，但大多数人都只是嘲笑亚瑟对美的敏感，他那歌舞剧团出身的母亲也从未得到社交圈的承认。亚瑟·杰尔敏有着诗人般的纤细，这颇令人惊讶，因为他的容貌粗野不堪。杰尔敏家大部分人的长相都有一些让人隐约觉得不快的地方，这种丑怪在亚瑟身上特别醒目。他的容貌很难描述，不过可以说，他的表情、他五官的配置、他奇长的手臂，这些都会让初次见面的人对他生出厌恶之情。

就像是补偿他的容貌一般，亚瑟·杰尔敏的精神和个性十分出众。博学多才的亚瑟摘取了牛津大学的最高荣誉，他似乎能借此扭转他家族在智性上的声誉。他的气质与其说是科学家的，不如说是诗人的，他想利用瓦德爵士那怪异而又妙不可言的收藏，继续自己先祖对非洲民俗和遗物的研究。他那富有想象力的精神觉得，疯狂的探险家坚信自己找到了史前文明，于是编出了种种讲述沉默的丛林都市的、荒诞的传说和记录。他对丛林中的混血种族这种不可理解、不可名状的存在有着一种恐怖和魅力并存的独特感情，为了找到这种奇想的可能依据，他进行了考察，结果在自己的曾祖父和塞缪尔·西顿从恩伽搜集来的资料中发现了光明。

　　1911年，等母亲去世后，亚瑟·杰尔敏爵士决定最大限度地调查一番。为了筹集必要的资金，他卖掉了一部分庄园，一俟整装完毕，他就去了刚果。比利时当局给他安排了一队向导，他在恩伽和卡里里(Kaliri)度过了一年时间，获得了远超期望的成果。在卡里里部落有一位叫姆瓦努(Mwanu)的酋长，他不仅博闻强记，而且还对古老的传说投注了全部的智慧和兴趣。这位老人证实了杰尔敏听到的所有传说，而且还把自己所知的、关于石砌都市和白色类人猿的传说告诉给他。

　　据姆瓦努说，那灰色的都市和混血的生物早就被好战的努班固(N'bangu)族埋葬，现在已经不存在了。努班固族在破坏许多建筑、杀光那些生物后，就把他们的目标——被剥制的女神运走。这是一位白色的类人猿女神，她被那些怪异的生物顶礼膜拜，因为根据刚果的传说，她曾是君临于那些生物之上的公主。姆瓦努不清楚那些像猿猴一样的白色生物是什么东西，但他认为，可能就是那些生物建造了那座已被毁灭的城市。杰尔敏从这些话里推测不出任何事情，但他不断追问，最后听到了一个关于被剥制的女神的无比生动的传奇。

　　类人猿公主被从西方来的伟大白神娶为妻子，一起在都市统治了很久，随着儿子的诞生，三人一起离开了都市。其后只有神和公主两人回来，后来公主在这里死去，她神圣的丈夫把公主制成木乃伊，奉祀在巨大的石室中，使人崇拜，然后就独自离去了。在此，传说产生了三个版本：第一个版本说，此后没发生任何事情，被剥制的女神变成了部落间霸权的象征，因此努班固族就把女神运走了。第二个版本说，神最后又回到了都市，并在安置于墓穴中的妻子脚下死去。第三个版本则说，成人——也许是成猿或成神，要看具体情况——的儿子回来了，他对自己的真实身份一无所知。不管在这荒诞离奇的传说背后有着怎样的真实，可以肯定，它的大半内容都是那些富有想象力的黑人编造出来的。

此后，亚瑟·杰尔敏不再怀疑瓦德爵士记载的丛林都市的真实性，1912年初，当都市的废墟逐渐被发现时，他也没有特别惊讶。这都市的规模极其夸张，散落各地的石头告诉人们，这绝不是什么黑人的村落。可惜的是，人们没有找到哪怕一件雕刻，由于探险的装备所限，他们也无法清除挡在可能通往瓦德爵士记载的地下洞窟的通路上的障碍物。在这段时间中，他也曾找当地的酋长们谈过关于白色类人猿和被剥制的女神的事情，但姆瓦努已经不愿向欧洲人提供更多的信息了。刚果的商贸代理——比利时人M.瓦尔海伦(M. Verhaeren)也曾隐约听过被剥制的女神的传说，虽然不知其所在，但他宣称自己可以找到。他说，昔日强大的努班固族现已对阿尔贝国王[1]的政府矢盟输忠，只要一点说服，就很可能让他们交出以前抢来的那具令人毛骨悚然的女神。因此，在回到英格兰的途中，亚瑟·杰尔敏有好几个月都充满期待，只要那件拥有无可比拟的民族学价值的遗物一到，他就能将自己的曾曾曾祖父所写下的最无稽的事实——同时也是他所知的最无稽的传说——加以证实。当然，住在杰尔敏家附近的农民们可能还知道他们的祖先在"骑士脑袋"里亲耳听到瓦德爵士讲述、然后流传下来的更加无稽的传说。

亚瑟·杰尔敏耐心等着瓦尔海伦把东西装箱送来，他利用这段时间仔细检查了他那疯狂祖先留下的笔记。他开始觉得自己和瓦德爵士很像，于是不仅调查了瓦德从非洲带回来的东西，也找出了他当年的私人用品。至于那位独自过着隐居生活的神秘妻子，要说逸话倒是有不少，可却没有一件具体的东西能说明她在杰尔敏邸过着怎样的生

---

[1] 阿尔贝国王：阿尔贝一世(Albert I)，比利时国王，1909-1934年在位。

活。杰尔敏不明白为什么要把她留下的痕迹消除得这么彻底，他认为丈夫的疯狂是主要原因。他想起，人们说他的曾曾曾祖母是一位在非洲经商的葡萄牙商人的女儿。她自身的体验以及对黑暗大陆肤浅的知识，可能会令她嘲笑瓦德爵士关于非洲内陆的见解，瓦德也许对她的嘲笑感到难以容忍。她会死在非洲，可能也和非得证明自己所说为真的丈夫把她强拽过去有关。在沉溺于这些设想的时候，杰尔敏不禁会微笑，因为他那两个死于一个半世纪以前的奇怪祖先所做的事情都只是徒然。

1913年6月，瓦尔海伦来信，说他已经找到了被剥制的女神。这比利时人断言道，那是一件极不寻常的东西，他这个外行人无法加以分类。他写道，那到底是人类还是猿猴，只有交给科学家去判断了，而且，因为物品的残缺，判断起来会非常困难。岁月的流逝、刚果的气候，特别是极其外行的剥制处理，都对木乃伊的保存非常不利。在那生物的脖子上挂着一个刻有纹章并上了锁的小空盒，这东西大概属于被努班固族袭击的不幸的旅行者，后来被当作护身符之类的东西挂到了女神的脖子上。在写到木乃伊的面孔时，瓦尔海伦开始了异想天开的比较，他觉得很奇怪，那东西的脸和自己的通信对象颇像，但他只是把这当成一个玩笑，更多的文字都浪费在对科学的兴趣上了。信中说，被剥制的女神会在一个月之后送到。

箱子里的东西被送到杰尔敏邸，是在1913年8月3日的下午。箱子一到，就立刻被运至罗伯特爵士和亚瑟用来摆放从非洲带回的东西的大房间，那之后发生的事情，就只能从仆人的述说以及事后对东西和文件的调查来推测了。在各种各样的证词中，要数年迈的管家索姆斯(Soames)的最为可信。根据这位值得信赖的人士的说法，开箱前，亚瑟·杰尔敏把所有人都赶出房间，然后锤凿之音很快响起，这说明他没有拖延开箱时间。接下来是一段静寂，索姆斯也难以判断具体时间。大约在小一刻钟后，传来了只可能属于亚瑟·杰尔敏的极其恐怖的尖叫，他从房中飞奔而出，就像被什么丑恶的敌人追着一样，向玄关跑去，表情非常可怕。当他快要走到大门的时候，似乎想起了什么，又急忙跑下通往地下室的楼梯，仆人们目瞪口呆地望着那楼梯，这是他们最后一次见到主人。他们闻到地下室里飘来油的气味，接着，从地下室通往中庭的门那边发出了声响。一名马童看见亚瑟·杰尔敏从头到脚都闪着油光、冒着油味，偷偷离开房子，消失在宅邸周围的黑色荒地中。其后，在无匹的恐怖中，所有人都目睹了亚瑟·杰尔敏的终结。从荒地上冒出火苗，腾起火焰，焚烧人体的焰柱直冲天空，杰尔敏的家系从此就不复存在了。

亚瑟·杰尔敏烧焦的残骸碎片没有被收集起来埋葬的理由，正是人们后来发现的东西，特别是箱中的东西。被剥制的女神干枯萎缩、满是虫蛀，令人作呕。它肯定是某种未知的白色类人猿，但体毛比有记录的任何类人猿都少，而且，外观——令人难以置信地——接近人类。在这里详加描述可能会引起读者的不快，所以只写出它最显著的两个特征。这两个特征无论是和瓦德爵士的非洲探险笔记对照，还是和白神与类人猿公主的传说对照，都可憎地完全相合：其一，挂在木乃伊脖子上的有锁黄金小盒上的纹章正是杰尔敏家的纹章；其二，木乃伊干瘪的面容——瓦尔海伦半开玩笑地说很像的面容——对敏感的亚瑟·杰尔敏来说，是如此清晰、可怕，充满反常的恐怖，因为他自己正是瓦德爵士和那位神秘妻子的曾曾曾孙。皇家人类学学院的成员烧掉木乃伊，把小盒扔进深井，甚至还有些人决不承认亚瑟·杰尔敏爵士曾在世界上存在过。

黑暗中的低语
The Whisperer in Darkness

译者：竹子

I

我牢牢记得，直到最后，我也没有目睹任何实实在在的恐怖景象。而我内心所感受到的惊骇与震撼完全源于自己最后猜测出的结论——这最后一根稻草令我在那天夜晚狂奔出那间属于埃克利名下的偏僻农舍，开着一辆强抢来的汽车飞驰过佛蒙特州荒野里那些隆起的半球形山丘——以此来忽视和否认我最后这段经历所暗示的最为简单直白的事实。我曾与亨利·埃克利深入交换过资料与意见，也曾听说目睹了许多东西，而且我承认我觉得那些东西的确非常逼真可信；可是，直到现在我也不知道这些骇人听闻的结论正确与否。毕竟埃克利的失踪说明不了什么问题。虽然人们发现他的房子里满是弹孔，但除此之外并没有更多的异状——那情形就好像他临时走出房子，闲逛进了群山里，却再也没有回来一般。房间里也没有迹象显示那儿曾经来过别的客人；更没有证据说明书房里曾存放过那些恐怖的圆缸和机器。虽然他在那片土地上出生长大却对那儿重峦叠嶂的葱翠群山和永不停歇的涓涓溪流充满了病态的恐惧，但这也说明不了什么问题；全世界有成千上万的人都受到此类恐惧症的折磨。而且，这些怪癖无疑也为他在最后那段时间里表现出的古怪行为与奇特忧惧提供了合理的解释。

整件事情，就我牵涉到的部分而言，始于1927年11月3日那场发生在佛蒙特州、规模空前的特大洪水。当时，和现在一样，我是马萨诸塞州阿卡姆市密斯卡托尼克大学里的一名文学讲师，同时也是一个热心钻研新英格兰地区民间传说的业余研究者。那时，报纸杂志上充满了讲述艰辛、苦难、有组织的救济行动等等各式各样的报道。但在洪水退去后不久，报纸在继续关注这些报道之余，又刊登了某些古怪的故事——这些故事宣称有人在某几条泛滥汹涌的河流里目击了一些奇特的漂浮物。因此，我的许多朋友都开始好奇地讨论这些新闻，并纷纷询问我能否阐明这方面的一些问题。我很高兴自己关于民间传说的研究得到了重视，同时也竭尽所能地贬低了那些疯狂而又模棱两可的报道。这些故事看起来显然都是些流传在乡野里的古老迷信思想过度发展后产生的副产物。而当我发现有好些受过良好教育的人也坚持说那些传闻之下还掩藏着某些晦涩而且被扭曲了的事实基础时，则更令我觉得好笑。

这些因此而吸引我注意力的传说大多数都来自剪报上的消息；不过我也听人叙述过其中一桩奇异见闻——此外我朋友的母亲写给她儿子的一封信件里也转述了这桩故事，而我这位朋友的母亲恰好就住在佛蒙特州哈德威克镇。在所有的事例中，目击者做出的描述本质上全都是相同的，不过这些例子似乎发生在三个相互独立的区域里——其中一处位于蒙彼利埃附近的威努斯基河流域；另一处则发生在纽芬那边流经温德姆郡的西河沿岸；第三处则主要以喀里多尼亚郡、林顿维尔镇上游的帕苏姆西克河为中心。当然还有其他一些例子中也提到了许多零散的细节，但通过仔细的分析，它们似乎都应该是对这三处地方的见闻进行摘要和浓缩后得到的结果。在这每一桩事件中，村民都报告说看到一个或多个特别怪异而又令人不安的东西出现在那些从人迹罕至的群山中奔涌下来的洪水里。当时普遍的倾向是将这些景象和一系列原始、几乎已被遗忘的隐秘传说联系起来——在那种情形下，一些老人又把这些秘密传说重新翻了出来，并使之再度流行起来。

人们认为他们看到的是一些生物的有机体，但却又与他们以往所见过的东西完全不同。自然，在那一段悲惨的时期里，有许多人类尸体被裹挟在洪流里冲向下游；但是，即便这些东西在大小和大致的外观上与人类略微有些相似，可那些描述这些奇怪东西的目击者很肯定地断言它们并非是人类的尸体。甚至目击者还声称，它们也不是佛蒙特州境内已知的任何动物。故事里所描述的目击物都是些粉红色的东西，大约五英尺长。有如甲壳类生物一般的躯体上长着数对巨大的、仿佛是背鳍或膜翼一样的器官，以及数组节肢。而在原本应该是头部的位置上，却长着一颗结构复杂的椭球体。这颗椭球体上还覆盖着大量短小的触须。虽然报道来自不同的地区，但所做出的描述却全都趋于一致，这实在令人颇为惊讶、印象深刻；但是考虑到报道背后的古老传说曾一度传遍了整片丘陵地区，我的好奇便削减了不少——这些生动得几乎恐怖的传说很可能为所有相关目击者的想象进行了极佳的润色。我当时的结论认为那些目击者——那些生活在边远地区、天真幼稚、头脑简单的居民——曾经瞥见奔腾翻滚的洪流里裹挟着一些血肉模糊、泡发肿胀的人类或农场动物的尸体；并放任那些残存在他们记忆里、已经有些模糊的民间传说为这些可怜虫再镀上一层离奇的色彩。

这些古老的民间传说含糊不清、闪烁其词，而且其中的大部分内容已经被当下一代给遗忘了。可即便如此，它们依旧包含着某种非常奇异的特质，而且显然是受到了某些更加古早的印第安人传说的影响。虽然我本人从未去过佛蒙特州，但是通过阅读伊莱·达文波特留下来的那本极其珍贵的专著，我对这个民间传说了如指掌。这本专著里记录了那些他在1839年之前，从生活在这个州境内的最年长的居民那里获取的口头材料。而且，这些材料与我亲自从那些生活在新罕布什尔州的群山里、时过中年的老村民口中打听到的传说非常接近。简要地说，这些民间传说暗示有一族隐匿的可怕生物潜伏在那些偏远的群山之中——它们潜藏在那些高耸山峰上的密林深处，也生活在那些源头不明的溪流所冲刷出的阴暗河谷里。人们几乎不会遇见这些生物。但是，冒险深入更偏远地区，例如登上平常无人造访的山峰高处，或是进入某些连狼群也会回避的陡峭深谷后，常会有人报告说发现了那些生物存在的证据。

有些人看到了一些残留在河边泥地或者贫瘠荒土上的怪异脚印或爪印；还有人看到了部分由石头堆砌成的奇怪圆环——圆环周围的野草大多因踩踏被磨损殆尽，而那些石头的位置和整体造型似乎也并非是自然所为。还有人注意到了一些位于群山之中、没人知道有多深的洞穴——这些洞穴常常被巨大的卵石封堵上好几个月的时间，而那些卵石的位置和封堵的方式几乎不可能是因为意外造成的。这类洞穴的附近总会发现许多走向或离开那片地方的奇怪脚印——如果目击者对于那些脚印的指向判断无误的话——这些地方的脚印数量往往会远超其他区域。但在所有证据中最可怕的还是一些非常特别的目击报告——在极为罕见的情况下,那些喜欢冒险的人会在黄昏时分的偏远山谷里,或是在那些位于寻常登山路线之上的陡峭密林中,看见某种东西。

倘若关于这种东西的零星描述并不吻合一致的话,这些目击报告或许不会让人觉得惴惴不安。但是,事实上这些描述相当统一,几乎所有的传言都一致地提到几个特点:例如目击者声称那些生物是一种巨大的浅红色的螃蟹,有着许多对脚以及两只生长在背部中央、如同蝙蝠一般的巨大膜翼。它们有时会运动所有的脚爬行前进;有时仅使用最后一对节肢行走,并运用其他几对节肢搬运一些用途不明的大型物件。曾经,有人目击到了数量可观的这类生物——当时,目击者看见这些生物组成一支小队沿着林地里的河滩浅水处涉水前进。它们三只三只地并列前进,俨然是一支有纪律的编队。还有一次,有人看见它们中的一个在飞行——那个个体于夜间从一座荒凉偏僻的小山顶上振翅起飞;有一个瞬间,满月映衬出了它那拍动着的巨大翼膜的轮廓,接着它便渐渐消失在了夜色中。

总地来说,这些东西似乎并不希望与人类接触,不过它们可能导致某些探险者——尤其是那些将房屋修建在某些河谷附近,或者某些山脉高处的居民——的失踪。许多当地居民都知道哪些地点不适合安顿定居——这种观念已延续了相当长久的时间,甚至形成此种观念的最初原因都已被人们遗忘了。虽然人们不记得有多少定居者消失在了那些可怖的葱绿岗哨脚下低矮的山坡间,也不记得有多少山坡上的农舍被大火烧成了灰烬,但人们依旧会战栗着仰望某些邻近的山崖,确定自己并未深入那片禁忌的区域。

不过,那些最古早的传说声称这些生物似乎只会伤害那些侵入它们隐居地的人。而稍晚一些的叙述提到它们对于人类的活动非常好奇,甚至还有传说称它们正试图在人类世界中建立起属于自己的秘密前哨。有些故事说,人们会在清晨时分发现窗户附近有奇怪的爪印;

另一些传说则宣称，在那些明显受到侵扰的地区之外也偶尔会发生类似的失踪事件。此外，还有些传闻提到：那些独自走在密林里的小路和车道上的旅行者偶尔会听到某些模仿人类说话的嗡嗡声向他们提出令人惊异的提议；而在那些房屋庭院与原始密林紧靠在一起的人家里，小孩们常会被他们听到或看到的东西吓得不知所措。而最晚出现的传说更是耸人听闻地牵扯上了某些居住在密林深处的隐士与偏远地区的农民——据说，那些人似乎会在生命的某段时期经历一次精神上的转变，变得令人憎恶起来。而当地人往往都会有意地避开他们，并暗地里悄悄谣传他们是将自己出卖给那些奇怪生物的家伙，甚至在1800年前后，位于东北部的一个郡里，指责诅咒那些古怪而又不受欢迎的隐居者，将他们看作这群遭人嫌恶的东西的同盟或是代理人的举动几乎变成了一种潮流。再后来，迷信思想逐步消退，人们也不再频繁出入那些令人畏惧的地区了。

至于这些东西到底是什么——自然也有着各式各样的解释。人们一般都管它们叫"那些东西"或者"那些古老的东西"，不过它们也有一些地方上的外号以及短暂流行过的其他称谓。或许大多数清教徒移民者都直截了当地把它们归类为巫师的魔宠或是魔鬼，而且还围绕这些东西进行了许多畏怯的神学思辨。而那些传统里还残留着凯尔特神话观念的人们——主要是那些居住在新罕布什尔州、有着苏格兰与爱尔兰血统的居民，以及他们中的那些获得了温特沃思总督的殖民许可，最后定居在佛蒙特州的家族——都含糊地将这些东西与那些有恶意的妖精以及生活在沼泽丘陵里的"小人"联系在一起。他们还会利用一些世代相传的零星咒语保护自己不受这些东西的侵扰。不过，只有印第安人关于这些东西的解释最为奇妙。虽然不同的部落有着不同的传说，但是它们在某些关键问题上的看法却是一致的：所有的印第安人神话一致地认定那些东西不是这颗星球上的生物。

最为统一，同时也最为生动的是彭纳库克人[1]的神话故事。在这些

---

[1] 彭纳库克人：指居住在麻省梅里马克河河谷、新罕布什尔州以及南缅因州的印第安人。

神话里，有翼者们来自天空中的大熊座。它们在大地的群山间开矿，寻找某种它们无法在其他世界里找到的石头。神话还说，它们不会在这里定居，仅仅只在这里维持着一些前哨。它们会带着一些装满石头的巨大货柜飞回它们那些位于北方的星星。它们只会伤害那些靠得太近或是有意监视它们的人。动物会避开它们，倒不是因为它们会猎捕动物，仅仅是出于本能的憎恨和敌意。它们不能食用大地上的东西和动物，但它们会从星星上带来自己的食物。接近它们可不是好事，偶尔，有些年轻猎人走进了属于它们的群山，然后再也没有回来。倾听它们于深夜里在森林中的窃窃私语也不是好事。它们会用一种类似蜜蜂的嗡嗡声来模仿人类的声音，它们也知道人类使用的所有语言——彭纳库克人、休伦人、五大部落的人所使用的语言它们都知道。但它们似乎没有、也没必要拥有属于自己的语言，它们用自己的头部来交谈，因为它们的头部能变幻出不同的颜色，并用不同的方式来表达不同的东西。

但是所有传说，不论是白人的还是印第安人的，都在19世纪逐渐消失了。偶尔也有些故事会重新焕发出一阵生机，不过也很快便销声匿迹了。佛蒙特州人的习俗逐渐被固定了下来；根据某个固有的习惯，那些人们曾经走过的小径和居住过的地方被一一确立固定下来，但却越来越鲜有人还能记得究竟是怎样恐惧和逃避的心理促使先人们制定下了这样的习俗；甚至人们都不记得自己的祖先们还曾经有过这样一种恐惧或者逃避的心理。绝大多数人只是简单地知道居住在丘陵里的某些地方是非常危险而又无利可图的，并且一般说来也是相当不吉利的。同时他们也知道，通常情况下，离那些地方越远越好。最终，这些在风俗和经济利益合作下产生的习惯深刻地烙刻在了那些被人们认可的聚居地上，因而不再会有人因为任何理由越过那些安全的边界。这些东西出没的丘陵也因此而被荒废弃置了——这倒不是源自某种刻意的安排或设计，而仅仅只是意外产生的结果而已。除非处在某些非常罕见的、局部发生的恐慌时期，否则只有那些喜欢大惊小怪的老外祖母以及那些追忆往昔的古稀老人还会嘀咕着那些居住在群山里的生物；甚至就连这些传闻也承认：既然这些房屋和定居地过去就建立在这里；既然人类严格地遵守惯例，不去打扰它们挑选的领地，那么人们也不需要像过去那样害怕它们了。

凭借以往的阅读材料以及从新罕布什尔州收集来的某些民间故事，我在很早以前就已对这些情况了如指掌。所以当洪水期间的奇异见闻开始传播的时候，我很轻易地就猜测到了这些传闻根植在怎样一片充满虚构和想象的土壤上。为此，我费了很大工夫向朋友们解释这些东西。而当看到几个喜好争论的家伙依旧坚持声称这些报道里可能还包含着某些真实的内容时，相应地，我也被逗乐了。这些家伙努力指出那些早期的传说延续了相当长的时间，而且传说的内容也保持得相当一致；同时，介于事实上从未有人真正勘查过佛蒙特州内的群山，因此武断地宣布那中间可能居住着什么，或者不太可能居住着什么，都不是一件明智的事。甚至即便我向他们保证所有这些神话同属于一个广为人知的固定模式，而且该模式适用于绝大多数人类，并且是由人类那总是创造出同类型幻想的早期想象经历而决定的，他们也不愿就此安静下来。

我试着向这些反对派论证那些佛蒙特州神话在本质上和那些普遍存在的、有关自然化身的传说没有什么不同——这一类神话不仅让远古世界里塞满了半人羊、森林妖精以及萨梯[1]；还塑造了存在于近代希腊地区的卡梅坎扎莱[2]；而且还在威尔士和爱尔兰的荒野里杜撰出了那些由某种矮小的、古怪可怕的、穴居掘洞的隐匿种族留下的邪恶形迹。但是这些论证却毫无用处。此外，我还指出尼泊尔的山地部落中也存在着某些与这些佛蒙特民间传说相似得令人吃惊的看法——认为某些可怕的"米·戈"或者"可憎的雪人"正令人毛骨悚然地潜伏在喜马拉雅山脉的岩石和冰山中——但这个例子同样无济于事，甚至

---

[1] 萨梯：希腊神话中一群与潘和酒神狄俄尼索斯做伴的男性妖精。它们在森林和山野中流浪。希腊神话对萨梯的描述不完全一致，大多把它描述为半人半羊的生物——但最初的萨梯是有人类的脚掌的，后期倾向于把它描述为一种类似人，有长尖耳朵的生物。

[2] 卡梅坎扎莱：希腊民间传说中一类坏心肠的小妖精。

当我拿出这条证据时，那些反对者却将它拿来当成反对我的武器。他们声称这个例子显然说明那些古老的传说在某些方面的确是真实可信的；这个例子表明世界上曾存在着某些古老而奇怪的生物，只不过它们在人类出现并登上统治地位后被迫隐匿起来了。可以想见，它们虽然日趋稀少，但是依旧存活到了相对较近的时期——甚至可能直到现在还有一部分后裔仍然顽强地生存着。

我越是嘲笑这些理论，那些顽固的朋友就越是坚持；此外由于这些近期出现的报道在没有得到那些古老神话的传承的前提下，依旧能如此清楚、统一、细致且叙述方式理智得近乎平淡地讲述出相同的事情，这一点本身实在不容轻易忽视。所以有两三个热衷这套理论的极端主义者甚至宣称那些古老的印第安人神话可能暗含着这些隐匿生物并非起源于地球的意思。他们搬出了那些由查尔斯·福特[1]编著的离奇夸张的书籍，引用"来自其他世界以及其他空间的旅行者经常造访地球"的论调来证明自己的理论非虚。不过，这些反对者中的绝大多数还仅仅只是些浪漫主义者。他们所做的，仅仅是坚持试图将那些因为亚瑟·梅琴[2]的恐怖小说杰作而流行起来的、讲述潜伏"小人"的奇妙传说搬进现实世界而已。

II

在当时的情形下，这场激烈而又有趣的争论最终以往来书信的形式刊登在了《阿卡姆广告人》上；随后，又有几家佛蒙特州的报纸——那些在传出此类见闻的地区发行的报纸——转载了论战中的一小部分书信。其中《拉特兰先驱报》用了半页的内容刊登了从辩

---

[1] 查尔斯·福特：1874-1932，美国人，异常现象研究者和作家。基本称得上是现代 UFO 研究的奠基人。

[2] 亚瑟·梅琴：1863-1947，威尔士作家，主要从事恐怖、幻想和超自然方面的写作。

论双方的书信里浓缩出的内容摘要；而《布拉特尔伯勒改革报》则全文转载了我那些有关历史和神话学的长篇概论中的一篇，并在名为"漂泊笔尖"的反思专栏里附上了一些相关的评论，以支持和声援我那持怀疑态度的结论。等到1928年春天，尽管我之前从未去过佛蒙特州，却几乎已经成了当地的知名人物。也就是这个时候，亨利·埃克利寄来了一封挑战信。这封信令我印象深刻，并且让我第一次，同时也是最后一次，为那片葱绿山崖纵横交错、森林小溪呢喃低语的土地感到着迷。

如今，我对亨利·温特沃思·埃克利的了解基本上都是从信件里得来的。在造访过他那座位置偏僻的农舍后，我便与居住在他附近的乡民以及他那生活在加利福尼亚的独子互通了许多信件——也正是这些书信让我对他的认识开始全面起来。我发现他属于一个历史悠久而且在当地颇有名气的家族，不过，到了埃克利写信给我的时候，他已是家族里最后一位留守在故乡的代表了。这个家族里曾经涌现过许多法官、律师、行政官员以及温文尔雅的农场主。不过，传到他这一代时，家族所关注的焦点逐渐从实际事务转向纯学术性的研究；所以他成了佛蒙特州州立大学里的著名学者，在数学、天文学、生物学、人类学以及民俗学等领域都颇有名气。我以前从未听说过他的事迹，但刚接触他的时候，我就认定这是一个非常聪明、品德高尚、受过良好教育同时也几乎不懂人情世故的隐居者。

尽管他在信中所陈述的内容令人难以置信，但我却立刻不由自主地摆出比对待其他挑战者更严肃的态度来看待他的观点。一方面，他的确曾非常接近那些令他做出如此怪诞离奇猜测的奇异现象——他实实在在地看到并接触到了一些不同寻常的东西；另一方面，他能像一个真正的科学工作者那样，令人惊异地将自己的结论摆在一个待论证的位置上。他从不将个人的偏好摆在最前，反而一直按照那些他相信是确凿证据的东西作为指引进行推论。当然，我仍然从考虑他所犯下的错误开始反驳他的论点，不过单单就这些聪明的错误来说，他也值得赞扬；此外，我也从未像他的朋友们那样将他的想法，以及他对于那些葱翠却荒凉的群山表现出的恐惧全都归因于他错乱的神志。当时，我觉得这个人背后肯定有着许多故事，同时也知道他所描述的一切肯定存在着某些有待调查的奇特背景，但我相信这些背景肯定和他所设想的荒谬缘由没什么关系。可没过多久，我又收到他寄来的一些实物证据，也正是这些证据让整件事情出现了变化，也让那些奇异传闻的源头变得扑朔迷离起来。

眼下，我实在想不出有什么办法比全篇誊写埃克利介绍自己的那封长信能更好地说明他的观点。我的思想发展过程中，这封长信已成为了一个极端重要、如同里程碑般的标志。虽然它现在已不在我手上，但是我仍旧记得那封不祥信件中的每字每句。在这里，我必须得重申，这封信件的作者的确神志健全、头脑清楚。下面就是当时我看到的书信——收到它的时候，信纸上面写满了难以辨认、看起来颇具古人风韵的潦草字迹，显然它的作者一直过着安静的学者生活，几乎与外界没有什么来往。

乡村免费邮递#2
佛蒙特州，温德姆郡，汤森镇
1928年5月5日
艾伯特·N.威尔马斯先生
马萨诸塞州，阿卡姆
索顿斯托尔大街118号

尊敬的先生：

我饶有兴趣地阅读了《布拉特尔伯勒改革报》（1928年4月23日那一期）上转载的您的长信。您在那封信件里谈到了去年秋天我们这里洪水泛滥的时候，有人看见洪水上漂浮着奇怪物体的故事；还谈到这些故事与流传在本地的古怪民间传说非常吻合的情况。不难想象，任何外乡人都会选择您这样的立场，同样亦不难想象为何就连"漂泊笔尖"的专栏作家也会支持您的看法。佛蒙特州内外，但凡受过教育的人大多都会对这类事情抱有此种看法。甚至在年轻的时候（我现在已经57岁了），我也是这么认为的。但我展开了一些研究工作，不仅进行了宽泛的调查，还对达文波特的著作进行了细致地钻研；而在这些研究工作的引导下，我最终亲自勘察了周边那些人迹罕至的山林——结果，我的看法完全改变了。

之所以会想到要进行这方面的研究，是因为我从那些比较愚昧的老农民口中听说了许多奇怪的传说。不过事到如今，我更希望自己当初别去接触这些东西。可以自谦地说，人类学与民俗学的课题对我来说一点儿也不陌生。我曾在大学里学习过许多相关的内容，也认识大多数在这一领域享有盛名的一流专家，像是泰勒、卢布克、弗雷泽、卡特勒法热、默里、奥斯本、基思、G.艾略特·史密斯等等。至于那个声称世界上潜藏着某些与人类一样古老的秘密种族的故事，我也早有耳闻。我也阅读了那些刊登在《拉特兰先驱报》上的书信——包括您本人书写的信件以及您的反对者的信件——所以，我猜我应该知道您的论战目前正停留在哪个阶段上。

但我现在想说的是：虽然目前似乎所有的推理都有利于您的看法，但我恐怕您的对手要比您更接近正确的真相，甚至您的对手都没有意识到自己比想象中更接近正确的真相——因为，当然，他们仅仅只是停留在理论的层面，而且也不知道那些我所知道的东西。如果我对于这件事情了解得和他们一样少的话，我会觉得他们愿意相信那些东西的确情有可原。但我会完全地站在您这一边。

您看，我很难谈到我想说的点子上去，这也许因为我真的已经害怕再谈论这些事情了；总之我想说的是，我的确有某些证据可以证明那些可怕的生物真的就居住在那些人迹罕至的高山密林里。我没有像报道里一样亲眼见到那些漂浮在洪水里的东西，但是我曾见过像它们一样的东西，不过我现在很害怕谈论自己是在什么场合下见到它们的。另外，我还见过它们的脚印，甚至最近我还在我家附近见过那种脚印

（我住在汤曾德村南边埃克利家族的老宅里，就在黑山的一侧），那些脚印与我房子的距离近得吓人。我也曾无意间听到从密林的某处传来一些我甚至都不愿在纸上描述的声音。

在一个地方，我常听到这类声音，甚至我还拿着一台带口述录音设备的留声机录下了一张蜡克盘[1]——有机会的话，我会试着安排您听一听我录下的唱片。我曾用机器给一些住在附近的老人播放过录制的声音。其中有一个嗓音几乎将他们吓得瘫倒在地，因为这个嗓音（就是达文波特曾在书里提到过的密林里的嗡嗡声）与他们的外祖母那辈人讲述和模仿过的某些声音一模一样。我知道当有人说他"听到怪声"时，大多数人会怎么看他——但在您得出结论前不妨先听一听这些声音，也问一问那些生活在边远地区的人对此做何感想。如果您能证明它不过是些稀松平常的声响，那样最好；但是我敢保证，它后面肯定隐藏着某些东西。你知道的，Ex nihilo nihil fit[2]。

眼下，我写信给您并不是要挑起一场辩论，而是向您提供一些我认为所有像你一样有这种爱好的人都会深感兴趣的东西。这是私下里的来往，只是你我之间的事情。至于公开场合，我站在您一边。因为某些情况让我意识到，公众对这类事情知道得越少越好。我现在的研究工作已经完全变成私人行为了。我绝不会想要说些什么来吸引公众的注意力，更不想让他们去寻访我曾探索过的那些地方。的确有一些非人类的生物在一直注意着我们，这都是真的，真实得让人害

---

[1] 蜡克盘：一种在金属玻璃或纸板磁盘表面涂上漆或蜡，用于记录声音的早期唱片。

[2] Ex nihilo nihil fit：拉丁语，源于巴门尼德（前苏格拉底时期哲学家）的一个形而上学论题的哲学表述，它的意思可理解为"无中生无"或者"万事皆有缘由"。

怕。此外，有些间谍正在我们当中搜集信息。这是一个可怜的家伙告诉我的，如果他神志健全的话（我想他的确是清醒正常的），那么他也是间谍中的一员。我从他那里获得了大部分的线索和资料。后来，他自杀了，不过我有理由相信现在还有些别的间谍在外面活动。

这些东西来自另一个星球，它们能在星际空间里存活，也能穿越星际空间。它们笨拙但有力的膜翼能用某种方法反作用于以太，使得它们能在星际空间里飞行。但是这些翼膜在掌控方向时非常笨拙，所以在地球上派不了什么用处。我以后再和您谈这个，假设您没有立刻把我当作疯子打发走的话。它们来地球是为了寻找一些深埋在山丘下的矿产，而且我想我知道它们是从哪里来的。如果我们不去理会它们，它们就不会伤害我们，但是谁也不敢保证如果我们对它们太过好奇时会发生些什么。当然，一支装备精良的人类军队能消灭它们的采矿殖民地，这正是它们当心的。不过如果真的这样，更多的这种东西会从外层空间降临到地球上——许多许多。它们能轻易地征服地球，但到目前为止它们还没这么做过，因为它们觉得没必要这么做。它们宁愿让一切听其自然，免得陷入麻烦。

我想它们可能想要除掉我，因为我发现了许多秘密。我在东面圆山的密林里发现了一块黑色的大石头——在这块石头上还有一些已经部分磨损的象形文字。当我把它搬回家后，所有事情都变样了。如果它们认为我察觉到太多东西，它们就会杀掉我，或者把我带去它们来的地方。它们偶尔喜欢带走一些人类学者，以便时刻留意人类世界的情况。

这就说到我向您写信的第二个目的了——换句话说，我想劝您别再张扬目前的讨论，不要再向公众透露更多的事情。人们必须回避远离那些丘陵，因此，你们不能再过分地唤起公众的好奇心了。如今推销商和地产商在佛蒙特州泛滥成灾，满山遍野地搭建着廉价的平房，连同一群群夏日观光客塞满了荒野里的各个角落，天知道现在是不是已经到了危险的边缘。

如果您愿意做更进一步的沟通，我会非常欢迎。另外，如果您愿意，我也会试着用快递把那张唱片和黑色石头（那上面的字迹磨损得太厉害，照片显示得不太清楚）寄给您。我说"试着"是因为我觉得那些生物有某种办法干涉这一带的事情。村子附近的一座农场里有个阴沉鬼祟、名叫布朗的家伙，我觉得他应该是它们的间谍。它们正在试着渐渐切断我和这个世界的联系，因为我对它们的世界已了解得太多了。

它们有着某些最令人吃惊的办法查出我究竟干了些什么。您可能不会看到这封信。如果事情继续变糟的话，我想我应该离开这一带的乡村，搬到加利福尼亚州的圣迭戈和我的儿子住在一起。不过想要离开故乡，离开延续了六代人的家族祖地，实在不是件容易事。而且，因为现在那些生物已经注意到了这里，我也不敢再把这栋房子转手卖给别人。它们似乎想要拿回那块黑色的石头并毁掉那些照片记录，如果可能的话，我不会让它们得手的。我饲养的大型看门犬能吓阻它们，因为它们的数目还不多，而且它们在行动方面也很笨拙。就像我说的，它们的翼膜在地球上做短距离飞行时并不好使。我现在就要破译出那块石头了——通过一种很可怕的方法——借助您在民间传说方面的知识，我或许能找到足够多的遗漏环节。我猜您应该很清楚那些早在人类出现之前就已经存在的恐怖神话——那些讲述犹格·索托斯和克苏鲁的神话故事。《死灵之书》里提到过这些神话。我以前曾想要找一份这本书的副本，我还听说您手上就有一本，正妥善地锁在你们大学的图书馆里。

最后，威尔马斯先生，知道了各自的研究工作，我想我们能互惠互利。但我不希望让您陷入任何危险之中。所以我想我应该警告您：拿到石头和唱片会让您的处境变得不太安全；但我想您会意识到为了追求知识，冒上任何风险都是值得的。如果您需要什么，我能开车到纽芬或布拉特尔伯勒去邮寄给您，因为现在快递服务的货运行更加值得信任一些。我该说我现在的生活过得相当孤单，因为我根本没法再雇用仆人或帮手。那些东西在晚上总是试图接近这座房子；而那些看门犬则总是叫个不停，所以没有人愿意待在这里。不过我很欣慰当我妻子尚在人世时，我并没有在这些事情上陷得如此之深，因为这可能会把她吓疯的。

　　希望我没有过分打扰您，也希望您决定与我联系而不是把这封信当作一个疯子的胡言乱语扔进废纸篓里。

　　　　　　　　　谨致问候，亨利·W.埃克利

　　附：我还额外冲洗了几份我拍下的某些照片，我想它们有助于证明我在这封信里略微谈到的几点事情。那些老人认为这些照片真实得可怕。如果您感兴趣，我会很快寄给您。

　　很难描述我初次读完这封奇怪的信后的感想。以往那些理论即便平庸无趣，但总能逗我发笑，而遵照常理，我应该对这封比那些理论更加夸张荒谬的信件报以更大声的嘲笑；不过这封信件所用的语气却透着某些奇异的力量，让我不得不怀着充满矛盾的严肃态度来看待它。这倒不是因为我在某个瞬间真的相信了来信者的观点，认为有某个来自群星的种族隐匿在我们周围；而是因为在经过最初几番严肃认真的怀疑之后，我逐渐开始古怪地相信这位来信者不仅神志健全而且相当真诚。我敢肯定，他正面对着某些真实但却非常奇怪而又不同寻常的现象——他自己无法对此做出解释，只有通过这样充满想象力的方式来进行解答。我想，实际情况可能和他想的并不一样，不过另一方面这也不像是个毫无研究价值的故事。总之，这个人似乎过分激动和焦虑了，但我不认为这是毫无缘由的胡言乱语。从某种意义来说，他表现得非常明确而又充满逻辑——毕竟，他的故事令人困惑地与某些古老神话——甚至是最疯狂的印第安人神话——吻合得相当之好。

他可能真的在山里偶然听到了某些令人不安的声音，也真的找到了那块他在信里提到的黑色石头，但是他以此得出了许多疯狂的结论——他可能受到了那个自称是外来生物的间谍、而后又自杀了的男人的启发。这样便很容易推论出那个男人一定是完完全全地疯了，但是他自杀之前的说法可能还有着些许反常的逻辑性。这使得天真的埃克利——这个原本就因为民俗研究工作，对此类事情半信半疑的学者——相信了他的故事。至于事情最近的发展——可能是因为那些粗陋的乡下邻居像埃克利一样以为他的房子会在夜晚时分被某些离奇神秘的东西包围，因此他才没办法留住他的仆人和帮手。当然，那些看门犬应该的确是咆哮过。

至于那张唱片的事情，我只好相信他是通过他所说的方法而得到的。这肯定说明了什么：可能是某些由动物发出的声响，只是容易使人误认为是人类的谈话而已；或者那是某些在夜晚出没、隐藏起来的人类交谈时的声响。甚至这些人可能已经退化到一个比动物高级不到哪儿去的境地了。想到这里，我的思绪回到了那块刻着象形文字的黑色石头上，并开始推测它到底意味着什么。这时我还想起了那些埃克利说他准备寄过来的照片，也就是那些老人发现其令人信服得恐怖的照片——那上面又会是什么？

等重新再读了一遍那封难辨认的手稿后，我开始觉得我的那些容易上当的反对者在这件事情上猜对的内容可能比我所承认的要多一些。毕竟，虽然并不存在民间传说里提到的那些来自群星的怪物种族，但是可能还有某些奇怪的，甚至可能世代畸形的流浪者在那些世人回避的偏远山丘里出没。如果真是这样，那么那些出现在泛滥洪水里的奇怪物体就不那么难以置信了。这样说来，就此猜测那些远古传说和最近的报道都有着这般大量的现实基础作为依据是否会显得太过冒昧呢？即便我仍怀有一些疑惑，可由这样一封亨利·埃克利书写得如此疯狂的怪信将这些想法重新翻了出来，依旧让我感到有些惭愧。

最后，我还是以一种感兴趣的友好语气回复了埃克利的信，并请他提供进一步的细节。他的回信几乎是立刻就随着返程的邮政车送到了我的手上。他兑现了承诺，在信中夹带了一些用柯达胶片记录下的场景和物品，好为他在信里所提及的内容进行说明。当我把这些照片从信封里拿出来的时候，我扫了它们一眼，同时察觉到一种奇怪的惊骇感，那就好像自己正在接近某些禁断的事物一般；因为尽管它们大多都有些模糊，但却仍有着强的表现力，同时因为它们都是真实的相片，这种可恨的表现力被进一步加强了——因为我能用直观的视觉来观察它们所描述的东西，而且所观察的对象还是通过一个不包含任何偏见、差错或虚伪的客观传输过程而得到的产物。

我越是看这些照片，就越发现我先前对埃克利，以及他的故事，所做出的评价有失公允。很确定，这些照片里包含着一些明确的证据证明在佛蒙特州群山里的确存在着某些东西，而且这种东西起码与我们寻常熟悉的事物和看法相去甚远。其中最最可怕的就是那只脚印——那是一张在阳光照耀下的，于一片荒芜的山坡上的小块泥地中拍下的照片。我一眼就能看出来，这绝对不是粗劣廉价的伪造品；因为那些视野中的轮廓清晰的鹅卵石与草叶为远近距离构成了一个明确的比尺，使得二次曝光这种小把戏几乎无法实现。我曾称这东西为"脚印"，但"爪印"也许是个更好的词。即使是现在，我仍无法很好地描绘出它，只能说它非常像是螃蟹的模样，而且它的前后方向似乎也有些模棱两可。这脚印很深，而且很新鲜，但它的尺寸似乎与人类脚掌的平均大小相差不大。从最中央印记开始，数对看起来像是锯齿状的螯延伸向相反的方向——如果这个东西只有这一种运动的器官，那么它的运动方式实在很令人困惑。

还有一张明显是在很暗的阴影里通过延长曝光时间拍摄下来的照片，它表现了一处位于林地里的山洞入口，而洞口里紧紧地塞着一块规则的圆形巨石。在洞口面前光秃秃的地上，可以勉强分辨出一些奇怪痕迹密集交织成网状，而当我用放大镜研究这张照片时，不安地发现这些痕迹和上一张照片中的那个脚印非常相似。第三张照片显示在一座荒野的山顶上竖立着一个好像德鲁伊仪式使用的立石圆环。在这个神秘石环附近的草大多数都被压倒和踩荒了，但是我却找不到任何脚印，即使是在草上。照片上那些极遥远的地方显然确确实实是无人居住的起伏群山。这些山峰组成了照片的背景，一直绵延进入了模糊的地平线中。

但如果说这些照片中最令人不安的是那些脚印，那么最奇怪的则是那块在圆山密林里发现的黑色大石头。埃克利显然是在他的研究桌上拍下这张照片的，因为我看到照片里有一排排书籍以及背景上的弥尔顿半身像。那个石头以一块稍微有些不规则的弯曲表面正对着照相机，宽大约一英尺，高有二英尺；但是如果要对这个表面，或者对这整个物体的形状进行准确描述的话，这几乎已经超出了语言表述能力的范围。我甚至都无从去猜测它是依照着怎样一个古怪的几何学原理进行切割的——不过那上面的确有人工切割的痕迹；此外，我从来没有见过任何东西会让我感觉如此怪异，如此确定地相信它不属于这个世界。至于那些表面上的象形文字，我只能分辨出其中的一小部分，但我分辨出的一两个符号依旧令我颇为震惊。当然，它们可能是伪造的，毕竟除了我之外肯定还有人读过由阿拉伯疯子阿卜杜·阿尔哈兹莱德编写的那本可怕而又令人憎恨的《死灵之书》；不过即便如此，它仍然令我不寒而栗。因为我认出了其中某些表意文字，而我的研究则使得我将这些文字与那些最令人毛骨悚然、最为亵渎神明的传闻联系在了一起——那是一些讲述早在地球和太阳系内其他世界诞生之前就已经存在的疯狂事物的传说。

至于剩下的五张照片，其中三张是一些沼泽和山丘的场景——其中好像有某些隐匿而危险的住民留下的痕迹。另一张是一个留在地上的奇怪记号——他说他是清晨时分在自己房子附近拍摄下来的，在这之前的那个夜晚，看门犬咆哮得特别厉害。这个记号相当难辨认，没有人能从它上面真正得出什么肯定的结论；不过它极其可恶地与那个摄影于荒芜山地里的痕迹或爪印相似。最后一张照片是埃克利自己的家：那是一栋非常整洁、有着两个楼层以及阁楼的白色房子，有一百二十五年左右的历史，还有一片保养得很好的草坪以及一条由石子围边的小路，小路通向一扇雕刻得相当雅致、有着乔治王朝时期风格的大门。草坪上有几只巨大的看门犬蹲在一个表情愉快的男人附近。那个男人留着一圈剪得很短的灰色胡子，我猜他应该是埃克利——这应该是他自己拍的照片，从他右手握着的那个连着软管的球形按钮就可以推断出来。

看过照片后，我转向阅读那封冗长的、最近才写完的信，于是接下来的三个小时里，我一直都沉浸在一个无以言表的恐怖深渊中。在这封信里，他开始详细地述说那些之前只是提了个大概的地方；他用长篇的文字誊抄下了在夜间偶然听到的词句；用长篇的记叙描述他在黄昏时分看到山上茂密的灌木丛里的粉红色东西；同时他还讲述了一个可怕的宇宙故事——他将各式各样的渊博学识运用到了与那个自称是间谍、后来又自杀了的疯子的对话中，从而提炼出了这个可怕的故事。我发现自己正面对着某些我曾在别处听说过的名讳和词句，某些联系着最令人胆寒的事物的名讳和词句——犹格斯、伟大的克苏鲁、撒托古亚、犹格·索托斯、拉莱耶、奈亚拉托提普、阿撒托斯、哈斯塔、伊安、冷原、哈利之湖、贝斯穆拉、黄色印记、利莫里亚–卡斯洛斯、布朗以及Magnum Innominandum[1]——同时，我感觉自己被拖拽着穿越过无可名状的亘古岁月以及无法想象的维度空间，回到了那些即便是《死灵之书》的作者也只能用最模糊的方法去猜测的古老世界，那些来自外界的存在恣意横行的古老世界。信中的文字向我讲述了那些初原生命生活的深渊；讲述了从那些深渊汩汩流淌出的溪流；这些溪流中有一条最微不起眼的小溪，它最终与我们地球的命运纠结交汇在一起。

我的大脑渐渐晕眩；如今我开始去相信那些最反常、最难以置信的奇迹，相信那些以前我原本试图解释清楚的事情。一系列至关重要的证据多得可恨，多得势不可挡；而埃克利那冷静、科学的态度——那种将想象尽可能排除在那些发狂的、狂热的、歇斯底里的，甚至过分夸张的思辨之外的态度——对我的想法和判断产生了极其巨大的影响。当我将这封可怕的信件放在一边时，我已能理解他心中的恐惧，并且决定尽我一切的力量阻止人们接近那些耸立在荒野里、鬼怪出没的群山。即使是现在，时间已经消磨了我脑海里的印象，并且使我有

---

[1] Magnum Innominandum：拉丁语，意为不可提及的伟大存在。

些怀疑自己的经历与那些可怖的疑惑，但我仍不会去引述那些埃克利写在信里的内容，甚至不会诉诸文字写于纸上。当发现这封信以及唱片和照片都消失之后，我的感觉几乎说得上是高兴和愉快——并且，我也希望那颗在海王星之外的新行星永远不会被发现，我会很快解释这其中的原因。

读过那封信之后，我关于那些佛蒙特州恐怖事物的公开辩论便彻底结束了。那些反对者提出的理由和论据我都不再去回应，或者答应推迟再做回应。最终，这场争论逐渐被人们遗忘了。5月下旬和整个6月，我与埃克利一直保持着书信来往；但是，偶尔会有一封信件丢失，为此我们就必须回忆我们各自的立场，并重新费力地再写上一封副本。总体上说，我们所努力试图去做的事情就是比较各个与那些晦涩的神话学识有关的记录，并获得那些出没在佛蒙特州的恐怖事物和上古世界传说整体之间的关联。

首先，我们已经差不多确定这些恐怖的东西和那些出没在喜马拉雅山脉里的可怕的米·戈是同一种东西，是同一类具现的梦魇。另外，我们还有了一些非常有趣的关于动物学方面的推测，为此我不得不求助同一所大学的德克斯特教授，虽然埃克利曾强调过不能向任何人透露我们之间的事情。可我之所以违反这个命令，只因为我认为眼下发布一个有关那些佛蒙特州偏远群山的警示——以及告诫那些越来越多打算去探索的喜马拉雅山群峰的探险者——比起保持沉默来说更有益于公众的安全。同时，我们逐渐谈论到一个具体的东西——解译那些刻在那块邪恶的黑色石头上的象形文字——这些解译工作也许能使得我们掌握某些过去从未有人知晓的、更深更令人眩晕的秘密。

III

6月底，那张留声机唱片也被送了过来——这次是从布拉特尔伯勒邮寄过来的，因为埃克利不信任家乡以北的铁路支线。他渐渐觉得有些东西正在刺探他的行动。此外，我们还丢失了一部分寄出去的信件，这让埃克利越发警惕。他在信里大谈某些人的鬼祟活动，并且确信这些人肯定是那群隐匿生物所利用的工具和代理人。在这类人中，他最怀疑一个名叫沃尔特·布朗的农民——这个阴沉乖戾的家伙独自居住在山坡上一处靠近密林的破旧小屋里——埃克利经常看见他似乎漫无目的地在布拉特尔伯勒、贝洛斯福尔斯、纽芬以及南伦敦德里等各个市镇的街角边闲逛，同时做出一些极其让人费解的举动。另外他在信中肯定地说，自己曾经有一次，在某个场合下，偶然听到布朗的声音出现在一场非常可怕的对话中。此外，他曾在布朗的房子附近发现了一个脚印或爪印，这可能包含一些最为不祥的暗示。因为，这个痕迹非常靠近一些属于布朗的脚印，近得有些古怪——而且，布朗的脚印还正对着那个痕迹。

因此，埃克利驾驶着他的福特车，穿过佛蒙特州荒凉的乡间小路，来到了布拉特尔伯勒，再将唱片邮寄给了我。在与之一同送过来的便条里，他坦白地说自己渐渐害怕穿过那些小路了，除非是在天色大亮的时候，否则他都不敢去汤森镇购买生活用品。他一遍又一遍反复申明，对这些事情知道得太多没有好处，除非居住在距离那些可疑的寂静群山非常遥远的地方。他很快就要搬去加利福尼亚，和他儿子住在一起，但是要放弃一个汇聚了自己所有记忆和祖先感情的地方并不是件很容易的事情。

在把唱片放进我从大学行政办公楼里借来的机器前，我仔细翻阅了埃克利寄来的各种信件，并再一次阅读了所有相关的解释。他说这张唱片是他于1915年5月1日凌晨1点左右在一个被封闭的山洞口前录下的。这个洞穴位于黑山西面，从里氏沼泽中隆起的山坡上。那块地方经常会传出某些奇怪的声音，因此，埃克利才会带着留声机以及空白的唱片期待有所收获。以往经验告诉他，五朔节[1]前夕——就是那些欧洲秘密传说中举行恐怖的午夜拜鬼仪式的夜晚——可能会比其他日子里有更多收获。事实上他也果然没有失望。但是，值得注意的是，

---

[1] 五朔节：4月30日夜晚。沃尔珀吉斯之夜，欧洲中部和北部春季节日。基督教兴起后，由于这是异教徒的节日，因此被冠以女巫集会、拜鬼仪式等等恶名。

从此之后他就再也没能在这个地方听到同样的声音。

和大多数在森林里偶然听到的声音不同，这张唱片上记录的声音更像是一种仪式，其中包括了一个可能是人类的声音，但埃克利一直没能确定那到底是谁的嗓音。他不是布朗，更像是一个有着良好修养的人。不过，唱片里的另一个声音才真正是这张唱片的关键——因为那是一种应当被诅咒的嗡嗡声，虽然与人类声音没有任何相似之处，但却带着一种学者的腔调，而且相当精通英语文法。

记录用的口述录音设备工作状况时好时坏。当然，当时埃克利所处的位置也不利于录音。因为那场仪式离得较远，而且仪式上的声音大都被挡在了封堵起来的洞穴里；所以实际上录下的对话非常零散。埃克利给了我一份文字抄本来说明他觉得其中的那些词句究竟为何。准备调试好机器之后，我又重新浏览了一遍这份抄本。文本的内容并非充满了敞开直白的恐怖，而是透着一种隐晦的诡秘；但是它的来源以及获取它的方式却给这份抄本附带上了无法用文字表述的恐怖联想。我会在这里写下所有我能记得的部分——我很肯定我的记忆准确无误，因为我不仅读过那份抄本，而且还一遍又一遍地听过那张唱片。它绝不是那种会被迅速、轻易遗忘掉的东西！

（一些无法辨识的声音）

（一个文雅的男性人类声音）

……是森林之王，即使……以及冷原之人的礼物……所以，从那些黑暗之源到那些星空之渊，从那些星空之渊到那些黑暗之源，永远是对伟大的克苏鲁的赞美、对撒托古亚的赞美、对那不可言说其名讳的他的赞美。永远是对他们的赞美，充满森之黑山羊。耶！莎布·尼古拉斯！那孕育千万子孙的山羊！

（一个模仿着人类说话的嗡嗡声）

耶！莎布·尼古拉斯！

那孕育千万子孙的森之黑山羊！

（人类的声音）

它已经穿过森林之王，正在……七与九，走下缟玛瑙石阶……贡颂深渊之中的他，阿撒托斯，汝教会吾等奇迹……用夜之翼超越星空之外，超越那……因此，犹格斯是最年轻的孩子，在边缘那黑暗的以太里转动……

（嗡嗡的声音）

……走出去到人类之中去，找到那些道路。深渊中的他也许会知道。所有一切都必须告诉奈亚拉托提普，伟大的信使。而他将会换上人类的外貌，那蜡质的面具还有那掩藏的长袍，从七日之地降临，去嘲笑……

（人类的声音）

奈亚拉托提普，伟大的信使，穿越虚空为犹格斯带来奇妙愉悦之人，百万蒙宠者之父，阔步行过……

这就是我播放唱片后听到的词句。当时怀着一点点发自内心的恐惧和犹豫，我按下了留声机的机械臂，听着唱针的蓝宝石针头发出最初的刮擦声。我很欣慰自己最先听到的是一个模糊而且断断续续的人类声音——那是一个成熟而且有教养的声音，似乎略带着一点儿波士顿口音，显然不是佛蒙特州当地山里的居民。当听着这微弱却又挑动心绪的声音时，我似乎逐渐在埃克利仔细准备的抄本上找到了对应的部分——当那个人开始吟诵，用那成熟的波士顿口音说：

"耶！莎布·尼古拉斯！那孕育千万子孙的森之黑山羊！"

这时，我听到了另一个声音。直到今天，每当回顾起那个声音是如何撼动我内心的时候，我仍会止不住地颤抖。虽然我当时已经阅读了埃克利的叙述，早已做好了准备，但那种震慑仍旧来得异常强烈。后来我也曾向其他人描述过这张唱片的内容，但听过我的描述后，所有人都认为唱片里的声音不过是些粗劣的伪造和疯话；可是，他们毕竟没有听过那张该被诅咒的东西，也没有读过埃克利寄来的大堆回信（尤其是第二封令人胆寒却又包罗万象的长信）。如果他们听过那张唱片，如果他们见过那些回信，我相信他们会改变看法的。说到底，我很后悔自己一直听从埃克利的意愿，没在其他人面前播放过那张唱片；另外，我们的往来书信也全都弄丢了——这更让我觉得无比惋惜。但是，我听过那个声音，并有着明确的直观感受，又了解唱片的背景及与之相关的情况，所以对我而言，那个声音实在是让人恐惧。它紧接在那个人类的声音之后，像是一种仪式性的应答。但在我想象里，那仿佛是一种恐怖可憎的回音，它回荡在那些位于世界之外、凡人无法想象的地狱里，穿越过不可思议的深渊最终传到了我的耳朵里。距离我最后一次播放那张亵渎神明的蜡克盘已过去了两年多的时间；但直到现在，这些年来的每时每刻，我仍能听到那恶魔似的微弱嗡嗡声，就像是那声音第一次传到我耳边一样。

"耶！莎布·尼古拉斯！那孕育千万子孙的森之黑山羊！"

可是，虽然那声音一直在我耳朵里回荡，但我至今都无法准确分析它的特征，更无法形象地将之表述出来。它听起来就像是将一只令人作呕的巨大昆虫所发出的嗡嗡声生硬地挤压成了一种异类种族使用的语言——虽然吐字清晰，但我敢肯定发出这种声音的器官肯定与人类的声带，甚至与一切哺乳动物的声带都没有任何的相似之处。不论在音色、音调、振幅还是泛音上，那种声音都显得相当怪异，完全不同于人类或是任何地球生物所发出来的声音。我初次听到这个突然出现的声音时几乎被吓昏了过去，只能头晕目眩、心不在焉地继续听着唱片播放剩下的部分。而等到这个嗡嗡声开始诵念那段较长的话语时，那种在早前听到较短部分时感受到的无与伦比的邪恶感觉又得到了急剧的放大。直到最后，唱片在那个操着波士顿口音的人类所发出的异常清晰的言语中戛然而止；而我仍呆呆地坐在原地，长久地盯着那台自动停下来的机器。

自然，我后来又反复播放过那张令人惊恐的唱片，并参照埃克利给出的抄本，竭尽全力地注释和分析了其中的内容。倘若在此复述我们的结论，那将是一件既令人惶恐又毫无意义的事情；不过我可以透露一些简单的信息——即我们都同意，我们发现了一条有关某些古老秘教的重要线索，并且能顺着这条线索追溯到那些秘教奉行的某些最令人厌恶的原始习俗的最初源头。在我们看来，这些隐匿的外来生物似乎与人类中的某些成员组成了某种古老且复杂的同盟关系。但我们不知道这种同盟关系延伸得有多宽广；也不知道同盟目前的状况和早古时期又有何不同；不过，这至少留下了些许空间，供我们永无止境地去进行恐怖骇人的猜测。似乎，在几个明确的时代里，人类曾与那不可名状的无尽虚空建立起了某些极其可怕的古老联系。这意味着，那些出现在地球上的、亵渎神明的言行可能是从那颗围绕在太阳系边缘、黯淡无光的犹格斯星上传来的。但是，这颗人口稠密的行星只不过是那个恐怖的星际种族所占据的一个前哨罢了，它们真正的、最初的起源肯定在更加遥远的地方，甚至远在爱因斯坦所宣称的时空连续统一体之外，或是远在人类所知晓的最广博的宇宙边界之外。

与此同时，我们依旧讨论那块黑色的石头，并试着寻找出一个最好的方法将它送到阿卡姆来——因为埃克利认定，我在他进行这些噩梦般的研究时过去拜访是极不明智的决定。出于某些考量，埃克利不愿相信任何寻常的，或是我们习以为常的运输路线。他最后决定亲自带着那块石头穿过乡野前往贝洛斯福尔斯，然后再利用当地的波士顿—缅因州的铁路系统经过基恩、温彻顿以及菲奇堡等地绕上一个大弯转寄到我的手上——可是，为了实现这一目标，他需要驾车经过一些比平常驶往布拉特尔伯勒的主要干线偏僻得多的乡间小路，而且还需要穿过更多的森林。埃克利告诉我，上次给我邮寄留声机唱片的时候，他留意到一个男人在布拉特尔伯勒的快递局附近徘徊，而这个男人的表情和举止让他觉得颇为不安。他注意到，那个男人似乎非常焦虑，甚至在面对着工作人员时支支吾吾说不出话来；随后，他又看见那个男人搭上了托运唱片的火车。有鉴于此，埃克利承认，在他看到我回信告知他唱片顺利寄达前，他从未完完全全地安心过。

这个时候，也就是6月的第二个星期，我寄出的另一封信又失踪了。直到埃克利寄来一封语气焦虑的回信时，我才得知此事。自那之后，他告诫我不要再寄到汤森镇去，而是把所有的信件都寄到布拉特尔伯勒，并保存在存局候领处由他亲自领取——他可以频繁地开着自己的汽车，或者乘坐长途公共客车线（这条线路后来被铁路支线提供慢车客运业务给取代了）往返布拉特尔伯勒。我清楚地意识到，他正在变得越来越焦虑，因为他开始毫分缕析地描述那些看门犬在无月的夜晚发出的频繁咆哮声，以及清晨来临时，他偶尔在农舍庭院后方的小路与泥地里发现的新鲜爪印。还有一次，他提到大量爪印——多得完全可以算得上一支军队——与一行由看门犬留下的、同样密密麻麻、毫无退缩的脚印对峙的场面。此外，他还寄来了一张极度令人不安和憎恶的快照作为证明。他在信中说，在这之前的那个夜晚，看门犬们竭尽全力地咆哮了一夜。

6月18日，星期一的早晨，我接到一封来自贝洛斯福尔斯的电报。埃克利在电报中说他已经将那块黑色石头寄出，由波士顿—缅因州的铁路系统中的5508号列车负责托运。列车将于中午12时15分（标准时）离开贝洛斯福尔斯，并在下午4时12分抵达波士顿北站。因此，我估计它最晚应该会在第二天中午抵达阿卡姆；因此，我整个星期二上午都在等这件包裹。但直到中午时分，那块黑色的石头依旧没有出现。于是，我给快递局打了个电话，却被告知他们没有收到任何寄运给我的货物。我渐渐惊惶起来，并且立刻给波士顿北站的快递员打了长途电话；而当得知我的货物根本没有出现时，我反而镇定了下来，几乎没感到丝毫的意外。5508号火车前一天抵站时仅仅晚点了35分钟，但是上面却没有邮寄给我的包裹。不过，快递员向我保证会对此事展开调查。那天夜里，我连夜写了封信寄给埃克利，概述了所遭遇的情况。

第二天下午，波士顿方面以值得夸赞的速度迅速完成了调查工作，而快递员在得知了事情经过后也第一时间给我打了电话。根据搭乘5508号火车的铁路快递员工回忆，那天似乎的确发生了一件可能与丢失包裹密切相关的事情——前一天下午1点，火车停靠在新罕布什尔州基恩站的时候，这位员工与一个黄棕色头发、声音颇为奇怪的瘦削男人发生过一次争执。

他说，那个农夫模样的男子对一个很重的箱子非常感兴趣，并且坚称那里面有他的东西。但是他的名字既没有出现在列车乘员的名单上也没有登记在公司的记录里。那个男子自称名叫"斯坦利·亚当斯"，他的嗓音非常古怪、口齿不清，而且还夹杂着嗡嗡声。而听他说话的时候，那名员工突然反常地感到头晕目眩，并且变得昏昏欲睡起来。这位员工已经无法清晰地回忆起这次对话究竟是如何结束的了，不过他记得当火车驶离站台时，他才开始完全清醒过来。波士顿方面的快递员补充说这位员工是一个年轻人，公司内部一致认定他非常诚实可靠，而且背景干净，此外他也在公司工作了很长时间了。

在快递局那里得到了这名员工的名字和住址后，当天晚上，我亲自到波士顿拜访了他。他是直率、讨人喜欢的家伙，但我发现，除了之前陈述的事情外，他也说不出更多的信息了。更奇怪的是，他甚至都不敢确定自己是否还能再认出那个出现在基恩、打听包裹的怪人。意识到他没办法向我提供更多信息后，我折返回到了阿卡姆，一直在桌前坐到清晨，分别给埃克利、快递公司、警察部门以及基恩车站的负责人各写了一封信。我意识到这个有着奇怪声音，并且对那位年轻员工施加了古怪影响的男人在整场离奇不祥的事件中扮演着一个非常关键的角色，因此我希望在基恩车站的雇员以及电报局的记录能告诉我一些关于他的事情，甚至或许能告诉我那个男人是在何时、何地以及如何询问那个年轻职员的。

不过我必须承认，这些调查均无果而终。的确有人注意到那个有着奇怪嗓音的男子曾于6月18日下午早些时候出现在基恩站附近，而且还有一个闲人依稀记得他身边有一个沉重的箱子；但是他对那个人一无所知，之前从未见过，而在那之后也再未遇到。根据目前的信息显示，他没去过电报局，也没有收到过任何的消息；同时铁路局方面也没有通知任何人那块黑色的石头被送上了5508号列车。自然，埃克利也加入了调查的行列，甚至他还亲自前往基恩，问询了车站附近的居民与员工；但是在这件事情上，相比于我的态度，他更有点儿宿命论的想法。似乎，他觉得箱子的丢失是件不可避免的事情，是事态发展下来的必然结果，也是一个充满威胁意味的不祥预兆。因此，他对石头的失而复得已经不抱任何希望。他在信里说，那些群山里的生物与它们的代理人毫无疑问都有着某种催眠与心灵感应的力量；而在有一封信中他还暗示说，他不认为那块石头还留在地球上。但这件事情却让我有些愤怒。因为我觉得如果那块石头能平安送到我手上，那么自己至少还有机会能从那些模糊不清的古老象形文字中学习到一些深奥的、令人惊异的东西，可现在连这点儿机会也一同丢失了。倘若不是埃克利随后又寄来一系列接踵而至的急信，这件事情或许会一直让我心痛不已、无法释怀。但埃克利在随后寄来的急信中表示，群山里的恐怖情形已经发展到了一个全新的局面，这立刻吸引了我的全部注意。

IV

埃克利的笔迹变得更加颤抖了，甚至显得有点儿可怜。在信里，他说那些未知的东西表现得更加坚定了，并且开始逐渐向他逼近。每逢无月，或是月光黯淡的晚上，那些看门犬发出的咆哮声便会变得让人毛骨悚然起来；甚至，白天经过那些偏僻小路的时候，他都能发现某些东西为了阻碍他通行而留下的痕迹。8月2日那天，他驾驶着自己的汽车前往村里。但当他沿着大路准备穿过一小片茂密的树林时，他发现有一棵大树的树干横挡在了他的必经之路上。当时陪在他身边的那两只大型看门犬发出了凶猛的咆哮声，这让他意识到附近肯定潜伏着某些东西。如果没有那两只看门犬的警告，他都不敢想象会发生些什么——不过，这段时间以来，若没有至少两只忠实强壮的看门犬陪在左右，他绝不会离开房子半步。此外，8月5日和8月6日，他也在路上遇到了些状况；其中一天有人在林子里向他开了一枪，但子弹仅仅擦过了他的汽车；而另一天，看门犬在车上咆哮了许久——这意味着林地的确藏着某些邪恶的东西。

8月15日，我收到一封语气颇为慌乱的急信。这封信的内容让我极度不安，同时也希望埃克利能撇下自己孤僻寡言的习惯，转而寻求于法律的援助。这件事情发生在12日的夜晚——当晚他的农舍如同战场一般子弹横飞；而第二天清晨，他发现自己驯养的十二只看门犬中有三只已被袭击者射杀。此外，大路上散布着无数的爪印，其中还夹杂着一些由沃尔特·布朗留下的人类足迹。埃克利曾打电话到布拉特尔伯勒想要再订购一批看门犬，但他还没来得及说上几句话，电话线便被掐断了。而后，他开着汽车亲自去了一趟布拉特尔伯勒，并在当地听说了线路故障的原因——架线工们发现穿越纽芬北部荒凉群山的主电缆在密林里被整齐地割断了。他在信里说，他准备带着新买来的四只健壮猎犬，以及为他那支大口径连发步枪而准备的几箱弹药开车回家。他是在布拉特尔伯勒的邮局里写下这封信的，而这封信没做任何延误，顺利地寄到了我的手上。

　　到了这个时候，我对这件事情的态度已由严谨的研究迅速转为私底下的焦虑。我为置身在那间偏远农场里的埃克利感到担心，同时也隐约为自己感到忧虑，因为我现在已经与那些发生在群山里的怪事脱不了干系。事态已逐渐蔓延开来。它会将我一同卷入，甚至将我完全吞没吗？我在写给埃克利的回信里敦促他去寻求帮助，并且暗示他，如果他不愿意，那么我会亲自采取行动。尽管他不愿意将我牵扯进来，但我依旧提议要亲自前往佛蒙特州，并协助他向有关当局解释目前的情况。可是，我仅仅收到一封来自贝洛斯福尔斯的电报作为回应，上面写着：

　　　　感谢提议，但你没有什么可做的。万勿私自行动，不会有结果。这只会伤害我们，等候解释。

　　　　　　　　　　　　　　　　　　　　　　亨利·阿克利

　　可是，事情依旧没有好转，反而进一步恶化起来。我写信回复了这封电报，但不久之后，埃克利便寄来了一封潦草的短信，同时连带着揭露出了一条令人惊骇的消息——他不仅没有向我发过电报，而且也没收到我在接到电报后寄出的回信。在得知这件事情后，他前往贝洛斯福尔斯进行了一些仓促的调查工作，最后发现这封电报是由一个黄棕色头发怪人发送的——有人记得这个人的嗓音粗哑得有些奇怪，而且说话时还带着古怪的嗡嗡声——但除此之外，再没别的线索了。邮局的职员向他出示了电报发送者用铅笔潦草书写的电报原稿，埃克利根本不认识纸上的笔迹。值得注意的是，电报的签名被错写成了"阿克利"而不是"埃克利"。这让人不可避免地产生了某些联想，但就在这显而易见的紧急关头，他仍旧在不厌其烦地详细描述他所面临的危机。

他提到看门犬不断死去，也说起要再补充一些。他还提起自己打算更换些枪械——现如今，在没有月亮的夜晚，枪支已经成了不可或缺的角色。这段时间里，他经常能在道路与农场的后方发现大量的爪印，其中还混杂着布朗的脚印，以及至少一两个穿鞋的人类脚印。埃克利承认，事态已经糟到了极点；他觉得不管能不能将这座老房卖出去，他都应该马上搬到加利福尼亚去与自己的儿子生活在一起。但是想要离开这块他真真实实当作家园的土地绝非易事。他必须努力坚持得更长久一些；也许他能吓跑那些入侵者——尤其当他公开表示放弃所有努力，不再进一步去刺探它们的秘密之后，更是如此。

我立刻回复了埃克利的来信，重申了提供帮助的建议，同时表示希望能亲自拜访他并协助他说服当局相信他所面临的可怕险境。回信时，他的态度似乎不如我预料的那么强硬。他重申自己想要再拖延一阵子——好把一切都打理好，并让自己从心底接受这个离开他几乎病态般珍爱着的故乡的念头。人们一直都在用怀疑与轻蔑的眼光看待他的研究和猜测，所以他最好还是在不引起村子骚动的情况下安静地离开那里，免得人们纷纷开始怀疑他是否神志健全。他承认，他受够了，但如果有可能，他希望能带着一丝尊严离开自己的家乡。

这封信于8月28日寄到了我手上，与此同时我书写并寄出一封回信，尽我所能地鼓励和支持了他的想法。显然，这封充满鼓励的信起到了效果，因为当他回信确认收到我的消息时，已不再像以前那样总是连带着叙述上许多可怖的事情。不过他仍旧不太乐观，并且在信中简单地表示他认为是满月时节的光芒阻止了那些生物，才造就了这段相对平静的局面。他希望这段时间不要出现乌云密布的夜晚，并含糊地宣布当月亮开始亏缺时，他便会搬到布拉特尔伯勒去居住。于是我又写了一封洋溢着鼓励和支持的回信，但9月5日，我又收到了另一封来信——这显然不是针对我的鼓励而书写的回信，而是埃克利继上一封信后紧接着又寄来的另一封新信。面对这封急信，我再也想象不出任何充满希望的回复。考虑到它的重要性，我觉得还是将之全文引述为好——起码也应该凭借着我对那份令人极其不安的手稿的记忆，尽可能记录下来。它大体上的内容如下：

星期一

亲爱的威尔马斯——

　　对于上一封信来说，这是一封令人沮丧的附言。昨晚阴云密布——但是没有下雨——也没有一点点月光能穿透浓密的云层。事情糟透了，我想我离终点已经越来越近了。午夜过后，某些东西降落在了我的屋顶上，所有的狗都冲了出去，查看那到底是什么。我能听见它们在附近猛扑和狂奔，还有一只试图从低矮的侧房跳上屋顶。那上面发生了一场可怕的打斗，我听到一阵我永远都不会忘记的恐怖嗡嗡声。接着又传来了一种可怕的气味。几乎在同时，数颗子弹穿过窗户，几乎是擦着我的身子飞了过去。我猜那些群山里的生物所组成的大军趁着看门犬因为屋顶的事情正在分神的时候接近了房子。屋顶上到底发生了什么，我还不太清楚，但恐怕那些东西已经学会如何更好地控制它们那些能够飞越宇宙空间的膜翼了。我熄了灯然后利用几扇窗户当作射击孔，把步枪摆在刚好不会打中看门犬的高度上向四周射击了一圈。这个举动好像结束了整件事情，不过早上的时候我在后院里发现有几大摊血迹，血迹旁边还有几摊绿色而且黏稠的东西——那东西有着一种我所闻过的最糟糕的气味。我还爬到了屋顶，并且在那里发现了更多黏稠的液体。一共有五只看门犬被杀死了——我觉得我可能因为瞄准得太低而击中了其中的一只，因为它的后背挨了一枪。现在，我正在修理枪击打破的窗玻璃，并准备去布拉特尔伯勒带回更多的狗来。我想那个养狗场的人一定会以为我疯了。过一阵子再给你写另一封信。我想我会在一或两周内准备好搬家，虽然一想到这事情就好像是要杀了我一般。

仓促的埃克利

但这并不是埃克利寄出的唯一一封来信。第二天早晨——9月6日——另一封信又来了。信纸上那些疯狂而潦草的笔迹令我感到心力交瘁，同时也陷入了一个完全不知道该说些或做些什么的迷茫境地。再一次地，我只能按照我的记忆尽可能如实地在这里引述这封信的内容。

星期二

云层还是没有散开，所以夜晚仍然没有月亮——再则，月亮这时也在逐渐亏缺。如果我知道它们会在电缆修好的同时立刻再次切断电缆，那我肯定会为房子通上电线，并再配上一个大探照灯。我想我要疯了。也许我写给你的一切都只是一场梦或者精神错乱的臆想。以前就已经够糟了，可到了现在，一切都变得糟透了。昨天夜里，它们向我说话了——它们用那种应该被诅咒的嗡嗡声向我讲述了一些我根本不敢再复述给你听的东西。我听见它们的声音清晰地穿透了看门犬发出的狂吠声，甚至还有一阵，一个协助它们的人类声音盖过了它们所发出的嗡嗡声。别插手，威尔马斯——这件事情比你或者我曾设想过的还要可怕得多。它们现在不打算让我去加利福尼亚了——它们不打算让我继续活下去，或者继续以某种理论上和精神上相当于活着的状态存在下去——不仅仅是去犹格斯，而且还会在那之外——远离银河系之外，甚至可能是超越宇宙最后一道弧形边缘之外的地方。我警告它们，我不会去任何它们希望我去的地方，也不会让它们用计划好的可怕方法带走我，但是我猜这毫无用处。我所居住的地方实在太偏僻，不久之后它们便能和夜晚一样，在白天的时候出现在我房子附近。又有六只狗被杀死了，而且当今天我驾车穿过森林里的公路，开往布拉特尔伯勒的时候，我觉得它们从始至终都跟在我附近。

我试图寄给你留声机唱片和那块黑色的石头本身就是个错误。你最好赶在一切都不算太晚之前毁掉那张唱片。我明天会再写一封信给你——如果我还在这里的话。希望我能安排好带着书和其他东西到布拉特尔伯勒去，并且寄宿在那里。如果我可以，我一定会抛下一切逃之夭夭，但是我脑子里有某些东西却阻止我这么做。我能悄悄地逃到布拉特尔伯勒去，在那里我应该是安全的，但我觉得自己就好像是一个关在这所房子里的囚徒一样。我好像知道为什么即使我不顾一切努力试图逃走也徒劳无功了。这一切都太可怕了——别搅进来。

你的朋友，埃克利

收到这封可怕的来信后，我一晚没睡，并开始怀疑埃克利是否仍然神志健全，头脑清楚。这封短信的内容完全是疯癫狂乱的，然而它的表达方式——考虑到以往经历过的那些事情——却蕴含着一种可怕而强大的说服力。我根本没有试图去答复这封信，反而觉得最好还是等到埃克利有时间回复我寄出的最后一封信件后再做打算。可就在接下来的第二天，这样一封回信便真的送到了我面前。但是信中讲述的新情况却使得它带来的、任何名义上的回复都显得黯然失色。下面就是我能回忆起的信件内容——信纸上的字迹很潦草，而且满是污渍，似乎是在一个相当疯狂和仓促的过程中写下的。

星期三

威——

我收到了你的来信，但现在再讨论些什么已经完全没有用处了。我现在完全听天由命。我怀疑自己是否还有足够的意志力去赶跑它们。即使我愿意放弃一切去逃跑也无法逃离它们的阴影。它们会抓住我的。

昨天它们送来了一封信——我在布拉特尔伯勒的时候，乡村免费邮递的邮递员带给我的。印的是贝洛斯福尔斯的邮戳。里面说了它们准备怎样对付我——我不能再做复述了。你自己要小心！毁掉那张唱片。在多云的夜晚保持警惕，月亮一直在亏缺。希望我敢去寻求帮助——这会让我提起精神坚定意志——但敢到这里来的人都会说我疯了，除非遇到某些证据。毕竟不能没有理由便要求其他人到这里来——我与其他人有很多年没联系了。

但我还没有告诉你最糟的事情，威尔马斯。打起精神来读一读下面这些东西，因为它会令你更加震惊。但是，我是在告诉你真相——我已经见过、接触过这些东西中的一个，或者这东西的一部分。老天，那可怕极了！当然，它是死的。我的一条狗逮住了它，我今天早晨在狗舍附近找到了它。我努力试图将它保存在木棚里，好说服别人相信整件事情，但不出几个小时，它就分解消失了，什么也没留下。你知道，那些曾出现在河里的东西，往往只有在大洪水后的第一个早晨才看得到。而最可怕的是，我试着拍下它的照片给你，但当我洗出相片时，上面除了小木棚外什么也看不见。这些东西到底是什么构成的？我看见它，我摸到了它，而且它们也留下了脚印。它们肯定是由物质构成的——但究竟是什么样的物质呢？我没法描述它的形状。它像是一只巨大的螃蟹，在它应该是头部的位置上有着许多由厚实、黏性的东西形成的角锥状的肉环或肉瘤，上面覆盖着许许多多触角。我以前提到的那种黏稠的绿色液体是它的血液或者体液。现在每一分钟都有更多这些东西降临到地球上来。

沃尔特·布朗失踪了——我在这一带他常出没的村镇街角附近一直没看到他。我一定在开某一枪的时候打中了他，但这些生物似乎总是努力将它们的死伤者带走。今天下午去镇子上没遇到任何麻烦，但恐怕它们已经不再接近我了，因为它们已经肯定我无法逃跑了。我在布拉特尔伯勒邮局写下这些。也许这就是永别了——如果它是，写给我儿子乔治·古迪纳夫·埃克利。他在加利福尼亚，圣迭戈，普利斯特大街，176号。但是不要到这里来。如果你在一个星期后还没收到我的消息，没有在报纸的新闻里看到我的话，就写信告诉那孩子。

我现在要打出手里最后两张牌——如果我还有毅力这么做的话。首先我会用毒气对付这些东西（我已经拿到合适的化学品，也为我自已和看门犬们安排好了面具），如果它不管用，我会告诉治安官。如果他们希望，他们会把我锁进精神病院——这总比让那些东西为所欲为强。也许我能让他们注意房子周围的脚印——它们都很模糊，但是我每天早晨都能找到它们。但是，我猜警方会说我是用某种方法伪造出那些脚印的，因为他们一直觉得我是个古怪的家伙。

一定要让政府的警察在这里过一夜，亲眼看一看——但可能那些生物会知道这些事情，然后在那个夜晚不靠近我的房子。只要我晚上试图打电话，它们就会切断我的电线——架线工一直都觉得这非常奇怪。他们本可以为我做证，但他们离开了，而且还猜测是我自己切断了电话线——早在一个星期前他们就不再愿意为我维修电线了。

我能找到一些无知的人为我证明这些恐怖的东西是真的，但所有人都会嘲笑他们所说的话。而且，无论如何，他们早在很久之前就刻意避开我的住处，所以他们也不知道最新的进展。你无论如何都没法让那些邋遢的农夫带着微笑来到我房子里。邮递员听说了他们的话，并为此取笑我——老天啊。要是我敢告诉他这事情是多么真实该有多好！我想我会试着让他注意那些爪印，但是他只在下午过来，而这个时候那些脚印通常都消失了。如果我用一个盒子或者平底锅盖在一个上面保存下来，他又会确定那只是一个玩笑或者冒牌货。

我真希望自己不要做个这样的隐士，那样人们就会像以前一样过来串门。除了那些无知的人外，我从来不敢向其他人展示那黑色的石头和柯达相机拍下的照片，或者播放那张唱片。其他人会说我伪造了整件事情，他们会嘲笑我，除此之外他们什么也不会做。但我也许会试着展示那些照片。那些照片清楚地给出了爪印的模样，即便那东西本身并不能在照片上留下影像。今天早晨那东西消失殆尽前居然没有一个人看到，太可惜了！

但是，我不知道自己是不是在意这些事情。在经历过这些事情之后，住进一间疯人院也不差。那里的医生能帮我再虚构出一个新的想法，好彻底远离、忘记这座房子。也许这就是拯救我的方法。

如果你没有听到我的消息，写信给我的儿子乔治。再见，毁掉那唱片，别掺和进来。

你的朋友，埃克利

坦白地说，这封信将我推进了最黑暗的恐惧之中。我不知道该在回信中说些什么，只能潦草地写上几句无法连贯的建议和鼓励，然后用挂号信寄了回去。我记得自己在信里敦促埃克利立刻搬到布拉特尔伯勒去，并设法寻求当局的保护；我还记得自己在信里表示，我会带着唱片赶过去，并协助他说服当局相信埃克利是神志清醒的。此外，我觉得自己也提到警告公众的问题——并在信里说是时候发出大规模的警告，提醒人们警惕潜伏在我们之中的异类。根据此刻自己感受到的压力，我意识到自己已经完完全全地相信了他所说的一切事情；不过，我认为他之所以没能给那只死去的怪物拍下一张照片，是因为他自己由于激动而导致的疏忽，并非怪物本身的某些离奇特性。

V

　　接着，9月8日星期六下午，我又收到了一封信。这封信非常干净整洁，而且是用打字机打印出来的。它与以往的来信形成了奇怪的反差，同时也让我逐渐冷静了下来；这封充满了安慰与邀请的怪信必定标志着偏远群山里的恐怖事态出现了极其重大的转变。和先前一样，我将根据自己的记忆完整引述这封信的内容——基于某些特殊的原因，我尽可能地保留了来信的风格。这封信盖着贝洛斯福尔斯的邮戳。此外，寄件人的签名和信件正文一样是打印出来的——那些刚学会用打字机的新手经常犯这种错误。不过，信件的正文却非常准确，不太像是初学者的作品；于是，我推测埃克利过去肯定使用过打字机——或许是他在大学里的那段时间。虽然这封信勉强地抚平了我的情绪，让我微微放松些，但在这种放松之下却仍潜伏着一丝不安的感觉。如果在惊恐万分的时候，埃克利还是清醒正常的，那么现在这样松弛镇定下来后，他是否依然神志健全呢？另外他所谓的"关系改善"……究竟是什么？整封信所表达的观点与埃克利以往的态度出现了截然相反的对立！总之，这就是那封信的大体内容——仍旧是我根据自己那引以为傲的记忆力仔细誊写下来的结果。

　　　　　　　　　　　　　　　　　　佛蒙特州，汤森镇
　　　　　　　　　　　　　　　　　　1928年9月6日，星期四

　　我亲爱的威尔马斯：

　　　　我很高兴地通知你，你不必再为我写信告诉你的那些傻事感到焦虑了。我说的"傻事"主要是指那些担惊受怕时写下的胡言乱语，而不是之前叙述的奇异现象。那些异象全是真的，而且也非常重要；但我错就错在采取了一个非常不恰当的态度来应对它们。

我记得自己之前曾在信里说那些奇怪的访客正在与我沟通，并且试图与我进行对话。昨天夜里，这种语言上的交流变成了现实。在得到某些信号后，我同意让那些围在外面的家伙派遣一个信使进入我的房子——我简要说明一下，这个信使是人类。他向我讲述了许多你和我甚至都不曾想象过的情况，同时也清楚地证明了一件事——我们完全曲解误读了这些外来者在地球上保持秘密殖民地的意图。

那些邪恶的神话曾叙述了它们带给人类的礼物，也提及了它们希望在地球上获得的东西，但这似乎全都是一些对寓言的愚昧误解——创造和传播神话的人并不了解这些寓言，因为它们是另一种文化背景与思维习惯下的产物，而这种文化背景与思维习惯和我们所想象过的任何事物都完全不同。而我的看法，和那些无知农民与野蛮印第安人所做出的猜想一样，亦远远地偏离了事实的真相。那些过去曾被我认为是病态、可耻而且极不光彩的事情，实际上是非常值得敬畏的，甚至可以称得上是光荣的。它们大大地扩展人类的思想疆域——但人类面对完全陌生的异类时永远会觉得憎恶、恐惧与畏缩，而我之前的偏见就完全是因为这些恐惧情绪在作怪。

现在，我为我在夜间冲突中对这些怪诞而又不可思议的生物所造成的伤害感到惋惜和懊悔。要是我在一开始就同意与它们进行和平而理智的对话该有多好！但是它们忍受了我的恶意，它们的情感与我们非常不同。它们在佛蒙特州寻找代理人时非常不幸地找上了一些地位卑微的人类——例如，已故的沃尔特·布朗。他使我对它们产生极大的偏见。实际上，它们从未故意伤害人类，反而常常被我们无情地错怪与窥探。有一伙恶人组织了一个不为人知的教团，代表着某些来自其他位面的可怕力量，致力于追踪并伤害它们——如果我告诉你这些人与哈斯塔和黄色印记有关，以你渊博的神秘学识应该会明白我的意思。为了对付这些袭击者，外来者们采取了非常激烈的警戒措施——但这并不是在对付人类。顺便一提，我听说我们丢失的许多信件都是被那些怀有恶意的邪教密使偷走的，外来者没有参与此事。

至于人类，这些外来者仅仅希望我们能与它们和平相处，不要打扰它们；此外它们也希望能与那些有智慧的人建立更融洽的关系。由于我们的发明与设备大大扩展了我们的知识领域与活动范围，使得外来者们越来越不可能在这颗星球上秘密地维持必需的前哨，所以在两个族群间建立融洽关系是绝对必要的。这些外来生物渴望能更全面地了解人类，也希望能让人类中的一部分哲学与科学界的权威更好地了解它们。在相互了解和交换知识后，所有的危机都会烟消云散。我们会建立起一种令所有人都满意的关系。不要相信那些它们试图奴役或腐化人类的想法，这完全是荒谬可笑的念头。

作为改善种族关系的起点，那些外来者自然而然地选择了我作为它们在地球上的首个发言人——毕竟我已经相当了解它们了。昨天夜里，我学到了很多东西——学到了许多最令人震惊、最能拓展人类视野的事实——接下来它们还会通过口头或者文字的方式告诉我更多东西。目前，我还没提出前往外层空间旅行的要求，但往后我可能会希望去外层空间看一看——它们会使用某些特殊的方法协助我完成这样的旅行，所带来的体验会超越迄今为止的一切人类经验。我的房子将不会再受到包围。所有一切都将回归正常，而我也不需要再饲养那么多的看门犬了。现在，我不再恐惧，现在我已经获得了知识与思想奇遇带来的丰富回报——在过去，只有少数几个人曾分享过这一切。

这些外来的生物可能是所有时空中最奇妙的有机生命体——它们属于一个横跨宇宙的种族,但相对于它们,其他的同种生物都仅仅只是些退化的亚种。这些生物更像是植物而非动物,如果这些术语真的能用来描述那些构建它们的物质的话。它们有着某种类似真菌的结构;不过,它们含有一种类似叶绿素的物质,并使用一套非常奇怪的营养系统,这使得它们与真正的茎叶真菌[1]完全不同。事实上,这个物种是由另一类物质形式构成的,与我们已知世界中的任何事物都完全不同——这些东西有着完全不同的电子振动频率。这就是为什么虽然我们眼睛能看见这些生物,但却无法使用已知世界里的普通相机为它们拍摄下照片的原因,它们无法在胶卷或平板相片[2]上成像。然而,如果有相应的知识,任何一个出色的化学家都能调配出一类照相用的感光乳剂来记录下它们的影像。

在整个种族中,它们这一族群是独一无二的,因为它们能够以纯粹肉体的形式穿越冰冷、真空的星际虚空,而其他一些亚种则只能依靠机器的协助,或者依靠某些奇怪的外科手术式转换,来实现这种壮举。在它们的种族中只有少数族群像佛蒙特州族群一样生长着那种能在以太里起作用的膜翼。一些外来者族群居住在旧世界[3]里的一些偏远群山中,但那些族群是通过其他方法抵达地球的。表面上看,那些种群更类似动物这种生命形式,而且也与我们所认识的物质有着相似的构造——与佛蒙特州族群相比,它们更像是平行进化的产物,而非有着密切亲缘关系的同类。佛蒙特州族群的脑容量比现存的其他族群都要大,但这并不意味着居住在我们山区里的有翼种就是进化的最高阶段。它们通常用心灵感应

---

[1] 茎叶真菌:指蘑菇一类真菌。
[2] 平板相片:在胶卷出现之前,摄影技术曾使用感光平板来拍摄照片。
[3] 旧世界:相对于美洲新世界而言的称谓,东半球,欧亚非三洲,尤指欧洲。

来交流，但是它们也有基本的发声器官，通过一点儿小手术（因为它们在手术方面有着不可思议的造诣，所以接受手术在它们看来只是非常普通的事情）就能粗略地模仿那些依旧使用语言的有机体生物所使用的语言。

它们有许多殖民地，距离我们最近的主要聚居地是一颗我们尚未发现的、几乎没有光亮的行星。这颗行星位于太阳系的最外缘——在海王星之外，是太阳系中的第九颗行星。正如我们推测的一样，它就是某些古老、禁断的著作中神秘暗示过的"犹格斯"；随着外来者与人类的关系逐渐改善，我们身边的世界很快就会奇怪地关注起这个地方来。倘若天文学家对这些思潮足够敏感，他们就会发现犹格斯的存在——如果外来者希望他们发现它的话——对此我一点儿也不会感到惊讶。当然，犹格斯只是一块踏脚石。而这些生物中的大多数都聚居在一些有着奇异系统的深渊中——那些深渊完全地超越了全人类想象力的最远边界。在我们看来，时空统一体即是整个宇宙的，但在那个属于它们的、真正的无垠里，时空统一体只是一颗渺小的原子。而现在，和这无垠世界一样浩瀚的学识终于向我敞开了。自人类出现以来，拥有过这一切的人不会超过五十个。

起初，你可能会以为我在胡言乱语，威尔马斯，但你最终会感激我的，因为我偶然发现了这个无比巨大的机会。我希望尽可能地与你一同分享它。为此我必须要告诉你成千上万件事情——这没法写在纸上。过去，我警告过你不要来见我。但现在一切都安全了，我很高兴能亲自废止那一警告，并诚挚地邀请你。

总之，在大学的新学期开始前，你能否展开一次旅行？如果你能的话，那将是一段愉快得不可思议的旅程。带上那张唱片和所有我的信件作为协商用的材料——在拼凑起庞大故事的全貌时，我们会用得上它们。你也可以把那些用柯达相机拍摄的照片一并带过来；因为在最近这一段刺激的生活里，我似乎遗失了所有的底片和照片。不过，我必须要为这些通过摸索与试探而得来的材料填补上许许多多的事实——我得为这些增补准备一个多么庞大的构想啊！

不要犹豫——现在已没有人监视刺探我了，而你也不会遇到任何反常或是令你不安的事情。如果你愿意过来，我的车会在布拉特尔伯勒车站前接你——准备好待上尽可能长的时间，并且期待我们整夜整夜讨论那些超越所有人类想象的事情。当然，不要告诉任何人这件事情——因为这件事情还不能透露给思绪混乱的公众。

开往布拉特尔伯勒的列车服务相当不错——你能在波士顿拿到一张时刻表。你可以搭乘波士顿—缅因州铁路系统的列车到格林菲，然后换乘短途列车抵达布拉特尔伯勒。我建议你搭乘下午4时10分从波士顿开出的那趟列车。这辆车会于傍晚7时35分抵达格林菲，而晚上9时19分便会有一辆车离开当地，于晚上10时01分抵达布拉特尔伯勒。只要是工作日，你便能搭上这些列车。请把日期告诉我，我好让车等在车站外。

请原谅我用打字机写信给你，你也知道，最近以来我的笔迹抖得越来越厉害，而且我觉得自己也无法继续进行长篇累牍的书写工作了。我昨天在布拉特尔伯勒买到了这台新的日冕牌打字机——它用起来似乎非常不错。

静候回音，希望能尽快见到你还有那张唱片与所有的信件——当然还有那些柯达照片。

> 预致谢意
> 亨利·埃克利

> 寄：艾伯特·N.威尔马斯先生
> 马萨诸塞州，阿卡姆
> 密斯卡托尼克大学

我拿着这封出乎意料的怪信反复阅读了好几遍，并且仔细地斟酌了信中的内容。我没办法恰当地描述阅读和斟酌时产生的复杂情绪。我曾说过，在读过信后，我立刻便放松了下来，同时却又隐约觉得有点儿不安。但这样的表述仅仅是对于我内心复杂感觉进行了一个粗浅的描述。我内心的思绪纷乱错杂，而且大多模糊不清，其中既有宽慰和放松，也有不安的担忧。首先，与这封信到来之前的一系列可怕情况相比，事态出现了几乎截然相反的发展——埃克利的情绪从十足的恐惧变成了冷静的得意，甚至开始有些欣喜若狂起来，这种闪电般的变化实在太过彻底了，简直前所未闻！不论那个夜晚披露出了怎样令人宽慰的秘密，我都很难相信单单一天的时间就能让一个人的内心观点发生如此巨大的转变，况且这个人在星期三的时候才写了最后一封语气疯狂的简报。有一小会儿，一种相互矛盾的不真实感让我开始怀疑这些来自远方的信件所讲述的整段奇异故事是不是某种半虚幻的梦境——其中的大部分都是我自己在脑海里构想出来的。然后，我又想到了那张唱片，于是变得更加迷惑起来。

这封信似乎与我所预期的任何发展都截然不同！而当我细致分析起自己的感受时，我意识到它由两个截然不同的方面构成。一方面，我承认不论过去还是现在，埃克利始终都是个头脑清楚、神志正常的人，但在这种前提下，这种根本性的变化本身却显得太快、太出乎预料了。另一方面，埃克利在风格、态度甚至语言习惯上的变化也远远超出了正常和可预料的范围。这个人的个性仿佛在不知不觉间发生了巨大的变化——这种变化实在太过剧烈，倘若我承认他在写下两封来信时均是神志正常，那么我就无法调和他表现出的两种对立态度。他在选择用词与拼写习惯等等方面都发生了非常微妙的变化。我对于叙事文体的风格有一种学术性的敏感，因此我能意识到他在最普通的反应和回应节奏方面出现了深刻的分歧。显然，能让一个人发生如此颠覆性改变的情绪剧变或真相揭示必定是极端强烈的！然而，另一方面来说，这封信似乎又很有埃克利自己的特点。信中同样有着过去那种探寻无垠的热情——过去那种只有学者才会有的求知欲。我不止一次——或者说我每时每刻都在怀疑这其中有个仿冒者，或者某个怀有恶意的代理人。那么这些邀请能证明这封信的真实性么？毕竟这表示对方愿意让我亲自检验这封信的真假。

星期六晚上，我没有休息，而是坐在椅子上，思索着隐藏在这封信背后的征兆和奇迹。在过去的四个月里，我的大脑一直都被迫面对着接踵而至的恐怖想象，如今我终于从这些想象产生的痛苦中解脱了出来，在一系列怀疑和相信中，开始着手研究起这封令人吃惊的新材料来。这让我再度重复了早前在面对这些奇事时经历过的大部分思想活动。等到入夜很久之后，强烈的兴趣和好奇开始渐渐取代了先前那种由困惑和不安组成的情绪。不论疯狂还是理智，不论是骨子里的转变还是单单是放松的结果，埃克利的确对他所从事的危险研究有了迥然不同的看法；某些情况的变化在极短的时间内消解了他的危险处境——不论这变化是真的或仅仅是幻想——并且为他展现了某些全新的、令人眼花缭乱的宇宙图景，同时也赐予了他超越常人的知识。见到他这封信时，我对于未知的热情被突然点燃了，那种极力地试图突破知识边界的想法触动了我。摆脱那些令人疯狂、令人厌倦的时空边界与自然法则——与广博的外部世界取得联系——接近那些黑暗的、深不可测的、有关无穷与终极的秘密，这些事情的确是值得拿个人的生命、灵魂与理智进行冒险！况且，埃克利说现在已经没有任何危险了——他邀请我去拜访他，不再像过去那样警告我远离他的居所。想到他将会告诉我的秘密，我就感到兴奋——坐在那间不久前还被围攻过的偏僻农舍里，身边放着那张可怕的唱片和那一摞写着埃克利早前推论的信件，与一个之前还在谈论外层空间来的密探的男人促膝长谈，这种情景实在有着一种几乎令人瞠目结舌的魅力。

因此，星期天早晨，我给埃克利发了封电报告诉他，如果他方便的话，我将在下个星期的星期三——即9月12日——前往布拉特尔伯勒与他会面。我接受了他的大部分建议，仅仅在选择出行路线的问题上没有听从他的意思。坦白说，我并不希望自己在夜深时分抵达佛蒙特州内那一片谣言四起的地区；所以我没有选择他建议的列车，而是在打电话到火车站查询了时刻表后，自行设计了另一套路线：我准备早起搭乘早上8时07分的列车抵达波士顿，然后赶上9时25分前往格林菲的列车，最后于中午12时22分抵达格林菲。这趟列车正好与一趟开往布拉特尔伯勒的列车相接，让我能在下午1时08分抵达布拉特尔伯勒——这时间比夜晚10时01分与埃克利会面并与他一同乘车进入那片重峦叠嶂、深藏无穷秘密的山区要合适得多。

我在电报里简述了自己的行程安排，并且很高兴在晚上回复过来的电报中得知这一计划得到了未来的东道主的赞同。他的电报内容如下：

> 满意计划，星期三1时08分接站，勿忘唱片、信件与照片，勿透露目的地，期待伟大启示。
>
> 埃克利

为埃克利送电报的人确认我发去的电报已被签收——这个过程势必要依靠正式的信使，或是已修复的电话系统，将电报内容从汤森镇传达到他的家中——这样一来，潜意识里那些萦绕不去的疑虑便烟消云散了。我不再怀疑这封令人迷惑的信件究竟是何人所写。这让我备感安慰——事实上，我几乎无法形容自己放松到了什么地步；因为所有的疑惑都被抛到了九霄云外。不过，那晚我睡得很沉很安稳。而接下来的两天里，我热切地为这趟旅行做着准备。

VI

按照计划，我于星期三踏上了前往佛蒙特州的旅途。我在随身的行李箱里装满了日用必需品与科学资料——其中包括那张令人毛骨悚然的唱片、所有的柯达相片以及埃克利寄来的全部信件。应埃克利的要求，我没有向任何人透露此行的目的地；因为我意识到即便事态已经出现了令人最为欣慰的转机，这仍是一件极度私密的事情。与某些来自外层空间的陌生存在展开有智性的实际接触——即便我这样受过训练、已有些准备的人想起这件事情时也不由得茫然无措、呆若木鸡起来；那么，谁知道它会对大批毫不知情的门外汉造成怎样的影响呢？我在波士顿坐上了换乘的列车，开始了向西的长途旅行。随着火车离开我所熟悉的区域，进入那片我几乎一无所知的土地，恐惧与热爱冒险的期盼在我心中不断翻腾，而我自己也不知道，这二者之中究竟谁更占上风。沃尔瑟姆市——康科德——艾尔镇——费茨伯格市——加德纳——亚索尔镇。

我的火车抵达格林菲时晚点了7分钟，不过换乘的北上快车也延后了发车时间。仓促登上换乘的列车后，火车轰隆作响地驶进了午后的阳光里，向着一片我经常在信里读到、却从未涉足过的土地。而我也渐渐产生了一种紧张得喘不过气来的奇怪感觉。我知道火车正载着自己驶向一片完全不同的新英格兰土地；在此之前我一生的所有时光都是在更加都市化与机械化的南部及沿海地带里度过的，但这片土地却比我生活过的城市原始得多，并且完全显露着更加古老的气息；这是一块祖辈生活过的、尚未遭到侵坏的土地，一个没有外国人、广告牌、工厂烟雾和水泥马路的新英格兰，一片现代社会不曾涉足的世界。那里残存着某些薪火相传的土著居民。他们深深扎根于此，最终成为这片土地真真实实结出的果实之一——这些代代相传的土著居民保存着某些奇特而古老的记忆，并为某些鲜为人知、绝妙非凡同时也极少被提及的观念提供了丰饶的土壤。

我不时能看见蓝色的康乃迪克河出现在列车的侧旁，闪烁着太阳的反光。等到火车离开诺斯菲尔德镇后，我们从康乃迪克河上跨了过去。不久，前方隐约浮现出了郁郁葱葱的神秘群山，直到列车员路过时，我才知道自己终于踏进了佛蒙特州的土地。他让我把表拨后一小时，因为北方的丘陵地区不使用最新的夏令时制。于是，我将时针往前回拨了一小时，同时觉得日历似乎也随着时钟一同向前翻回到了上个世纪。

火车逐渐靠向一旁的河流，接着擦过了新罕布什尔州。我看见了陡峭的怀特斯提奎特峰那逐渐逼近的山坡——我知道那片群山里汇聚了许多奇怪的古老神话。随后，我的左侧出现了市区的街道，接着右边的河流里出现了一个葱绿的小岛。人们纷纷起身，向门边挤过去，于是我起身跟上了他们。待车厢停稳后，我走了下去，来到布拉特尔伯勒车站那片长长的列车棚下。

在扫视过那一列排队等待的汽车后，我一时间有些拿不准究竟哪一辆才是埃克利的福特车；但就在我开始行动前，我的身份已经被人猜了出来。一个人向我走来，一边伸出手，一边操着老练的腔调询问我是否就是来自阿卡姆的艾伯特·N.威尔马斯。但这个人显然不是埃克利本人。因为这个男人与快照上那个头发斑白、蓄着胡须的埃克利没有半分相似之处，他要年轻得多，而且穿着时尚，仅仅蓄着一撮黑色的小胡子，更像是在城市里生活的人。可是，他那有涵养的嗓音却给我一种模糊而又古怪的熟悉感觉，让我有点儿心神不宁，却又没办法回忆起自己曾在哪里听到过这个声音。

于是我询问了他的身份，他解释说他是埃克利的朋友，从汤森镇赶来代表我未来的东道主接待我。他说，埃克利突然染上某种哮喘方面的毛病，觉得自己不适合暴露在户外的空气里进行一趟长途旅行。所幸问题并不严重，所以我的拜访计划并没有什么变动。我不清楚诺伊斯先生——他是如此介绍自己的——对于埃克利的研究和发现知道多少，但是他那若无其事的模样似乎暗示他只是一个对整件事情了解不多的圈外人。有鉴于埃克利一贯的隐居生活，在得知他居然还有这样一个随时都能帮上忙的朋友后，我觉得稍稍有点儿诧异；但我并没有因为这点疑惑停下脚步，而是径直钻进了他指给我的那辆汽车里。这不是我根据埃克利的描述想象出来的那种老式的小型汽车，而是一辆外观清洁干净的、款式新潮的大车——这显然是诺伊斯的。汽车用的是马萨诸塞州的牌照，上面还有当年那个惹人发笑的"神圣鳕鱼"标志。因此我猜测，我的这位临时向导只是夏季暂居在汤森镇而已。

诺伊斯爬进了车里，坐在我身边的驾驶座上，然后立刻发动了汽车。我很高兴他没有滔滔不绝说个不停，因为某些弥漫在空气里的古怪紧张气氛使得我不太想多谈些什么。我们平稳地顺着车道爬过一个斜坡，然后转进了右边的大街。午后阳光下的小镇看起来颇为引人入胜。它就像是我少年记忆里的那些新英格兰地区的古老小城市一样在午后的阳光中昏昏欲睡。那由屋顶、尖塔、烟囱和砖墙组成的轮廓里有某些东西触动了我怀旧情绪的心弦。我甚至可以这样描述——我走在一条奇异的通道上，穿越过堆叠在一起、绵延不断的时光积淀，通向一片略略有些令人神往的土地，在那里有一些古老而奇怪的东西得以停留和生长，因为在这片土地上它们从未被打扰过。

当我们离开布拉特尔伯勒时，我心中那种拘束与不祥的感觉变得越发强烈起来，因为这片群山林立的乡野里的某些模糊征兆，以及那些葱郁、高耸、凶险同时令人感到压迫的花岗岩陡坡，似乎都在暗示着某些隐晦的秘密，暗示着某些自太古残存至今的、对人类来说不明敌友的存在。有一段时间，一条从北方某些不知名的山丘中流淌下来的宽阔浅河伴在我们的侧旁。当我的同伴告诉我这就是西河时，我不由自主地打了个寒战。因为我回忆起了那些报纸上的新闻——在大洪水过后，那些漂流在水面上像是螃蟹一样的丑恶生物中有一只就是在这条河上被发现的。

渐渐地我们周围的郊野变得更加荒芜萧索起来。那些过去遗留下来的古旧廊桥令人生畏地悬架在山涧之间；一条沿着河流平行延伸开去、几乎已废弃的铁轨上似乎正散发着某种朦胧的、简直能用肉眼察觉的荒凉气息。好几次我瞥见一些令人生畏的巨大河谷。在那儿耸立着巨大的悬崖——那种新英格兰地区常见的原始花岗岩从顶端鳞片般的葱翠间露出了一丝灰沉和朴素。我还看到许多峡谷，和峡谷间奔涌跳跃、无法驯服的湍流。这条河流承载着那些掩藏在这万千群山之中、无法想象的秘密，一路奔流，淌向山下。不时出现的岔路大多都很狭窄，甚至几乎有些隐蔽。它们往往都是在繁茂密实的大片森林中硬挤出来的一条小道。而无数的自然精灵兴许就隐匿潜伏在道路两旁森林中的那些古老大树上。当看到这一切时，我不由得想起当初埃克利驾驶着汽车沿着这条路行驶时，也曾为那些他无法察觉的力量感到担忧。此时此刻，我毫不怀疑他为何会有这样的感觉。

不出一个小时，我们便抵达了纽芬。人类曾依靠无情征服与完全占有等美德明确划定了属于自己的世界，而这座赏心悦目的古朴村庄便是我们与那个世界的最后一点联系。在这之后，我们便舍弃了一切对于眼前、有形以及时间可以改变的事物的忠实，进入了一片寂静而

The Whisperer in Darkness

又不真实的奇妙世界。在这个世界里，那条缎带一般的狭窄小路以一种仿佛是有知觉的、有意图的任性多变在无人居住的葱郁山丘与几近荒芜的空旷河谷间百转千回。除了汽车发出的声响外，唯一还能传进我耳朵的东西便是那些从幽暗森林里的无数隐秘泉眼中流淌而出的奇妙溪流所发出的潺潺水声。

那些低矮、半球形的山丘之间留下的细狭通道此刻真正近得让人胁息仰目起来。它们的山势甚至比我根据传闻而想象出的情形更加陡峭与险峻，同时也与那个我们所知的平凡的客观世界相去甚远。那些杳无人迹的浓郁密林绵延在无人能及的峭壁上，似乎正藏匿着一些怪异而又不可思议的东西。甚至我觉得就连这些群山所组成轮廓也都暗含了某些早在亘古以前就已被遗忘的奇特意义，它们就好像是由某个传说中才有的——甚至就连其往日光辉而今也只存在于我们极少数的梦境深处的——巨人种族所留下的宏伟的象形文字。所有关于往昔的传说，以及所有根据亨利·埃克利所展示的东西与信件而得出的那些令人瞠目结舌的结论一起涌现在我的记忆里，将紧张和越来越强烈的危险气氛推高到一个全新的高度。我这趟旅程的目的，以及在它之前发生的那些令人恐惧的怪事在一瞬间一齐向我袭来，让我感受到一阵彻骨的寒意，甚至几乎压倒我对于那些奇怪研究的热情。

我的向导肯定也留意到了我的心神不宁；随着公路变得越来越荒芜、越来越不规则，我们的汽车渐渐慢了下来，开始上下颠簸，而向导原本偶尔即兴做出的和蔼解说也逐渐变成了滔滔不绝的讲述。他谈到乡间野外的美丽与神秘，并且在言谈间表示他对于我的东道主所从事的民间传说研究也有所涉猎。根据他那些礼貌的问题，明显可以猜出他知道我此行的目的是为了某个科学方面的研究，而且也知道我带来了一些至关重要的资料；但他对于埃克利最后所触及的那些深奥而可畏的知识却没有表现出任何的称赞或欣赏的迹象。

向导的举止非常正常、得体同时也令人愉快。我本该因为他的言辞逐渐平静下来，打消心底的疑虑；但奇怪的是，当我们沿公路蜿蜒颠簸着穿过散布着山丘与密林的陌生荒野时，我觉得自己变得越来越焦虑不安起来。有时候，诺伊斯似乎是在试探我，仿佛想弄清楚我究竟了解多少有关这片土地的可怕秘密；而他每多说一句话来，那种模糊而又令人恼火与困惑的熟悉感觉便更强烈一分。尽管这个声音十分普通而且显得很有教养，但是它带来的熟悉感觉却让我觉得一点儿也不普通、不正常。不知为何，我总倾向于把这种熟悉的感觉与某些已被我遗忘的梦魇联系起来；而且我觉得如果自己真的辨认出了这种熟悉感觉的源头，很可能因此而彻底疯掉。如果我还有什么好的托词，我觉得自己也许会放弃这趟旅行，折返回家。事实上，我没法这么做——何况我还记得，抵达目的地后，我便能与埃克利本人展开冷静而又系统的讨论了。这次谈话对于让我稳定心神、重新振作起来一定大有裨益。

此外，当我们翻山越岭穿越过这片仿佛有着催眠魔力的荒野时，周围的开阔美景似乎透着一种令人安定的古怪力量。这片绵延在我们周围的奇异迷宫里，就连时间本身也丧失了意义。在我们的周围，一片片仙境里才有的鲜花草甸如同波浪般延伸起伏，那些存在于逝去岁月里的美好与可爱也一同重现了风景里——那些色彩缤纷的秋季花朵镶嵌在古老树林和从未被玷污过的草地边缘；在远处辽阔的空地上，渺小的棕色农庄蜷曲在巨大的古木密林之间，若隐若现地匍匐在那散布着野蔷薇花香和葱郁草甸的垂直断崖下方。甚至就连阳光也沾染上一种超凡的魅力，仿佛整片地区上空都覆盖着某些与众不同的氛围或蒸汽。除了偶尔能在早期意大利艺术家构造的背景中捕捉到如此魔幻的场景外，我还从未亲眼见过这样的景象。索多玛[1]与莱昂纳多[2]也曾构思过这样的广博景象，并在文艺复兴时期拱廊的拱顶上表现出来，但那仅仅是距离上广阔而已。我们此时正亲身行驶在这样一幅巨大的画卷里，而且我似乎在它那奇妙的魔法中发现一些生来就知晓的，甚至

---

[1]索多玛：15世纪末16世纪初的手法主义（一种对文艺复兴盛期艺术的模仿，进而对其古典平衡进行反抗的流派）画家，他固有的绘画手法是将16世纪早期罗马文艺复兴盛期的风格叠加在夸张的锡耶纳画派（该画派注重描绘传说中的奇迹，不注重比例，常常使用梦幻般的色调）传统风格上。

[2]莱昂纳多：即达·芬奇。

是继承自先祖的东西，一些我曾经一直在徒劳寻觅的东西。

突然，在沿着陡坡向上翻越过一个平缓的山头后，车停了下来。在我的左面，从路边延伸开去的是一片保养良好的草坪。刷白的石头为草地标示出清晰的边界。在草坪的另一边耸立着一栋两层半高、相当宽大的白色房子。这座建筑为整个庄园增添了几分雅致。房子的右后方还有一栋毗邻的，或者是用拱廊相连的建筑。那应该是谷仓、库房和磨坊之类的地方。我曾经在收到的快照中见过这个地方，所以当看到路边薄皮金属邮箱上写着亨利·埃克利的名字时，我没有丝毫的惊讶。在房子往后隔着一段距离是一片树木稀少、沼泽般的洼地。在洼地之后，一面覆盖着茂密森林的陡峭山坡拔地而起，并最后终止在参差不齐、植被茂密的山尖上——我知道那就是黑山的峰顶，而我们现在正爬在它的半山腰上。

我带上了自己的小行李箱，准备打开车门走出去。但诺伊斯让我稍等一会儿，他先进去向埃克利通知一声。他接着补充说，他在别处还有一些重要的事情，已经不能再把时间都耗费在这里了。当他飞快地走上通向房子的小路时，我自己从车上爬了下来，希望能在安顿下来进行一场长时间的座谈讨论之前，先伸展伸展腿脚。此刻，我所在的位置就是埃克利曾在信件里用令人无法忘怀的语言描述过的可怕围攻战场，意识到这一点时，我焦躁紧张的情绪再度攀升到了顶点。老实说，我非常畏惧接下来的讨论，因为它将会向我展示某些一直被视为禁断的怪异世界。

通常，那些全然怪异的事物往往紧密联系着强烈的惊恐，而非激动人心的启发。而联想起埃克利正是在这一小片满是尘土的道路上发现了那些可怕的痕迹；联想起在经历过那充满恐惧和死亡的无月夜晚之后，他还曾在这里发现了那些恶臭的绿色脓浆时，我更加没办法让自己高兴起来。闲暇之间，我留意到似乎周围没有一条埃克利喂养的看门犬。难道他在与那些外来者和解之后，就立即将它们统统卖掉了么？换作是我，我可不太相信埃克利在最后那封信里提到的和平条约会有多么真诚和深厚。归根结底，他只是个纯朴、没有什么处世经验的人。或许，在这场新联盟的表象之下正涌动着某些隐藏得更深，而且也更加不祥的暗流，谁知道呢？

　　随着思绪，我的眼睛望向了那片满是尘土的路面。它上面曾经承载过许多令人毛骨悚然的证据。过去几天都很干燥，各式各样的痕迹都混杂在这条不规则的道路上——尽管这块地区本应该人迹罕至，可现在我看到的道路上却遍布着车辙。怀着一丝微弱的好奇心，我开始在心中勾勒出各种痕迹的大体轮廓；同时努力抑制住这块地方以及关于它的记忆所暗示的、源源不断的骇人想象。在阴森的寂静里，在远方溪流隐约传来的微弱潺潺流水声中，在层层叠叠、挤压在狭窄地平线上的葱翠群山和覆盖着黑色密林的断崖险境间，有着某种令人不安的东西，某种威胁的气息。

　　这时一幅图画闪现过了我的脑海，接着那些模糊不清的凶险和不断涌现的幻想似乎变得渺小平淡、微不足道起来。我曾说过，我怀着一种闲暇之余的好奇，打量着地上留下的各式痕迹——但在突然之间，一阵足以令人瘫软的惊恐扼杀了这种好奇心。虽然那些尘土中的痕迹大多都是混杂重叠在一起的，不太可能吸引住我那不经意的扫视，但我那焦虑不安的目光还是落在了通向房子的小道和大路相接的岔口附近。我注意到了某些细节，同时绝望而又确定无疑地认出了这些细节蕴含的可怕深意。在收到埃克利寄来的柯达照片后，我曾花上好几个小时的时间凝视照片里那些属于外来者的爪印。这绝不是句空话。我对那些令人嫌恶的螯爪所造成的痕迹了如指掌——那种在方向上模棱两可的痕迹毫无疑问地象征着那些不属于这个星球上的恐怖。我绝没认错那些痕迹，没有这样仁慈的可能性。在我看来，那个地方确确实实地客观存在着至少三个那样的爪印。它们混在那些进出埃克利家、数目多得出乎我意料的模糊人类脚印之中，显得骇人地引人注目，而且它们留下的时间决计不会超过数个小时。这是那些活生生的来自犹格斯的真菌留下的令人毛骨悚然的痕迹。

　　我及时地镇定下来，控制住自己，压抑了尖叫的冲动。毕竟，如果我的确相信了埃克利的信件，那么这不是什么预料之外的事情。他说过，他已经与那些东西达成了和解。那么，它们中的一部分前来拜访埃克利的房子能有什么奇怪的呢？但是，恐慌却比我所感觉到的安慰来得更加强烈。在第一次见到这些来自外空深渊的活物所留下的爪印时，难道还有谁能无动于衷么？正在这时，我看到诺伊斯推开了门，快步向我走来。我想，我必须保持镇定，因为我想眼前这位和蔼的朋友完全不知道埃克利在探索禁忌时曾进行了怎样一些最深奥、最惊人的调查和研究。

诺伊斯匆忙地告知我，埃克利很高兴，现在正准备见我；不过他突发性的哮喘可能使得他在未来的一两天内无法胜任一个称职的东道主。喘息出现时会对他的身体造成很大影响，而且总会伴随着令他虚弱的高烧和全身无力。当症状持续时，他的状况一点儿也不好——必须低声说话，并且走动时也非常笨拙和虚弱。他的脚和脚踝肿胀得厉害，所以他只得将它们包扎得像是患上痛风的老"食牛者"[1]。他今天的状况就很糟糕，所以我可能需要自己照料自己；不过他仍然很渴望进行交谈。我能在前厅左边的书房里找到他——房间的窗帘都拉上了。在他生病期间不能接触太多阳光，因为他的眼睛现在变得很敏感。

接着诺伊斯向我做了道别，然后开着他的汽车驶向北方，而我也慢慢走向那座白色的房子。诺伊斯为我留下了半开的门；但在到达门边走进去之前，我先仔细地审视了一遍整个地方，试图确定究竟是什么东西让我产生了如此模糊的古怪感觉。库房和谷仓看起来相当整洁和普通，并且我注意到埃克利那辆破破烂烂的福特就停在属于它的那间宽敞、没有上锁的车库里。然后我意识到为何自己会觉得古怪了。这里一片寂静。通常来说，一个农场起码会因它圈养的各种家畜而传出适当的骚动声，但是在这里，所有与生命有关的信号都消失了。那些母鸡和猎犬究竟怎么样了？我可以想象得出，那几头埃克利在信里提过的奶牛也许是外出放牧了；而那些看门犬也可能已经被卖掉了；但是如果就连一点点母鸡发出的微弱的咯咯声和咕哝声也听不到的话，可就真有些古怪了。

---

[1] 食牛者：女王和伦敦塔的义勇守卫的绰号。由于这些卫兵穿着风格保守，将自己包裹得很厚，故洛夫克拉夫特用来比喻对方包裹得很厚。

但我没有在小路上逗留太久，而是果断地走进了半开着的农舍大门，并在身后随手关上了它。这个动作给了我一种截然不同的心理效果。而当我意识到自己已被关进房子里的时候，我有过一瞬间的冲动，希望自己能仓皇逃离这里。倒不是因为房子的内部看起来非常凶险不祥；恰恰相反，我觉得面前这条有着殖民时代晚期风格的典雅走廊显得相当正常雅致，也非常欣赏它的布置者所表现出的品位和修养。促使我产生逃跑想法的是某些更加细微、难以确定的东西。也许，我觉得自己闻到了某种奇怪的气味——但我同时也很清楚地意识到，即使在保养得最好的老农舍里，那种发霉的怪味也相当常见。

VII

我一面努力抵抗着那些阴暗的疑惧，一面依照诺伊斯先前的介绍，推开了左边那扇装着六块镶板与黄铜门闩的白色大门。门后的房间比我想得更暗一些。而当我走进它的时候，我留意到那种奇怪的气味变得更浓烈了。空气里似乎飘荡着某种微弱的像是幻觉一般的旋律或颤动声。有一瞬间，紧密的窗帘里漏进了光线，我隐约看见一丁点东西，但是一阵怀着歉意的干咳或者呢喃低语将我的注意力转移到了房间远处、更黑暗的角落。我注意到那里摆着一张安乐椅。接着，在那深邃的阴影里，我隐约看见了一张白色的人脸和一双手；于是我立刻走上前去，向那个正努力试图说出点儿什么的人问好。虽然光线很暗淡，但凭着感觉，我知道那的确是邀请我进行这趟旅行的东道主。我曾反复仔细察看过那张柯达照片，绝不会认错那张结实而又饱经风霜的脸，与那圈剪短了的灰白胡子。

但当我再仔细审视时，我的致意也蒙上了一层焦虑和难过。因为，我很确定，那是一张重病患者才有的脸。那张脸紧紧地绷着，面无表情，甚至连眼睛也一眨不眨地茫然瞪着。我觉得这肯定不单单是哮喘的问题；也意识到前一阵子的恐怖经历所带来的紧张情绪肯定可怕地影响了他的健康。难道这一切还不够击垮任何一个普通人吗？即使是比这个钻研禁忌事物的无畏学者更加年轻的人也难逃崩溃的厄运。恐怕，那种突然降临的古怪松弛来得太晚了，已经无法将他从这种像是全面崩溃的状态里解救出来了。他的双手搁在膝盖上，虚弱、毫无生气的模样里透着一点儿可怜。他的身上套着一件宽松的晨袍，并且用一条鲜艳的黄色围巾或是兜帽遮住了头顶和脖子的上半部分，只露出一张苍白的脸。

这时，我注意到他正试图用那种问候我时发出的干咳般的喃喃低语说些什么。那是一种短时间里很难注意得到的呢喃低语，因为那一簇灰白的胡子掩盖住了嘴唇所用的动作，另外他声音里的某些东西也让我感到极度不安；但出乎意料的是，当集中注意力后，我很快便能把握住他所想表达的要义。那声音不带一点儿乡下人的口音，甚至连所说的言辞也很流利，至少要比我根据来往的信件所预期的情况要好得多。

"我猜你就是威尔马斯先生？原谅我不能起身。正如诺伊斯先生告诉你的一样，我病得很重；但我还是不能说服自己让你空跑一趟。你已经知道我在最后一封信里所写下的东西了——明天，等我好一些的时候，我有很多东西要对你说。我无法形容在互通信件这么长时间之后终于见到你本人对我来说是多么荣幸。当然，你也把那些文件带来了？还有柯达照片和唱片？诺伊斯把你的小提箱放在大厅里了，我猜你已经看见了。我恐怕你今晚很大程度上要自己接待自己了。你的房间在楼上——这间房子的正上方——你能在楼梯口找到浴室，门是开着的。餐厅里已经为你准备好了一餐——穿过这道门后，在你的右手边——你想什么时候吃都可以。我明天也许能尽好一个主人的职责——但是现在虚弱让我自己都变得很无助。

"当作在家里一样——在带着你的包去楼上的时候，你可以先把那些信、照片和唱片拿出来放在这里的桌子上。我们会在这里讨论它们——你可以看到，我的留声机就放在那个角落里。

"不，谢谢了——你帮不了我什么。我很早以前就和这些哮喘打交道了。在晚上前回来，我们能简单地谈一谈，然后只要你愿意，随时都可以上床休息。我就歇在这儿——也许整晚都睡在这里，我平常常这么干。等到早上，我会好上很多，并且能和你一起研究那些我们应该去研究的东西。当然，你已经意识到了，我们所面对的事情是绝对惊人而且广博的。对于我们来说，以及对于这地球上的极少一部分人来说，我们最终将展开时空与知识的深渊，它们将超越人类任何科学或哲学的考虑。

"你知道吗？爱因斯坦错了，某些物体和力量能以比光速更快的速度运动。通过某些合适的协助，我有可能可以在时间中上下旅行，并且目睹和感受属于遥远过去和未来新纪元的地球。你无法想象这些生物将科学发展到了一个怎样的程度。它们能够对那些活着的生物的思想和身体做任何事情！我期待着访问其他的行星，甚至其他的恒星和星系。第一趟旅程将是犹格斯，那是离我们世界最近的、被那些生物完全占据的另一个世界。那是一个位于我们太阳系最边缘的古怪黑暗星球——地球上的天文学家还不知道它的存在。在合适的时候，你知道的，这些生物将会直接与我们进行心灵交流，并且将会引导人类发现这颗星球——或者也许会让它们的人类盟友给那些科学家一个暗示。

"犹格斯星上有许多雄伟的城市——在这些城市里，矗立着一排排巨大的梯台高塔。这些高塔都是用那种我试图寄给你的黑色石头修建起来的。那颗石头本身也是从犹格斯带来的。在犹格斯，阳光不会比一般的星光更明亮，但这些生物不需要光。它们有更加敏感的感官，它们也不会在自己的巨型房屋与神庙里修建窗户。光线甚至会混淆、妨碍甚至伤害它们，因为它们最初来自一个超越时空之外的黑暗宇宙，那里没有任何光线。拜访犹格斯会令任何心智脆弱的人发疯——然而我将要去那里。那里还有着一些神秘而雄伟的大桥——那是由某些更古老的种族修建起来的，早在这些生物从无限虚空降临犹格斯之前，这个种族就已经灭绝并被彻底遗忘了——这些大桥下流淌着黑色的沥青河流。那种景象足以让任何人变成但丁或是爱伦·坡，只要他还能保证自己神志足够正常，能把他所看到的都说出来。

"但请记住——这个有着真菌花园和无窗城市的黑暗世界并不是真的那么可怕。只不过对我们来说，它似乎是可怕的。当那些生物在远古时代第一次探索我们的世界时，可能也像我们害怕它们世界一样对这个世界充满恐惧。你知道它们在很早以前就降临到地球上了。那个时候，传说中属于克苏鲁的时代还未终结，如今沉没在水底的拉莱耶还耸立在水面之上。它们记住关于这座城市的一切。它们还进入过地球的内部——地表上有某些无人知晓的通道连接着大地深处的世界——其中一些通道就藏在佛蒙特州的群山里——这些通道连接着地下许多巨大世界，这些世界属于一些对人类来说完全陌生的生物；被蓝色光芒点亮的昆杨[1]、被红色光芒点亮的幽嘶[2]和完全黑暗无光的恩凯[3]。那可怕的撒托古亚就来自恩凯——你知道的，在《纳克特抄本》《死灵之书》以及经由亚特兰蒂斯的高阶牧师卡拉卡夏·唐保存下来的康莫尼亚[4]神话体系中曾提到过这个如同蟾蜍一般、没有固定形状的强大生物。

"但我们稍后再谈这个。现在肯定是下午四五点钟了。最好还是把行李从袋子拿出来，吃点儿东西，然后再回来进行一次舒适的谈话。"

我听从了房间主人的建议，缓缓地转过身去；拿起了自己的小行李箱，取出并存放好需要用到的文件，然后走进了为我安排的房间。那些出现在路边的爪印依旧记忆犹新，而埃克利近乎呢喃的话语更对我产生了奇怪的影响；他的言辞让我觉得他对那颗被真菌占领的星球——那颗被视为禁忌的犹格斯星——了如指掌，可这种想法却让我止不住地浑身战栗，甚至比我想象的更加剧烈。我为埃克利的病痛感到非常的惋惜，但是却也不得不承认，他那沙哑刺耳的喃喃低语虽然

---

[1]昆杨：克苏鲁神话中一个属于类人种族的地底世界。该种族和北美土著相似，但实际是远古时期从外太空降临地球的外星生物，至今现存。

[2]幽嘶：克苏鲁神话中一个位于昆杨下方的世界。它是由瓦卢西亚王国残余的蛇人所建立的新王国，但在很早之前就已因为蛇神依格的诅咒而毁灭。

[3]恩凯：幽嘶下方的黑暗世界，在 C.A. 史密斯创造的海伯利安系列故事中，这里是旧日支配者撒托古亚栖身之所。

[4]康莫尼亚：康莫尼亚其实是克拉克·阿什顿·史密斯所创作的终北之地系列小说中的一个城市。

让人可怜，却同样也让我感到莫名的憎恶。如果他不在谈论犹格斯星以及它上面的阴暗秘密时表现得那么得意扬扬该有多好！

为我准备的房间设施齐全，非常令我满意。房间里既没有楼下那种发霉的臭味，也感觉不到那种让人觉得心神不宁的震颤。我将小行李箱留在了房间里，然后走下楼去，和埃克利打了个招呼，并享用了他为我准备的午餐。餐厅就在书房的边上。此外，我还留意到厨房也在同一个方向上稍远些的地方。餐桌上做了丰富的准备，等候着我的有三明治、蛋糕和奶酪，以及一只放在茶杯和茶碟边上的保温壶——这说明主人连热咖啡也没有忘记。在享用过美味的午餐后，我为自己倒了一大杯咖啡，却很快发现在这一细节上厨房的工作有失水准。我在喝下第一勺咖啡时就察觉到了一种略微有些辛辣的不快味道。于是，我把杯子放在一边，没再继续喝下去。在用餐期间，我觉得埃克利一直都静静地坐在隔壁黑暗房间的那张大椅子上。我曾走过去邀请他一同进餐，但他喃喃地低声说他现在吃不下东西。稍后，在他入睡前，他会喝上一点儿麦芽乳——他今天一天只需要吃点儿这东西。

吃过午餐后，我坚持亲自打扫了餐桌，并在厨房的水槽里清洗了所有的盘子——顺带也倒掉了我不爱喝的咖啡。随后，我回到了黑暗的书房里，搬来一把椅子放在靠近房间主人的角落里，准备与他展开一些他有兴趣的谈话。信件、照片和唱片依旧摆在房间中央的大桌子上，但我们暂时都没有翻阅它们的打算。不久，我甚至都忽略了那些之前闻到过的奇怪味道与如同震颤的奇怪感觉。

我谈到了一些埃克利曾写进信里的内容——尤其是篇幅最长的第二封信——我至今都不敢引用这封长信的文字，甚至不敢用文字简述它的内容。这种犹豫至今仍对我有着极强的影响，基于同样的原因，我也不会详述那晚在偏远群山中的黑暗房间里听说的呢喃低语。我甚至都不敢提及那个刺耳的声音向我述说的广博恐怖。过去，埃克利知道很多让人毛骨悚然的事情，然而自他与那些外来者和解后，他所知晓的恐怖已经超越了任何神志健全的头脑能够承受的极限。他讲述了终极无穷的结构，讲述了不同维度的并置，讲述了我们所知道的宇宙时空在由无数宇宙连接组成的无尽链条中的可怕位置，讲述了由这一链条的每个环节组成的那个拥有弧度、棱角、物质与类物质电磁集合体的超级宇宙——但直到现在，我仍然完全拒绝相信他说过的一切内容。

从没有哪个神志健全的凡人能够如此危险地接近那基元本质的奥秘——从没有哪个生物的大脑得以如此接近那超越了形式、力量与对称性的混沌中的绝对毁灭。通过谈话，我得知了克苏鲁最初来自何处，也知道了为何历史记录中出现的明亮新星都是昙花一现。但在提到某些事情时，即便是我的解说者也会犹豫胆怯地停顿下来。而在他欲言又止的暗示中，我猜测到了那隐藏在麦哲伦星云和球状星团背后的秘密；猜测到了那些被讲述到的古老寓言掩盖起来的黑暗真相。他向我明白无误地揭露了杜勒斯[1]的本质。同时我也从中得知了廷达洛斯猎犬[2]的本质，虽然我仍不知它的起源。伊格[3]，众蛇之父的传说在他的言谈中褪去了比喻和象征的外皮。而当谈话延伸到那个位于角度空间之外的可怖核心混沌时——那个《死灵之书》仁慈地用"阿撒托斯"这个名讳掩盖其可怕本质的混沌时，我带着嫌恶惊跳了起来。他以具体而直白的方式澄清了那些最大胆的秘密神话才会暗示的污秽梦魇，但这一切实在太令人惊骇了；而他的语句不仅简单明了，而且病态地可憎，完完全全超越了那些远古和中世纪的神秘主义者所能做出的最为大胆的叙述。无可避免地，我开始相信那第一个创造了这些应当被诅咒的传说的神话作者必定曾与和埃克利结盟的外来者打过交道，甚至可能还曾拜访过宇宙之外、那些埃克利如今正打算去拜访的疆域。

埃克利告诉了我那块黑色石头究竟是什么，以及它上面暗示的秘

---

[1] 杜勒斯：一种微小的异度空间中以血肉为食的生物，在《廷达洛斯猎犬》中出现过。

[2] 猎犬：F.贝尔克纳普·朗创造的一种生活在与我们世界完全不同的维度世界里的生物。

[3] 伊格：洛夫克拉夫特在与毕夏普合作的小说中创造的神明，后来在克苏鲁神话中延伸为蛇人的神明，以蛇人、有翼毒蛇或巨蛇的形象出现。

密。这让我万分庆幸自己没有收到那件邮递包裹。我对于那些象形文字的猜想完全正确。而这时候的埃克利似乎也全盘接受了这一系列他偶然发现的事情；实际上，他不仅接受了这些恐怖的事情，而且热切渴望去探索这可怕深渊的更深处。我想知道自他给我寄最后那封信之后，他究竟在和什么东西打交道，也想知道和他打交道的个体是否大多都和他最初提到的那个密使一样是人类，或者跟他打交道的根本就不是人类。这时，我的神经已绷紧到了让人无法继续忍受的地步。我试图解释这间黑暗房间里挥之不去的古怪气味与一再出现在我脑海里的隐约震颤，并因此延伸发展出了各种各样疯狂的想法。

随着夜幕逐渐低沉，我回忆起了埃克利在写给我的信中所描述的夜间景象，并战栗地意识到这是一个没有月光的夜晚。同样，我也很不喜欢这座农舍的地理位置——因为它就在那被密林覆盖的巨大山坡所投下的遮蔽中，而且这山坡还连接着黑山那人迹罕至的高耸峰顶。在得到埃克利的同意后，我点燃了一盏小油灯，拨暗了火光，然后将它放置在远处一张位于阴森的弥尔顿半身像侧旁的书柜上；但旋即我又后悔这个举动了，因为微弱的火光让房间主人那张毫无表情、紧紧绷着的面孔与无精打采的双手看起来极端怪异，如同死尸一般。我觉得他几乎已无法动弹了，但却又看见他偶尔会微微地点点头。

当他说完这些之后，我完全无法想象明天他还能说出怎样一些更加深奥隐晦的秘密；不过他最后还是透露了一些消息——他说他将会旅行前往犹格斯星，甚至前往更遥远的外太空——甚至我或许也能伴他同行。当他提议我展开一次穿越宇宙的航行时，我充满恐惧地惊跳了起来。这把埃克利逗乐了，因为当我流露出恐惧神情的时候，他的头开始剧烈地晃动起来。接着，他非常温和地告诉我人类该如何穿越星际真空，完成这种看似不可能的航行——事实上有几个人已经完成这种壮举。虽然，人类的整个身体的确无法承受这种旅行，但是外来者利用它们那叹为观止的外科手术、生物学、化学以及机械技术找到了一种方法将人类的大脑和其他与之共存的身体的构造分离开来。

它们有办法在不造成伤害的情况下，将人类大脑从身体里剥离出来，并且还能保证残余下的生物器官能在失去大脑的情况下继续存活下去。而那团赤裸、小巧的大脑将被浸泡在一种液体里，装进用金属铸造的圆缸中。圆缸中的保存液偶尔会得到一些补给。而圆缸本身则是由某种从犹格斯星上开采出的金属铸造的，能够密封隔绝以太。通过几个电极接头，圆缸能随意地连接上某些精心设计的仪器设备，从而为大脑提供视觉、听觉和语言这三种重要的机能。对于这些有翼的真菌生物来说，捎带着完好无损的柱形脑缸穿越太空是件轻而易举的事情。而在穿越星际空间，抵达任何一个建立着它们文明的星球之后，外来者们便能找出许多可调整的设备为大脑提供其他一些机能；因此，通过一些简单的装配工作，这些旅行中的大脑便能在横穿及超越时空连续体的每个阶段都获得一套有着完整感官知觉，并且具备语言能力的新生命——虽然，只是一种没有躯体、纯粹由机械模拟的生命形式。这就像是随身携带着一张留声机唱片展开旅行，并在任何配有留声机的地方播放这张唱片一般简单可行。这一方案不存在任何问题，埃克利也不会因此感到担忧。这样的壮举不是一次又一次极其精彩地实现了么？

　　说到这里，他那几乎一直静止的肢体第一次动弹起来。他那几乎没有挪动过的手第一次举了起来，僵硬地指向房间另一边的某张高大架子。顺着他的手指望去，我看到那一排整洁的书架上摆着超过一打的金属圆缸子——我过去从未见过这种圆缸，它们大约一英尺高，直径略小于一英尺，每个圆缸的弧形表面都镶嵌着三个呈等腰三角形分布的奇怪狭槽。其中有一个圆缸的两个插槽正连接在一对模样奇怪、摆在圆缸后方的机器上。它们所蕴含的意义我自不必多说。我像是得了疟疾一般颤抖起来。然后我看到那只手指向了一个很近的墙角。在那里胡乱堆砌着一些复杂的设备与附属的缆线和插头——其中有几个像极了架子上那两个摆在圆缸后面的装置。

　　"这里有四种不同的设备，威尔马斯。"那声音呢喃低语道，"四种——每种都有三个功能——总共十二个部分。你看，那上面的圆缸表示着有四种完全不同的生物。三个人类、六个不能依肉体在太空航行的真菌生物、两个从海王星来的生物（老天，如果你能看看这些生物在它们自己星球上的模样该多好）。剩下的生物则全都是来自银河系外一个特别有意思的暗星里的中央洞窟。在位于圆山里的主前哨中，你偶尔会看到更多的脑缸和机器——有一些装载着从宇宙之外来的大脑，它们拥有的感官与你我所知道的一切都完全不同——它们是来自遥远外空的同盟和探索家——它们能通过一些特殊的机器获得合适的感官与表达能力，这些仪器不仅仅让它们觉得合适，也方便让各式各样的倾听者理解它们传递的信息。就像这些生物那遍布各个宇宙的大多数主要前哨站一样，圆山是一个星际交流非常频繁的地方。当然，它们只借给我最普通的机器用于实验。

　　"那里，拿着我指给你的三台机器放在桌子上。那个稍高一些、前面安装着两只玻璃透镜的机器——然后是那个有着真空管和音箱的盒子——接着是那个顶端有着金属圆盘的东西。最后请取下那个贴着'B-67'标签的圆缸。站在那张温莎椅上去才能够着那个架子。重吗？别担心。确定是编号——B-67。不用管那个与两台测试仪器相连、还带金属光泽的新圆缸——就是那个上面写着我名字的。把B-67放在桌子上，和你放机器的地方靠在一起——留意所有三个机器上的转盘式开关，把它们都调到最左端。

　　"现在把那台透镜机器的缆线接到圆缸最上面那个狭槽里——那儿！把带管子的机器接在下面左手边那个狭槽里，带金属碟的仪器连上外面的狭槽。现在把机器上所有转盘式开关转到最右端——先是透镜那个，再是金属碟的那个，最后是带管子的。这就对了。我先告诉你，这是个人类——就好像我们中的任何一个。明天我将会让你体验一些别的东西。"

　　直到今天我仍不知道自己为何会如奴隶般地听从那些呢喃低语，也不知道自己是否相信埃克利已经疯了。在经历过前面的谈话之后，我应该已经准备好应对任何事情了；但是这种操作机器的滑稽表演实在有些像是典型的、由疯狂发明家与科学怪人构思出的怪诞奇想，所以我开始有一点儿怀疑——虽然，在参与之前的疯狂对话时，我甚至都不曾心生疑虑，但此刻我有些怀疑了，眼前这个呢喃低语的人所讲述的内容已经完全超越了人类的一切观念——但是，遥远的外空难道就没有其他的东西吗？难道仅仅因为它们缺乏实在具体的证据就能说明它们荒诞不经吗？

这团混沌让我觉得眩晕起来。接着，我渐渐意识到刚连上圆缸的三台机器全都发出一种混杂着摩擦和呼呼的声音——但是很快这种混杂的声音又消失在完完全全的寂静中。会发生什么？我会听到一个声音么？如果是这样，我有什么证据能证明它不是某个躲藏在别处、严密监视着我们的人通过某些巧妙伪装起来的无线电设备在对我们说话呢？直到现在，我仍不愿意为自己听到的东西赌咒发誓，我也不知道在自己面前究竟发生了些什么。但似乎的确发生了些什么。

简单明了地说，那个有着真空管和音箱的机器开始说话了，而且它的言辞有着一个确定的要点，同时也明白无误地显示出它的确具备某种智能。这些话语都毫无疑问地证明说话者的确就在现场，而且正在观察着我们。那个声音很响亮，带有金属质感，死气沉沉并且在发音的每个细节上都显露出确定无疑的机器特性。它没有音调或是情绪变化，而是怀着极度的精确和从容，用刺耳的声音喋喋不休地讲个不停。

"威尔马斯先生，"它说，"我希望我没吓着您。我和您一样是一个人类，但我的身体现在正安全地放在房间东面大约一英里半的圆山里接受合适的维生照料。而我自己则和你在一起——我的大脑就在圆缸里，同时我可以通过这些电子振动器看见、听见并且和您交流。一个星期后我将踏上穿越虚空的旅途，就像我以前曾多次做过的一样。我很高兴届时会有埃克利先生的陪伴，同时我也希望您能一同参与。我听说过您的名声，也留意过您与我们朋友之间的书信，现在，我已见到您本人。当然，我就是那些与拜访我们星球的外来生物结成同盟的人类中的一个。我第一次遇见它们还是在喜马拉雅山脉，而现在我已经在许多方面协助过它们。作为回报，它们给予了我仅仅只有少数人类才得以享有的经历。

"如果我说我曾到过三十七个天体，你能意识到这意味着什么吗？——其中有行星、暗星还有一些不那么好下定义的物体——其中八个在我们所处的银河系之外，两个则位于我们这个弯曲的宇宙时空之外。所有这些对我来说不构成一丁点损害。它们切开了我的头部，并移走了我的大脑；这个过程已经相当熟练和灵巧了，甚至都不能粗略地称之为进行外科手术了。这些到访的生物有许多方法使得这些抽取过程变得非常简易甚至几乎司空见惯——而且当大脑脱离之后，人的身躯将不再老化。我补充一句，依靠着这些机械功能，加上偶尔更换保存液时带来的有限营养供给，大脑事实上已经成为不朽的个体了。

"总之，我由衷地希望您决定和埃克利先生以及我一同踏上旅程。那些到访者很渴望认识像您这样明白事理的人，同时也希望向你们展现那些我们人类中的大多数只能在梦境中才可以见到的伟大深渊。第一次与它们会面也许有些奇怪，但我知道您将能克服这些。我想诺伊斯先生也会一起走——就是那个毫无疑虑，用车把您带到这儿来的人。他好几年前就是我们中的一员了——我猜您一定认出了他的声音，埃克利先生寄给你的唱片上就有他的声音。"

这时我猛烈地惊跳了起来，于是说话者停顿了一小会儿，才开始继续他的演讲。

"所以，威尔马斯先生，我会留给您考虑的时间；仅仅补充一句，像您这样一个有着丰富的奇闻和民间传说知识的人绝不应该错过这样的机会。没有什么好怕的。所有的转变过程都是无痛的；而且沉浸在这样一个完全机械化的感官世界中，有许多值得享受的东西。当这些电极断开连接后，大脑仅仅会进入一种格外生动和奇妙的睡梦状态。现在，如果您不介意，我们也许要中止我们的谈话，等到明天再继续。晚安——只要把所有的开关都转回左边；不用担心准确的顺序，但你最好能把透镜的机器留到最后来关，晚安，埃克利先生——好好招待我们的客人。准备好关闭那些开关了吗？"

它说的只有这些。我机械地遵从了那台机器的建议，关掉了三个开关，但却依旧精神恍惚，并且对发生过的一切都充满疑惑。当我听到埃克利的呢喃低语告诉我可以移走桌子上的所有仪器时，我头脑仍沉浸在晕眩中。他没有试图对刚才发生的一切做出任何评论，事实上也没有什么评论能很好地表述出我所感受到的重负。我听到他告诉我可以把油灯带到自己房间里去，所以我猜他希望独自歇息在这片黑暗里。也的确到了他该休息的时候了，因为这一系列谈话进行了整整一个下午和晚上，即使对一个精力旺盛的人来说也会感到精疲力竭。我精神恍惚地向房间主人道了声晚安，然后带着油灯走上了楼梯——虽然我手上还带着一只相当不错的小型手电筒。

能离开楼下那个总弥漫着奇怪气味与模糊震颤感觉的书房令我颇感欣慰，但当我想起自己身处的环境，以及将与之碰面的势力时，我仍旧摆脱不了那种混杂着畏惧、危险以及极度怪异的感觉。这感觉让我觉得毛骨悚然。这片偏僻的荒野；那片耸立在农舍后方不远处、被诡秘森林覆盖的山坡；那些留在路边的脚印；那个待在黑暗里、饱受病痛折磨却一动也不动的低语者；那些可憎的圆缸和机器，尤其是那个请我进行一次奇怪手术，并参加一场更奇怪的旅行的邀请——这些东西全都如此的新鲜和陌生，它们在突然之间连续地蜂拥进了我的生活，用一种逐渐累加的力量冲向我，消磨着我的意志，甚至几乎逐渐损耗尽了我的体力。

意识到向导诺伊斯居然是留声机唱片里的那场可怕拜鬼仪式中的人类司仪实在让我尤其震惊；不过我事先的确从他的声音里觉察到一丝令我厌恶的模糊熟悉感觉。另一个额外的惊异则源于自己对东道主表现出的态度——不论何时我都不愿去分析它；因为我对那个往来书信所展现出的埃克利有着一种本能的信任，但此时此刻，我却发现这个人让我感觉到了截然不同的憎恶。他的病痛本该唤起我的同情，可实际上正相反，它让我觉得不寒而栗。他看起来过于僵直，一动不动就像死尸一样——而且那没完没了的呢喃低语更让人嫌恶，甚至不像是人类。

在我看来，那种呢喃低语与我以往听到过的任何声音都不相同；虽然说话者那被小胡子遮挡住的嘴唇几乎一动也不动，显得颇有些古怪，但他那发出的声音却有着一种潜在的力量和穿透性——对于一个哮喘患者的喘息来说，这实在让人有些诧异。即使隔着整整一个房间，我仍能理解说话者的意思。甚至有一两次，对我来说，那声音虽然模糊却似乎有种渗透的力量。就好像说话者并非那么虚弱，只不过是有意压低了声音——但他为何要这样，我却无从猜测。从一开始，我就从那音质中觉察出一些令人不安的东西。而此刻，当我试图重新衡量整件事情时，我觉得自己能根据这种感觉回溯到一种潜意识中的熟悉，就像是从诺伊斯的声音里觉察出一丝朦胧的不祥感觉一样。但我不知道这种感觉暗示着什么，也不知道自己究竟是在什么时候、什么地方听到这种声音的。

有一件事情是确定的——我绝不会在这里再多待任何一晚。我对科学的热情已经完全消散在恐惧和嫌恶中。此刻，除了逃脱这张由恐怖和怪异揭示所编织的大网外，我什么都不愿去想。我现在已经知道得够多了。那存在于宇宙之间的古怪联系肯定的确存在——但即便它们肯定存在，也不意味着凡人就应该去涉足它。

某些亵渎神明的力量似乎包围着我，令人窒息地压下来，压垮我的意识。我觉得，想要睡着已经是不可能的事情了；所以我仅仅熄灭了油灯，穿戴整齐地躺在了床上。虽然有些荒唐，但我当时的确已准备好应对某些未知的突发事件；我的右手里紧握着我一同带来的转轮手枪，同时左手则抓着小型手电筒。楼下一片寂静，我甚至能想象我的东道主正如何好像死尸般僵直着、无声地躺坐在黑暗里。

我听到某处传来的嘀嗒钟声，甚至微微有些感激这声音还是正常的。但是它提醒了我，让我回想起这片地区里的另一个特征，另一个让我又感到不安的特征——这里没有任何动物。可以肯定附近没有任何农场里该有的家畜，而此刻我意识到自己完全听不见那些野外动物在夜间活动时发出的、习以为常的声音。远方有一些看不见的溪水在邪恶地潺潺作响，但除此之外，我听不见任何户外的声音。这是一种不同寻常的死寂——像是星际间的沉寂——同时我开始猜测是怎样一种孕育于星际间、无形无影的瘟疫在威胁着这片地区。我回想起古老神话里说狗和其他野兽总是非常厌恶外来者，同时开始思索那些留在小路上的痕迹可能透露了什么含义。

VIII

后来，我出乎意料地陷入了昏睡。不要问我睡了多久，也不要问我接下来发生的事情有多少是完完全全的梦境。如果我告诉你，我在某一时刻醒来，听到看见了某些事情，你仅仅会说，那时候的我肯定还在做梦；直到我跑出农舍的那一刻前，我一直都在做梦。我当时冲出房子，跌跌撞撞地跑向了小木棚——我记得曾在那儿见过一辆老福特车——接着，我跳上了那辆古老的汽车，在那些东西出没的群山里开始了一段疯狂而又漫无目的的疾驰，最后——在经历过数小时的颠簸与蜿蜒，最终穿越了险恶的森林迷宫之后——抵达了一个后来证明是汤森镇的小村庄。

当然，你也不会完全相信我经历过的所有事情；你也许认为所有照片、录音唱片、圆缸与机器以及其他类似的证据纯粹是我借用亨利·埃克利的失踪自导自演的一场骗局；甚至你还会说这是埃克利与其他一些怪人精心制造的无聊恶作剧——是他在基恩拿走了快递包裹，是他让诺伊斯制作了那张蜡克盘。但是，诺伊斯的身份始终没得到确认，这让整件事情显得古怪，住在埃克利附近地区的村民都不认识这个人，但他肯定经常拜访这片地方。我希望自己能在逃跑前停顿片刻，记录下诺伊斯的车牌号码——或者，什么都不做才是更好的选择。因为，不管你怎么说，也不管我有时会如何尝试说服自己，那些来自外层空间、令人厌恶的势力一定就潜伏在那些几乎是完全未知的群山里——而且，这些势力还拥有着许多渗透进人类世界的间谍与密探。我今后想要的一切就是与这些势力以及这些密探有多远离多远。

听说了我的离奇故事后，治安官带着民兵队赶到了那栋农舍。但埃克利已经走了，没留下任何线索。他宽松的晨袍、黄色的头巾以及包裹手脚的缠布都静静地躺在书房的地板上，非常靠近角落里的安乐椅。没人知道他是否带走了其他的衣物。但他饲养的看门犬与家畜的确都消失了。房间内外的几面墙上都有可疑的弹孔；但除此之外，没有发现其他可疑的线索。没有圆缸与机器，没有我用行李箱带来的证据，没有奇怪气味与模糊震颤的感觉，没有小路上留下的脚印，直到最后，我也没能注意到任何值得怀疑的东西。

在逃亡之后，我在布拉特尔伯勒待了一周，并询问了各式各样对埃克利有所了解的当地人；结果让我更相信这件事并非是梦境或幻觉的虚构。有记录显示，埃克利曾古怪地大量购进过看门犬、军火和化学品，而他的电话线也总是被莫名其妙地切断；同时，所有认识他的人——包括他在加利福尼亚的儿子——都承认他偶尔会评论自己从事的古怪研究，而且这些评论始终都存在着某种相互吻合的统一之处。但严肃的市民们认为他疯了，而且坚定地断言所有曝光的证据仅仅是他精神错乱时狡诈制造的骗局，甚至可能还得到某些古怪协助者的唆使和帮助；相反，很多地位低微的乡村居民全都支持他陈述中的每个细节。他曾给其中一些村民展示过他的照片和黑色石头，也为他们播放过那张令人不寒而栗的唱片；他们说那些脚印和奇怪的嗡嗡声响均与古老传说里描述的一模一样。

他们也曾提起，自埃克利找到那块黑色石头之后，人们便开始在埃克利的农舍附近越来越频繁地留意到某些可疑的情况与声音。如今，人们纷纷回避那块地方，除了邮递员和少数几个心志坚定的人，没人会去拜访他。在当地，黑山与圆山都是臭名昭著的危险区域，我甚至找不到一个曾详细勘探过它们的人。偶尔会有当地人在那片地区失踪；自这一地区有历史记录以来，此类案件就不绝于耳。这些失踪人口里也包括那个几乎过着流浪生活的沃尔特·布朗——埃克利曾在写给我的书信里提到过这个人。此外，我还拜访了一个农夫，他自称在洪水期间亲眼看见泛滥的西河上漂着一个古怪的物体，但他的故事过于混乱，没有什么真正的价值。

当我离开布拉特尔伯勒时，我下定决心再也不拜访佛蒙特州了，而且我很确定地知道自己将会一直遵从这个决定，永不改变。某个可怕的宇宙种族肯定在那片荒野里的群山间建立起了秘密的前哨——当我读到一条新闻宣称观测到位于海王星之外的第九大行星时，便更加确定起自己的结论来。正如那些势力所说的一样，它必会被人类观测到。天文学家们用一个恰当得让人毛骨悚然的名字命名了这个新发现——"冥王"——或许他们自己都没意识到这个名字是多么恰当。

毫无疑问，我相信这简直就是黑暗犹格斯星的真实写照——而当我试着猜测为何它上面的可怕住民会希望人们在这个特殊的时刻发现这颗行星时，我不禁不寒而栗起来。这些恶魔般的生物可能正在逐渐引入一些危害地球与地球居民的全新策略，虽然我一直徒劳地说服自己这可能只是我的幻想而已。

但是，我仍要在这里讲述农舍里那个恐怖夜晚的最终结局。正如我前面所说的一样，我最后陷入了混乱的昏睡；那段睡眠里充满了奇异的怪梦，让我瞥见了一些非常恐怖的风景。我不知道是什么东西唤醒了我，但在那一刻，我很确定自己是清醒的。最初的感觉非常混乱，我察觉到了房门外大厅地板上发出的一阵偷偷摸摸的咯吱声响；接着有人笨拙地摸索着门闩。然而，这些声音几乎在一瞬间就停止了；所以当下方书房里传出声音的时候，我才有了真正清晰的感觉。似乎书房里有好几个人在说话，并且我断定他们正在进行一场争论。

在倾听了几秒之后，我便完全清醒了过来；因为听到那些声音后，任何试图继续安睡下去的想法都显得荒谬可笑起来。我听到的声音各式各样，显露出很奇怪的差别。不过，倘若有谁听过那张该诅咒的留声机唱片，那么他绝对能分辨出至少两个声音的主人是谁。我头脑里闪过了一个毛骨悚然的念头——这时我正和那些来自无底深渊里的无名怪物共处一个屋檐之下；因为那两个声音毫无疑问正是那些外来生物在与人类沟通交流时使用的那种亵渎神明的嗡嗡声。那两个声音存在着个体上的差异——高低、声调以及语速等方面——但在主要特征上却一样让人憎恶。

第三个声音无疑是那个说话机器连接上某个圆缸里的分离大脑后发出的声响。和那些嗡嗡声一样，这也不存在任何疑问；因为晚上谈话时，我曾听过这种声音——那响亮、富有金属质感而又死气沉沉的噪音，以及那没有音调和情绪变化的喋喋不休，还有那客观的精准与从容，全都烙在了我的脑子里，完全无法忘记。当时，我不假思索地怀疑那个刺耳的声音是否就是原来与我交谈过的大脑；但稍后我又想到，在连接上同样的说话机器后，任何大脑发出来的噪音都是完全相同的；仅仅会在语言、节奏、语速以及发音等细微方面存在着区别。

参与这场可怕讨论的还有两个实实在在的人类声音——一个是显然属于乡下人的粗俗的声音，对我而言非常陌生；另一个则是温和的波士顿人口音——那正是我过去的向导诺伊斯。

那些被设计得非常结实的地板令人困扰地阻隔了大部分词句。当努力试图听清楚传上来的声音时，我清楚地察觉到楼下的房间传来了许多刮擦、拖拽与骚动的声响；于是我自然而然地联想到下面的房间里一定充满了活物——而且数目一定远超我所确定的那几个说话者。我很难准确地描述自己听到的骚动，因为几乎没有什么合适的声音可以拿来比较。似乎不时有几个仿佛有意识的东西在房间里穿行；它们发出的脚步声听起来有些像是坚硬表面和地板碰撞发出的咔嗒声——就好像是兽角或者硬橡胶构成的粗糙表面在碰撞地板。用更具体但却不那么精确的比喻来说，那就像是穿着底端有许多尖刺的宽松木屐在打磨过的木地板上咔嚓咔嚓地蹒跚而行。至于是什么样的东西制造了这些声响，我实在不想去深究。

不久，我便意识到自己不可能区分出任何完整连续的对话。单个的词句——包括埃克利与我的名字——不时从下方飘上来，尤其是那个机械的说话机器发言时，更是频频提到；但由于缺乏上下文的联系，它们所表达的意义我却无从猜起。时至今日，我仍拒绝根据这些零散的词语做任何明确的揣测，甚至对我来说那更像是一种暗示而非启发。我敢肯定，自己下方的房间里正在召开一场可怕又畸形的秘密会议；但我完全不知道这场会议究竟在商议怎样一些令人震惊的决议。虽然埃克利此前向我担保说那些外来者是友善的；可奇怪的是，我此时却明确地感觉到了下方会议中弥漫的恶意与亵渎气氛。

经过耐心地倾听，我逐渐清楚地区分开了不同的声音，可即便如此我仍旧把握不住任何一个声音所述说的内容。但我似乎已经领会了其中一些说话者大体上的情绪状态；例如有一个嗡嗡的声音表现出了不容置疑的权威性；而那个机械的声音，尽管有着人造的响亮高音而且规则端正，却似乎处在一个从属和恳求的位置上。而诺伊斯的语调里则透着一种调和安抚的语气。其他的声音我已不想再做解读。但我没有听到那种熟悉的、属于埃克利的呢喃低语，不过我也知道，那种声音肯定没法穿透结实的地板传上来。

我试着写下一些自己听到的片断词句与声音，尽我所能地区分标示出每个说话者说的词句。这段叙述将从我第一次听到那个说话机器说出几个可以区分的片断时开始。

（说话机器）

……我自己招来……把信和唱片送回去……结束它……接受……看见听见……该死……并非人力可为，毕竟……带金属光泽的新圆缸……老天

（第一个嗡嗡声）

……我们停下来的时候……小的和人类的……埃克利……大脑……说……

（第二个嗡嗡声）

……奈亚拉托提普……威尔马斯……那些照片和信件……拙劣的骗局……

（诺伊斯）

……（一个很难正确发音的词或者名字，可能是恩伽·克森）……无害的……和平……好几周……夸张的……早就告诉过你……

（第一个嗡嗡声）

……没有理由……原定计划……影响……诺伊斯能看住……圆山……新的圆缸……诺伊斯的汽车……

（诺伊斯）

……好吧……都是你的……在这里……休息……地方……

（几个声音同时响起，混杂在一段无法区分的对话里）

（许多脚步声，包括那种特殊且松散的骚动或咔嗒声）

（一种奇怪的拍打声）

（一辆汽车发动和远去的声音）

（一片寂静）

　　在险恶群山中那座外来生物出没的农舍里，我一动不动地躺在二楼卧室的奇怪大床上，竖着耳朵捕捉到了这些对话的大体内容——那时候，虽然躺在床上，但我一直穿戴整齐，而且右手紧握着转轮手枪，左手抓着袖珍手电筒。正如之前说过的一样，我已经完完全全地清醒了；然而直到最后的回音消失了许久之后，一种难以形容的僵硬依旧占据着我的身体，迫使我直挺挺地躺在床上。我听到楼下某个地方有一座古老的木质康涅狄格州大钟在从容不迫地嘀嗒作响，接着逐渐区分出一个睡梦者发出的不规则鼾声。在那场奇怪的会议之后，埃克利一定已经睡熟了，而且我确信他的确有必要休息了。

　　然而，我不知道该做点儿什么，或者该做何打算。毕竟，我偷听到的内容与凭借之前得知的信息所做出的推断有什么不同吗？难道我不知道那些无名的外来者这时已经能自由出入埃克利的农舍了么？毫无疑问，埃克利肯定也为它们不期而遇的拜访感到惊讶。然而，在我所探听到的那些片断的对话中却有着某些东西让我感到无穷的寒意，同时也激起我心底最怪诞、最恐怖的猜疑。我由衷地希望自己能真正醒过来，并证明刚才发生的一切都只是梦境。我相信我在潜意识里已经意识到了某些东西，只是我自己还没有真正察觉到而已。但埃克利呢？难道他不是我的朋友？如果这一切对我有任何害处，难道他不会反对吗？那从楼下传来的平和鼾声似乎此刻正在嘲笑我，嘲笑我脑中那些被突然放大了的恐惧。

　　有没有可能埃克利已经被它们利用了？它们是不是将埃克利当作引诱我带着照片和留声机唱片来到这片群山里的诱饵呢？由于我们已经知道得太多了，这些生物会不会正打算一次性将我们两个都消灭掉呢？我再一次思索起了埃克利在倒数第二封信和最后一封信之间发生的变化，以及同一时间内整个事态所发生的突然而又不自然的转化。本能告诉我，这中间有某些东西完完全全地错了。一切都和看上去的表面情况完全不同。那杯我没有喝下去的辣咖啡——会不会有某些隐匿、未知的生物在里面下了药？我必须立刻和埃克利谈一谈，并且让他明白过来。它们用揭露宇宙秘密的承诺迷住了他，但他此刻必须理智一些。我们必须趁着一切还不算太晚之前逃出去。如果他没有足够的意志力，不能下定决心打破同盟重获自由，我还可以帮他一把。或者如果不能说服他放弃，我起码可以独自离开。他肯定不介意我开走他的福特，然后将它留在布拉特尔伯勒的某个车库里。我注意到它就在小木棚里——此刻由于他觉得危险已经过去了，小木棚的门自然也敞开着没有上锁——我相信那辆车应该能立刻上路。虽然晚上谈话时，以及谈话结束后，我曾对埃克利短暂地产生了一些反感的情绪，但此时这些厌恶都已烟消云散了。他正处在一个和我差不多的位置上，因此我们必须团结一致。我知道他此时肯定觉得身体不适，因此并不希望在这个节骨眼儿上叫醒他，但我知道自己必须这样做。我不能待在这地方一直等到明天早上，到那时候就木已成舟了。

终于，我觉得自己已经能够活动四肢了，于是我伸展身体，重新夺回对肌肉的操控，爬了起来。我表现得非常谨慎，但这几乎是一种本能的反应而非有意识的控制。我找到并戴上了自己的帽子，拿上小行李箱，然后开始借助着手电筒的光芒走下楼去。由于紧张，我的右手仍紧紧握着自己的转轮手枪，只用左手一只手握住手电筒与行李箱。我完全不知道为何自己会如此戒备，按理说我此刻只是去叫醒这座房子里的另一个，也是唯一一个居住者而已。

我几乎是踮着脚走下嘎吱作响的楼梯，来到一楼的大厅。这时，我更清楚地听见了睡梦者的鼾声，并且注意到他在我左边的房间里——那儿是我没有进去过的起居室。右边书房的房门敞开着，漆黑的内部没有传出任何声响。于是我推开了那扇通向起居室、没有闩上的房门，顺着手电筒的光线找到了鼾声的源头，最终将光线照射到睡梦者的脸上。但，在下一秒钟，我立即关上了手电筒，如同猫一样退回到大厅里。这一刻，我表现出的谨慎已有了充分的理由。因为睡在那张长椅上的人根本不是埃克利，而是我早前的向导诺伊斯。

此时，我对农舍里的情况毫无头绪；但常识告诉我，最安全的做法就是在吵醒任何人之前，尽可能地查明一切。回到大厅后，我悄悄地关上了身后起居室的门，并插上了门闩；希望能降低吵醒诺伊斯的可能。接着我小心地走进了黑暗的书房里，希望能在那儿找到埃克利——不论是否醒着，他应该会待在那张角落里的大椅子上，那显然是他最中意的休息场所。当我走近时，我手电筒的光线照亮了一个摆在桌子上的可憎圆缸——它的视觉和听觉设备已经被连上了，还有一个说话机器就摆在附近，随时可以连接生效。我想到，这一定是那个参加了恐怖会议的缸中大脑。有那么一会儿，我产生了一股倔强的冲动，想要为它连接上说话机器，听听它想说些什么。

我想，此刻，它一定已经察觉到我的存在了；因为视觉机器和听觉机器一定会发现我手电筒发射出的光芒以及我的脚踩在地板上发出的轻微的咯吱声。但是，我最终还是不敢去摆弄这个东西。接着，我在不经意间注意到它是那个带着金属光泽的新圆缸——也就是早前我在架子上看到的那个写着埃克利名字，但房间主人叫我不要去碰的圆缸。每每回顾起这个瞬间，我都为自己的胆怯感到遗憾，我希望自己能勇敢地给它连接上说话的设备。天知道它可能会吐露什么样的秘密，并澄清关于身份的可怕疑虑和问题。但是，在当时的情况下，我没去碰它，这也许是个仁慈的决定。

接着，我把手电筒的光束从桌子转向了书房的角落。我本以为埃克利就躺在那儿，但却困惑地发现那张大安乐椅是空的，没有任何醒着或睡着的人躺在那儿。那件熟悉的旧晨袍无力地从椅子一直垂落到地板上，晨袍的附近散落着那条黄色的围巾和那些我觉得有些奇怪的大块裹脚布。我犹豫了，试图推测埃克利去了哪里，也想知道他为何突然丢掉了自己必需的病号服。随后，我注意到房间里的奇怪气味与弥漫在空气中的震颤感觉全都消失了。究竟是什么东西产生了它们？随后，我回忆起它们仅仅出现在埃克利的周围，这让我觉得有些古怪。在那个时候，越靠近他坐着的地方，这些气味和震颤就越强烈；反之，除开他就座的书房，以及书房房门的周边区域，其他地方完全闻不到奇怪的气味，也完全感觉不到空气中的震颤。于是，我停了下来，任由手电筒照出的光斑在黑暗的书房里漫无目的地游荡，同时绞尽脑汁思索起这些奇异现象的解释来。

我多么希望自己能悄悄地离开书房，别再将手电筒的光束照回到那张空荡荡的椅子上。但我没有这么做，所以我无法再悄悄地离开了；我捂住嘴巴发出了一声尖叫。那声尖叫肯定惊扰了大厅那头正在睡觉的看守，但可能还没有完全吵醒他。那声尖叫，以及诺伊斯那并未因尖叫而中断的鼾声，是我在这座闹鬼高山那覆盖着黑暗森林的山峰下，在这座充满了病态恐怖的农舍里，听到的最后声响——在这片有着偏远葱翠群山与可憎潺潺溪流的阴森乡间土地上，全部宇宙的恐怖全都聚焦在了那一刻。

我跌跌撞撞地疯狂逃向屋外，却居然没有丢下手电筒、行李箱，甚至都没有丢下那柄转轮手枪，这真是个奇迹。不知怎么的，我似乎不愿丢掉它们中的任何一样。实际上，我设法在不再发出任何声响的情况下从书房和农舍里逃了出去，然后带着行李拖着步子安全地逃到小木棚的老福特车上，接着发动那辆古董汽车冲进无月的黑夜里，向着某个我也不知道的安全地点疾驰而去。在那之后的旅程就像是从坡，或者兰波[1]的作品，或者多雷[2]的绘画里跑出来的谵妄幻想一般。但最终，我还是抵达了汤森镇。就是这么一回事。如果我仍旧神志健全、头脑清楚，那么我无疑是幸运的。有时候，我不由得害怕这些年里会发生些什么，尤其是那颗新的行星"冥王星"被如此离奇地发现之后。

正如前面说过的一样，我拿着手电筒在房间里环绕一圈，最后将射出的光斑重新转回到那张空的安乐椅上；这时我第一次留意到座位上摆放着其他一些东西。由于紧邻着松散折叠的空晨袍，那些东西并不是太起眼。它们总共有三个，但后来赶到的调查员没有找到其中的任何一个。正如我在开头所说的，它们实际上看起来并不恐怖。真正

---

[1]兰波：19世纪法国诗人和冒险家。他在16岁时开始写作暴力的、不洁的诗歌，他的作品在形象和比喻上大胆取材。在其散文诗选集《灵光篇》中，曾试图打破现实同虚幻之间的界线。

[2]多雷：19世纪法国版画家，他的作品以怪诞风格和古怪形象为特征。

的噩梦是它们让人推断联想出的东西。即使现在，我仍怀有些许怀疑——我开始部分接受那些怀疑论者的观点，认为我的全部经历都只是噩梦、神经质与疯狂幻想而已。

这三个东西的构造极端可憎的精致，并且配置了精巧的金属夹子让它们能附在某些生物上面——至于那些生物到底是什么，我已不敢再做任何猜测。不管我内心深处的恐惧告诉我那究竟是什么，我都希望，虔诚地希望，它们只是一个艺术大师制作的蜡质品。老天在上！那个藏在黑暗里的呢喃低语者，那些可怕的气味，那些震颤的声音！那是巫师，是间谍，是邪恶精灵，是外来者……那压低了声音、令人毛骨悚然的嗡嗡声……以及一直以来放在架子上，那个有着金属光泽的新圆缸里的东西……可怜的家伙……那种"让人叹为观止的外科手术、生物学、化学以及机械学技术……"

那放在椅子上的东西，完美得天衣无缝，即使每个微小的细节都得到了完美复制，使其与实物极端精密的相似——或者那就是实物，就是亨利·温特沃思·埃克利的面孔与双手。

超越时间之影
The Shadow Out of Time

译者：竹子

I

　　二十二年来，我一直生活在噩梦与恐惧中，只有坚信自己的某些念头全都源自虚构的神话才能支撑下来。虽然在1935年7月17日到18日的夜间，我觉得自己在西澳大利亚发现了一些东西，但我不愿意担保这件事情就是真实的。我的确有理由去期望自己的经历完全，或者部分，是幻觉——事实上，有各式各样的理由可以解释所发生的事情。然而那段经历实在真实得可怕，以至于我有时候会觉得自己的奢望是不可能实现的。如果这一切都是真的，人类必须准备好接受一些关于宇宙的全新看法，接受自己在这个翻腾动荡的时间旋涡里的真实处境。仅仅提起这一切就足以让人呆若木鸡了。更重要的是，人类必须准备好去应对某种潜伏躲藏起来的特殊威胁——虽然它永远都不可能吞噬掉整个人类族群，但依旧有可能为某些莽撞的家伙带来怪异且又无法想象的恐怖。也正是因为自己全力强调的后一个原因，我才最终放弃了之前做出的所有努力，不再去发掘我的探险队原本计划去勘探的那些不知名的原始巨石遗迹。

　　假如我当时真的头脑清醒、神志健全，那么在此之前应该还没有人经历过我所遭遇的一切。此外，这件事情也可怖地证明了所有我曾妄图归结为神话或噩梦的东西全都是真实存在的。万幸的是，我没有证据证明它的确发生过。因为在慌乱中，我弄丢了最无可辩驳的铁证——如果它真的存在，而且的确是从那邪恶的深渊中被带出来的话。我独自面对了恐怖的一切——而且到现在为止，我未曾向任何人说起这件事情。我没法阻止探险队里的其他成员朝着那个方向继续探寻，但到目前为止，运气与移动的沙丘使得他们一无所获。而现在，我必须对事情的始末做出明确的陈述——不仅仅是为了寻求自己心灵上的平静，也为了警告那些可能会严肃认真阅读这一切的人。

而今，我在回家的轮船船舱里写下这些文字——对于那些经常阅读普通报刊与科学杂志的读者来说，前面的大部分内容会非常熟悉。我会将这些文件交给我的儿子，密斯卡托尼克大学的温盖特·匹斯里教授——当我在很久之前患上离奇失忆症的时候，他是所有家庭成员中唯一信任并支持的人；此外，他也是最了解内情的人。当我谈到那个改变我命运的夜晚时，他也许是这个世界上最不会嘲笑我的人。直到登船前，我都没有向他提起自己的经历，因为我觉得他最好还是通过文字来了解所发生的事情。阅读以及闲暇时的反复翻阅也许会留给他一些更可靠的印象，起码比我含糊不清的舌头所陈述的内容要可靠得多。他有权对这些文件做任何他觉得最合适的处理——公开它们，并且在任何写得下的空白里附上合适的评论。为了让那些不太清楚我之前的经历的读者更好地理解整件事情，我为自己准备揭露的事情写了一些引言——它非常完整地总结了整件事情的背景。

我名叫纳撒尼尔·温盖特·匹斯里。如果有人还记得十年前的报纸新闻——或是六七年前心理学杂志上刊登过的信件与文章——那么他应该知道我是谁。报纸上详细记述了我在1908年到1913年间患上离奇失忆症时的表现，其中的大部分内容都是我当时以及现在所居住的那座马萨诸塞州古老小镇上私下流传的一些牵涉恐怖、疯狂与巫术的传说。然而，我早该知道，不论是遗传还是我的早年生活都不存在任何疯狂或者邪恶的地方。鉴于那个来自其他地方的幽灵降临得如此突然，这一事实有着非同寻常的重要意义。或许，几百年黑暗阴郁的历史使得阿卡姆——这座逐渐衰落、流言盛行的城市——特别容易受到那些幽灵的侵扰——然而，就连这点理由似乎也有些站不住脚，因为后来的研究显示，那些更加文明和现代的地区也曾发生过同样的事情。但我想要强调的是，不论我的祖先还是家庭背景都非常平凡，毫无特别之处。至于到底发生了什么，以及那一切源自其他什么地方，直到现在，我很难用简单平白的语言做出断言。

我是乔纳森·匹斯里与汉娜·匹斯里（温盖特）[1]的儿子。我的父母都来自黑弗里尔市、健康正常的古老家族。我出生在黑弗里尔市博德曼大街上一座靠近戈登山的老农庄里，并且在那里长大。直到十八岁考入密斯卡托尼克大学前，我从未去过阿卡姆。1889年，我从密斯卡托尼克大学毕业，进入哈佛大学研究经济学。1895年，我回到了密斯卡托尼克大学，成为了一名政治经济学讲师。随后的十三年里，我的生活一帆风顺、幸福快乐。1896年，我在黑弗里尔与爱丽丝·凯莎结为夫妻。我们的三个孩子，罗伯特、温盖特和汉娜先后于1898、1900、1903年来到世上。1898年，我当上了副教授，1902又晋升为教授。在那时候，我对神秘主义与病态心理学没有一丁点的兴趣。

然而，在1908年5月14日，星期四，我患上了一种奇怪的失忆症。变故来得很突然，但后来回顾整件事情的时候，我意识到在事发前的几个小时里，自己曾经有过一些短暂、模糊的幻觉——那些混乱的幻觉让我觉得颇为心神不宁，因为我从未遇见过这样的情况——它们肯定就是病发前的征兆。在当时，我觉得头痛难忍，并且产生了一种完全陌生的古怪感觉，就好像有其他人正在试图占据我的思想。

真正的灾难发生在早上10时20分，当时我正在给三年级以及几个二年级学生上政治经济学的第六课——过去与现在的经济趋势。起先，我看到了一些奇怪的轮廓，并且觉得自己正站在一个怪异的房间里，而非教室中。接着，我的思绪与发言开始偏离了课堂内容。就连学生们也注意到事情有些不对劲。随后，我突然倒了下去，不省人事地跌坐在椅子上，陷入了没人能够唤醒的昏迷状态。当我再度恢复正

[1]温盖特：应该是她出嫁前的娘家姓。

常，重新见到我们这个寻常世界里的阳光时，已经是五年零四个月十三天后的事情了。

随后发生的事情自然都是我从其他人那里听来的：我被送回了位于克雷恩大街27号的家里，并且接受了最好的医疗看护。但在长达十六个半小时的时间内，我始终处于不省人事的状态。随后，在5月15日凌晨3点，"我"睁开了眼睛，并且开始说话，但没过多久家人与医生们都被"我"的表情与言语给吓坏了。醒过来的那个人显然不记得与自己的身份——或者过去——有关的任何事情；但出于某些原因，"我"似乎急于掩饰记忆上的缺失。"我"的眼睛奇怪地盯着身边的人，而"我"的面部肌肉也呈现出一种完全陌生的扭曲状态。

就连"我"的言语也跟着变得笨拙与陌生起来。"我"笨拙地使用着自己的声带，摸索着发出一个个音节，而且在措辞时也显得非常古怪与生硬，就好像"我"完全是通过书本学会英语的一样。除此之外，"我"的发音也显得非常粗野和怪诞，所使用的习语既包含了一些零散的奇怪古文，也有一些完全无法理解的表达方式。二十多年后，在场医生中最年轻的那个依旧记得其中某一段无法理解的词句。那段词句给他留下了非常深刻——甚至是恐怖的印象。因为，后来这个短语真的在社会上流行了起来——它起先出现在英格兰，后来又传到了美国——虽然这个短语非常复杂，而且毫无疑问是个新生事物，但它与1908年阿卡姆镇上那个奇怪病人口里喊出来的某段费解词句别无二致。

虽然"我"的体力很快就恢复了，但"我"却需要重新学习如何使用双手、双腿以及身体上的其他部分。由于这些奇怪的行为，以及失忆导致的其他障碍，"我"在随后的一段时间内依旧受到严格的医疗看护。在发现自己无法掩饰失忆带来的问题后，"我"非常坦率地承认了自己的状况，并且开始渴望接触各种各样的信息。事实上，在医生看来，当"我"接受了失忆症，并且将它当作一件自然和正常的事情后，"我"就对自己原有的身份信息毫无兴趣了。他们发现"我"的主要精力全都集中在了学习知识上，所学习的内容涵盖了历史、科学、艺术、语言与民俗的某些方面——其中一些内容非常深奥，而另一些内容则是小孩都知道的事实——但非常奇怪的是，许多小孩都知道的事实，"我"却一无所知。

此外，他们留意到"我"匪夷所思地掌握了许多几乎不可能有人知道的知识——不过，"我"似乎更愿意把这种能力隐藏起来，不让其他人知道。"我"会在无意间脱口而出地提到某些发生在黑暗时代里的具体事件——但"我"所提到的那些时代根本不是学界承认的信史——当留意到听众露出惊讶的表情后，"我"立刻会表示之前所说的内容只不过是个玩笑。而且，有两三次，我还谈论到了未来发生的事情，并且给听众带来了实实在在的恐慌。不过，这种不经意间的古怪举动很快就不再出现了——但是某些观察者觉得"我"并没有遗忘那些奇怪的知识，只不过在这方面变得更谨慎小心了而已。事实上，"我"非常渴望学习这个时代的言论、礼节与思想观点，这种热情似乎达到了极度反常的地步；就好像我是来自某个遥远异国的好学旅行者一样。

得到许可后，"我"几乎把自己的全部时间都花在了大学的图书馆里；没过多久，"我"又给自己安排了一些古怪的旅行，并且在欧洲与美国的大学里参加一些特别的课程。这些举动在接下来的几年里引起了不小的议论。不过，在这段时间里，"我"从未因为缺乏学术交流而苦恼过。在那段时期，不少心理学家都听说过我的案例。在课堂上，我被当作双重人格的典型案例进行讲解——不过"我"偶尔会显露出的一些怪异的症状，或者一丝小心掩饰的古怪嘲弄神情，这让那些授课者有些迷惑。

然而，这些年来，"我"几乎没有遇到真正意义上的朋友。"我"的言行举止里似乎隐藏着一些别的东西，总让会面者都感到模糊的恐惧与厌恶，就好像"我"已经不再能和正常或健康画上等号了。这种阴暗、隐伏的恐怖念头会让人想到某种遥远、无法估量的鸿沟，更奇怪的是，在会面者中这种念头非常普遍而且始终阴魂不散。

就连我的家人也不能例外。从"我"开始用奇怪的方式练习走路的那一刻起，我的妻子就一直用一种极端厌恶和恐惧的眼神盯着"我"，并且发誓说"我"是一个篡夺了她丈夫身体的异类。1910年，在得到法庭的离婚许可后，她就离开了，并且一直拒绝与我见面，即便我在1913年恢复正常后，依旧如此。我的长子和小女儿也有同样的感觉，从那以后，我再也没见过他们。

似乎只有我的小儿子——温盖特，能够克服剧变引起的厌恶与恐惧。他的确知道我已经变成了另外一个人，但年仅八岁的他依旧坚信原来的我总有一天会回到他的身边。而当我恢复正常后，他立刻找到了我，而法庭归还了我对他的监护权。在随后的那些年里，他一直在协助我的研究。时至今日，三十五岁的他已经是密斯卡托尼克大学的心理学教授了。不过，对于自己带来的恐慌，我并不觉得惊讶——对此我相当肯定，因为1908年5月15日醒来的那个人并不是我，他的思想、声音，甚至面部表情都不属于纳撒尼尔·温盖特·匹斯里。

我不会详细谈论"我"在1908到1913年间的生活。因为读者们也可以从过去的新闻报纸和科学杂志里了解相关的信息，基本上我也是这么做的。在那段时间里"我"拿到了原本属于我的资金，并且非常精明而节省地将它们花在了旅行以及各种研究中心的学习上。在那段时间里，"我"到过许多极端奇怪的地方，包括许多偏远而且荒无人烟的地方。1909年，"我"在喜马拉雅山区待了一个月。1911年"我"骑着骆驼拜访了一些位于阿拉伯地区的无名沙漠，并且引起了不小的关注。1912年的夏天，"我"还曾租了一艘船航行到北极，斯匹茨卑尔根岛[1]以北的地方，然后又带着一点失望的情绪返回了家中。同年晚些时候，"我"还花了几个星期独自在弗吉尼亚州西部的巨大石灰岩溶洞群里进行了一次史无前例的探险。那个漆黑的迷宫非常巨大而复杂，也许永远都不会有人知道"我"到底去了什么地方。

在旅居其他大学的时候，许多人都注意到了"我"在学习新知识

---

[1] 斯匹茨卑尔根岛：挪威的一个岛屿。

时表现得异常优秀，仿佛这个第二人格有着远远超越我本人的聪明才智。此外，我发现"我"在阅读和独立进行研究时也表现出了惊人的效率。仅仅需要在翻动书页的过程中匆匆一瞥，"我"就能掌握书页上的每一个细节；此外，真正让人叹为观止的是，"我"能够在一瞬间弄清楚那些复杂的图表。有些时候甚至还出现了一些几乎是丑化的报道，声称"我"有能力影响其他人的思想和行为，但"我"似乎很小心地尽可能不去展示这种能力。

另一些恶毒的报道宣称"我"与某些神秘团体的领袖有亲密的交往；或者宣称"我"接触了某些怀疑与可憎古老世界里的祭师有着不可名状联系的学者。在当时，这些谣言从未得到证实，但"我"所阅读的某些书籍显然激起了这方面的想象——毕竟，在大图书馆里翻阅珍藏书籍必然会引起其他人的注意。还有些确凿的证据——一些写在书面边缘的笔记——说明"我"曾细致地阅读过一些异端的东西，像德雷特伯爵编著的《食尸教典仪》、路德维希·普林撰写的《蠕虫的秘密》、冯·云兹特所著的《无名祭祀书》，以及《伊波恩之书》那令人困惑的残本与由阿拉伯疯子阿卜杜·阿尔哈兹莱德所著的令人恐惧的典籍《死灵之书》。此外，毋庸置疑的是，在我发生奇怪变化的那段时间里，地下异教活动曾掀起过一轮新的邪恶风潮。

1913年的夏天，"我"逐渐失去了继续下去的兴趣，并且表现得有些厌倦。与此同时，"我"开始向形形色色与自己有过往来的人表示事情很快就会发生变化。"我"告诉他们，"我"会回想起早前的人格与记忆——但大多数听众都以为"我"在撒谎，因为"我"提到的记忆非常散乱，而且"我"很可能是从以往的私人文件里了解到那些事情的。大约8月中旬的时候，"我"回到了阿卡姆，重新住进了位于克雷恩大街上、闲置已久的房子。在那儿，"我"用从美国与欧洲各个科研机构制造的零件组装了一台模样极端古怪的机器，并且把它小心地藏了起来，以免那些聪明到能够分析和研究它的人看见。那些见过机器的人——一个工人、一个仆人以及我的新管家——告诉我那是一台混杂起来的古怪东西，上面有许多杆子、轮子与镜子，仅仅两英尺高，一英尺宽，一英尺厚。机器中央有着一面圆形的凸面镜。那些我能找到的零件制造商也都证实了所有这些事情。

9月26日星期五的晚上，"我"遣散了管家与女仆，让他们第二天中午再回来。房子里的灯一直亮到了很晚的时候。一个皮肤黝黑、身材瘦削、外国人模样的男人坐着一辆汽车赶来拜访了"我"。1点钟的时候，灯光还亮着，那是最后有人看见房子里亮着灯。凌晨2点15分，一个警察看见房子已经暗下来了，但那个陌生人的汽车还停在路边。等到4点钟的时候，汽车也开走了。6点钟的时候，威尔逊医生接到了一个电话。电话那头是一个操着外国口音、说话吞吞吐吐的人，他请威尔逊医生赶去我家，把我从一种"特别的昏睡"中唤醒过来。这是个长途电话，经过追查，我得知电话是从波士顿北站的一个公用电话亭里打来的，但是再也没有人见过那个瘦削的外国人。

赶到家里的时候，医生发现我不省人事地躺在起居室的安乐椅上。安乐椅前摆着一张从别处拖来的桌子。桌子光洁的表面上残留着一些擦痕，说明上面曾经摆过某个很笨重的东西。那台奇怪的装置不见了，而且我再也没听说过与它有关的任何消息。毫无疑问，那个皮肤黝黑、身材瘦削的外国人带走了它。书房的壁炉里全是灰烬，显然有人在炉子里烧掉了"我"患上失忆症以来写下的所有材料。威尔逊医生发现我的呼吸非常奇特，但在接受了一次皮下注射后，我的呼吸规律了许多。

9月27日上午11点15分，我剧烈地扭动了起来，一直如同面具般的脸孔上也浮现出了一些表情。威尔逊医生觉得那些表情不像是我的第二人格，反而更像是原来的我。大约11点30分的时候，我发出了一些非常怪异，听起来似乎不属于任何人类语言的音节。此外，我也表现出一副正在努力和什么东西对抗的样子。中午刚过，管家和女仆回到了房子里，而我也开始用英语嘀咕了。

"……作为那个时期的正统的经济学家，以杰文斯为代表，倾向于为经济循环建立起一些系统的科学的联系。他试图把经济循环中的繁荣与衰退与太阳黑子活动的循环周期[1]相关联，也许太阳黑子活动的高峰意味着……"

纳撒尼尔·温盖特·匹斯里终于回来了——虽然我的意识还停留在1908年的那个星期四早上，停留在经济学的学生们望着讲台上破旧桌子的那个时候。

II

让生活重回正轨是一个痛苦而又艰难的过程。五年的空白带来了多得难以想象的困难，有数不尽的事情需要我去重新适应。此外，我也听说了自己在1908年到1913年间的所作所为。虽然这些消息让我觉得惶恐不安，但我依旧试着尽可能冷静地看待整件事情。在取得了小儿子温盖特的监护权后，我带着他在克雷恩大街的房子里安顿了下来，并且努力重新开始自己在大学里的工作——值得庆幸的是，大学方面依然好心地提供了原来的教授职位。

我于1914年2月的那个学期开始重新执教，但仅仅只教了一年时间。直到那时我才意识到这五年的经历给自己带来了多么严重的影响。虽然，我依旧神志健全——我希望如此——而且原有的人格也没有出现任何问题，但我的精力却大不如前了。模糊的梦境与奇怪的想法始终困扰着我。第一次世界大战爆发的时候，我的注意力转移到了历史上，这时我发现自己正在用一种极端古怪的方式看待历史上的时代和事件。我对于时间的概念——我用来区分事件先后发生，还是同时发生的能力——似乎被搅乱了；因此，我形成了一些荒诞不经的念头，觉得自己生活在一个时代里，同时又能够将心智投向永恒的时间

---

[1] 太阳黑子活动的循环周期：由英国经济学家 W.S.Jevons 于 1875 年提出的太阳黑子理论。他认为太阳黑子的周期性变化会影响气候的周期变化，进而影响农业收成，并最终通过农业收成的丰歉影响整个经济。

长河，了解过去与未来发生的事情。

战争给我带来了一些奇异的感觉。我觉得自己还记得它导致的某些深远后果——就好像我知道它是如何开始的，并且能够根据源于未来的信息去回顾它的发展一样——即便那时候战争才刚刚开始。这种"准记忆"出现时会引起剧烈的疼痛，并且让我觉得似乎有一堵人为设置的心理屏障在阻碍我做进一步的发掘。而当我犹豫着向其他人暗示这种感觉时，我得到了各式各样的回答。有些人会非常不自在地看着我，而数学系的人则会对我谈论起相对论领域里的最新进展——在那个时候，还只有一些学术圈子会讨论这些理论——但没过多久它们就变得举世闻名了[1]。他们说，阿尔伯特·爱因斯坦博士做出了大幅度的简化，认为时间仅仅是事物的一个维度而已。

然而，梦境与恼人的错觉却与日俱增，因此我不得不在1915年辞掉了大学里的固定工作。某些令人恼火的感觉正在慢慢成形——我总觉得自己患上的失忆症引起了某种邪恶的交换；源自某些未知区域的力量侵入了我的身体，造就了我的第二人格，并且与我自己的人格进行了替换。因此，我陷入了一些模糊而又恐怖的猜测——我想知道，在另一个人格借用身体的那段时间里，真正的我去了哪里。我从杂志、文件以及其他人那里得知了许多信息。可我越了解这些信息，就越觉得不安。我身体里的"租客"所做出的怪异行为，以及他所具备的奇特知识，让我感到困扰。那些让其他人觉得困惑不解的古怪行为似乎与某些在我的潜意识深处滋生的邪恶知识产生了令人恐惧的共鸣。我开始狂热地收集一切可能的信息，想要了解那个人在那段邪恶的岁月里学习了什么，又去过哪些地方。

但是，我遇到的麻烦并非仅仅只有这些半抽象的东西。我经常做梦——而且随着时间的推移，那些梦境似乎变得越来越生动，越来越真实。我知道大多数人会怎样看待这类问题，因此很少向其他人提起

---

[1]……一些学术圈子会讨论这些理论——但没过多久它们就变得举世闻名了：1915年爱因斯坦正式发表了广义相对论。

自己的梦境，只将这些事情告诉了自己的儿子与几个信得过的心理学家。到后来，我开始系统地研究其他一些失忆症案例，试图搞清楚这样的幻觉与梦境是否是失忆症患者的常见症状。在心理学家、历史学家、人类学家以及有经验的精神科专家的帮助下，我研究了所有关于人格分裂的记录——从恶魔附身的传说，到现代医学上的真实记录。然而，最初得到的结果不仅没有让我觉得欣慰，反而让我更加困扰。

研究开始后不久，我就发现了一个问题——虽然真正确诊的失忆症病例浩如烟海，但却没有任何一起病例提到了与自己梦境类似的症状。不过，我也注意到一类特别的记述。虽然它们的数量凤毛麟角，但却与我自己的经历极为相似。在随后的好几年里，这一情况一直让我感到惊讶与困惑。这些记述中既有古老的民间传说，也有医学年报里的病历，甚至还有一两例淹没在正史里的奇闻异事。根据这些记述来看，降临在我身上的苦难是一种非常罕见的疾病。自人类有历史记录以来，每隔很长一段时间才会发现一起病例。在几百年的时间里可能会出现一到三起类似的病例，也可能一起都没有——至少没有保留下相关的记录。

这类记录总有着相同的实质内容——一个思维敏锐的人忽然过上了另一种截然不同的奇怪生活，并且在或长或短的一段时间里表现极度怪异。起先病人的嗓音会出现异样，身体也会跟着变得笨拙生硬；随后他会不加选择地学习科学、历史、艺术以及人类学方面的知识——在学习过程中，病人会表现出极为狂热的兴趣，以及异乎寻常的学习速度。接着，在某个时刻，病人会突然重回正常的人格，并且在那之后断断续续地梦到奇怪的情景。这些无法解释源头的模糊梦境会让病人饱受折磨。它们始终在暗示着一些令人毛骨悚然，但却被巧妙掩盖起来的记忆。这类噩梦与我梦见的情景非常相似——甚至就连一些最细微的地方也能相互印证——让我越发肯定它们并非特例，而且有着非常重要的意义。有一两起病例让我隐约觉得有些熟悉，就好像自己曾经在某个地方听说过一样——但究竟是在哪里我却不敢细细思索，因为我下意识地觉得那是个非常恐怖、非常怪诞的地方。此外，还有三起病例特别提到了第二次转变前出现在我房子里的那种未知机器。

在调查过程中，还有一件事情让我觉得隐约有些忧虑：一些不曾患过失忆症的人——或者没有明确诊断为失忆症患者的人——也会短暂、含混地梦到类似的情景，而且这样的例子甚至比患上失忆症的同类案例还要稍微多些。在这类例子中，患者大多都是平庸的普通人，或者更糟——有些人甚至还没开化，因此没人会觉得他们具备渊博的学识与超然的学习能力。但在某个瞬间，他们会迸发出异样的活力——然后，这种活力会慢慢消失，只留下一点儿模糊并且迅速遗忘的可怕记忆。

在过去的半个世纪里，至少有三起这样的病例——最近的一起发生在十五年前。难道在某些意想不到的深渊里，有些东西正在穿越时间的隔阂漫无目的地摸索着这个世界？难道这些记录模糊的病例其实是某种丑恶而又不祥的试验，而这些试验的始作俑者——以及试验的类型——已经完全超越了神志正常的观念？这些念头是我在虚弱时想到的一小部分不成形的猜测——研究过程中了解到的某些神话在一定程度上也催生了这样的想象。因为，我必须承认，一些极端古老却一直流传到今天的传说令人惊骇地详细解释了我这样的失忆症，而在最近发生的几起失忆症病例中，那些医生与病人显然都没有听说过这些传说。

随着时间的推移，那些梦境与感觉变得越来越纷乱，而我依旧不敢谈论它们。它们似乎充满了疯狂的意味，甚至有些时候，我觉得自己的的确确正在变成一个疯子。难道人在出现记忆缺失后会发展出一类特殊的妄想症？或许，潜意识会试图用一些伪造的记忆填补脑海里那段令患者感到困惑的空白，而这些虚构的记忆又衍生出了变化莫测的离奇想象。事实上，许多协助我搜寻类似病例的精神病医师都持这种看法——他们和我一样也为各个病例间偶尔出现的明显相似之处感到困惑不解。（不过，对我而言，由某些民间传说提供的另一种解释似乎更加可信一些。）那些精神病医生不认为我的情况是真正的疯病，反而更愿意将它归类为一种神经官能症。我的做法——将那些症状记录下来，并进行分析，而非徒劳地试图遗忘或忽略它们——得到了他们的由衷赞同，因为根据最佳的心理学原理，这是非常正确的做法。另一方面，我也特别看重这些医生的建议，因为他们在我被另一个人格占据时也曾研究过我的状况。

起先，让我感到烦乱的并非是视觉化的场景或图像，而是一些我之前提到过的，更加抽象的感觉。此外，我的身体也会让我产生深刻而又难以理解的恐惧感。我非常古怪地害怕见到自己的形象，就好像我的眼睛会看到某个极度怪异而且难以想象的可憎事物。而当我真的向下瞥一眼，看见穿着素灰或者蓝色衣物的人类身体时，我总会古怪地感到如释重负。然而，为了获得这种如释重负的感觉，我必须克服无限的恐惧。我会尽可能地避开镜子，而且一直在理发师那里刮胡子。

后来，我渐渐觉得自己似乎看见了什么东西。直到很长一段时间后，我才意识到这些转瞬即逝的幻视与之前那些令人沮丧的感觉是相互关联的。最初的关联与记忆里的那些人为设置的外来障碍有关。我觉得自己经历的短暂幻视有可能隐含着深刻与恐怖的含义，而且还与我自身有着某种可怕的联系，但某些具备特定目的的扰动就会影响我的思绪，让我无法把握住那些幻视的含义和联系。然后，我觉得那些幻觉在时间顺序上有些古怪，并且开始绝望地试图把那些犹如梦境一般的破碎幻觉按照它们原有的时间与空间顺序排列起来。

起先，那些片段的幻视并不恐怖，仅仅只是有些古怪罢了。我觉得自己似乎置身在一座雄伟的拱顶房间里，那些位于高处的石头穹棱[1]几乎隐没在了头顶的黑暗里。虽然我不知道那是什么地方，属于哪个年代，但房间的建筑者和罗马人一样非常了解拱形的原理，而且将它广泛地应用到了建筑中。我看到了巨大的圆形窗户与高耸的拱形大门，还有几乎与普通房间一样高的台座或者桌子。墙壁上排列着宽大的暗色木头架子，上面似乎摆放着尺寸惊人的厚重典籍，而那些典籍的书背上则标记着奇异的象形符号。暴露在外的石头制品上留有奇异的雕刻，通常都是一些遵循数学原理的曲线设计，有些地方还凿刻着一些

---

[1] 穹棱：指两个拱顶相互交错时形成的弧形边缘。

铭文，看上去很像那些出现在巨型典籍书背上的符号。这座暗色花岗岩建筑是由大得可怕的巨石修建起来的，一层层底部凹陷的石块被严丝合缝地叠放在一列列顶部凸起的石块上。我没有看到椅子，但那些宽大的台座顶部散落着书籍、文件以及一些看起来像是用于书写的工具——由某种紫色金属铸造、表面带有古怪图案的罐子与一头染着颜色的长杆。虽然那些台座非常高大，但有时我似乎能够从上方俯瞰它们。有些台座上放着发光晶体制作的大号球体当作灯一类的照明器具，以及一些由玻璃管与金属杆组成的神秘机器。窗户上都镶着玻璃，并且被看起来非常结实的栅栏分割成了许多小格。虽然我不敢靠近那些窗户并透过它们望向外面，但从站着的地方望过去，我能看见一些像是蕨类的奇异植被来回摇曳的顶端。地板上铺设着宽大厚实的八角形石板，但我没有看见地毯和窗帘。

后来，我又有了些新的梦境。例如，掠过宏伟的石砌走廊，以及在同一座巨大的石头建筑里沿着庞大的斜坡上上下下。我没有看见楼梯，以及小于三十英尺宽的走道。在那些梦境里，我飘浮着经过了许多建筑。其中一些建造直耸云霄，足足有几千英尺高。在地面之下有许多层黑暗的地窖，还有一些从未见打开过的活板门。那些活板门被一道道金属条给封死了，似乎隐晦地暗示着某些特殊的危险。在那儿我似乎是一个囚犯，而且周遭眼见的一切事物都充满了无法驱散的恐怖意味。我觉得墙面上那些仿佛嘲笑我的曲线象形文字正在将它们表达的含义灌注进我的灵魂，而且我甚至得不到无知的仁慈庇佑。

再后来，我的梦境里又出现了新的情景。那是一些透过大号圆形窗户，以及在旷阔的平坦屋顶上，望见的风景。其中有稀奇古怪的花园，宽广贫瘠的土地，以及矗立在斜坡尽头最高处的扇形石头女墙。魁伟的建筑一直绵延到了无数里格外。这些建筑分立在精心铺设、足足两百英尺宽的道路两侧，每一座都有属于自己的花园。虽然外观各异，但是很少有面积小于五百平方英尺，或者高度低于一千英尺高的情况。许多建筑看起来似乎无边无际，因此它们的正面肯定有数千英尺宽；而另一些则如同山脉一般，耸入水雾缭绕的灰色天空。它们看上去像是由岩石或者混凝土修建起来的，而且其中的大多数都表现出一种古怪的曲线风格——囚禁我的那座建筑里也能看到类似的设计。屋顶大多都很平坦，上面修建着奇异的花园，往往饰有扇形的女墙。偶尔，我能看到一些梯台与更高的平台，还有一些在花园中清理出的宽敞空地。旷阔的大道上似乎有一些东西在移动，但在最早出现的那些梦境里，我没法更加清晰地分辨它们。

在某些地方，我还瞧见过雄伟的暗色圆柱形高塔。这些巨塔高度远远地超越了其他建筑。它们似乎属于另一个完全不同的世界，而且显露出极度古老与衰败的迹象。它们由一些切割成方形、样式非常怪诞的玄武岩修建而成，圆形的顶端会比底端稍稍收窄一点儿。那上面没有任何窗户，或者其他的孔洞，只有一些巨型的大门。我还注意到一些在基础风格上与黑色圆柱形高塔有些类似的建筑。但它们要低矮一些——而且似乎历经了数亿年的风化，全都显得摇摇欲坠、行将倾塌。这些由方切岩石堆建起来的建筑群周围环绕着一种无法解释的氛围，让人觉得危险与强烈的恐惧，那些被金属条加固密封的活板门也曾带给我类似的感觉。

随处可见的花园古怪得几乎让人觉得有些害怕。在那些花园里绵延着宽敞的道路，两侧排列着雕刻有奇怪图案的巨石。无数奇异而陌生的植物遮罩在道路的上方。在花园中，最常见的是异常宽大的蕨类植被；有些是绿色的，还有一些则是阴森的、如同蕈菌一般的苍白色。一些类似芦木[1]、如同鬼怪般的植物矗立在那些蕨类植物间，它们如同竹子一样的枝干向上耸立到了难以置信的高度。此外，我还看到了一簇簇丛生的植物，像是大得惊人的苏铁，还有模样怪诞的暗绿色灌木，以及针叶类的树木。能看到的花朵都很小，而且黯淡无色，难以辨认，有些盛开在设计成几何形状的苗圃里，有些则恣意地铺展在绿地上。在一些梯台与屋顶花园里有更大更鲜艳的花，但大多都显出

---

[1]芦木：木贼纲植物，已灭绝。乔木状，高可达30米。生存于早石炭世至晚二叠世。

令人不快的轮廓，而且像是有意栽培的结果。一些尺寸、轮廓与颜色都让人觉得不可思议的蕈菌生长在一起，构建出一些图案，似乎展现了某些不为人知但却高度发展的园艺风格。地面上的大花园似乎尽力保持了自然的原始风貌，而屋顶上的花园则显现出了更多人为选择的迹象，而且明显具有园艺的特征。

　　天空几乎总是潮湿多云，有几次我似乎还目睹了几场倾盆大雨。偶尔，我会瞥见太阳——但看起来大得有点儿异样——有时，也能看见月亮。月亮上的斑点似乎和平常看到的有些不同，但我一直不清楚到底有什么区别。在非常罕见的情况下，我能看到纯净晴朗的夜空与许多星座，但我几乎无法辨认那些星座。偶尔，我能看到与实际星座类似的轮廓，但从来不会完全相同。根据一小撮勉强认出来的星座判断，我猜自己大概在南半球，靠近南回归线附近的某个地方。远方的地平线总是朦胧不清、难以辨认，但是我能看见城市外面绵延着旷阔的丛林，那里面有大树一般的不知名蕨类植物，还有芦木、鳞木[1]与封印木[2]。它们奇妙的枝叶在变幻的雾气中摇曳着，仿佛像是在嘲笑我。偶尔，天空中会有某些东西运动的迹象，但在最早出现的梦境里我一直没办法分辨清楚。

　　到了1914年的秋天，我偶尔会梦见自己古怪地飘浮在城市的上方，或者飞越城市周围的区域。我看见无穷无尽的长路穿越过丛林，丛林里遍布着带有斑点、凹槽与条纹的树木；我还看见了其他的城市，它们就和始终困扰着我的那座城市一样奇怪。我看见那些永远昏暗无光的丛林间空地上耸立着用黑色或者棱彩色石头修建起来的巍峨建筑。我走过修建在沼泽上漫长的堤道，那里是如此黑暗以至于我只能辨认出一点点耸立着的潮湿植物。有一次，我看见一片绵延无数的土地，那上面散落着饱受时间侵蚀的玄武岩废墟。那些废墟的建筑风格与我在之前城市里看到的那几座圆顶无窗高塔非常相似。还有一

---

[1]鳞木：石松纲，已绝灭，兴盛于石炭纪和二叠纪。

[2]封印木：与鳞木类似，石松纲的另一属，已绝灭，兴盛于石炭纪和二叠纪。

次，我看到海洋——那是一片被蒸汽萦绕着的无垠水域，它绵延在一座林立着拱门和圆顶的雄伟城市外。城市的边缘还修建着巨大的石头突堤。奇形怪状的巨大阴影在水域上方移动，异样的喷泉从水域表面的各个地方喷涌而出。

III

我之前也说过，这些疯狂的幻觉并没有在一开始就展现出它们令人恐惧的一面。当然，从本质上来说，人都会梦到奇怪的事物——日常生活中毫无关联的琐碎片段、图画以及阅读过的文字会杂糅在一起，通过反复无常的梦境以一种极端奇妙的方式重新表现出来。刚开始，我试着顺其自然，并且将那些梦境看作非常自然和正常的大脑活动，即便我以前很少梦见特别离奇的情景。我觉得，梦境里出现的许多模糊异象肯定都源于一些非常普通和琐碎的事情，只不过那些事情实在多如牛毛，因此我没办法得知它们的准确来源；而另一些景象则源自普通课本上对于两亿五千万年前后[1]——二叠纪或者三叠纪时期——原始地球的植被特征及其他情况的描述。但是，在几个月内，令我恐惧的事情开始接二连三地出现。也正是在这段时间里，梦境逐渐有了清晰稳定的景象，越发像是真实的记忆；而我也逐渐将这些梦境与那些越来越令我焦虑的抽象感觉联系在了一起——包括那种回忆遇到阻碍的感觉；那些对于时间概念的奇怪认识；那些认为我在1908年到1913年间曾与第二人格进行了可憎交换的怪诞念头，还有后来产生的、对于自己身体无法解释的憎恶。

后来，我的梦境里出现了一些明确的细节，而它们带来的恐惧也

---

[1] 两亿五千万年前后：原文是 a hundred and fifty million years ago，但二叠纪和三叠纪所属的地质时期分别是三亿～二点五亿年前与二点五亿～二亿年前，故对原文进行了修订。

因此放大了一千倍——到了1915年10月，我觉得自己必须做点什么应对这些可怕的噩梦了。也就是这个时候，我开始详细地研究起了其他涉及失忆症与幻视的病例，希望能借此确定问题的根源，并摆脱它带来的情绪影响。可是，我在前面已经说过了，最初的研究结果与我的预期目标几乎完全相反。发现自己的梦境曾如此准确地重现在其他人身上让我感到极度焦虑；然而最让我不安的还是那些年代非常久远的记录，因为那些时代里的患者不可能具备任何形式的地质学知识——因而也完全不知道原始地球会是什么样子——但他们依旧谈到了类似梦境。更严重的是，许多文件在记录梦境内容时提供了非常恐怖的细节与说明——像是巨大的建筑物和丛林般的花园——还有其他东西。实在的情景与模糊的感觉已经够糟了，但其他病人暗示或宣称的东西更透着一股疯癫狂乱、亵渎神明的味道。最糟糕的是，我的那些"伪记忆"唤起了更加疯狂的梦境，暗示着某些揭示即将降临。然而，总地来说，大多数医生都认为我的举动是非常明智的选择。

我系统地学习了心理学方面的知识，而且在耳濡目染之下，我的儿子温盖特，也学习了相关的内容——也正是这些学习使得他最终成为了一名心理学教授。1917年到1918年间，我在密斯卡托尼克大学参加了一些特殊课程。与此同时，我开始不知疲倦地调查起了医疗、历史与人类学方面的记录；并且旅行到其他城市的图书馆查阅资料。再后来，我甚至开始阅读那些讲述禁忌古老传说的可怖书籍——因为我的第二人格曾对它们表现出一种令人惊异的痴迷。甚至，我看到的有些典籍正是我的第二人格曾翻阅过的同一本书，而我也在那些典籍里看到了某些针对可怕文字内容做出的边角标记与似是而非的修订。这些标记与修订让我感到极度不安，因为它们的笔记与用词习惯不知为何总有种不像人类所为的古怪感觉。

这些留在书籍上的备注大多都是用与书籍相同的语言写下来的，书写者似乎能够同等自如地使用每一种语言，虽然他明显只是为了学术方面的便利才这样做的。不过，在冯·云兹特所著的《无名祭祀书》上有一条备注却显现出了值得警惕的差异。虽然这条备注与其他德文备注使用的是同样的墨水，但使用的文字却是一种曲线象形符号，与人类使用的文字没有丝毫相似之处。而且，这些象形文字，与经常出现在我梦中的符号有着毋庸置疑的密切关联——面对这些奇怪符号的时候，我有时会恍惚间觉得自己能够读懂它，或者觉得自己就要回忆起它们的真实意思了。为了解释自己的不祥困惑，我咨询了图书馆的管理员们。在参考过书籍的查阅记录与以往的检查情况后，他们向我保证所有这些备注都是由那个第二人格写下来的。然而，不论是在当时，还是现在，这些备注所使用的语言里有三种语言对我而言是完全陌生的。

拼接起古往今来从人类学到医疗领域的零散记录，我得到了一个前后一致的理论。这个理论糅合了许多神话与幻想，涉及的领域和疯狂的程度让我觉得头晕目眩。只有一件事情让我觉得有些宽慰，即，那些神话全都是非常古老的故事。我无法想象那些创作此类远古传说的古人究竟掌握了怎样的失落知识，居然能够描绘出古生代或中生代时期的风景，然而那些描述的确存在于神话之中。但是，从另一方面来说，这也为我这类幻想症提供了一个实际存在的基础。那些患上失忆症的病人无疑在脑海里构建了一个大致的神话模板——随后，那些远古神话里充满想象的部分肯定反过来影响了失忆症患者，着色渲染了他们脑海里的虚假记忆。在失忆症发作期间，我的确读过、听过所有这些早期神话——我的调查工作完全能够证实这一点。这样一来，那个时候习得的记忆会不会悄悄地存留了下来，并且塑造和渲染出了后来的梦境以及那些引起情绪波动的感觉呢？此外，各文明创造的神话里有一小部分与另一些讲述人类出现之前远古世界的晦涩传说有着明显的联系，尤其是那些印度传说还谈到了令人茫然无措的时间深渊，而那些传说也成了现代神志学[1]者必须知晓的学识。

远古的神话和现代的妄想在有件事上达成了统一。它们认为，在我们这颗行星漫长而且大部分都完全空白的历史里有过许多高度进化

---

[1]神志学：theosophy，是一种讨论宗教哲学和形而上学的学说，关注宗教与自然界中无法解释的规律和现象。

并且占据星球统治地位的生物，而人类仅仅只是其中的一员——也许是其中最不起眼的一员。它们说，三亿年前，早在第一批两栖动物祖先爬出温暖海洋的时候，许多匪夷所思的东西就已经建立起了无数的通天高塔，钻研了自然界里的每一处秘密。在这些远古居民中，有些来自群星之间；还有一小部分甚至和宇宙一样古老；另一些则由陆生微生物飞速演化而成，这些陆生微生物与我们这个生物体系里的第一批微生物之间相隔着漫长的时间跨度——几乎就和微生物进化到我们所花费的时间一样长。那些神话所讲述的内容天马行空地跨越了数百万个千年，并且牵涉到了其他的星系与宇宙。事实上，那一切已经完全超越了人类所能接受的时间概念了。

但是，大多数传说里都提到了一个相对较晚出现的种族。它们有着复杂而又奇异的外形，与现今科学所知道的生命形式完全不同，而且一直生活在地球上，直到距离人类出现还有五千万年的时候才突然消失。神话说，它们是所有远古居民中最为伟大的一员；因为只有它们征服了时间的秘密。它们种群里那些心智较为敏锐的成员能够将自己的精神透射向过去与未来，甚至穿越数百万年的鸿沟，学习每个时代的信息，因此，它们学习了地球上所有已经知晓与将会被知晓的知识。这个种族的技艺衍生出了所有关于先知的传说，包括那些出现在人类神话体系里的先知故事。

它们修建的雄伟图书馆里藏着浩如烟海的书卷与图画，上面记录了完整的地球编年史——其中描述了曾经存在，或者将会出现的每一个物种，同时也叙述了这些物种的历史，并且完整记录了它们的艺术、成就、语言与心理特点。掌握了包含无穷岁月的知识后，伟大种族会从每一个纪元与每一种生命形式中挑选出那些思想、艺术及进程与自己的秉性和情况最为相宜的研究对象。在获取过去知识的时候，它们需要使用某种不同于已知感官的精神投射方法，这比收集未来知识要困难得多。

探索未来的方法则更容易些，也具体得多。配合以适当的机械辅助，它们能够将自己的精神投射进时间之河，循着普通感官无法察觉的模糊通道，前往想去的时代。当一个精神抵达预定的时代后，它会进行几次初步的试探，从能够发现的所有最高级生命形式里挑选出最好的目标，然后进入那个生物的大脑，在其中建立起自己的脑波频率；与此同时，那个被取代的精神则被送回了侵入者所属的时代，并且停留在后者的身体里，直到反转过程开始。投射去未来的精神会停留在未来生物的身体里，伪装成所属种族里的一员，尽可能快速地了解自己所选择的时代，并且学习这个时代里的信息与科技。

与此同时，伟大种族的其他个体则会细心看管好那个被遣送过来，并困在交换者身体里的精神，确保这个被遣送过来的精神不会对自己正使用着的身体造成任何形式的伤害。此外，一些训练有素、负责问讯的个体会榨取那个精神所掌握的一切知识。如果伟大种族中的其他个体曾经探索过受讯对象所属的未来，并且带回了相应的语言记录，那么这类问讯通常以受讯对象所使用的母语进行。如果伟大种族无法用身体器官模仿受讯对象所使用的语言，那么它们会制造出一些巧妙的机器，然后像人类使用乐器一样，用机器发出需要的声音。伟大种族的个体像是一个满是褶皱的巨大圆锥，大约有十英尺高。在这个圆锥的顶端生长着四条一英尺厚、可以伸缩的触肢，而这些触肢的顶端则生长着头部与其他器官。在其中两只触肢末端生长着巨大的钩爪或者钳螯，它们通过刮擦和敲合这些螯状物来发声交流。而它们十英尺宽的锥体底部则生有一层黏性层，凭借黏性层的收缩和伸张，伟大种族就能自如地蠕动行进。

待到囚徒渐渐平息了内心的惊异与愤恨，适应了这个陌生的临时形象（假设它原来的身体与伟大种族有巨大差异的话）并且不再感到恐惧后，伟大种族会允许它研究自己所处的新环境，并且体验身体原主人拥有过的生活——学习类似的知识，体验类似的奇迹。如果囚徒提供了恰当的协助，作为交换，在做好适当的预防措施后，它也会得到一些奖励——例如在雄伟飞行器中所有适宜生活的区域里闲逛；或者坐着像是船一样的巨型原子能交通工具沿着旷阔的大道飞驰；以及在储藏了有关这颗星球过去与未来记录的大图书馆里自由地钻研和学习。这些做法极大地安抚了许多囚徒；因为这些囚徒都有着敏锐的思维，而揭开地球的隐匿秘密——从那些无法想象的过去，到令人晕眩的未来，包括自己生命里的后半段岁月——虽然经常会带来极度的恐惧，但对于它们来说，依旧算得上生命里最重要的经历了。

有时，伟大种族也会允许某些囚徒与其他一些来自未来的囚徒会面——让它们与那些生活在一百年、一千年乃至一百万年之前或之后的意识交换想法。但是，伟大种族会要求囚徒们用它们在各自的时代里所使用的语言将所有的内容完整地记录下来；这样的文件会被送到中央大图书馆中整理归类，记入档案。

此外，伟大种族的社会里还有一类非常特殊的囚徒。它们有着远比大多数囚徒更大的特权。这些囚徒是即将死亡的永久流亡者，因为一些拥有敏锐心智却即将死亡的伟大种族个体为了逃脱精神上的毁灭占据了这些囚徒的身体，因此它们无法再返回自己的时代。不过，这些可悲的流亡者并没有想象的那么多，因为伟大种族有着漫长的寿命，这使得它们不是特别热爱自己的生命——特别是那些心智敏锐，拥有精神投射能力的个体。然而，正是因为这些年长的个体进行了永久的精神交换，所以后来的历史——包括人类历史里才会出现一些人格永久转换的记录。

而在正常的探索过程中，当前往未来的个体掌握了它希望了解的东西后，它会制造出一台与开启这段旅行时所使用的机器类似的设备，然后反转整个投射过程。就这样，它会再次回到属于自己的时代，并重新进入自己的身体，而早前遣送过来的精神也回到原本属于自己的身体里。但是，如果有一方的身体在精神交换的这段时间内死亡了，那么反转过程就无法进行。一旦出现这种事情，前往未来进行探索的伟大种族——与那些试图逃避死亡的个体一样——必须在未来的怪异躯体里度过余生；或者，那个囚徒——就像那些等死的永久流亡者一样——在属于伟大种族的时代和身体里等待着生命的终结。

此外，一个伟大种族个体也可能与另一个同类进行精神交换，在这种情况下，被交换方的命运就没那么可怕了——这种事情并不罕见，因为在它们的时代里，伟大种族始终都密切地关注着自己族群的命运。那些逃避死亡的伟大种族很少占据同类的躯体——主要是因为垂死者如果与未来的伟大种族个体进行精神交换会遭到极端严厉的惩罚。一旦进行此类投射，伟大种族们会在未来的新身体上做好安排，随时准备惩戒那些心怀不轨的个体——有时，它们甚至会强制性地反转整个投射过程。有时它们会为了探索进行非常复杂的精神交换，有时来自过去的个体会与从未来交换过来的精神进行第二次交换，像这类事情都会被记录在案，并得到细心的修正。自伟大种族发现精神投射后，它们写下细致而又易于识别的记录，追踪那些从过去传送到当前时间段并进行短暂或长期逗留的个体。

当外族生物的精神即将返回未来重获自己身体的时候，伟大种族会用一种复杂的机器催眠装置抹去它在伟大种族的时代里学习到的一切知识——这是因为它们发现向未来输送大量知识会导致某些相当麻烦的后果。它们也进行过几次清醒状态下的传送，而这些传送全都引起了——或者将会在已知的未来引起——巨大的灾难。（根据古老神话的记载）其中的两起事件使得人类了解了有关伟大种族的事情。而现如今，这个远在万古之前的世界只残留下了某些位于偏远地区与大洋深处的巨石遗迹，以及《纳克特抄本》上的残破的文字。

由于接受了催眠，当被囚禁的精神返回自己的时代后，交换期间的经历只会在它的脑海里留下一些极为模糊和破碎的印象。由于所有能够被抹掉的记忆都被抹掉了，因此大多数受害者的脑海里只有一片梦境遮蔽的空白——这片空白会一直延伸到它第一次经历交换的时候。有些受害者能够比其他受害者回忆起更多的东西，这些逐渐重现的记忆在极少数情况下会带出一些从禁忌过去到遥远未来的信息。而这当中的某些信息，或许一直被某些异教团体与组织秘密地保守着。像是《死灵之书》就记载了这样一个存在于人类社会中的异教团体——据说，他们有时会为那些从亘古来到当下展开旅行的伟大种族精神提供帮助。

另一方面，伟大种族逐渐成为了几乎无所不知的存在，并且转而与其他星球上的生物进行精神交换，开始探索那些生物的过去与未来。此外，伟大种族也试图透彻地了解种群故土——某颗位于深空之中、死寂了千百万年的黑色星球——的过去与起源，因为伟大种族的精神并非起源于地球，而且远比它们的肉体还要古老。它们是某个垂死的古老世界中的居民。在掌握了终极秘密后，它们开始向外探索，寻找到能够让种群继续生存下去的新世界与新种族；然后，它们将精神全体投射向那个最适宜自己占据的未来种族——也就是十亿年前生活在我们地球上的那些锥状的生物。当它们的精神占据了那些锥形生物的肉体时，伟大种族就诞生了；与此同时，无数属于那些锥状生物的精神则被送去了那个垂死的世界，留在令它们恐惧的身体里等待毁灭的降临。以后，这个种族将会再度面临灭绝的威胁，而它们会再次将种群中最优秀的成员送向遥远的未来——它们将会在那里找到全新的身体。

　　这就是那些相互交织的传说与幻想。大约1920年的时候，我的研究工作终于有了前后一致的轮廓，而我觉得先前紧绷着的神经有了一丝放松的迹象。说到底，虽然这都是由盲目的情绪导致的奇想，但它们不恰好简单地解释了发生在我身上的大多数异么状么？失忆症发作期间，任何事情都有可能将我的注意力转移到某些邪恶的研究上——然后，我会因此阅读那些被视为禁忌的传说，并且寻找那些恶名昭彰的古老异教，与其中的成员会面。这些事情显然为我在记忆恢复后产生的离奇梦境与烦乱感觉提供了材料。至于那些用梦中的象形文字——以及我不知道的语言——所书写的脚注，我依旧没有合理的解释，不过我能将这些事情怪罪给图书管理员——我的第二人格能够轻易地学会少量的其他语言，而那些象形文字无疑是那个第二人格根据古老传说的描述自己想象出来的，后来这些想象也融合进了我的梦境。我与几个知名的异教领袖有过几次交谈，并且试图从中得到某些印证，但却从未成功地建立起正确的联系。

　　有时候，看到如此多的远古时代里发生了如此多的类似病例依旧让我感到担忧，正如我刚接触它们时也为此感到焦虑，但回过头来我又想到，在过去那些诱发想象的民间传说肯定要比现在更加流行。或许，第二人格读到的那些传说对于其他有类似经历的失忆症患者来说根本就不是什么新鲜事，早已耳濡目染很长一段时间了。而当这些病人失去记忆后，他们以为自己就是那些家喻户晓的神话生物——那些虚构的、会与人类交换精神的入侵者——因此他们会开始搜寻知识，因为他们觉得自己要把这些知识带回一个存在于幻想里、不属于人类的古老过去。而当失忆症好转之后，他们又反转了这种联想过程，认为他们是被侵入者传送到过去的囚徒，而非入侵者本身。因此他们的梦境与虚假记忆就会按照通常的神话发展演化。

虽然这些解释看起来有些累赘繁复，但是它们最终还是取代了我能想到的其他假设——主要是因为其他假设更加禁不起推敲，而且许多声名显赫的心理学家与人类学家也都渐渐接受了我的解释。我越是思索，就越觉得这些解释似乎真的站得住脚；直到最后，我为自己创造了一个真正有效的壁垒，很好地阻隔了那些依旧侵扰着我的离奇梦境与怪诞感觉。如果我真的在晚上梦见什么奇怪的景象，那也只是我读过、听到的东西；如果我真的有什么古怪的厌恶感、怪异的时间观和错误的假记忆，那也只是第二人格学习到的神话在回响而已。我梦见的一切与我感觉到的一切没有任何实际的意义。

虽然那些梦境（而非那些抽象的感觉）变得越来越频繁，并且包括进了越来越多的可怕细节，但在这种见解的庇护下，我依旧极大地改善了自己的精神状态。到了1922年，我开始觉得自己可以重新接手稳定的工作了，我甚至还把自己新学到的知识派上了实际的用途，并且在大学里谋到了一份心理学讲师的工作。我在政治经济学的职位早已让给了其他人——而且到了这个时候，经济学的教学和研究方法也与我执教时有了很大的变化。我的儿子此时已经成为了一名研究生——这段经历最后使得他成为一名心理学教授，而且我们还在一起工作了很长的时间。

IV

不过，我保留了先前的习惯，坚持详细地记录那些离奇怪诞的梦境。它们不断地涌现在我的脑海里，而且越来越栩栩如生。我觉得只有把这些记录整理成为一份心理学方面的档案才能发挥它们的真正价值。梦境里瞥见的东西特别像是回忆里的场景，这让我觉得格外讨厌，但我相当成功地抵御了它们的侵袭。在记录的时候，我会将那些幻景当作真实看见的事物来对待；但在其他时候，我会将它们抛在一边，当作夜间出现的虚无幻想。我从不在日常交流时提到这些事情；不过，像是这样的事情总会慢慢泄露出去，而有关它们的报道引起了种种怀疑我精神状态的传闻。可笑的是，只有那些不了解内情的门外汉才会相信这些谣言，没有哪个精神病医生或者心理学家会严肃看待它们。

由于更完整的描述与记录已经移交给了那些严谨审慎的学者，因此我只会再提及一小部分1914年后出现的梦境。随着时间的推移，那些存在于我大脑里的障碍显然出现了松动的迹象，因为我梦见的内容明显多了起来。不过，它们始终都是一些支离破碎的片段，似乎缺乏明确的目的。在这些梦境里，我能自由活动的范围似乎逐渐变大了。我梦见自己飘浮着越过许多稀奇古怪的石头建筑；或者经过一些似乎属于寻常运输网络的巨型地下通道，从一个地方到达另一个地方。有时候，我会来到一些建筑的最底层，看到那些被金属条密封的庞大活板门，它们的周围弥漫着恐惧和禁忌的氛围。我还看见许多大得惊人的棋盘状水池，以及许多摆放着各式各样、匪夷所思奇怪器械的房间。后来，我还看见了巨大的洞穴，以及安装在洞穴里的复杂机器——那些我从未见过的机器，也完全不知道它们的用途——在过了很多年后，我才开始在梦里听见它们发出的声音。需要说明的是，在那个梦境世界里，我始终只能得到两种感觉——视力与听觉。

而真正恐怖的噩梦始于1915年5月。在那个时候我第一次在梦境里看到了活物。那个时候，我还没有完整研究过那些神话与历史病例，因此完全不知道梦境会出现什么东西。可是，随着思维障碍逐渐瓦解，我看见建筑的各个角落与下方的街道上出现了一团团稀薄的雾气。然后，这些雾气渐渐地清晰了起来，有了实际的形体，到后来，我甚至能毫不费力地看清楚它们的轮廓，而这让我觉得格外不安。它们看起来像是一个巨大的彩虹色锥体，约十英尺高，底部的直径也有十英尺。整个锥体由一类凹凸不平、略带弹性的物质构成，上面覆盖着鳞片。锥体顶端延伸出四条一尺厚的圆柱形柔软触肢。与锥体基座一样，这些触肢也是由那种粗糙不平的物质组成的。有时候，那些触肢会收缩起来，几乎什么都看不到；另一些时候，它们会伸展得很长——最长的时候大约有十英尺。有两条触肢的末端生长着巨大的爪子或钳螯；另一条触肢的末端则生长着四个喇叭状的红色器官；最后一条触肢的末端则生长着一个不规则的淡黄色球体——球体的直径大约有两英尺，并且在它的中央环上分布着三只大号的黑色眼睛。这个"头部"的顶端生长着四条纤细的灰色肉芽，而肉芽的顶端生长出花朵一样的器官；而在球体下端则挂着八条浅绿色的触须或触角。圆锥形躯体的边缘环绕着一层橡胶般有弹性的灰色物质，通过这层物质的伸展和收缩，整个锥体就可以蠕动着行进。

它们的行为虽然没有恶意，但却比它们的外形更让我感到恐惧——因为看见怪诞的东西做出只有人类才会做的行为往往会给我们带来莫大的冲击。我看见那些东西在巨大的房间里有目的地爬来爬去，从架子上取下书籍，然后拿着它们放到巨大的桌子上，或者把桌子上的书归还到架子上；有时候，我还看见它们用头部下方淡绿色的触须抓握着一支特别的长杆孜孜不倦地书写着什么。它们使用触肢末端的钳螯携带书籍，也通过敲击和刮擦它们来与其他个体进行交流。那些东西没有衣服，但却会将挎包或者背囊一样的东西悬挂在自己锥形的身体上。虽然它们会频繁地上下运动头部，但在通常情况下，这些东西会把自己头部，以及与头部相连的触肢，保持在高于锥体顶端的位置上；而另三条触肢在不用的时候则会垂落在圆锥的侧面，收缩到只有大约五英尺的长度。它们能非常快速地阅读、书写与操纵机器

（这些东西似乎能通过某种方式，用思维来操纵桌子上的机器），从这些举动来看，我觉得它们拥有远超人类的智能。

一段时间后，这些东西占满了梦境里的每个角落。我看见它们在巨大房间与走道里成群结队地蠕动爬行；在拱形的地下室里保养模样怪诞的机器；或者在宽阔的大道上驾驶着船一般的巨型交通工具自由飞驰。此外，它们带来的恐惧感也渐渐消散了，因为这些生物与周围环境相处得非常融洽，就像是场景里不可或缺的一部分。我开始注意到不同个体间的差异，也注意到有一小部分个体的行动似乎受到了某种管束。虽然那一小部分个体与同类并没有外表上的区别，但它们都会表现出千奇百怪的姿势与行为，让我能够很轻易地将它们与大多数普通个体区分开来；而且即便在这一小撮个体间，各自的表现也大不相同。在那些模糊的梦境里，这一小撮个体总是在书写文件。它们各自使用着不同种类的文字，但从来不用大多数个体在书写时使用的那种典型的曲线象形符号。我觉得自己还看见了少数我们所熟悉的字母。这类个体在工作时通常会比其他个体慢上很多。

这段时间里，梦中的我似乎是一个没有实体的意识。我有着比平常更宽阔的视野；能够自由地飘浮在空中，但却只能在寻常的街道上以普通的速度四处移动。但1915年8月的时候，事情出现了变化，某些迹象开始让我感到困扰，并且让我觉得梦中的自己其实有一个实在有形的身体。之所以说困扰，是因为最初浮现的迹象是一种完全抽象，但却极度让我恐惧的联想——因为我将之前提到的那种厌恶自己身体的感觉与我梦境里的场景联系在了一起。有一阵子，我在梦里总是避免低头看自己的身体，而且我还记得每当自己发现那些古怪的房间里没有大镜子时总会觉得特别庆幸。有件事情让我觉得尤其不安：梦中的我经常能从上方俯看那些巨大的桌子——但那些桌子的高度绝对不会低于十英尺。

虽然在梦里我一直竭力避免低头看自己，但我却很想知道自己究竟会看到什么。随着时间的推移这种病态的诱惑变得越来越强烈。直到一个晚上，我忍不住向下瞥了一眼。起先，我什么都没有看到，但片刻之后，我意识到了其中的原因——因为我的头连接在一条能够自如伸缩，而且长得难以置信的脖子末端。而当我缩回自己脖子的时候，我清楚地看到了一个满是皱纹的彩虹色身体——一个十英尺高，底部也有十英尺宽的圆锥体。接着，下一刻，我尖叫着不顾一切地从睡梦的深渊里爬了出来——那声尖叫大得足以吵醒半个阿卡姆城的居民。

在反反复复地经历了好几周这样的恐怖噩梦后，我才勉强接受了自己在梦境里的可怕形象。在之后的梦境里，我开始切实地感受到身体的运动，我会蠕动着经过其他未知的东西；阅读那些从望不见尽头的架子上取下来的可怕书籍；或者用垂挂在头部下方的绿色触须抓握住一根尖棒在巨大的桌面上一连写上好几个小时。我在梦境里读到和写下来的东西会一直残留在记忆里。那些书籍里讲述了其他世界，乃至其他宇宙的可怖历史；也讲述了某些存在于所有宇宙之外的无形生命的悸动。那当中记载了居住在那些早已被遗忘的过往世界里的种种奇异生物；也记载了生活在人类灭绝数百万年后、有着怪诞形体的智慧们所创造的可怖历史。此外，我还看到了许多存在于人类历史中的秘密篇章——现代学者甚至都不曾想象过它们的存在。大多数此类材料都是用象形文字书写；在一些嗡嗡作响的机器的帮助下，我以一种非常奇怪的方式学会了这种语言。它显然是一种黏着语[1]，所使用的词根系统与人类语言全无相似之处。我也见过另一些使用未知语言编写的书籍，和之前的象形文字一样，我用同一种奇怪的方法学会了它们。还有一些书籍是用我知道的语言书写的，但数量非常稀少。我也看见过许多极为精巧的图片——有些插在文字记录之中，有些则单独装订成册——它们给予了我很大帮助。在梦里，我似乎一直在用英语记录自己时代所发生的事情。醒来后，我发现那些在梦中精通的未知语言全都变成了一些微不足道也毫无意义的片段，但它们所讲述的内

---

［1］黏着语：语言学对于语言的一种分类。这类语言通过在名词、动词等实词后添加各种词缀来实现不同的语法功能。它在构成句子时相对比较简单，但有非常复杂的词根词缀系统。日语就是典型的黏着语。

容却一直保留在我的脑海里。

　　甚至早在我开始研究相似的失忆症病例，或者阅读那些无疑是从此类梦境里衍生出的古老神话前，我就已经弄清楚了许多事情。我知道这些围绕在自己身边的东西是世界上最伟大的种族，知道它们征服了时间，并且能够将自己的精神投射到每一个时代进行探索。我还知道，自己是被强行带到那个时代去的，因为另一个精神来到了我所在的时代，占据了我的身体。而且，那些表现奇怪的个体内同样寄居着其他时代来的精神。我似乎还能通过某种敲击钳鳌的怪异语言与其他从太阳系的各个角落带到这里来的智能生物进行交谈。

　　在与我交谈的对象中，有一个精神来自无数个世纪之后的金星；还有一个则来自数百万年前的木卫六。而那些原本就生活在地球的精神则更为多样。有几个曾经是某种生长着膜翼与星形头部、有点儿类似植物的生物，来自古近纪的南极大陆[1]；有一个曾经是有智慧的爬虫，来自传说中的伐鲁希亚[2]；有三个曾经是崇拜撒托古亚[3]的长毛生物，来自人类出现之前的终北之地[4]；有一个是极度可憎的丘丘人[5]；另两个曾经是某种蛛形生物，来自地球毁灭前的最后一段岁月；还有五个是人类灭绝之后出现的某种极具适应性的鞘翅目生物——有朝一日，伟大种族将会面临一场恐怖的灾难，那时它们会把种群中最聪慧的心灵全体转移到这些昆虫的身上。除了这些异族外，我还见到了一些原本属于人类各个亚种的精神。

---

　　[1]南极大陆：古近纪距今六千五百万年—距今二千三百三十万年（旧称早第三纪），关于这些生物可参见《疯狂山脉》。

　　[2]伐鲁希亚：蛇人的第一个王国。最早出现在罗伯特·E.霍德华的野蛮人系列故事《库尔》中。

　　[3]撒托古亚：旧日支配者之一，为一长有黑色软毛、如蟾蜍般巨腹的人形存在。最早由克拉克·阿什顿·史密斯创造并写入《终北之地》系列故事。

　　[4]终北之地：该词源自希腊神话，指一群居住在色雷斯以北的虚构的人物。在克苏鲁神话中它出自克拉克·阿什顿·史密斯的《终北之地》系列故事。

　　[5]丘丘人：克苏鲁神话中虚构的一种身材矮小的类人种族。

我与许多精神交谈过。其中有生活在公元5000年的杨利，他是位哲学家，来自一个名叫赞禅的残酷帝国；还有一位生活在公元前50000年的将军，他属于一支在当时统治着非洲南部、有着硕大头颅的棕色人种；还有生活在12世纪的巴托罗缪·考尔西，他是一位居住在佛罗伦萨的僧侣；还有生活在洛玛大陆[1]的一位国王——在他去世10万年后，来自西方的矮小黄种伊奴托人[2]征服了他曾统治过的土地；还有生活在公元16000年的努格·索斯，他是黑暗征服者中的一位魔法师；还有一个名叫泰特斯·塞普罗纽斯·布莱瑟斯的罗马人，他是古罗马苏拉[3]治下的一名法官；还有生活在埃及第十四代王朝的卡普涅斯[4]——他向我讲述了有关奈亚拉托提普的恐怖秘密；还有生活在亚特兰蒂斯中部王国的一名祭司；还有一位名叫詹姆斯·伍德维尔的英国绅士，他生活在克伦威尔时代的萨福克郡；还有印加帝国的一名宫廷天文学家；还有一位名叫内维尔·金斯顿·布朗的澳大利亚物理学家，他死于公元2158年；还有一名生活在太平洋上已经消失的耶和帝国中的大魔法师；还有生活在公元前200年的提奥多提德，他是希腊属大夏国的官员；还有一位生活在路易斯十三世时期，名叫皮埃尔·路易斯·蒙塔吉尼法的老人；还有公元前15000年西米里族[5]里一位名叫罗姆·雅的首领以及其他许许多多的人。他们讲述了许多令人惊骇的秘密与让人目眩的奇迹，几乎超出了我大脑的承载极限。

每天早上，我都怀着兴奋的心情清醒过来，有时还会狂热地试图去证实或者推翻那些落在现代知识范畴内的信息。某些人们习以为常的事实逐渐展现出了全新的可疑面貌。更让我惊异的是，那些梦中的想象居然能令人惊异地填补上科学与历史中的空白。那些可能被历史

[1] 洛玛大陆：Lomar，在克苏鲁神话中这是远古时期从海里升起的一块土地。

[2] 伊奴托人：可能是洛夫克拉夫特以因纽特人为原型杜撰的一个人种。

[3] 苏拉：约公元前138—前78，古罗马统帅，政治家，独裁者。

[4] 卡普涅斯：大概在公元前17世纪左右。

[5] 西米里族：这个词原来指荷马史诗中居于阴暗潮湿土地上的西米里族。在克苏鲁神话中的这个种族可能起源于罗伯特·E.霍德华笔下的终北之地系列小说。

隐藏起来的秘密让我感到不寒而栗，而那些可能在未来降临的威胁亦让我瑟瑟发抖。那些于人类消失之后出现的生物在谈话时暗示了人类的命运，那些话语给我带来深远的影响，因而我不会将它们写在这里。但是，在人类消失之后，将会出现一个强大的甲虫文明。终有一天，伟大种族的远古世界会迎来可怕的末日，而它们会将种群中最聪慧的精神投射向未来，占据那些甲虫的肉体。然后，待到地球即将终结之时，那些能够转移的心智会再次超越时空的界限，前往新的目的地——下一次的移居对象会是一群生活在水星上的球茎植物。但在伟大种族离开地球之后，最终毁灭降临之前，还有一些居民依旧生活在地球上。它们可悲地攀附在冰冷的星球表面，挖掘洞穴钻向星球内部充满了恐怖的核心。

与此同时，在梦境里，我总是在没完没了地记录自己时代的历史，而我写下的记录将会存放进伟大种族的中央档案馆——这类工作部分是出于自愿，另一半则是因为伟大种族们承诺会因此提供更多的书籍和旅行机会。由于频繁地梦见在中央档案馆里工作和查阅书籍，因此我对那些档案馆非常了解。它们是一些靠近城市中心的巨大地下建筑。为了让这些建筑能够在种族存续期间一直使用下去，并且承受住地球上最剧烈的灾变，这些巍峨的仓库被修建得非常厚实，如同山脉一般，远比其他任何建筑更加坚固。

所有信息都以书写或印刷的方式记录在一页页由异常坚韧的纤维制作的宽大织物上。这些织物会被装订成一本本从上端翻开的书，然后装进由某些密度很小的奇特灰色不锈金属制作的箱子里。这些箱子上装饰有数学图案，并且用伟大种族使用的曲线象形文字注上了书的标题。所有的箱子都被储藏在一级级长方形的储藏隔间内。这些隔间也是用同一种不锈金属制作的，并且能够用由复杂弯曲结构组成的球形把手锁住——这让那些隔间看起来像是一座座能够关闭并上锁的书架。按照要求，我撰写的材料被放置在最底层的储藏隔间里。那是脊椎动物层——专门用来存放脊椎动物发展出的文化，其中包括人类，也包括在人类出现之前曾统治过陆地的爬行动物与长毛哺乳动物。

从未有哪个梦境向我完整地展示过伟大种族的日常生活。所有的梦都是不连贯的模糊片段，而且这些片段肯定不是按照正确的顺序逐渐呈现。例如，我只能片段地回忆起梦里的器具安排；但我似乎有一个属于自己的大号石头房间。作为囚犯受到的限制逐渐取消了，因此某些梦里出现了新的场景：像是在旷阔的丛林大道上旅行；在某些古怪的城市里逗留；以及探索某些没有窗户的暗色岿巍废墟——面临那种废墟时，伟大种族们总会退缩避开，并且表现出古怪的恐惧。我还曾搭乘拥有多层甲板、速度快得不可思议的雄伟航船在海上远航；或者坐在类似火箭、依靠电磁斥力升空与移动的密闭飞行器里穿越蛮荒地区。在温暖辽阔的海洋对岸还有另一些属于伟大种族的城市。在一块遥远的大陆上，我看到了几座由长着黑色鼻子的有翼生物建造的简陋村庄——当伟大种族为了逃避逐渐蔓延的恐怖灾难，将最聪慧的心智送往未来后，这些生物会进化成为一种占据统治地位的物种。平坦的地势与繁茂的绿色始终都是那些场景里的基调。山坡都很低矮、分散，而且通常都是火山作用的结果。

我还见过许多动物，多到可以写出好几本书来。所有的动物都是野生的，伟大种族有着高度机械化的社会，因此它们在很早以前就不再蓄养家畜了。它们的食物也都是蔬菜与合成食物。我看见体型巨大、行动笨拙的爬行动物在氤氲的泥沼打滚；在阴郁的天空里扑翼；在海洋和湖泊里喷水。我总幻想着觉得自己能根据古生物学知识认出一些古老生物更小也更古老的始祖——像是恐龙、翼手龙、鱼龙、迷齿动物[1]、喙嘴翼龙[2]等等，以及其他一些古生物学中经常提到的生物。但我没有看到鸟类或哺乳动物。

地上和沼泽里经常能看到蛇、蜥蜴和鳄鱼[3]。昆虫嗡嗡地在茂密的

---

[1] 迷齿动物：三叠纪时期的古两栖动物，为迷齿亚纲，类似现代的大鲵。

[2] 喙嘴翼龙：翼龙里的另一类，体形较小，有长尾与带齿的喙。与翼手龙的主要区别在于，后者只有很短的尾部。

[3] 蛇、蜥蜴和鳄鱼：在他所描述的那个时代，其实看不到蛇。蛇的出现要晚得多。

植被里不停地穿梭。在遥远的海面上，一些看不见的未知怪物将如同山峰一般的水珠喷射向氤氲的天空。还有一次，我梦见自己乘坐带有探照灯的巨型潜水艇，进入大洋深处，瞥见一些活的、巨大得令人畏惧的恐怖生物。我还看见许多沉没在海底、不可思议的城市废墟，海百合、腕足动物、珊瑚以及鱼类随处可见。

我的梦很少反映伟大种族的生理、心理、社会习俗或详细历史。因此，我在这里写下的零散碎片多数是研究古老神话与其他病例时积累下的信息，而非梦中的情景。当然，随着时间的推移，我的阅读与研究工作很快就在很多方面赶上，甚至超过了那些梦境；因此，某些片段的梦境有了进一步的解释，并且为我了解到的信息提供了佐证。这一情况让我感到非常欣慰，因为它们证实了我的理论——我的第二人格阅读了类似的神话，并且进行了类似的研究，而这些举动编织出了我脑内的虚假记忆。

那些梦境所反映的时代大约在两亿五千万年前，古生代向中生代过渡的时期。但伟大种族所占据的生物种群并没有在陆地进化史上留下后裔——现代科学甚至都没发现它们存在的证据。它们是一种奇特的、种群单一、高度特化的有机体，既像植物也像是动物。这些生物有一套奇特的细胞活动机制，因而几乎不会觉得疲劳，完全不需要休息。它们通过生长在巨大柔韧触肢末端的红色喇叭形器官来获取养分——食物通常是半流体的物质，而且从各方面来说都与现存动物的食物完全不同。这些生物有两种我们很熟悉的感官——视力与听觉，后者通过它们头上生长在灰色肉芽顶端的花朵状器官来获取——除此之外，它们还有许多人类难以理解的感官（不过，那些借居在伟大种族身体里的异族精神没办法使用这些感官获取信息）。它们的三只眼睛分散得很开，能够提供比人类宽得多的视野。它们的血液是一种非常黏稠的深绿色脓浆。这些生物不进行有性生殖，而是用聚集在身体底端的种子或孢子来繁育后代。这些种子只能在水中发育，因此它们会用很浅的大号水箱来培养年幼的个体。不过，由于它们的生命周期很长——通常有四到五千年——所以它们通常只会抚养很少量的后代。

有明显缺陷的个体一经发现就会被迅速地处理掉。由于缺少触觉与痛觉，所以它们只能利用可视的症状来分辨疾病与将死的迹象。它们会举行庄严的葬礼来焚化死亡的个体。之前也提到过，偶尔会有某个敏锐的心智会将自己投射向未来，逃脱死亡的命运；但这类事情并不多见。一旦发生，伟大种族会尽可能善待这个从未来送来的精神，直到它最终死在这个陌生的皮囊里。

伟大种族们似乎组建了一个松散的国家或者联邦，虽然被明确地划分成四个不同的行政区域，但却共用主要的政府机构。所有行政区域都采取某种法西斯式的社会主义[1]作为自己的经济政治制度。主要的资源被合理地分配给每个个体。所有有能力通过某类教育与心理测试的个体通过投票推选出一部分个体组建小型的管理委员会行使国家权力。虽然年轻一代通常由家长抚养长大，而且它们也承认同一世系的不同个体之间的确存在着感情纽带，但伟大种族不会过分注重家庭组织的作用。

当然，在某些方面，伟大种族也有着与人类相似的观点与制度。这一点在那些高度抽象的方面，以及所有生物普遍存在的基本要求方面表现得格外明显。此外，伟大种族在探索未来时，如果遇到了喜欢的思想和理念，也会刻意地进行模仿和引入，这造就了另一小部分与人类的相似之处。每个公民都要参与制造业进行劳动，但由于产业已经高度机械化，因此公民只需要在这方面花费很少的时间；它们常常利用大量的空闲时间从事各式各样的智力与艺术活动。它们的科学水平已经达到了一个难以置信的高度。虽然，在我梦见的那段时期，艺术活动已经不再处于巅峰状态，但却依旧是生活中的重要组成部分。由于需要经常应对远古时期的骇人地质剧变，同时保护它们雄伟的城市不遭破坏，因此它们的技术也得到了极大的发展。

---

[1]法西斯式的社会主义：此处的"法西斯"是此词的原意，即"以集体——国家、民族、种族或社会阶级之下的社会组织——压制个人的政治思想"，是极端形式的集体主义。后文的描述基本阐述了这种政治思想的核心理念。

它们的社会里极少出现犯罪，即使出现了犯罪也能交由极度高效的警务系统进行处理。惩罚措施范围很广，从剥夺特权、监禁到死刑或者严重的精神折磨。但在实施惩罚前，它们详尽地研究犯罪者的动机。它们也会进行战争，在最近几千年里大多是内战，有时是抵抗爬虫或章鱼一样的入侵者，或者来自南极、生长着膜翼与星形头部的远古者。虽然并不频繁，但都会毁灭性破坏。另一方面，它们总保留有一支强大的军队，所有士兵都装备着一种能够产生强大电能、照相机模样的武器。它们随时待命出击，但却很少有个体会提及那支军队的目的。但这显然与伟大种族们对那些黑暗无窗的废墟以及在地下被金属条所加固的活板门表现出的无穷恐惧存在着某些联系。

　　伟大种族大多不会谈论玄武岩废墟与封闭天窗带来的恐惧——最多只会私下悄悄地谈论。普通架子上摆放的书籍明显回避了一切与它们有关的具体信息。所有伟大种族都将这一话题视为禁忌。它似乎与发生在过去的可怕战斗有关，也与迫使伟大种族将它们最聪慧的精神送向未来的最终灾难有关。虽然梦境与传说展现的信息全都支离破碎，没办法尽善尽美；但在这件事情上，它们表现得更加讳莫如深，令人困惑。那些含糊的古老神话回避了这个话题——或者，所有的暗示都因为某些原因给彻底抹去了。而我的梦，以及其他记录在案的梦境，也极少展现这方面的内容。伟大种族们从来都不会刻意提起这件事情，我只能从那些观察力更加敏锐的异族精神那里收集到些许的信息。

　　根据这些片段给出的信息，这种恐惧的根源是一个恐怖的、比伟大种族更加古老的种族。那是一群极度怪异、有点儿类似水螅的存在。在六亿年前，它们穿越空间，从某些遥远得无法想象的星系抵达了太阳系，并且统治了地球与其他三颗行星。它们的身体只有一部分是我们所能理解的物质，而它们的意识以及感知世界的方式也与地球生物完全不同。例如，它们没有视力，因而它们的精神世界是一系列怪诞、非视觉的概念的集合。不过，这个种族仍然具备部分的形体，能够使用由普通物质所构成的工具；它们同样需要居住的地方——虽然是非常奇怪的居住地。虽然它们的感官能够轻易地穿透任何物质的阻碍，但是它们的身体却不能。某种形式的电磁能量能够彻底摧毁它们。它们拥有飞行的能力，但却没有翅膀，也没有任何可见的飘行方法。它们的思维构造非常特别，因此伟大种族没办法与它们进行精神交换。

降临地球后，那些东西修建了由无窗高塔组成的巍峨玄武岩城市，并且开始骇人地猎捕任何能够找到的生物。也就在那个时期，伟大种族们的精神穿越虚空来到了地球上，告别了它们位于银河之外的昏暗家园——充满争议而又令人不安的埃尔特顿陶片将那个世界称为"伊斯"。降临地球后，伟大种族利用自己制造的设备轻易地击败那些掠食者，并且将那些掠食者赶进了那些与它们居所相连、已经成为栖息地一部分的地底深洞。随后，伟大种族封堵了那些洞穴的出口，将它们留在地下听之任之。此外，伟大种族占领了这个种族留下的大多数巨型城市，并且保留了某些重要的建筑——与其说这是因为伟大种族太过漠视、冒失，或者太过热衷科学和历史方面的研究，倒不如说是种盲目迷信的行为。

然而千百万年后，一些隐约的邪恶征兆开始逐渐显现。地下世界里的远古之物变得越来越强，越来越多。伟大种族的某些偏远小城市，以及某些没有伟大种族居住的荒废古城里零星地发生了一些格外骇人听闻的侵入事件——因为在那些地方，通往地底深渊的入口并没有得到妥善的密封与看守。后来，伟大种族采取了更加严格的预防措施，并且永久地封堵了许多前往深渊的通道。但出于战略上的考虑，伟大种族还是留下了一些通道，如果那些远古之物从意想不到的地方突破封锁，它们还能在战略上利用这些通道对远古者进行打击。毕竟地质变动虽然会阻塞原有通道，并且逐渐摧毁外部世界剩余的远古建筑与废墟，同时也会产生新的、意想不到的裂缝。

远古之物的侵入肯定让伟大种族感到了难以言喻的惊骇，因为这些事情在它们的心里永远地蒙上了一层阴影。这种根深蒂固的恐惧使得伟大种族绝不会提到那些生物的模样——因此，我从未见过任何有关它们外貌的清晰叙述。有些含混的描述说它们有着可怕的塑性，而且能够短暂地消失隐形。还有一些片段的传言宣称它们能够操控强风，并且将之当作武器。其他似乎相关的特征还包括，奇异的哨音，巨大的有着五个趾印的足迹，等等。

那场必将到来，而且让伟大种族感到绝望恐惧的末日显然与这些远古之物最终成功侵入地表世界有着重要的联系。这场末日会迫使它们必须将千百万聪慧的精神送入时间之河，跨越时间之渊，前往更安全的未来，占据另一批奇异的身体。投射向未来的精神已经清晰地预言了那场恐怖的末日，而伟大种族决定凡是有精神投射能力，能够逃离灾难的个体都会被送去未来避难。参考这颗星球的历史，伟大种族知道这场灾难只是远古之物的报复行动，那些生物没有占领地表世界——因为在探索未来的过程中，伟大种族发现后来出现和灭绝的种族并没有受到那些怪异存在的侵扰。或许，那些东西更愿意待在地底的黑暗深渊，而非复杂多变、被风暴肆虐的地球表面，因为对它们来说，光明没有任何价值。或许，在亿万年的时间里，它们慢慢地软弱退化了。事实上，当下一批寄主——那些人类消失后出现的甲虫生物——开始繁荣兴旺时，那些怪异的东西已经彻底灭绝了。与此同时，虽然恐惧让伟大种族封锁了与那些东西有关的一切内容——不论是日常的谈论，还是能够阅读的记录通通被抹去了——但它们依旧小心警戒着，并且随时准备好使用强大的武器。而那些封闭的活板门与无窗的黑色古塔周围也将永远环绕着无可名状的恐怖氛围。

V

这就是我每晚梦到的世界。只不过那些梦境带给我的总是些模糊、零碎的回音。我从未想过要去寻找这些骇人意象的真实含义，因为它是完全虚无缥缈的空中楼阁——建立在那些虚假的记忆上——大多都是一些抽象感觉带给我的结果。我之前也说过，研究工作帮助我很好地抵御了那些感觉，并给予了它们理性且合理的解释；随着时间的推移，我渐渐地适应了发生在自己身上的事情，而这也让我能够更好地保护自己的心智。虽然我偶尔还是会短暂地感受到那种模糊但却让人毛骨悚然的恐惧，但它再也无法像过去那样将我完全吞噬了；1922年后，我重新过上了非常正常的生活。

随着时间的推移，我觉得我应该将自己的经历——以及同类病例与相关的民间传说——进行明确的整理汇总，并出版发行，方便那些严谨的学者做更进一步的研究；因此，我准备了一系列论文简要地概括了整件事情的背景，然后为一部分我在梦中记下来的形状、场景、装饰纹样以及象形文字绘制了粗糙的素描。这些论文于1928到1929年陆续发表在了《美国心理学会期刊》上，但却并没引起多少关注。与此同时，我依旧在尽可能详细地记录自己的梦境，虽然越来越多已经完成的报告已经占满了大片地方，给我带来了不小的麻烦。

1934年7月10日，美国心理学会转交给了我一封信。这封信开启了这场疯狂苦难的最终，也是最恐怖的篇章。信封盖着西澳大利亚州皮尔巴拉的邮戳。我根据签名打听到寄信人是一位赫赫有名的采矿工程师。随信寄来的还有一些非常奇特的照片。我会在这里全文誊抄整封信件。我想所有读者都能够想象在看到这封信与随信的照片时，我会受到多大的震动。

一时间，我几乎昏厥过去，并且拒绝相信信件的内容；虽然我经常觉得那些渲染了梦境的神话传说在某些方面肯定存在着一些事实基础，但我依旧没准备好面对一些从无法想象的失落世界里残余下来的确凿证据。真正压垮我的是那些照片——因为它们冰冷而又毋庸置疑地反映了真实的情况。在照片里有一片沙地，沙地上矗立着许多残破不堪、饱经风化与流水刻蚀的巨大石块。那些石块微微凸起的顶端与微微凹陷的底端都在无声地述说着属于它们自己的故事。当用放大镜仔细察看那些照片时，我在那些磨蚀与坑洼间清楚地看到了残余的宽大曲线图案与偶尔出现的象形文字。它们蕴含的意义让我感到毛骨悚然。这是整封原信，这一切还是留给它自己说明吧。

西澳大利亚，皮尔巴拉
丹皮尔街49号
1934年5月18日

美国，纽约市
41号大街东30号
美国心理学会转呈
N.W.匹斯里教授收

尊敬的先生：

　　最近，我和柏斯的E.M.波意尔博士谈过，也读了一些您写的文章（他在不久前才交给我）。我觉得我应该和您谈一谈我在我们金矿东边的大沙漠里看到的某些东西。根据您记叙的奇特传说——那些拥有巨型石头建筑、奇特图案与象形文字的古老城市——我觉得我偶然发现了一些非常重要的东西。

　　我们那儿的澳洲土著总是成天谈论什么"有着符号的大石头"，而且似乎对那些东西充满了强烈的恐惧。他们说这些东西和拜达——他们共有的民族传说里的人物有关。他们的传说里，拜达是一个巨大的老人，他枕在自己的手臂上在地下睡了很多年。但有一天，他会醒过来，并且吞噬掉整个世界。另外，这儿还有些关于地底建筑的传说，全是非常古老而且几乎快被人遗忘的故事。据说我们那儿的地下有着一些由巨大石头修建的、非常巨大的简单房子，房子里的通道一直通向地底深处，而在底下会发生非常恐怖的事情。土著们说，有些从战场上逃跑的战士曾经闯进了一条通道，并且再也没有回来。而且他们走进通道后，通道里就刮起了可怕的狂风。不过，这些土著口里念叨的通常也不是什么很大不了的事情。

但是我要说的不止这个。两年前，我在沙漠东面大约五百英里的地方勘探的时候，看到了很多奇怪的石头碎块，大约3×3×2英尺的样子，有装饰过的痕迹，但已经风化和腐蚀得非常厉害了。起先，我没有在那上面看到任何土著描述的符号。但靠近仔细检查后，虽然风化得很厉害，但我还是找到了一些较深的雕刻线。大都是一些奇怪的弧线，和那些土著描述的非常类似。我猜那儿大概有三十到四十块这样的石头，有一些几乎都被沙子给完全掩埋了，而且所有的石头都分布在一个直径大约四分之一英里的圆圈内。

遇到这类石头的时候，我就在附近寻找更多的样品，并且用随身的设备对发现地进行详细的估算。我还给最具代表性的十到十二块石块拍了照片。照片已经随信寄给你了。我向柏斯当地的政府部门报告了自己的发现，并且展示了那些照片。但是他们似乎并没有进一步的打算。后来，我遇见了波意尔博士。他曾在《美国心理学会期刊》上读过您的论文，而我在谈话时恰巧提到了那些石头。他对这件事极感兴趣。而在我展示过照片后，他变得更加激动了，他说那些石头和符号很像您梦见的，还有神话上描述的那些巨石建筑。他打算直接写信给您，但却被一些事情耽搁了。不过，他给了我许多刊登了您文章的杂志。看到您的插画与描述后，我立刻发现我找到的石头肯定是您所描述的那种。您可以根据信封里的照片进一步甄别。此后，您还可以直接从波意尔博士那里听到更详细的情况。

现在，我能够理解所有这些事情对您来说有多么重要。毫无疑问，我们发现了一个古老得超越了任何人想象的未知文明，而这个文明正是那些神话的基石。作为一名采矿工程师，我知道一些地质学知识。我可以确切地告诉您，这些大块的石头古老得让我觉得害怕。它们大多数都是砂岩和花岗岩，但是其中有一块几乎可以肯定是由某种特殊的水泥或者混凝土构成的。石头上明显有水体侵蚀的痕迹。可能这些石头在被制造和使用后，曾一度淹没在水里，直到很多年之后才再次露出水面。这些东西有几十万年的历史。鬼知道它们到底会有多古老，我不想去考虑这个问题。

我知道您曾经勤奋地收集过那些神话以及一切与之相关的东西，我相信你会愿意带领一支探险队深入沙漠进行考古发掘工作。如果您——或者您知道的某个组织——能筹措到资金的话，我和波意尔博士都准备好协助您的工作。我能找到一打以上的矿工来干苦力活——当地的土著可能没有多少用处，因为我发现他们对那块区域有着一种近似疯狂的恐惧。另外，我和波意尔还没有对其他任何人提起过这些事情。因为，您显然有权优先了解这方面的任何发现，或者享受相应的荣耀。

如果乘拖拉机——我们可能需要用这些东西来拖设备——从皮尔巴拉到发现石头的地方大约需要四天时间。它在沃伯顿在1873年走过的路线[1]的西南方向。在乔安娜泉东南方一百英里远的地方。我们也可以不从皮尔巴拉出发，直接沿德格雷河漂流而下——不过这些事情都可以以后再商量。那些石头大约分布在东经125度0分39秒，南纬22度3分14秒附近的区域。那里属热带气候，酷热难耐，而且沙漠环境会非常难受。探险最好安排在冬季进行——6月、7月或者8月。我很高兴能和您进一步交流这方面的信息，也热切地期待能参与您制订的任何计划。详读过您的文章后，我已经被整个事件背后的深意给吸引住了。晚些时候，波意尔博士也会给您来信。如果您想采用更快速的交流方式联系我们，您可以发送无线越洋电报到柏斯。

---

[1] 沃伯顿在1873年走过的路线：皮特·沃伯顿，著名英国探险家，这里提到的是指他于1872到1873年间，从阿德莱德穿越澳大利亚中心地带，经过爱丽斯泉，抵达澳大利亚西岸的路线。

The Whisperer in Darkness

热切期待能尽快收到您的消息。

请务必相信我
您最忠实的朋友
罗伯特·B.F.麦肯齐

至于这封信引起的直接后果,大半都能从报纸上看到。我很幸运地得到了密斯卡托尼克大学的支持。麦肯齐先生与波意尔博士也起到了无可替代的重要作用——他们在澳大利亚安排好了探险的物资。我们没有向媒体公开探险的具体目的,因为小道报纸可能会拿这件事情大做文章,引起令人不快的轰动与取笑。所以,相关的报道并不多见;不过,读者应该能够从有关报道里知道我们此行的目的——前往澳大利亚探索一些已经上报当地政府的遗迹;而且还能够排列出我们在行进准备工作的时间表。

与我一同前往澳大利亚的人员有密斯卡托尼克大学地质系威廉·戴尔教授[1](他是1930—1931年密斯卡托尼克南极探险队领队);古代史系的费迪南德·C.阿什利;人类学系泰勒·M.弗里伯恩;我的儿子温盖特。与我一直保持书信往来的麦肯齐先生也在1935年初赶到了阿卡姆,协助我们完成了最终的准备工作。他大约四十岁,和蔼可亲,相当能干而且博学多才,对于在澳大利亚旅行时所需要的一切都非常了解。他在皮尔巴拉安排好了拖拉机,我们计划租用一艘非常小的货船沿德格雷河漂流而下抵达目的地。我们准备尽可能仔细和科学地挖掘那片土地,筛选每一粒沙子,但我们只关注那些并非天然形成的东西。

1935年3月28日,我们乘坐着呼哧作响的列克星敦号邮轮从波士顿起航,开始了南下的旅行。那是一段从容悠闲的旅行。我们横穿了

---

[1] 威廉·戴尔教授:见《疯狂山脉》。

大西洋与地中海，经过苏伊士运河，然后沿红海向南航行，接着斜穿了印度洋，最终抵达了目的地。看到满是黄沙的低矮西澳大利亚海岸时，我的心情压抑了许多；而当拖拉机前往简陋的矿工小镇与荒凉的金矿区装载最后一批物资时，那儿的情景让我更觉得厌恶。波意尔博士接待了我们。他是一个和蔼可亲、充满智慧的老人，而且他有丰富的心理学知识，因此我以及我儿子与他进行过许多次长谈。

我们一行十八个人颠簸着驶进了那片绵延无数里格，只有沙砾与岩石的不毛之地。一种混杂了不安与期盼的古怪情绪蔓延在大多数人的心里。5月31日，周五，我们涉水渡过了德格雷河的一片浅滩，进入了那片完全荒凉的世界。随着我们逐渐接近那个传说背后的真实远古世界，我感受到了一种强烈的恐惧——而那些扰人的怪梦与虚假的记忆依旧不懈地侵扰着我，这越发滋长了恐惧的情绪。

6月3日，星期一，我们见到了第一批半掩在沙砾下的巨石。它们属于某座宏伟建筑的一角，而且从各方面来说都很像是梦中建筑上构成墙壁的部分。当我实实在在地——在这个真实世界里——触碰到它们的时候，我很难描述自己的心情。石块上留着很清晰的刻痕——而当我认出一部分带曲线的装饰图案后，我的双手开始止不住地颤抖起来。在这些年的痛苦梦魇与困惑研究中，这些图案曾让我饱受折磨。

我们挖掘了一个月，总共找到了大约一千二百五十块遭到不同程度磨损与风化的石头。其中的大多数都是有着曲形的顶部与底部的巨石，上面留有雕刻的痕迹。一小部分是体积较小，也更平整的四方或八角形石板——石板上面没有任何花纹，就像梦中看到的那种铺设在地面和道路上的石砖。还有少数几块是极度宽大厚实，有着曲面或者倾角的石头——像是修建穹顶或拱棱的材料，或者拱形或圆形窗框的一部分。越向深处挖掘，或者越向北方和东方挖掘，发现的石块就越多；但是我们仍然无法找到任何揭示它们排列方式的线索。这些碎块的历史古老得难以估量，让戴尔教授觉得毛骨悚然。弗里伯恩则发现符号留下的痕迹，它们与无穷古老的巴布亚和波利尼西亚传说有含糊的印对关系。这些散落的石块，以及它们的状态，都在无声地述说着无穷变幻的时间流逝与地质剧变。

　　探险队里有一架飞机，我儿子温盖特经常驾驶它飞到不同的高度搜寻大片满是石头和沙砾的荒漠，寻找那些有着模糊轮廓的巨大物体——包括地面的起伏变化以及散乱分布的巨石。但是，他实际上没有得到任何有价值的结果；他可能在某天觉得自己瞥见了某些重要的迹象，但在下次飞行时，他又会发现之前观察到的东西变成了另一些同样靠不住的轮廓——移动的风沙使得我们很难从高空发现什么有价值的线索。但是，有一两桩飞行报告却对我造成了古怪而又讨厌的影响。它们在一定程度上似乎与我梦见，或者读到的东西恐怖地吻合在了一起，但我却记不起那到底是些什么东西了。它们让我有了一种虚假的熟悉感觉，这让我觉得格外害怕——也让我经常不由自主同时也充满焦虑地偷偷望向那片位于东北方向，让人生厌的贫瘠土地。

　　当7月份的第一个星期来临时，东北方的土地让我产生了一系列难以解释的复杂情绪。我既感到恐惧，又觉得好奇——但还不仅仅如此，还有一种挥之不去、令人困惑、非常像是记忆的错觉。我尝试了各种各样的心理学方法，希望将这些念头赶出脑海，但却从来都没有成功过。此外，我开始失眠，但我几乎觉得这是件好事，因为它减少了我做梦的时间。渐渐地，我养成了深夜在沙漠里独自散步的习惯——通常是往北或者东北方向走，那些新产生的冲动似乎一直在潜移默化地推着我朝那个方向前进。

　　有些时候，我会在散步时撞见几乎已经完全掩埋的远古建筑碎块。与我们开始挖掘的区域不同，那片土地上没有多少露在地表的碎块，但我敢肯定在地表之下还埋藏着数量惊人的石头。那儿的地势比营地周围要崎岖一些，盛行的强风偶尔会将沙砾堆成一些奇妙的临时沙丘——在掩盖其他痕迹的同时也暴露出一些更加古老的石头。我很古怪地盼望着能够早日挖掘那片地区，同时又害怕挖掘工作可能揭露的事情。显然，我的精神状态已经变得相当糟糕——另一方面，我完全无法解释自己的处境，这使得事情进一步恶化。

　　有件事情能够反映我当时的糟糕精神状态——在一次夜间散步

时，我发现了一个奇特的地方，并且做出了非常古怪的反应。这件事发生在7月11日的夜晚。当时，天空中挂着的凸月将那些神秘的沙丘染成了一种奇异的苍白色。我在游荡时不知不觉地超出了平日里散步的范围。后来，我遇到了一块巨大的石头——它似乎与我们之前见过的那些石块完全不同。那块石头几乎被完全掩埋进了沙土里，于是我弯下腰，用手扫开了上面覆盖着的沙土，借着月光与手电筒开始研究起自己的发现来。不像其他那些巨大的岩石，这块石头被非常完美地切成了方形，没有下凹或凸出的表面。此外，它似乎是一种暗色的玄武岩，与我们所熟悉的砂岩、花岗岩或者偶尔出现的混凝土碎块完全不同。

突然间，我跳了起来，转过身去，以最快的速度跑回了营地。这是一种不由自主，也毫无道理的行为。我一直跑到自己帐篷附近，才意识到自己为什么要逃跑。我曾在梦境与神话传说里见过那种古怪的黑色石头。它与那些远古神话中最恐怖的事物有着密切的联系。它属于那些连传说中的伟大种族都会感到恐惧的巨型远古玄武岩建筑——属于那些无窗的巨大废墟。这是那些阴郁险恶，只有部分物质形体的怪异之物在地表留下的遗迹。那些怪异之物滋生在地底的深渊里。伟大种族一直用密封的活板门与不眠不休的哨兵抵抗着它们那如同狂风般的无形力量。

那天晚上，我一直没有入睡；但黎明的时候，我突然意识到了整件事情有多么愚蠢，我居然让一个虚幻的神话搅乱了自己的心绪！我不应该害怕，作为一个发现者，我应该热情高涨才对。第二天上午，我就将自己的发现告诉了其他人。戴尔、弗里伯恩、波意尔，还有我儿子与我进入了沙漠，想要细致查看那块不同寻常的石头。但是，我们却没有找到它。我不记得它的具体位置，而夜间的狂风也完全改变了那些移动的沙丘。

VI

接下来的这段叙述将是整篇文章中最重要，同时也最难以进行的部分——更麻烦的是，我自己都不能保证它是真实发生过的事情。有几次，我痛苦地觉得自己没有做梦，也没有被其他东西欺骗；正是这种感觉——以及这段经历背后蕴含的深邃蕴意——促使我写下了这份记录。而我的儿子——一个受过良好训练，并且最了解也最关心我经历的心理学家——将会评判我所说的一切。

首先，让我对相关的情况做一个概述，说清楚那些留在营地里的人所知道的事情。7月17日刮了一整天的风。晚上，我早早地躺下了，却一直睡不着。那些与东北方土地有关的奇怪感觉一如既往地折磨着我的神经。快11点的时候，我从床上爬起来，开始像往常一样四处游荡；离开营区的时候，我只遇见了一个人——一个名叫塔珀的澳大利亚矿工——并且和他打了个招呼。那天刚过满月，月光从明澈的夜空中照射下来，让古老的沙漠染上了一种丑恶的苍白色光芒——不知为何，这幅景色在我眼里充满无穷的邪恶意味。沙漠里没有一丝风，而且在接下来近五个小时的时间里，一直都保持着平静——塔珀和其他晚上没有睡着的人都可以证明这一点。那个澳大利亚矿工看着我飞快地翻过了那片仿佛守护着某些秘密的苍白沙丘，消失在了东北方。

大约凌晨3点半的时候，突然刮起了猛烈的狂风，惊醒了所有留在营地里的人，并且吹走了三顶帐篷。当时的天空里没有一丝云，而沙漠依旧泛着那种丑恶的苍白色光芒。检查过帐篷后，其他人发现我不在营地里，但他们知道我有夜间散步的习惯，因此并没有太在意这件事情。不过，营地里有三个人——全是澳大利亚人——感觉到空气中似乎弥漫着某种邪恶的意味。麦肯齐先生向弗里伯恩教授解释说，这是那些土著传说造成的恐慌情绪。那些险恶的神话提到过这种在天气晴朗的时候，每隔很长一段时间就会席卷过整个沙漠的阵风。神话里说，这些狂风是从那些发生过可怕事情的巨大石屋里刮出来的——而且只会在带有记号的大块碎石附近才能感觉得到。接近4点的时候，突如其来的狂风又毫无征兆地消散了，只留下一座座陌生的全新沙丘。

5点的时候，颜色如同真菌一般的鼓胀月亮渐渐西沉。我步履蹒跚地回到了营地——衣衫褴褛、狼狈不堪，身上满是擦伤与血迹，就连帽子和手电筒也都不见了。这个时候，大多数人都已经回床上睡觉去了，但戴尔教授还在他帐篷前抽着烟斗。看到我气喘吁吁、近乎癫狂地回到营地，他立刻叫醒了波意尔博士。接着，他们两个人把我扶到了吊床上，让我尽量舒服些。我儿子温盖特也被吵醒了，并且立刻加入他们的行列。他们全都试图让我安静地躺在吊床上，先睡上一会儿。

但我睡不着。我处在一种非常奇特的精神状态中——与我之前体验过的感觉完全不同。在一段时间内，我一直紧张而细致地向他们解释我的遭遇。我告诉他们，我在散步的时候累了，于是在沙地上打了个盹。然后，我梦到了一些比平常更可怕的东西。接着，突然刮起的狂风惊醒了我，扯断了我一直紧绷着的神经。我惊慌失措地逃走了，结果一路上无数次绊倒在半埋在地下的石块上，弄得衣衫褴褛、狼狈不堪。不论如何，我一定睡了很久，因为我当时失踪了好几个小时。

但我绝口不提自己看到或经历过什么怪事——而且尽最大能力保持了自制。不过，我告诉他们要改变挖掘工作的侧重方向，并且力劝其他人不要在东北方向上进行任何形式的发掘活动。但我给出的理由却显然有些站不住脚——我认为那边没有我们所寻找的石块，也不希望冒犯那些迷信的矿工，而且学院提供的资金也可能出现短缺，还有其他一些既不属实也没有关系的理由。当然，没人在意我提出的新主张——包括我的儿子在内，他显然更加关心我的健康问题。

第二天，我从床上爬了起来，开始在营地周围四处走动，但却没有参加挖掘工作。发现自己没办法中止挖掘工作后，我决定尽快回家，避免再出现精神问题。我让儿子答应我，待他调查完那块我认为应当放任不管的地区后就立刻驾驶飞机把我送到西南一千英里外的柏斯。我反复考虑过，如果其他人还能看到我之前见过的东西，那么即使冒着被嘲笑的风险，我也要给出一个明确具体的警告。至少我相信那些听说过当地传说的矿工会支持我。令我高兴的是，我儿子当天下午进行了一次航空勘探，涵盖所有我可能走过的区域，但却没有发现任何我曾见过的东西。就像那块奇异的巨型玄武岩一样，移动的沙丘抹掉了所有的痕迹。有那么一会儿，我觉得有些后悔，因为自己在极度恐慌中弄丢了某个足以让所有人大惊失色的东西——但现在我知道，失去它是一件多么幸运的事情。起码我现在可以继续相信那晚的经历只是一场幻觉，如果没人发现那个地狱般的深渊，我就更有理由相信它们是幻觉——因此我会一直虔诚地希望永远不会有人发现那个地方。

7月20日，温盖特载着我飞到了柏斯。我想让他放弃发掘行动，与我一同回家，但他委婉地拒绝了。他一直陪我待到了25日，开往利物浦的汽船起航的那天。如今，我坐在皇后号的船舱里，回想着漫长而又疯狂的整段经历，终于决定至少要告知我儿子其中的曲折。至于是否将这件事情告诉更多的人，那就由他来决定了。为了应对各种可能的情况，我准备了这份讲述自己经历的概述——其他人可能已经通过零星的途径了解到了其中的一些事情。现在，我准备尽可能简单地记叙下那个毛骨悚然的夜晚，我离开营地后可能经历的一切。

无法解释的虚假记忆与恐惧混合在一起催促着神经紧绷的我走向东北方。在明亮的邪恶月光中，我拖着沉重的步子不断前进。偶尔，我会看到一两块从无可名状的失落亘古世界里遗留下的宏伟巨石。它们全都包裹在沙砾里，只露出很小的一部分。这片可怕的荒漠有着无法估量的漫长历史与阴沉险恶的恐怖氛围，而一想到这些我就觉得前所未有的压迫与烦乱。我不由自主地想到了那些足以将人逼疯的梦境，以及梦境背后的可怖神话，还有那些土著与矿工面对这片沙漠与那些雕纹巨石时表现出的恐惧情绪。

然而，我依旧迈着沉重的步子继续前行，就好像自己正赶着去参加某个怪诞的聚会。扑朔迷离的幻想、难以抗拒的冲动以及虚假的记忆越来越强烈地侵袭着我。我想起了儿子的飞行报告——他看见一排排巨石似乎拼出了某些轮廓；同时也想知道为什么这些叙述会让我觉得非常熟悉，同时又有些不祥。某些东西正在摸索和摇晃记忆的门闩，试图蜂拥而出，与此同时，另一股未知的力量却竭力想要把门闩上。

那天晚上没有风。起起伏伏的苍白沙丘就像是一片被完全冻结的海洋。我不知道该去哪里，却依旧一步步前进，就像是早已熟知命运的安排。我的梦境开始涌入身边的清醒世界，每一块掩埋在沙砾中的巨石似乎都变成了史前建筑中无尽房间和长廊里的一部分，上面雕刻着我在被伟大种族囚禁时所熟识的曲线符号与象形文字。偶尔，我甚至觉得自己能够看见那些无所不知的锥形梦魇正在四处活动，进行日常的工作；我开始害怕低头查看自己的身体，唯恐发现自己也是它们中的一员。但是，从始至终，我既能看见被沙砾淹没的石块，也能看见无穷的房间与走廊；既能看见明亮而又邪恶的月亮，也能看见发光晶体制作的盏盏灯具；既能看见无穷无尽的沙漠，也能看见窗外摇曳的蕨类与苏铁树林。我既在梦里，也在清醒世界中。

然后，我看到了一堆白天狂风吹走沙砾后露出来的石头。看到这堆石头的时候，我不知道自己走了多久，或者走了多远——甚至，我都不知道自己在朝哪个方向走。但那是我见过的最大的一堆石头。它给我留下了相当深刻的印象，以至于那些传说里的亘古景象在突然间就消失不见了，只留下无边的沙漠，邪恶的月亮，还有从无法想象的过去残留下来的碎片。我走近了几步，然后停顿下来，用手电筒照亮了那堆倒塌的遗迹。风吹走了一整座沙丘，留下一个不规则的低矮圆堆。圆堆由巨大的独石和小一些的碎块构成，大约四十英尺宽，二到八英尺高。

从看到它的第一眼起，我就知道这座圆堆有着空前重要的意义。这不仅仅是因为圆堆里有着数量空前的石块，而且当我借着月亮与手电筒的光芒细细审视它们的时候，某些沙砾磨损后的痕迹吸引住了我的视线。这些石头中没有哪块与我们之前发现的样本有本质的不同。吸引我的是一些更细微的东西。单独盯着一块石头看的时候，我并不会有特殊的感觉；仅仅当我同时看着几块石头时，才会得到某些模糊的印象。过了一会儿，我终于意识到了真相。这些石块上的曲线图案是密切关联在一起的——它们是某个非常巨大的装饰图案的一部分。在这片经历了无穷动荡岁月的荒漠里，我第一次遇到了一堆还保留在原始位置上的遗迹——虽然它已经支离破碎，倒塌成了一堆废墟，可即便如此，它依旧有着非同寻常的重要意义。

我从一个较低的地方开始，费了不少力气才爬上了那堆石头。一路上，我用手清理掉了覆盖在各处的沙子，不断地试图去理解花纹与花纹间的联系，同时也试图弄清楚这幅图案的尺寸、形状与风格。慢慢地，我勉强弄明白了那座曾经修建在此处的建筑，也对那些曾经铺展在这座史前建筑宽广表面的图案有了大致的印象。它与我在梦境中瞥见的某些场景完美地吻合在了一起，让我感到惊恐和胆怯。这曾是一条三十英尺高的宏伟走道。走道的地面上铺设着八角形的石板，而头顶上则修建着坚实的拱顶。在走道的右边应该开着许多房间，而在走道的另一头还有一段奇特的斜坡通往更深的地下。

当这些念头出现在我脑海里的时候，我惊骇地跳了起来，因为它们已经远远超过了这些石块能够提供给我的信息范围。我怎么会知道这条隧道原本应该深埋在地下？我怎么会知道那段通往上一层的斜坡原本应该在我身后的位置上？我怎么会知道通往柱林广场的那条地下长隧道就在左手边的上一层？我怎么会知道那些摆着机器的房间，怎么会知道向右通往中央档案馆的隧道应该还要再往下走两层？我怎么会知道有一座由金属封死的可怕活板门就在这些通道的最底端，距我所在地方只有四层远？这些原本属于梦境世界里的东西闯入了真实世界，让我感到困惑不安。随后，我发现自己被冷汗浸透了，止不住地颤抖。

忽然，我感觉到了一股难以察觉的微弱寒气从这堆废墟中央某个令人压抑的地方缓缓地透了出来，这是最后一根，最无法忍受的稻草。和刚才一样，幻觉立刻消退了，我的眼前再度只剩下了邪恶的月亮，阴沉险恶的沙漠，以及古老建筑铺展在沙地上的残冢。此刻，我遇到了某些真实有形、可以触碰的东西，而且这些东西充满了有关黑暗秘密的无穷暗示。因为那股气流只说明了一件事情——这片位于沙漠上的杂乱碎石下还隐藏着一个巨大的深渊。

我最先想到的是邪恶的土著神话——那些位于巨石之中，会发生可怕事情，并且孕育狂风的地下石屋。然后，那些梦境又重新浮现在脑海里，我感到某些模糊的虚假记忆正在自己的脑海里拉扯着。我的脚下究竟埋藏着怎样的世界？我即将发现怎样一个不可思议的，能够衍生出那些远古神话与扰人梦境的远古世界？我只犹豫了片刻，好奇与探索科学的热情驱使着我，抵挡住了不断蔓延的恐惧。

我几乎是不由自主地做出了行动，仿佛被某些强加在自己身上的命运攫住了手脚。收好手电筒后，我使出了超乎自己想象的力量，一块一块地挪开了那些巨大的石头，直到一股气流涌了上来——相比沙漠里干燥的空气，这股湿润的气流显得格外古怪。随后，我终于看到了一条黑暗的裂缝——当我清扫掉所有小到能够移动的碎块后——丑恶的月光照亮了一个大小足够我出入的洞口。

我掏出了手电筒，向入口里投下一道明亮的光束。然后，我看见自己下方有一堆建筑坍塌后留下的杂乱废墟。那堆废墟形成了一个大约四十五度的斜坡，通向北边的地下，显然是那些原来位于上方的建筑物倒塌后造成的结果。坑道与地面之间的深坑里填满了无法穿透的黑暗。而在坑道的顶端还保存着一些巨大的应力结构穹顶的痕迹。看起来，沙漠的这片区域正好盖在某座地球历史早期就已经存在的巍峨建筑里的某一层上——至于这座建筑残余下的部分在经历了无数年的地质灾变后还能保存下多少东西？不论是当时，还是现在，我都不敢去想象。

回想起来，在没有任何人知道自己所在位置的情况下，突然独自闯入这样一个可疑的深渊，简直就和彻底的精神错乱没什么两样。或许，我的确疯了——在那个夜晚，我毫不犹豫地爬了下去。那种一直在指引着我的诱惑与宿命的驱策似乎再次显现。我穿过洞口，沿着那条宏伟而又不祥的斜坡开始了一段疯狂的旅程。为了节省电池，我断断续续地开关着手电筒，寻找向下攀登的路。有时候，我能面朝下方找到一块地方搭手，或者一个支撑点，有时候则不得不头朝上方的石堆，不太稳妥地向下滑去。在手电筒的光照中，左右两侧远远地朦胧显现出留有雕刻痕迹的破壁残垣。而我的前方只有无法穿透的黑暗。

在向下攀登的过程中，我忘记了时间的流逝。令人困惑的暗示与镜像在我的脑海里翻滚沸腾，以至于所有的客观事物似乎都被挤到了遥不可及的远方。生理感官全都消失了，就连恐惧也变成了怠惰的怪兽雕像，如同幽灵般若隐若现，无能为力地睨视着我。最终，我踏上了一片遍布倒塌石块、石头碎块、沙砾以及各种各样岩屑的平地。在我的左右两侧——大约三十英尺远的地方——耸立着厚实的石墙，而石墙的顶端则支撑着巨大的穹棱。我还能辨认出上面有雕刻过的痕迹，但雕刻的内容已经完全无法分辨了。最令我印象深刻的还是头顶的穹隆。虽然手电筒的光线无法直接照射到穹隆的顶端，但那些巨大拱形中较为低矮的部分依旧清晰可见。它们的样式与我在有关远古世界里的无数噩梦中看到的一模一样。这让我第一次打心底感到了恐惧。

在我身后很高的地方，还残留着一团微弱模糊的光辉，那是月光照耀的外部世界仅余的痕迹。一丝模糊的念头警告我不要让那团光辉离开自己的视线，否则我就会失去返回外部世界的指引。随后，我朝着左手边的那面刻痕最为清晰的石墙走了过去。满是碎石的地面几乎与下来的斜坡一样难以穿越，但我还是想办法找到了一条不太好走的路。在某个地方，我挪开了那些堆积在一起的石块，踢走了岩屑，想看看路面的模样。而那些虽然表面翘起却依旧勉强拼接在一起的巨大八角形石板对我而言是如此熟悉，让我觉得不寒而栗。

爬到距离墙面不远的地方后，我用手电筒照亮了那堵石墙，慢慢地，非常仔细地审视了那些雕刻饱经磨蚀后留下的残遗。虽然过去存在的流水似乎侵蚀了砂岩的表面，但那上面依旧保留着一些我无法解释的奇特结块。建筑物的某些地方已经非常松垮，并且出现了一定程度的变形，这让我不禁怀疑这座古老而隐蔽的大厦所残余下的部分还能在地表的动荡中保存多少个世纪呢？

但最令我激动的还是那些雕刻物。尽管饱经岁月的磨蚀，但它们并没有错位得太厉害，因此能够相对容易地一一对上；它们的每一个细节都让我发自内心地觉得熟悉，这让我目瞪口呆。如果说我对这座古老石屋的主要风格样式很熟悉，这还可以理解。某些神话能够造成强而有力的影响，并且渐渐演变成了某类神秘学知识。而我在患上失忆症的那段时间里接触到了这类神秘学知识，所以才会在潜意识里唤起那些栩栩如生的景象。但我该如何解释眼前的一切呢？这些奇怪图案上的每一条直线与螺旋里最琐碎、最精细的特征都与我二十多年来在梦中见到的那些图案一模一样。怎样的一些早已被遗忘的晦涩制图方法才能在我的潜意识里复制出这些阴影与细节，才能精确、持久而且一成不变地出现在我一晚又一晚的梦境中？

　　绝不可能有这样的事情，而且这也不是一点点相似而已。毫无疑问，毋庸置疑，我所处的这条千百万年来一直深藏在地下的通道正是梦境里某个场景的原型。在睡梦里，我对这个地方了如指掌，就像是我对自己位于阿卡姆镇克雷恩大街上的房子一样熟悉。的确，我在梦里看到的是它尚未破败时的原貌；但即便如此，两者依旧是同一个东西。在恐惧中，我彻底弄清楚了自己所在的位置。我很熟悉身边的这座建筑，也知道它在梦中那座恐怖的远古城市里的具体方位。我能够准确无误地找到这座建筑，乃至这座城市里的任何一个地方——只要那个地方在历经漫长的蹂躏与灾变后依旧保留了下来——这种发自本能的自信让我觉得毛骨悚然。老天在上，这究竟意味着什么？我是如何知道这一切的？古老的神话描述过那些居住在这片远古石头迷宫里的生物，可这些神话背后究竟隐藏着怎样的可怖真相？

　　文字只能非常勉强地表达那些混杂在一起的恐惧与困惑。这种混乱折磨着我。我知道这个地方，我知道前面还有什么等着我，我也知道自己的头顶上曾经耸立过无数的高楼——如今它们早已坍塌崩解，化作碎石，只留下一片荒漠。我颤抖着意识到，如今，我已经不需要来自外面世界的月光指引我离开了。某些念头催促我立刻从这儿逃出去，另一方面强烈的好奇和驱策我继续前进的宿命则混合成了一股狂热的情绪催促我继续前进，我觉得自己快被撕裂了。这座可怕的古老都市在梦境结束后的千百万年里究竟经历了怎样的变化？我知道这座位于城市下方的地底迷宫连接着城市里所有的峭巍高塔，但是在经历了地表的动荡后，这座迷宫还残余下多少呢？

　　我会看到一个埋藏在地下，古老得可怕的完整世界吗？我还能找到书写大师居住的房间吗？我还能找到斯吉吉哈——那个来自南极大陆，有着星形头部的食肉植物的精神——在墙面空白处凿刻过某些图画的高塔吗？下方第二层通道还能不能通过呢？那条通道连接异族精神聚集的大厅。一个不可思议的异族精神——一个居住在一千八百万年后冥王星以外某颗未知行星内部，能够改变部分形体的生物——在那个大厅里保存了一尊用黏土制作的模型。

我闭上眼，抱住头可怜而徒劳地试图将那些疯狂的梦境碎片赶出自己的脑海。然后，我第一次敏锐地感觉到了四周潮湿、寒冷、流动着的空气。我打了个寒战，意识到在更深、更远的地下肯定有一连串万古死寂的巨大黑暗深渊。我想起那些梦境里出现过的可怕房间、隧道与斜坡。前往中央档案馆的通道还畅通着吗？当我想起那些存放在防锈金属架子上的惊人记录时，驱策我前进的宿命开始固执地拉扯着我的大脑。

在梦境与神话里，那里长眠着宇宙时空的全部历史——从过往到未来——各个时代的太阳系里的各个星球上来的各式各样的精神写下了这些历史。当然，这太疯狂了，但我偶然发现的这个黑暗世界不正和我自己一样疯狂么？我想到了那些锁着的金属架子，还有那些用来锁住箱子的球形把手。那些梦境栩栩如生地出现在了我的脑海里。我曾在最底一层的陆生脊椎动物隔间前无数次重复打开把手的复杂过程！那一系列变化多端旋转与挤压动作中的每一个细节都让我觉得既熟悉又新鲜。如果我梦见的箱子真的存在，那么我肯定飞快地打开它。也就是这个时候，那种疯狂彻底地控制住了我。片刻之后，我翻越过那些岩石碎块，朝着记忆中通向更深处的斜坡走了过去。

VII

在这之后记忆就不太可靠了——事实上，我至今依旧抱有最后一丝绝望的期盼，试图相信它们只是一个魔鬼般的噩梦——或者精神错乱造成的幻觉。狂热的情绪在我脑中肆虐，想到所有念头都像是隔着某种烟雾——有时候思维甚至会变得断断续续。在吞没一切的黑暗中，手电筒的光线无力地亮着。石墙与雕刻如同魅影般出现在闪过的光亮里，全都显露出饱经岁月磨蚀的破败景象，而它们带来的熟悉感觉更让我觉得毛骨悚然。在有一处地方，拱顶出现了极其严重的坍陷，因此我不得不爬上堆积得如同小山一般的石块。那堆石块非常高，几乎可以够到生长着怪诞钟乳石的破碎穹顶。这是噩梦的最高潮，而那些虚假记忆的邪恶指引则让一切变得更糟。唯一让我觉得陌生的，是我那与巍峨建筑并不相称的渺小身躯。这种不同寻常的渺小感觉让我觉得格外压抑，仿佛从人类的身体里观看这些高耸的石墙时，它们全都变成了全新的、异样的东西。我一次次紧张地低头望向自己的身体，而自己的人类身躯让我隐约觉得有些不安。

我爬上爬下、磕磕碰碰地在深渊的黑暗里前进——一路上跌跌撞撞、狼狈不堪，有一次还差点儿打碎了手电筒。我熟悉这座可憎深渊里的每一块石头、每一个角落。在很多地方，我会停下来，将灯光投向那些早已堵塞、摇摇欲坠却依旧非常熟悉的拱门。有些房间已经彻底坍塌了；还有一些则空荡荡的，或者堆满了碎石。在少数几个房间里，我看到一堆堆金属器物——有些保存得非常完好，有些已经损坏了，还有些则压扁变形了——我觉得那些东西可能是在梦中出现过的巨大基座或桌子。但它们真正的用途，我想都不敢去想。

随后，我找到了那条向下的斜坡，并顺着它一路走向深处——但没过多久我就被一条断开的不规则裂缝挡住了去路。裂缝最窄的地方接近四英尺，坡面的石头已经塌落到了下方，只留下一个深不见底的漆黑深渊。我知道那下面还有两层楼层，同时也记起这座建筑的最底层还有一扇用金属条加固的活板门。关于活板门的记忆给我带来了新的恐慌，并随之颤抖起来。那儿已经没有卫兵把守了——因为那些潜伏在里面的东西早在很久以前就已经完成了毛骨悚然的报复行动，并且陷入了漫长的衰亡期。待到人类消失后的甲虫种族出现时，它们已经彻底灭绝了。可当我想到那些土著传说时，我再度打了个寒战。

跃过那条断开的裂缝几乎花尽了我全身的力气，因为散乱着碎石的地面让我没办法助跑——然而疯狂依旧驱使着我继续前进。我选择了一条靠近左侧墙壁的路线——那儿的裂缝最窄，而且对面的落点也相对没那么多危险的碎屑——在经历过一个疯狂的瞬间后，我安全地落到了另一边。最终抵达下一层后，我跌跌撞撞地穿过了两侧全是房间的拱道。过去，那些房间里摆放着各式各样的机器，现如今却只剩下一大堆形状怪异、半掩在倒塌拱顶下的金属废墟。所有的东西都还在我记忆中的位置上。我自信地翻过了一堆堆堵在面前的碎石，来到了一条宽大的横向隧道里。我相信这条隧道能够带领我从城市下方抵达中央档案馆。

随着我爬上爬下、磕磕碰碰地沿着那条散乱着碎石的隧道不断前进，无穷无尽的岁月似乎渐渐在我面前展开。偶尔，我能从饱经岁月沧桑的墙面上辨别出各式各样的雕刻——有些很熟悉，其他一些似乎是后来加上去的，要比梦境所属的时期更晚一些。由于这是一座连接着各座建筑的地下公路，除开连接着其他建筑较低层的通道外，不会有别的拱道。在一些交叉口处，我停下来转向一边，长时间凝视着那些记忆犹新的通道与房间。只有两次，我发现梦境里的场景出现了根本的变化——其中一处，我还能找到记忆里的拱门被封闭后留下的轮廓。

随后，我的前进道路上出现了一座修建在那种破败的无窗巨塔下方的地窖。那些怪异的玄武岩预示了某种只能小声议论的恐怖源头。而当我极不情愿地匆忙穿过它的时候，我剧烈地颤抖了起来，并且觉得有一阵奇怪的虚弱感觉在迫使我减慢脚步。这座古老的地窖是圆形的，直径足足有两百英尺，暗色调的石头上没有任何形式的雕刻。地面上空荡荡的，除了尘土与沙砾外，什么也没有。此外，我还能看到一些通往上方或下方的孔洞。地窖里没有楼梯或斜坡——的确，在梦里，那些不可思议的伟大种族从不去碰这些古老的高塔。而那些修建它的怪异存在也不需要楼梯或斜坡。在梦里，这些向下的空洞总被紧紧地封住，并由守卫紧张地看守着。而如今——它们黑洞洞地敞开着，送出一股潮湿阴冷的气流。至于那下面孕育着怎样一些永夜的无底深渊，我已经不容许自己继续去想了。

随后，我爬过了一段严重淤塞的通道，来到一个天花板完全坍塌的地方。那里的碎屑堆成了一座小山。我爬上了那座小山，进入了一片旷阔的空间。那儿是如此空旷，手电筒的光亮既照不到周边的石墙，也照不到头上的拱顶。我猜这里肯定是金属供应者的大楼下方的地窖。那儿原本应该正对着第三广场，离档案馆不远。至于它们经历了什么样的变故，我实在无法推测。

我翻过了碎屑堆积成的小山，在它的另一侧找到了隧道的入口。然而向前走过一段路后，我发现通道完全堵住了。倒塌下来的拱顶堆积在隧道里，几乎碰到了下陷的天花板。我不知道自己怎么会想要挪开那些倒塌的石块，在废墟上挖出一条通道来；也不知道自己怎么敢去移动那些紧密堆在一起的碎石。现在想起来，即便平衡有最微小的扰动都可能导致压在上方、足有数吨重的碎石垮塌下来，将我碾成齑粉。如果整段地下探险并非如我期望的那样只是一场可憎的幻觉，或一段噩梦——那么肯定是纯粹的疯狂在驱使我、指引我。无论如何，我的确弄出了——或者，我梦见自己弄出了一条勉强能够挤过去的通道。接着，我将手电筒开着，深含在嘴里，扭动着爬过了那堆碎屑。那些生长在参差不齐的天花板上的奇异钟乳石几乎将我给撕碎了。

挤过那条通道后，我终于离自己的目的地——那座雄伟的地下档案馆——又近了一步。沿着碎屑堆的另一端滑下去后，我顺着通道剩下部分的延伸方向，拿着手电筒，时开时关地走了下去，最终来到了一处非常低矮、四周开着许多拱门的圆形地下室——这座地下室保存得极为完好，简直让人觉得不可思议。墙面——或者墙面上那些手电筒能够照亮的部分——密密麻麻地凿刻着许多象形文字与典型的曲线符号——其中有一些是后来添加上去的，并没有出现在我的梦境里。

我意识到，这里即是命运指向的终点。随即，我转向了那扇位于左手边的熟悉拱门。我知道自己能在那里找到一条未被阻塞的通道，并且利用斜坡抵达残留下来的每一层——对此，我非常古怪地没有丝毫疑虑。这座被大地保护着的雄伟建筑承载着整个太阳系里的所有历史，伟大种族用超凡的技艺建造并加固了这个地方，保证它能够和整个太阳系一样长久地保存下去。它们按照天才般的数学设计将这些巍峨的巨石堆建在一起，并用坚固得难以置信的水泥粘连起来，将它们建造成如同地球岩核一般坚实的巨物。即使在历经了超越我理解范围的漫长岁月后，这座被埋藏了的庞然大物依然保持着它最基本的轮廓；虽然其他地方满是石头，但这里的地面上却只有浮尘，很少见到碎屑。

从此处开始，道路变得相对顺畅起来。这给我造成了奇怪的影响。在此之前，道路上的障碍一直阻挠着那些疯狂的渴望，而现在所有的渴望变得越发狂热了。我开始沿着拱门后那条有着低矮天花板的通道全速奔跑起来。对于这条走道，我记得很清楚，清楚到甚至让我觉得有些害怕。然而那些熟悉的感觉已经不会再让我感到惊异了。没过多久，许多印刻着象形文字的巨大金属柜门阴森地浮现在了我的面前。我看到有些柜门还保持在原来的位置上；有些已经打开了；还有一些则出现了严重的扭曲变形——过往的地质剧变虽然不能撕裂这座岿巍的建筑，但却足以让那些金属柜门屈服。随处可见敞开的空架子，那些架子下往往堆着盖满灰尘的箱子。看起来，强烈的地震将那些箱子全都摇晃了下来。偶尔出现的立柱上雕刻着巨大的符号或文字，预示着书卷的种类和子类。

我曾在一个打开的隔间前停顿了片刻。因为我看见一些特制的金属箱子还在原来的位置上，被无处不在的沙尘包裹着。随后，我爬了上去，想办法取出了其中一只较小的箱子，将它放在地上进行了一次仔细的检查。它上面标记着那些随处可见的象形文字，但是字符的排列方式似乎有些许的异样。锁住箱子的钩形扣件完全难不倒我。我轻而易举地打开了依旧光洁无锈、仍能继续使用的盖子，取出了存放在里面的书籍。如我所料，那是一本约三十英寸长、二十英寸宽、两英寸厚的书，有着一张薄薄的、能够从上端打开的金属封面。虽然历经了无穷的岁月流逝，那些用纤维编织的坚固页面似乎并没有受到太大影响。怀着某种挥之不去而且正在渐渐唤醒的记忆，我仔细研究了那些颜色古怪、用刷子画上去的文字符号——它们既不像常见的曲线象形文字，也不像是人类已知的任何字母体系。然后，我意识到那是一个被囚禁的异族精神所使用的语言。在梦里，我对它略有了解——它来自一颗较大的小行星，而那颗小行星是某颗远古行星的碎片，它上面保存了许多先前行星上的生命与知识。与此同时，我也回忆起档案馆的这一层是专门用来存放地外行星卷宗的地方。

停止继续审视这份让人难以置信的档案后，我才注意到手电筒的光线已经开始变暗了。于是，我飞快地装上了总是带在身边的备用电池。然后，借着更明亮的光线，我重新开始兴奋地飞奔起来，穿过错综复杂、无穷无尽的过道与走廊——不时地辨认出一些非常熟悉的架子。我的脚步声很不协调地回响在这座长久以来只有寂静与死亡的地下坟窟里，而那些声音让我隐约觉得有点儿烦乱。一个个足迹全都留在了身后那些千百万年来无人行过的灰尘上。而一想到那些足迹就让我觉得不寒而栗。如果那些疯狂噩梦曾告诉过我任何真相的话，那么在这之前肯定没有人类的足迹踩踏在这些早已失落的道路上。我不知道自己疯狂奔跑的终点在哪里。不过，某些拥有邪恶影响的力量一直在牵引着我茫然的意识，发掘出已被埋藏的回忆，因此我隐约觉得自己并非在漫无目的地乱跑。

我来到一条向下的斜坡边，然后顺着它跑向了更深的地方。飞奔中，我经过了一层层楼层，却没有停下来去探索它们。我昏乱的脑海开始出现了某种节奏，并且让我的右手也跟着那节奏一同抽搐起来。我想要打开某个东西，而且我觉得自己知道打开它需要的所有旋转与挤压。那就像是有着密码锁的现代保险柜。不论是不是梦，我曾经知道打开它的方法，现在也知道。梦——或者潜意识里的片段神话——为何能够教会我一个如此琐碎、如此细致、如此复杂的细节？我一点儿也不想去解释这个问题。我已经抛掉了所有条理清楚的想法。因为，这些无名的废墟给我带来了令人骇然的熟悉感觉，而面前的一切与那些只有梦境和片段神话才暗示过的内容恐怖地吻合在了一起——如此来说，我的整段经历难道不就是一个毫无道理的噩梦么？也许，在那个时候——以及在如今这些神志健全的时刻——我心中最根本的信念就是：我根本没有醒过来，而整座被埋葬的城市也只是一些高烧的幻觉而已。

最终，我来到了建筑的最底层，冲向了斜坡的右侧。出于某种捉摸不透的原因，我尽量放轻了脚步，甚至不惜减慢了速度。在埋藏得最深的最后一层里存在着某个我不敢穿越的地方。而当我靠近那里的时候，我回忆起了自己所害怕的东西。那仅仅是一扇被金属条加固密封的活板门而已。但现如今，那里已经没有守卫了。一想到这里，我不由得打了个寒战，并且踮起了脚尖——在经过那个有着类似天窗的黑色玄武岩地窖时，我也做了完全相同的事情。我感觉到了一股阴冷潮湿的气流，就像是玄武岩地窖里感受到的一样。其实，我一直希望自己能走向另一个方向。至于我为什么必须选择这一条路线，我一点儿头绪也没有。

来到空地上后，我看见那扇活板门完全敞开着。随后，我再度走向了那些架子，其中有个架子下垒着一堆显然是不久前才掉落下来的箱子，上面覆盖着薄薄的尘土。我瞥了一眼那个架子前方的地面。与此同时，一股新的恐惧牢牢地攫住了我，然而我一时间却没弄明白其中的原因。几堆掉落在地上的箱子并不是什么新鲜事，这座黑暗无光的迷宫在千百万年的岁月里经历了无数次地质剧变的摧残，而且每隔一段时间，上方垮塌的建筑就会在这里激起震耳欲聋的回响。然而，直到即将穿过那片空地时，我才意识到自己为何会感受到如此剧烈的惊骇。

我害怕的不是那堆箱子，而是地上的灰尘。在手电筒的光芒中，那些灰尘似乎有些异样——有几块地方的灰尘看上去要比其他地方更薄上一些，似乎在许多个月前，有什么东西曾扰乱过那些灰尘。但我还不是太肯定，因为即使是那些看起来薄一些的地方也积累了很厚的灰尘；然而那些看起来不太均匀的灰尘似乎展现出了某些可疑的规则轮廓，这让我觉得格外焦虑。而当我将手电筒的光束靠近其中一处可疑的地方时，我一点儿也不喜欢自己看到的东西——因为那种灰尘里存在规则轮廓的感觉变得非常明显了。那好像是几行复杂的印痕——

每三个印痕为一组，每个都大约有一平方英尺。而单个印痕又由五个直径三英寸、近似圆形的小印痕组成，五个小印痕中，一个在前四个在后。

这几行一英尺见方的印痕似乎延伸向两个不同的方向，就好像是有什么东西走到某个地方，然后又折返回去了一样。它们非常模糊，甚至可能是我的错觉，或是某些偶然事故造成的；然而我觉得它们经过的路线却透着某种模糊而且难以言明的恐怖意味。因为这些印痕的一端正落在那堆不久之前才翻倒下来的箱子前；而在它们的另一端则一直延伸向那扇透着阴冷潮湿气流的活板门。那扇没了守卫的活板门如今正敞开着，而它的下面则是无法想象的深渊。

VIII

这时候，那种奇怪的冲动展现出了根深蒂固、势不可挡的力量——它征服了我的恐惧心理。我看到了那些疑似脚印的可怖痕迹，并且联想起与它们有关的骇人梦境。在这种情况下，绝对不会有什么合乎理性的动机能够驱使我继续前进。然而我的右手——即使因为恐惧不断颤抖——仍旧在有节奏地抽动着，渴望着找到并打开某一个锁。在意识到这些事情之前，我已经经过了那堆不久前才倒下来的箱子，踮着脚一路小跑过满是灰尘没有脚印的走道，朝着某个地方走了过去。我似乎很熟悉那个地方，这种熟悉的感觉甚至到了病态的程度，让人害怕。我脑里不断地涌现着各式各样的问题，而这些问题的起源以及相互之间的关联我却仅仅才开始猜测。我在想：人类的身躯能不能够到那个架子？人类的手能否完全掌握记忆中数亿年前的开锁方法？那个锁是否完整如初？是否还能使用？而当我渐渐意识到一些事情后，我又想：我该对——或者我敢对——那个我希望又害怕发现的东西做什么？它会证明某些超越人类正常观念、足以粉碎大脑的可畏真相么？或者它仅仅只会证明我是在做梦？

然而，就在脑子还在思索这些问题的时候，身体已经做出了反应。我将手电筒咬在嘴里，开始向上爬去。突出在外的锁扣很难提供有效的支撑；但和我之前预料的一样，柜门已经打开的隔间派上很大的用处。在攀登的过程中，我既利用了那扇不太灵活的柜门，也利用了隔间的边缘，并且尽量避免了太大的噪音。踩在柜门上沿，保持住平衡后，我将身子努力向架子的右侧倾斜，达到了一个刚好能够到目标锁扣的位置上。由于攀爬太过费力，我的指头已有些麻木了，因此在刚开始解锁的时候，手指显得有些笨拙；但我很快就发现人类手指的生理结构完全能够胜任这项工作。此外，记忆里的动作也强化了它们的活动。那一系列错综复杂的神秘动作通过某种方式穿越了未知的时间鸿沟，准确地重现在了我的脑海里，每个细节都分毫不差——我只摸索了不到五分钟的时间，就听到了一声咔嗒。那声音是如此熟悉，让我更感到惊骇，因为我根本就未曾有意地期待过它的出现。紧接着，伴随着一阵非常微弱的咯吱声，金属柜门缓缓地打开了。

　　我精神恍惚地看着柜子里的那一排灰色箱子，心头涌起了一种完全无法解释但却异常强烈的情绪。随后，一只我的右手刚巧能够够到的箱子引起了我的注意。而当我看清楚它上面的曲线象形文字时，不由得痛苦地颤抖起来。这种痛苦远比单纯的恐惧更加复杂。然而，即便抖个不停，我依旧在拖动箱子时倾泻而下的沙砾尘土中将它取了出来，同时尽可能安静地将它慢慢移动到身边。这只箱子与我之前搬动过的那只箱子差不多，约有二十乘十五英寸，可能稍微大些，厚度刚刚超过三英寸，上面铸造着一些包含曲线数学图案的浅浮雕。我仓促地将它塞进了身体与架子间的空当儿，然后摸索着上面的扣件，并最终松开了挂钩。接着，我抬起了盖子，将这个重物挪到了自己的背上，然后用挂钩钩住了自己的衣领。解放双手后，我笨拙地爬下了架子，最终回到了满是灰尘的地面上，准备进一步仔细检查自己的战利品。

　　我跪在满是沙子的灰尘中，将箱子翻转过来，摆在了自己面前。双手颤抖得厉害。一方面，我不敢将箱子里的书卷拿出来，另一方面，我又非常渴望自己能够将它拿出来——同时也觉得某些力量在逼迫我这样做。渐渐地，我意识到了自己所寻找的东西，而这个念头令我呆若木鸡。如果那件东西真的在箱子里——如果我没有在做梦——那么它蕴含的深意已经远远超越了人类心智所能承受的范围。而最让我痛苦的是，在那个短暂的瞬间，我觉得自己周遭的一切并非是一个梦境。身边的所有东西都真实得让我毛骨悚然——而且，当我再度回忆起那个场景时，它们依旧真实得让我毛骨悚然。

最后，我还是颤抖着将那本书从箱子里拿了出来，然后着魔地盯着那些留在封页上、依旧记忆犹新的象形文字。它们似乎还保持着最初的原始状态，而那些曲线组成的符号仿佛催眠般牢牢地把握住了我的目光，就好像我真的能够阅读它们一样。事实上，如今我已经不敢发誓说自己实际上完全没办法阅读它们——也许，凭借着某些转瞬即逝的可怕记忆，我可能真的看懂了它们。我不知道自己究竟要花多长时间才能鼓起勇气去翻开那张薄薄的金属封面。但是，我妥协了，并且为自己找了个台阶。我从嘴里取出了手电筒，关上了开关，节约剩下的电池。接着，在一片黑暗里，我鼓起了勇气，最终翻开了封面。最后，我的确将手电筒的光亮扫过了翻开的书页——同时也进一步下定决心，不论自己看到什么，都必须克制住情绪，不发出任何声响。

我只看了短短的一瞬，然后几乎立刻瘫软在地。不过，我还是咬紧了牙关，没有发出任何声音。随后，在吞噬一切的黑暗里，我慢慢地瘫倒在地上，将手放在了自己的前额上。那正是我所预料的东西，也是我所畏惧的东西。要么我当时在做梦，要么时空已经变成了一个笑话。我当时一定在做梦——但是，我能够验证自己的判断，如果这一切都是真的，那么我就能够将这个东西带回去，展示给我的儿子。虽然没有任何肉眼可见的东西在无法穿透的阴暗里围绕着我旋转，但我依旧觉得头晕目眩。那一瞥带来的追忆与想象激起了无数纯粹恐怖的景象与念头，它们蜂拥而至，将我挤在其中，蒙蔽了我的感官与意识。

我想起了那些出现在尘土里，疑似脚印的痕迹，同时为自己呼吸时发出的声音战栗不安。随后，我再次迅速地开关了手电筒，并且借着转瞬即逝的光亮看了一眼翻开的书页，就好像毒蛇的猎物在注视着捕食者的眼睛与毒牙。然后，在一片黑暗里，我用笨拙的手指合上了书，将它放回了容器里，然后合上了盖子，锁好了那个奇怪的挂钩。这就是我必须带回外部世界的东西——如果它真的存在的话——如果这座深渊真的存在的话——如果我，以及这个世界，真的存在的话。

至于我是什么时候跟跄着站起来，开始沿路返回的，我已经不太确定了。说来古怪，作为一种测量我与普通世界分离长短的方法，在地下度过的毛骨悚然的几个小时里，我甚至没有看过一次手表。我一只手拿着手电筒，另一只手拿着那个不祥的箱子，踮起脚怀着一种无声的恐慌情绪经过了不断送出冷气的深渊，还有那些疑似脚印的痕迹。当踏上无穷无尽的斜坡后，我渐渐放松了警惕，但却始终无法摆脱一丝焦虑的情绪——当我从上方沿着斜坡走下来的时候，我还没有这么焦虑过。

想到要再度经过那座比城市更加古老的黑色玄武岩地窖，再想起那些从没有看守的深渊里涌出的阴冷气流，我就觉得非常恐惧。我想起了那些让伟大种族们感到害怕的东西，那些依旧潜伏在下面——非常虚弱，并且逐渐衰亡的东西。我还想到了那些由五个圆形拼成的脚印，还有那些牵涉到这类脚印的梦境——还有与脚印有关的怪风和哨音。然后，我又想起了现代土著们的传说——他们也提到了可怕的狂风与无名的地下废墟。

在路上，我认出了一个雕刻在墙上的符号，知道自己应该进入右手边的楼层。接着，在经过先前查看的另一本书后，我回到了那座有着许多拱门岔路的圆形地下室。进入那个地方后，我立刻认出了来时的那条拱道，然后径直拐了进去。随后，我意识到剩下的路会难走得多，因为档案馆以外的建筑大多都出现了不同程度的倒塌。身边的金属箱子给我带来了额外的负担，而且我发现当自己跟跟跄跄地行走在各式各样的碎石岩屑间时，保持安静就变成了一个越来越棘手的难题。

随后，我来到那堆几乎和天花板一样高的石堆面前。过来的时候，我在石堆上挖出了一条狭窄的小道。但再度穿过通道让我感到无比恐惧；因为之前经过通道的时候，我弄出了不少声响，而此刻——在看过那些疑似脚印的痕迹后——我最惧怕的就是声音。另一方面，随身携带的箱子也大大地增加了穿越狭窄裂缝的难度。但我依旧尽自己最大的努力攀上了那堆阻塞物，接着把箱子塞进了前面的裂缝，然后咬住手电筒，勉强挤进了那道缝隙。和之前一样，我的背脊又忍受了一回钟乳石的折磨。然而，当我试图抓住箱子的时候，它向前摔了下去，在石屑堆积成的斜坡上滚落了一小段距离，并且制造出一阵令人不安的哗啦声，同时激起了一阵回音。我被吓出了一身的冷汗，并且立刻猛冲出去，一把抓住它，确保不会造成更多的响动——但就在片刻之后，我脚下滑动的巨石却突然制造出了一阵空前的喧嚣响动。

这阵响动即是我厄运的根源。无论错误与否，我觉得自己听到远在身后的那个世界对这声响动做出了可怖的回应。我觉得自己听到了一声尖厉的哨音。那声哨音不同于世界上的任何声响，而且完全超越了言语可以描述的范畴。那可能只是我的想象。如果真是这样的话，那么接下来的事情简直就是个冷酷无情的讽刺——因为如果不是这声哨音激起了我的恐慌情绪，接下来的事情也许永远都不会发生。

实际上，在那个时候，我已经陷入了彻底的狂乱。我抓住了手电筒，无力地抱起箱子，不顾一切地向前跳去。我的大脑一片空白，只留下一个疯狂念头，迫切地想要逃出这些噩梦里的废墟，回到那个遥远的、有着沙漠与月光的清醒世界。当我抵达那个顶部已经塌陷的巨大空穴，开始攀爬那座耸入无边黑暗的碎石山丘时，我几乎都没有认出那个地方。在爬上陡峭斜坡的时候，我在犬牙交错的巨石与碎屑间反复擦撞了好几次。然后，更大的灾难降临了。当我盲目地试图穿过山丘顶端的时候，完全没有预料到前方突然向下的斜坡。于是，我脚下一滑，然后卷进了一场毁灭性的崩塌里。下滑的大堆石块发出了炮击般的巨大声响，引起了一系列惊天动地、震耳欲聋的回音，穿透了黑暗洞穴里的空气。

我不记得自己是如何从那场混乱里脱身的，但我保留了一些短暂而片段的意识——记得自己在一片喧嚣中沿着通道飞奔、跌倒、攀爬——而手电筒与箱子则都还在我的身边。然后，当我即将踏进那座让我备感恐惧的远古玄武岩地窖时，彻底的疯狂降临了。当崩塌的回响渐渐平静下来后，回荡在通道里的声响逐渐变成了一种恐怖、诡异的哨音——就像我之前觉得自己曾听到的声音。这一次我绝对没有听错——而且更可怕的是，那种哨音并不是从后方传来的，它就在我的前面。

在那个时候，我可能大声尖叫了出来。我隐约记得自己狂奔过那座远古之物留下来的，如同地狱般的玄武岩地窖。那些可憎的、诡异的哨音从下方无底的黑暗里涌出来，穿过没有守卫的敞开通道，在我的耳边呼啸。此外，我感觉到了风——不仅仅只是阴冷潮湿的气流，而是一种猛烈、凛冽、仿佛有意识的狂风。它们从那些发出污秽哨音的可憎深渊里狂野地喷涌而出，席卷整个地窖。

我记得自己在各式各样的障碍里奔跑跳跃。狂风组成的洪流与尖厉的哨音时刻都在增强，它们邪恶地从下方与身后的空洞里涌上来，似乎充满恶意地在我身边卷曲缠绕。然而，在我的身后，那些狂风产生了古怪的作用——它们没有推着我前进，反而在阻碍我的步伐。此时，我已经顾不上保持安静，弄出了一连串的声响，翻过一大堆石块组成的障碍，再度回到了那座通向地面的建筑里。我记得自己瞥见了那座通向有许多机器的房间的拱门，还看到了那条通向下方的斜坡——我几乎失声大哭起来，因为另一扇活板门肯定也在两层之下的深渊里敞开着。但我没有哭，我一遍又一遍地喃喃告诉自己这一切都是梦，而且我很快就会醒来。也许我还在营地里——也许我还在位于阿卡姆的家里。这些希望支撑起了我的神志，我开始登上了通向更高层的斜坡。

当然，我知道前方还有一道四英尺宽的裂缝等着我去跨越，但其他恐惧带来的折磨让我没有意识到这件事情有多么可怕。直到快走到裂缝边的时候，我才意识到了问题。在下坡的时候，要越过裂缝自然很容易——但现在这个时候，我走在上坡路上，被恐惧牵绕着，筋疲力尽，抱着金属箱子，还有那些魔鬼般的狂风在背后拖拽，我还能轻易地跃过那条裂缝么？直到最后一刻，我还在思考这些事情，同时也想到了那些可能潜伏在裂缝下方黑暗深渊里的无可名状的存在。

手里摇晃着的手电筒正在变得越来越暗，但当我靠近那道裂缝的时候，一些模糊的记忆提醒了我。身后凛冽的狂风与让人作呕的尖叫此刻变成了一种仁慈的罂粟，麻痹了我对于前方深渊的恐怖想象。然后，我渐渐意识到更多的哨音正从我的前面涌来——可憎之物如同潮水般从想象不到、也无法想象的深渊里蜂拥而出，穿过裂缝，向我袭来。

此刻，纯粹的梦魇的精华降临到了我的面前。理性已经死亡——所有的东西都被忽略了，只有逃跑的动物本能还在生效，我仅仅挣扎着猛冲过斜坡上的碎石，仿佛前方根本没有深渊一般。然后，我看到了裂缝的边缘，并且使出了身上的每一分力气，不顾一切地跃向对岸。瞬间，由可憎哨音与纯粹的、能够触碰得到的有形黑暗所组成的疯狂喧闹旋涡吞没了我。

这就是那段经历的终点，到目前为止，我只能回忆起这些。之后的感觉完全是变幻不定的梦呓。在一系列荒诞奇异、支离破碎的妄想中，梦境、狂野与记忆疯狂地融合在了一起，与真实没有半点儿关联。我觉得自己毛骨悚然地向下坠去，穿越无数里格仿佛有知觉的黏稠黑暗。还有一片噪音组成的喧嚣——它们完全不同于我们所知道的、出现在地球上的任何生物或物体所发出的任何声音。那些早已休眠的原始感官似乎恢复了活力，向我描绘出了那些飘浮着的恐怖事物所居住的深坑与虚空，并把我领向不见天日的悬崖与海洋，领向那片从未被光明照亮过的陆岸，与那些位于陆岸之上、由无窗的玄武岩巨塔组成的拥挤城市。

原始地球的秘密与它那无从追忆的亘古历史在我脑中闪过，但那既不是图像也不是声音。有些东西就连我之前做过的最狂野的梦境也不曾展露过一分一毫。从始至终，潮湿水汽的冰冷手指一直牢牢地抓着我，一点点地吞噬我，而那种可憎的怪诞哨音则如同魔鬼般尖叫着，压倒了身边黑暗旋涡里交替变化的死寂与喧嚣。

在那之后，还出现了关于梦境里那座宏伟城市的景象——那不再是一片废墟，而是我所梦见的那个样子。我再度回到了那个锥形的非人身体里，混在伟大种族与其他被囚禁的异族精神中，看着它们携带着书卷在宽阔的斜坡与高大的走道中上上下下。然后，这些景象上还重叠着一系列令人恐惧、转瞬即逝、完全看不见的感觉——其中有绝望的挣扎，扭动着摆脱那些呼啸狂风的纠缠触手，如同蝙蝠般疯狂地飞过半凝固的空气，在旋风肆虐的黑暗中狂躁地掘进，以及在倒塌的巨石上跟跟跄跄、蹒跚前进。

那当中曾闪过一个奇怪而又模糊的景象——我隐约看见一团模糊、弥散的淡蓝色光辉飘浮在头顶上。然后，我梦见被风追赶着不断攀登、爬行——蜿蜒蠕动着穿过一大堆杂乱的碎屑，进入仿佛正冷嘲着我的月光中。而在我的身后，那些废墟开始在可怖的风暴中逐渐滑落崩塌。正是那令人发狂的月亮投下的单调邪恶光线最终让我意识到自己已经再度回到了那个客观实在的清醒世界。

我匍匐在地，抓着澳大利亚沙漠里的沙子。喧闹的风在我的身旁尖叫着。我从不知道我们星球的表面会有那样的狂风。我身上的衣服已被扯成碎布，而我的全身都是大片的淤青和擦伤。完整的意识恢复得相当缓慢，我也说不清楚真正的记忆是在什么时候变成了错乱的梦境。那里似乎曾有过一堆巍峨的巨石，一个隐藏在巨石之下的深渊，一段来自过去的骇人启示，还有一个噩梦般的恐怖终结——但这其中有多少是真实的呢？我的手电筒不见了，那个我曾经发现的箱子也不见了。真的有这样一个箱子——或者深渊——或者巨石堆成的小丘吗？我抬起头向后望去，却只看到荒漠里绵延起伏的荒凉黄沙。

恶魔般的狂风已经平息了，如同真菌般的圆涨月亮泛着微红的光亮沉向西方。我摇晃着站起来，开始跌跌撞撞地走向西南方向的营地。我身上到底发生了什么事情？难道我仅仅是在沙漠里崩溃了，并且拖着被梦境折磨的身体穿越了数英里绵延不断的沙地与半掩石块？如果不是，那么我怎么才能承受这一切，并继续活下去？因为，在这种新的疑虑里，我所有的信念——那些坚信是神话创造了我的虚妄梦境的想法——再度瓦解在了之前的可憎疑惑中。如果那个深渊真的存在，那么伟大种族也曾存在过——而它们恐怖地穿越无限宽广的时间旋涡，降临占据其他躯体的故事也不再是神话或噩梦，而是可怕的、足以粉碎灵魂的事实。

难道那些令人毛骨悚然的事情都是真的？难道在患上失忆症后的那段阴暗而又令人困惑的日子里，我真的被带回了两亿五千万年前的史前世界？难道我现在这具身体真的曾被一个来自遥远过去的可怖异类精神占据过？难道我曾被这些蹒跚蠕行的恐怖囚禁过，真正了解过这座被诅咒的巨石城市在全盛时期的模样，并且蠕动着与我交换的那个存在的可憎身躯行走在那些熟悉走廊里？难道二十多年来一直折磨着我的梦境完全是骇人记忆的产物？难道我真的曾和那些来自时空中我永远无法触及的角落的精神们交谈过，曾学习过宇宙里自亘古到未来的各种秘密，并且写下了我这个世界里的历史，并存放在那些巍峨档案馆的金属箱子里？难道当各种各样的生物在这颗行星饱受时间磨蚀的表面上延续着它们的数千万年的进化历程时，另一些存在——那些有着疯狂的旋风与尖叫的哨音的可憎远古之物——真的正在那些黑暗的深渊里徘徊等待着，并且慢慢衰弱退化？

我不知道。如果那个深渊是真的，我经历的一切是真的，那么希望将荡然无存。如果是真的，那么在这个人类世界之上将永远存在着一层超越时间之外、不可思议的阴影在嘲笑着我们。但是，感谢老天，没有证据证明这一切是真实的，证明它们不是那些由神话催生的梦境里的新篇章。我没有带回那个本可以当作证据的金属箱子，而到目前为止，也没有人发现那些埋藏在地下的走道。如果这个宇宙的法则是仁慈的，那么永远都不会有人发现那一切。但我必须将我看到，或者我觉得自己看到的东西告诉我的儿子，让他从心理学家的角度判断我经历的真实性，并且将这份叙述传达给其他人。

我之前曾说过，这些年折磨我的梦境背后隐藏的可怖真相绝对与我觉得我在那些被埋没了的宏伟废墟里看到的一切是否真实有着密切联系。然而就此写下那个关键的启示，对我而言仍旧是件非常困难的事情。不过，没有读者会猜不到其中的真相。当然，它与那本躺在金属箱子里的书卷有关——就是那个埋藏在数百万个世纪以来从未被扰动过的尘土里，并被我从那个早已被遗忘的藏身处中拖出来的箱子。自人类出现在这颗星球上以来，从未有人见过那本书，也从未有人碰过那本书。然而，当我用手电筒闪过它上面的时候，我看到那些用奇怪燃料书写在被岁月染黄的脆弱纤维织物上的文字并非是任何地球早期出现过的无名象形文字。写在那上面的全是我熟悉的字母符号，全是由我亲手所书写的英语词句。

疯狂山脉
At the Mountains of Madness

译者：竹子

I

　　由于科学家们在了解事情的原委前拒绝听从我的忠告，因此我被迫发表这篇声明。虽然我反对筹划中的南极考察活动——反对探险队展开大面积的化石搜寻活动；也反对他们针对远古冰盖进行大规模的钻探与融化作业——但我非常不愿意说明其中的理由。此外，即便我做出了警告，也可能徒劳无功，这让我更加不愿意吐露一字一句。

　　当我下定决心公开真相之后，必然会有人提出质疑；然而，如果我剔除掉那些看起来夸张荒诞又难以置信的部分，就没剩下什么了。目前尚未公开的照片——不论是普通摄影还是航拍——都能为我的叙述提供佐证，因为这些照片全都极其清晰形象。不过，依旧会有人表示怀疑，因为照片的拍摄距离实在太远，有可能是巧妙伪造的作品。而那些墨水绘画自然会被斥为显而易见的赝品；虽然艺术方面的专家会发现这些绘画在技法方面显露出某些不同寻常的地方，并为之困惑不解。

　　可是，到头来我必须指望少数科学领袖的判断与立场。一方面，他们在思想上有足够的独立，能够根据那些真实得令人毛骨悚然的证据权衡我提供的材料，或是借鉴某些原始同时也极度令人迷惑的神话传说；另一方面，他们也有着足够的影响力，能够阻止探险界针对那片疯狂山脉里展开任何过于草率与狂妄的计划。像我与我的同僚这样背后只有一所规模较小的大学、相对人微言轻的小人物几乎没有什么机会在那些涉及到疯狂怪诞或极具争议性的事情里给人留下什么深刻的印象，这实在是件很不幸的事情。

更糟糕的是，从严格意义上说，我们并不是主要相关领域的专家。作为一个地质学家，我领导密斯卡托尼克大学探险队的全部任务只是借助我们工程系教授弗兰克·H.帕波第，所设计的高性能钻探设备，在南极大陆的各个不同地点搜寻深层岩石土壤样本而已。除开这一领域，我从未想过要在其他方面做一名先拓者，但是我的确希望能利用这些新式的机器装置沿着以往南极探险家的线路，在不同的地点采掘到一些过去借用普通采集手段无法获取的新样本。

　　帕波第的钻探设备，与公众们从我们简报里所了解到的一样，极其轻巧便携，而且独一无二地将传统的喷水式钻探原理与小型圆岩钻原理结合在了一起，从而能快速地应对硬度不同的各种地层。钢制钻头，连接杆，汽油发动机，可拆卸的木质钻井架，爆破用品，电缆，移除废料用的螺旋钻以及五英寸宽、全部组合起来有一千英尺长的组合管道，所有加在一起，连同必需的零部件，总重也只需要三架七条狗拉的雪橇就能拖动。这主要是因为大多数器件都是由轻巧的铝合金制作的。我们有四架经过特别设计的大型多尼尔运输机。它们完全能够适应在南极必须面对的高海拔飞行任务，并且额外加装了帕波第设计的燃料保暖与快速启动系统。这些飞机能够将我们整支探险队从大冰架的边缘运送到内陆各个合适的地点。在抵达这些地点后，我们将有数量足够的拉橇犬可供驱使。

　　我们计划在南极洲度过一个季度——如果必须的话，也可以延长一些。考察期间，我们打算将勘探作业覆盖尽可能大的一块区域。勘探工作主要将在山区与罗斯海以南的高原地带展开——这些地区过去全都曾不同程度地被沙克尔顿、阿蒙森、斯科特和伯德[1]等人考察过。依托飞机，我们可以勘探一片很大的区域，能够确保观察到明显的地质特征变化。我们期待着能发掘到数量空前的地质样本——尤其是过去很少发现的前寒武纪地层岩石。我们也希望能收集到尽可能多样化且含有化石的上层岩石样本，因为这片充满了冰封与死亡的荒凉世界里所埋藏的、那些有关史前生命的历史对于我们了解地球的过去有着极其

----

［1］沙克尔顿、阿蒙森、斯科特和伯德：四人均是著名的南极探险家。

重要的意义。现在大家都知道，虽然如今只有地衣、海洋动物、蛛形纲生物以及生活在北端边沿的企鹅还顽强地生活在南极大陆，但它曾一度位于温带甚至是热带地区，拥有着繁茂的植物和动物生命；而我们则希望能进一步扩展这些信息，让我们的认知变得更丰富、更精确也更细微。我们会利用简单的钻孔作业寻找岩层中化石的迹象，然后用爆破的方法将孔扩大，以便获得大小与状况均合适的样本。

　　由于我们需要根据上层土壤和岩石中反映出的信息来调整钻探深度，钻探作业被限制在裸露的或近乎裸露的地表——也就是说我们不可避免地要在斜坡和山脊上进行作业，因为较低矮的地区都覆盖着一到两英里厚的冰层。虽然帕波第设计了一套方案可以解决这个问题——将大量铜电极沉入分布密集的钻孔中，然后依靠汽油驱动的发电机向电极通电，融化一个限定区域内的冰层——但是我们不能将资源浪费在钻探那些太深太厚的冰川上。像我们这样的探险队只能试验性地使用帕波第的技术，无法真正将之投入大规模的应用，但是即将起程的斯塔克韦瑟-摩尔考察队准备正式运用这一方案——尽管在从南极返回后，我就已经向他们做出了警告。

　　在考察过程中，我们向《阿卡姆广告人》与美联社发送了许多无线电简报。探险回来后，帕波第与我也写了不少文章记录那次探险。通过那些频繁发送的无线电简报与我们的文章，公众对于密斯卡托尼克探险队已有所了解。我们这支队伍里包含了四位来自密斯卡托尼克大学的专业人士——帕波第、生物系的莱克、来自物理系并兼任气象学家的埃尔伍德，还有我这个代表地质系参加的名义上的总指挥——除此之外，队伍里还有十六个助理：其中七个是来自密斯卡托尼克大学的硕士生，另外九个是老练的工程师。这十六人中有十二个能充当飞行员，除了两个之外其他人都能熟练地使用无线电发报设备。另外，他们中的八个，当然还包括帕波第、埃尔伍德和我都懂得如何利用罗盘和六分仪进行导航。我们的两艘船——加装有备用蒸汽机，并为应对冰雪环境而特别强化的木质捕鲸船——也备足了人手。

　　整次探险的费用都由内森尼尔·德比·皮克曼基金会和其他几笔专项捐款资助；因此，虽然没有在公众中引起广泛的注意，但我们依旧准备得非常充分。拉橇犬、雪橇、机器设备、营地物资以及五架飞机拆卸打包后的部件都被运往波士顿港，并在那里装船。针对考察的目标，我们做了非常充分的准备。近几年有许多极为卓越的先驱者曾涉足那片大陆，因此在筹备补给、饮食、运输以及营地搭建等相关工作时，我们参考了他们留下的极佳先例。另一方面，由于这些先驱者的数量如此之多，而且全都声名显赫，导致我们这支探险队虽然准备充分，但却并未引起社会的关注。

和报纸上描述的一样，我们于1930年9月2日从波士顿港起航，沿着海岸从容南下，穿过巴拿马海峡，并沿途停靠在萨摩亚[1]与塔斯马尼亚岛的霍巴特[2]。在抵达霍巴特时，我们装载了最后一批补给。探险队中没有一人之前曾经去过极地地区，因此我们完全仰赖我们的两位船长——指挥着双桅横帆船阿卡姆号的海上组指挥官J.B.道格拉斯，以及指挥着小型三桅船密斯卡托尼克号的乔治亚·索芬森。他们两人常年出没南极水域，都是经验丰富的捕鲸人。

就这样，我们渐渐离开了人类居住的世界。太阳在北方天空中的位置变得越来越低，而每天停驻在地平线之上的时间也变得越来越长。在南纬62度，即将抵达南极圈的地方，我们遇到了旅途中的第一座冰山——它就像是张桌子，有着垂直的边沿。10月20日，探险船驶入了南极圈，我们还为此适度地举行了一场雅致的庆祝会。大块的浮冰给我们造成了很大的麻烦。自穿越热带后，逐渐下降的气温一直让我颇为焦虑，但我还是振作起来，等待着更加严峻的考验。我遇到了许多让我极其着迷的大气现象；其中包括一次极端栩栩如生的海市蜃楼——这是我生平第一次看到那种现象——在蜃景里，远方的冰山变成了某些巨大得难以置信的城堡的城墙。

推开那些延伸得不宽、堆积得也不厚的浮冰，我们在东经175度、南纬67度的地方重新回到了开阔水域。10月26日早晨，一片坚实的陆地突然出现在南方的海面上。中午来临前，一条被冰雪覆盖的雄

---

[1] 萨摩亚：南太平洋中部一群岛。
[2] 霍巴特：澳大利亚塔斯马尼亚岛东南部城市。

伟山脉就展现在了我们面前，并且从前方的视野的一端绵延贯穿到另一端。这让我们感到兴奋和激动。终于，我们遇到了这片未知的辽阔大陆，以及它那充满冰封死亡的神秘世界的边沿前哨。这条山脉无疑就是当年罗斯发现的阿德默勒尔蒂山脉。而我们需要做的就是绕过阿代尔角，沿着维多利亚地东岸继续航行，抵达麦克默多海湾的岸边。按照计划，我们在南纬77度9分，埃里伯斯火山脚下建立了营地。

　　航行的最后一程给我们带来了强烈的视觉冲击，并激起无穷遐想。雄伟而贫瘠的神秘尖峰始终阴沉地耸立在西面。正午时分的太阳低垂在北方天空中；午夜时分的太阳则擦着南面地平线。那朦胧的淡红色阳光倾泻在白色的积雪、淡蓝色的冰层与水道以及巨大山坡上裸露在外的小块黑色之上。可怖的极地狂风时断时续地横扫过荒凉的山巅；在这些凛风的韵律中隐约夹杂着某种音乐般的狂野笛声。这种若有若无的笛声涵盖了一段非常宽的音域。它勾起了某些潜意识里的记忆，让我感到焦躁不安，甚至有些害怕。景色里的某些东西让我想起了尼古拉斯·罗列赫[1]所画下的那些怪异而令人不安的亚洲风景，甚至让我联想起了邪恶传说里有关冷原[2]的更加怪异、更加令人不安的描述。阿拉伯疯子阿卜杜·阿尔哈兹莱德所编撰的那本令人恐惧的《死灵之书》里就出现过这些描述。后来，我感到非常后悔，觉得自己永远不该在学校的图书馆里阅读那本可怕的书籍。

　　11月7日，向西延伸的山脉暂时离开了我们的视野。我们经过了富兰克林岛；然后在第二天，远远地望见了前方罗斯岛上的埃里伯斯峰与恐惧峰，以及后面帕里山脉那长长的轮廓。巨大冰架那条相对低矮的白线已从西面一直延伸到了视野的东端，并且垂直抬高到了约两百英尺的高度——仿佛魁北克省的岩石峭壁一般——而那里就是我们这次向南航行的终点了。下午的时候，我们进入了麦克默多海峡，停泊在冒着滚滚浓烟的埃里伯斯峰的背风面。火山山峰陡峭地耸立在东

---

[1]尼古拉斯·罗列赫：十九二十世纪俄国著名画家、哲学家、旅行家、科学家，对藏学有深入研究。

[2]冷原：洛夫克拉夫特虚构的一个地点，其位置在不同的作品中也在不断变化。

面的天空下，大约有一万两千七百英尺高，看起来就像是日本绘画里神圣的富士山。而在它后面则是恐惧峰那幽灵般的白色山峰，海拔近一万零九百英尺。而今它已是座死火山了。

浓烟断断续续地从埃里伯斯峰的顶端涌出。年轻聪颖的丹弗斯——队伍里的一个硕士生——注意到了那些散布在积雪山坡上，看起来像是熔岩的东西。它们说明这座于1840年发现的山峰无疑就是坡[1]在七年之后写下的那首诗的真正源泉：

> "——熔岩无休地奔腾
> 在极地的终极气候中
> 硫磺洪流自雅内克山奔涌而下——
> 在北方极地的国度中
> 随着雅内克山的奔涌阵阵轰鸣"

丹弗斯读过不少稀奇古怪的书籍，而且谈论了不少关于爱伦·坡的事情。我也参与了其中，因为坡在他唯一一篇长篇故事——神秘而又令人不安的《亚瑟·戈登·皮姆的故事》[2]——里描绘过南极的景色。在荒凉的岸边，以及远方高高的冰架上，大群滑稽的企鹅呱呱地叫着，拍打着自己的鳍状翼。同时我们还能看到许多肥胖的海豹，有的在水中游泳，有的则躺在大块缓缓漂移的浮冰上。

午夜过后，探险队依靠小艇在9日凌晨艰难地登上了罗斯岛的陆地。我们带去了两条分别从两艘船上接下来的电缆，并且准备用双筒救生圈从船上卸下补给。虽然斯科特和沙克尔顿探险队过去也曾在这里登陆，但是当我们第一次踏上南极的土地时，心情依旧紧张而复杂。我们在火山脚下封冻的海岸上建立了一个临时性的营地，而探险队的总部依旧设在阿卡姆号上。我们卸下了所有的钻探设备、拉橇

---

[1] 坡：19世纪美国著名小说家，其对洛夫克拉夫特有极大影响。

[2]《亚瑟·戈登·皮姆的故事》：全名为《楠塔基特岛亚瑟·戈登·皮姆的故事》，是坡生前留下的唯一完整的长篇小说。

犬、雪橇、帐篷、食物、油罐、实验性的融冰设备、照相机——包括普通相机和航空相机、飞机组件，以及其他一些设备。除开飞机上的无线电设备，我们还卸下了三台便携式的无线电发报机——这样一来，不论我们去到南极大陆的哪个地方都能与阿卡姆号上的大型无线电设备保持联系。而船上的大型无线电设备则负责与外界联系，将探险简报转发给阿卡姆广告人旗下、位于马萨诸塞州金斯波特角的大功率无线电收发站。我们希望能在一个南极夏季内完成全部的工作；但如果无法达成这个目标，我们可以在阿卡姆号上过冬，同时派遣密斯卡托尼克号在海面还未封冻前航向北方获取下个夏季的补给。

由于新闻报纸已经报道了探险队的早期行动，我在这里就不必详述了——我们登上了埃里伯斯峰；在罗斯岛上的数个地点成功地进行了钻探作业，帕波第的钻机速度很快，即使是碰上坚硬的岩层也很顺利。此外，我们还对融冰装置进行了临时的测试；并且冒险带着雪橇和给养攀上了巨大的冰架；然后在位于冰架顶端的营地里完成了五架大型飞机的组装。登陆队伍——包括二十名队员和二十五只阿拉斯加雪橇犬——的健康状况出奇良好。当然，我们也没有遭遇真正具有破坏性的低温气候或者是风暴。气温表的读数大多数时候都在华氏零度到华氏二十度[1]，甚至二十五度之上——在新英格兰过冬的经验已足以帮助我们应付这样的寒冷气候了。冰架上的营地是半永久性的，主要目的是贮存汽油、食物、炸药和其他物资。

我们只需要四架飞机来运载实际的探险设备，因此将第五架飞机以及一名飞行员和两名船上的人员留在了贮存营地。这样一来，即使我们损失了所有用来勘探的飞机，还能靠第五架飞机返回阿卡姆号。按照计划，我们要在比尔德莫尔冰川后方，距离贮存营地南面六七百英里的高原上建立另一座永久营地。因此，再过些时候，等到不再需要投入四架飞机运送设备时，我们会另外抽调出一到两架飞机作为交通工具，用来在贮存营地与这座永久营地间进行往返。尽管前人的报告都几乎完全一致地谈到了那些从高原上席卷而下的骇人狂风与风

---

[1] 华氏零度到华氏二十度：摄氏零下十七度到零下三度左右。

暴，但出于经济实力和作业效率的考虑，我们仍旧放弃了建设中转站的想法，决定碰碰运气。

我们在无线电简报里提到了那段惊险万分、长达四个小时的连续飞行——我们的中队于11月21日飞越了西面耸立着巍峨山峰的雄伟冰架。旅途中，回应飞机引擎轰鸣的只有无法穿透的死寂。大风只给我们带来了些许麻烦。虽然遇上了一片不透明的浓雾，但无线电罗盘[1]帮助我们正确地穿越那片区域。飞临南纬83度到84度时，巨大隆起已若隐若现地浮现在前方，这时候我们意识到自己已经飞抵世界上最大的山谷冰川——比尔德莫尔冰川了。封冻的海洋此刻已逐渐让步给了褶皱多山的海岸线。我们终于真正进入了这片万古死寂的白色南终之地。就在意识到这件事的时候，我们看见了位于东面远处的南森峰[2]。它直插天际，几乎有一万五千英尺高。

我们成功地在东经174度23分、南纬86度7分的冰川上建立了南方营地。依靠雪橇和短距离的飞行，我们在许多地方实行了快速高效的钻探与爆破；此外，12月13日到15日，帕波第与两名学生——格德尼与卡罗尔——费尽力气成功地登上了南森峰[3]。不过所有这些都已成为历史。虽然那片地区的海拔高度大约有八千五百英尺，可是通过一些试验性的钻探，我们发现某些地方的积雪与冰层仅仅只有十二英尺，再向下就是坚实的地表。因此，我们在许多过去探险家们从未想过要搜寻矿物样本的地方大量地使用了小型融冰装置、沉井钻孔以及爆破作业。通过这些方法，探险队获得了大量前寒武纪时期[4]花岗岩和比肯砂岩[5]。这些样本让我们确信这片高原与西面的大片陆地都是同源的，但是位

---

[1]无线电罗盘：飞机上使用的无线电导航仪表，它实际不是罗盘，而是一套根据已知位置的无线电台来指示方向的设备。

[2]东面远处的南森峰：这里似乎有疑问，如果他们看到南森峰出现在东面，那么他们其实是在向着麦克默多海峡的西北方向飞。

[3]南森峰：南森峰其实不在那里，而在距那里一千多英里的北方。洛夫克拉夫特可能将南森峰与马卡姆峰或者柯克帕特里克峰搞混了。

[4]前寒武纪时期：古生代第一个纪——寒武纪（距今约六亿年）之前的地质时代。

[5]比肯砂岩：一种特殊的砂岩，常见分布于横贯南极山脉的比肯超群中。

于东面、南美洲下方的小块陆地则略有不同——当时我们认为那是一块从较大的陆块上分离出来的较小陆块，而冰封的威德尔海与罗斯海隔开了两片陆块的连接，但是伯德后来证明这是个错误的理论。

当钻孔发现砂岩后，我们就会进行爆破与开凿。在某些砂岩中，我们找到许多非常有趣的化石痕迹与碎片；特别是蕨类、海藻、三叶虫、海百合，以及舌海牛[1]与腹足类等软体动物——所有一切似乎都与此地的远古历史有着重要的联系。同时我们还发现一段奇怪的条纹状三角形痕迹。痕迹最宽的地方约一英尺。原来的痕迹已在一次深层爆破中碎成了三块板岩，不过莱克又将它们重新拼了起来。这三块碎片是在西面，靠近亚历山德拉王后岭附近的地方被发现的；作为一名生物学家，莱克似乎发现这段痕迹有着某些不同寻常且令人迷惑的地方，但是以我地质学家的眼光看来，那不过是沉积岩中合理而又常见的连锁效应而已。因为这些板岩不过是沉积层被挤压后形成的一种变质构造[2]——因为压力能够对已经存在的痕迹产生非常古怪的扭曲，因此我不觉得这些带条纹的痕迹应该值得我们过多关注。

1931年1月6日，我、莱克、帕波第、丹弗斯以及其他六个学生搭乘两架飞机飞越了南极点上空。其间，突然出现的高空强风让我们不得不进行了一次迫降，但幸运的是，那次强风没有发展成一场南极地区常见的风暴。如报纸上所记载的一样，这只是几次观测飞行中的一次，在其他几次飞行中我们都在试图辨认过往的探险家们从未抵达的地区里包含了怎样的地形特征。在这方面，最初的几次飞行观测都没有令人满意的结果，不过，这几次飞行也为我们提供了一些观测南极蜃景的绝佳机会。那些蜃景都充满了迷幻色彩，富有极强的欺骗性，相形之下，我们在海上看到的那次海市蜃楼只能算一个短小的前奏而已。遥远的山脉飘浮在天空中，犹如被施展了魔法的城市。许多时候，在低垂的午夜太阳所散射的魔法光芒中整个白色的世界会融解消

---

[1] 舌海牛：软体动物海牛的一种，类似陆地上的蛞蝓。

[2] 变质构造：或称变质建造，指在原岩建造的基础上，经历不同程度变质作用的综合产物。

失在一片金色、银色与猩红交织的世界里——犹如邓萨尼勋爵的梦境与他那喜好冒险的渴望。在多云的日子里，覆盖着积雪的地面会与天空之间交会融合成白茫茫的一片，完全无法分辨出地平线，这给我们的飞行带来了非常大的麻烦。

最终，我们决定执行原有的计划，调动所有四架勘探用飞机，向东飞行五百英里，并在那里的某处建立起一个新的附属营地。我们并没有意识到先前的论断错误，仍旧认为那里是南极大陆上较小陆块分离的地方——因此，在那里获得的地质矿物是用来进行比较研究的理想样本。在那个时候，我们健康状况都很好——酸橙汁很好地平衡了菜单上固定不变的罐装腌制食品，温度也一直在华氏零度以上，因此我们不用穿上最厚重的皮毛衣物。那时是盛夏，如果我们加快速度、小心仔细，也许能在3月结束前完成工作，从而避免在南极度过一个单调冗长的冬季极夜。我们遭遇了几次西面刮来的狂烈风暴，但是埃尔伍德设计的原始飞机防风掩体与用厚重雪块堆建的防风墙帮助我们躲过了危险。此外，我们也用雪加固了营地的主要设施。探险队的运气之好、效率之高实在不可思议。

当然，外界知道我们的计划，而且也听说了莱克的固执己见。他对西面——准确地说，西北地区——有着一种古怪而又顽固的向往。他希望能在我们整体迁移到下一个营地前，对西面进行一次勘探。那些出现在板岩上的条纹状三角痕似乎激发了他的想象，而且都是些令人担忧激进而大胆的想法；他在这些条纹中读出了某些其与自然和地质时期之间的矛盾——这将他的好奇心激发到了顶点，并且让他渴望去那片向西延伸的地质构造上进行更多的钻探与爆破——因为我们挖掘出的那几块痕迹化石显然就产自那片地方。非常奇怪的是，他坚信这些痕迹是某种大型、未知而且完全没有被归类的大型生物留下来的，而且认为它们是高度进化的生物，然而发掘出这些痕迹化石的地层在地质史上已非常古老了——即便不真的是前寒武纪时期，也起码是寒武纪时期——这不仅排除了高等生物存在的可能性，甚至排除了任何比单细胞生物——最多到三叶虫——更高等的生命。这些碎片，以及它们上面奇怪的痕迹，肯定有五亿到十亿年的历史了。

II

莱克最终还是决定前往西北方向，进入那片人类从未涉足，也从未想象过的世界。我们用无线电简报通告的这次行动。我觉得，公众在读到这些报告后一定活跃地进行了许多想象。不过，我们并没有在简报里提起莱克的疯狂念头——他希望通过这次探险在整个生物学与地质学领域掀起一场彻底变革。1月11日到18日之间，他、帕波第以及其他五个人搭乘雪橇开始了初步的西进钻探之旅。旅途中发生了一起意外——在跨越冰盖上一条巨大的压力脊[1]时，队伍发生了混乱，因此损失了两条拉橇犬，同时也毁掉了继续前进的可能。不过，这次探险带回来了许许多多太古代的板岩；虽然那片岩层有着古老得难以置信的历史，但里面出土的痕迹化石却出乎意料的丰富，甚至连我也开始感到有些好奇。不过，在这些化石里留下痕迹的全都是一些非常原始的生命，与现有的科学理论并没有太大冲突，只不过这些化石痕迹里包括了所有明确属于前寒武纪时期的生命形式；因此当莱克要求我们暂停争分夺秒的勘探计划，调动所有四架飞机、许多人手以及全部用于探险的机械设备前往西北面展开另一次勘探时，我依旧不觉得他的请求有任何站得住脚的理由。不过，我最终没有反对这个计划；但是，我也没有参加向西北方向前进的小分队——即便莱克希望我能够为他提供一些地质学方面的建议。待他们离开后，我、帕波第以及另外五个人会继续留在基地，拟定好向东转移的最终计划。为了做好准备，我们需要一架飞机前往麦克默多湾运输充足的汽油补给，不过这件事可以暂时等一等。我在营地里留下了一只雪橇和九条拉橇犬，因为不论什么时候，在这样一个死寂万古、完全杳无人迹的世界里，若是手边没有可用的交通工具将会是件非常不明智的事情。

大家应该都记得，莱克在指挥探险分队深入未知世界时，一直用

---

[1]压力脊：冰川在两侧受力挤压时形成的山脊结构。

机载短波无线电向外发报；我们留在南方营地的无线电设备与麦克默多海峡中的阿卡姆号都能接收他的简报，而且后者还负责用五十米的长波无线电将简报转播给外界。西北探险队于1月22日凌晨4时起程。仅仅两个小时后我们就收到了他们的第一条无线电简报。莱克在无线电简报中称他们在距离我们大约三百英里之外的某地进行了一次小规模的融冰与钻探作业。六个小时后，我们收到了第二条非常令人兴奋的简报。报告里说他们开凿了一口较浅的竖井，并进行了爆破；狂热而卖力的工作最终换来了几块板岩碎片——这些碎片上包含了好几段奇特的痕迹，与最初发现的那块令人困惑的痕迹化石极其类似。

三个小时后，一则短小的简报称他们迎着凛冽刺骨的狂风再度起飞了；于是，我发送了一条信息反对他们进一步冒险，但莱克却草草地回复说为了发现新的样本，任何冒险都是值得的。这时，我意识到他已经兴奋得顾不上我的命令了。可是，虽然他们的草率冒险会危及到整个探险计划的成败，但我却无力加以阻止；一想到莱克的计划，我就觉得有些害怕——他正在义无反顾地深入一片变化莫测而又险恶不祥的白色世界。这片白色无垠里包含着无尽的风暴与无数从未被人类窥探过的秘密，而且一直绵延到玛丽皇后地和诺克斯地那未被勘探过的陌生海岸，广达一千五百英里。

接着，大约一个半小时后，莱克从还在飞行的飞机上传来了另一条让人无比激动的消息。这条消息将我的不安一扫而空，甚至让我开始后悔为何当时没能一同跟去：

"10：05PM，仍在飞行中。暴风雪后，观察到前方出现迄今为止见过的最高山脉。考虑到高原本身的海拔，目标可能与喜马拉雅山脉相当。大体位置在南纬76度15分、东经113度10分。目标延伸至左右两侧视野尽头。似乎观测到两座冒烟的火山口。所有山峰都是黑色的，无积雪。强风从山中刮来，无法进一步飞近。"

在那之后，我与帕波第以及其他所有人都屏息静候在收报机边。每每想到七百英里之外那座巍峨雄伟的山脉壁垒总能激起我们内心最深处的冒险渴望；虽然没有亲临现场，但我们依旧为自己的探险队成为这条未知山脉的发现者而感到高兴。半个小时后，莱克再次送来了简报：

"莫尔顿的飞机迫降在了高原上的丘陵地带。无人受伤，飞机或许还能修复。在返航或进行下一步行动前，如有必要，将会把重要物资转移到另三架飞机上，但目前还不需要长途飞行。山脉高得无法想象。将搭乘卡罗尔的飞机，卸掉所有重物，靠近观测。完全无法想象，最高峰肯定超过三万五千英尺，超过珠穆朗玛峰。我与卡罗尔升空的同时，埃尔伍德正在用经纬仪计算山峰高度。有关火山峰的猜测可能有误，山峰的构造似乎有分层[1]。可能是前寒武纪板岩与其他地层混在一起的结果。峰顶轮廓很奇怪——看见规则的立方体附在最高的几座山峰上。在金红色的阳光里，一切就像惊人的奇迹。像是梦里的神秘之地，或者一处门径，通往充满未知奇迹的禁忌世界。希望你能在这里进一步研究。"

严格说来，那时候已经是休息时间了，我们这些听众却没有一个想要离开发报机休息一会儿。麦克默多海峡那边的情况肯定也差不多，贮存营地和阿卡姆号也接收到了这些无线电简报；因为道格拉斯船长已经写好了贺词，对做出这一重要发现的全体成员表示了祝贺；不久，谢尔曼——贮存营地的报务员也祝贺了他们。当然，我们也为损坏的飞机感到遗憾，并且希望莱克他们能顺利修复那架飞机。接着，在11：00PM的时候，莱克又发来了另一条简报。

"与卡罗尔一同飞越丘陵中最高的地区。目前的天气状况下，不敢尝试飞越真正高大的山峰，但以后肯定有机会。向上爬升的感觉很可怕，在这个海拔很困难，但值得一试。巨大的山脉完全挡住了视线，看不到后面的景色。主峰比喜马拉雅山脉要高，而且很古怪。山脉像是由前寒武纪板岩构成，明显混杂了许多其他的隆起地层。有关火山的猜想是错误的。山脉向两侧延伸，均超出视野之外。两万一千英尺以上的积雪全被风吹走了。那些最高的山峰上有许多古怪的山体构造。例如四面完全垂直的巨大扁方块结构，以及低矮垂直城墙组成

---

[1]分层：指山脉是由于地层抬升的结果，火山一般不会是由于这种地质作用而产生的。

的长方形阵列，像是罗列赫的绘画里那种攀附在陡峭山崖上的古老亚洲城堡[1]。从远处看非常令人印象深刻。飞近一些，卡罗尔觉得它们是由许多相互分离的较小碎块组成的，但可能只是风化的结果。大多数边缘都已经破碎，并且被磨圆了，好像它们暴露在风暴和气候变迁中已长达数百万年一般。有些部分，尤其是靠上的部分似乎由浅色的石头构成，比附近地面颜色更浅一些，因此原来可能是晶体之类的构造。靠近之后发现许多岩穴洞口，其中一些有着非常规则的轮廓，正方形或是半圆形的。你一定得来看看。我好像看到有一座山峰的顶端耸立着一座城堡。山峰高度大约有三万到三万五千英尺。我们飞行在两万一千五百英尺的高空，极其寒冷。风呼啸着从山隘间穿过，在岩穴边进进出出，发出哨音和笛声。目前飞行还算安全。"

在这之后的半个小时里，莱克发回了一连串的简报，并且向我们表达了他想去攀登其中一部分山峰的意愿。我告诉莱克，只要他能派来一架飞机，我就立刻前去与他会合。而在这之前，帕波第将与我一同规划出最佳的汽油补给方案——由于探险的目的发生了变化，所以我们必须计划好在何处、如何集中我们的补给。显然，莱克的钻探作业，连同飞机飞行，都非常需要一个新的营地。他打算把这个新营地架设在群山的脚下。向东迁移的计划被搁置了，至少在这个季度里无法实现。为此，我联系了道格拉斯船长，请他想办法离开探险船，驾着我们留在那里的一支狗队登上冰架。我们需要建立起一条穿越广袤未知区域的路线，将莱克所在的位置与麦克默多湾直接联系起来。

后来，莱克用简报告诉我，他决定把营地建立在莫尔顿迫降飞机的地方。飞机的维修工作已经就地展开。当地的冰盖非常薄，某些地方甚至可以看见黑色的地面。莱克说他会在进行雪橇旅行或攀登探险前，先对某些地点进行钻探和爆破。莱克还谈到了整幅场景所表现出的那种难以用言语来描述的壮丽与宏伟，那些巍峨而沉默的山峰如同直达天际的高墙一般矗立在世界的边缘，置身在群山的遮蔽下，他产生了一种非常古怪的感觉。埃尔伍德用经纬仪测量了最高的五座山

[1]古老亚洲城堡：大概是指布达拉宫。

峰，计算出它们的海拔约为三万到三万四千英尺。地形上表现出的风蚀特征显然让莱克觉得有点儿焦虑，因为那说明山间偶尔会出现极其猛烈的强风，甚至会比我们之前经历的任何风暴都要更加暴烈。而他的营地与那片突兀隆起、地势较高的丘陵之间只有五英里多一点儿的距离。他在简报里强调说，探险队要加快速度，尽早将这片陌生而奇特的地区勘探完毕——虽然相隔七百英里的冰雪荒野，但我仍在他的文字间察觉到了一丝下意识的警惕与不安。不过，靠着前所未有的速度与努力，经历过一天的连续作业，并取得了举世无双的成果后，他终于准备去休息了。

早上的时候，我、莱克和道格拉斯船长在相隔遥远的三座基地里进行了一次三方无线电会议。通过协商，我们达成了一致。莱克将派遣一架飞机赶赴我们的营地，让我、帕波第以及另外五个人能够前往新营地与他们会合。此外，这架飞机还要尽可能地多带些燃油。但是剩下的燃油问题，得等到我们制订出向东迁移的计划后才能解决。不过这个问题可以等几天再讨论，因为莱克有足够的燃油来维持近期的营地供暖与钻探工作。无论如何，我们留守的南方营地最终肯定需要重新进行补给。但如果我们推迟向东迁移的计划，那么在下个夏季来临前，我们都不需要再用到南方营地。与此同时，莱克也必须派遣一架飞机去勘探出一条新的航线，好将麦克默多湾与新发现的山脉连接在一起。

按照计划，帕波第与我准备把南方营地关闭上一段时间。如果需要在南极洲过冬，我们可能会径直从莱克的营地飞到阿卡姆号上，而无需再经此中转。虽然一些锥形帐篷已经用冻硬的积雪加固过了，但我们最后还是决定把营地改造成一个永久性的小村落。由于备用帐篷很充裕，即便我们加入了莱克的探险队，新营地里也有足够的物资可供使用。我用无线电联系了莱克，告诉他再经过一天的工作和一夜的休息之后，我们就准备好向西北方向前进了。

可是，下午4点之后，我们的工作出现了多次中断——因为莱克发来了最为令人兴奋，也最为夸张离奇的消息。起初，他们的工作开展得并不顺利。他们驾驶飞机调查了营地附近所有接近裸露的岩石地表，但却没有发现莱克所寻找的那种属于太古代的原始地层。那些巨大的山峰上倒是有大量这类地层，但它们距离营地太远，只能让人干着急。他们瞥见的大多数岩石显然都是侏罗纪和早白垩纪[1]科曼齐系的砂岩，或者二叠纪和三叠纪时期的片岩，偶尔还有一些光亮的黑色裸露物——那应该是坚硬的板岩煤。这让莱克颇为沮丧，因为他想要搜寻的是五亿年前的化石样本。他很清楚，若要再发现那些留有奇怪痕迹的太古代板岩，他可能要驾着雪橇离开附近的小山丘走很远一段路，前往那些巍峨山脉的陡坡上做进一步的搜寻。

不过，从探险队的总体目标出发，他依旧决定在当地进行一些钻探作业；因此他竖起了钻井，并且留了五个人负责钻探，然后带着剩下的人继续架设营地和维修飞机的工作。附近能找到的最柔软的岩层是一块离营地大约四分之一英里的砂岩地表，于是那里就成了第一个采样点。钻探工作开展得非常顺利，甚至都无需太多的爆破工作。大约三个小时后，钻井组进行了第一次真正意义上的大型爆破，接着，营地里的人们听到了他们的高声叫喊。钻井组的代理领班——年轻的格德尼——一头冲进了营地，带来了一个令人震惊的消息。

他们炸开了一个洞穴。在此之前，他们通过钻探，发现最初的砂岩地表下有一条科曼齐系时期的石灰岩岩脉。石灰岩床里包含了丰富的小型化石，其中有头足类动物、珊瑚、刺海胆、石燕贝目生物[2]，此外偶尔还能看到硅化了的海绵与海洋脊椎动物骨骼——包括硬骨鱼、鲨鱼、硬鳞鱼[3]等等。单单这些发现就已经非常重要了，因为这是探险开始以来第一次发现脊椎动物化石；但不久之后，钻井的探头穿过了地层掉进了一个空洞里，这给了钻井组的队员新的激励，让他们更加兴奋起来。通过一次大规模的爆破，他们打开了这个隐藏在地下的秘密；透过一个大约五尺宽、三尺深的锯齿状开口，这群热切期待着的科考员看到了一条低矮的石灰岩通道——这是五千万多年前，南极还

---

[1]早白垩纪：原指白垩纪与侏罗纪交替的时期，现已弃用。

[2]石燕贝目生物：腕螺的一种，始于中奥陶世，至泥盆纪达于极盛，绝灭于晚侏罗。

[3]硬鳞鱼：鲟鱼那一类的软骨鱼。

是个热带世界时，涓涓的地下水脉磨蚀掏空出的洞穴。

这片被掏空的岩层只有七八英尺高，但在各个方向上都延伸得很远。洞穴里有轻微流动的新鲜空气，这说明它连接着一个巨大的地下隧道系统。洞穴的地面与顶端生长着许多尺寸巨大的钟乳石与石笋，其中有一些已经上下相连，形成了石柱；但最重要的是，洞穴的地面沉积着大量的贝壳与骸骨——在有些地方，骸骨堆几乎阻塞了通道。这些骸骨全是从那些已经成为历史的古老森林里冲积下来的——这当中不仅有由树木般的蕨类与真菌组成的陌生中生代丛林，也有遍布着苏铁、棕榈以及原始被子植物的第三纪森林。骸骨堆积物里包含了很多白垩纪、第三纪始新世[1]时期的代表性化石，以及其他生物样本——它们的数量多得让人难以置信，即便最伟大的古生物学家穷尽一年的时间也无法将之完全清点和归类。软体动物、甲壳类的外壳、鱼、两栖动物、爬行动物、鸟类以及早期的哺乳动物——大的、小的，我们所知道的和我们所不知道的，无所不有。无怪乎格德尼会冲进营地大声高叫，也无怪乎人们会扔下手里的工作，冲进凛冽的寒风中，争先恐后地跑向那座耸立在雪地里的高大钻塔——那已经变成了一座新开启的大门，连接着地球内部与已经消亡的亘古。

待好奇心得到初步的满足后，莱克潦草地在记事本上写了一份简报，让莫尔顿跑回营地用无线电播报出去。这也是我收到的有关此次发现的第一份报告。报告里说，他们辨认出了一部分化石，其中有早期的贝类、硬鳞鱼和盾皮鱼的骨骼，迷齿亚纲类[2]和槽齿类[3]的残骸，巨大的沧龙[4]骨头碎片，恐龙的椎骨与骨板，翼手龙的牙齿和翼骨，始祖鸟的残肢，第三纪中新世[5]的鲨鱼牙齿，原始鸟类的头骨，以及其他

---

[1] 始新世：公元前五千八百万年到五千万年。

[2] 迷齿亚纲类：一类原始的两栖类动物，在石炭纪和二叠纪发展为两栖类的代表生物。

[3] 槽齿类：一类出现在中生代早期的原始爬行动物。

[4] 沧龙：白垩纪肉食性海生爬行动物。

[5] 中新世：两千五百万年到一千三百万年之前。

原始哺乳动物骨骼——像古兽马、剑齿兽、始祖马、真岳齿兽[1]，还有雷兽[2]。但他们没有发现像乳齿象、象、现代骆驼、鹿或牛科动物之类的近代生物；因此莱克推断最后出现的沉积作用应该发生在渐新世时期[3]，而这片掏空的地层已经在现在这种干燥、死寂而且无法进入的状态下保存了至少三千万年。

另一方面，洞穴里还出现了许多非常古老的生物化石——这是种极不寻常的现象。根据夹杂在石灰岩里的典型化石——例如瓶状海绵[4]——进行推断，莱克认为这层石灰岩构造肯定形成于白垩纪科曼齐系时期，绝不会比这更早。但是洞穴里散落的化石中却出现了某些学界目前认为要比科曼齐系古老得多的生物，而且数量多得令人吃惊——其中有原始的鱼类、软体动物，甚至还有可以上溯到志留纪[5]或奥陶纪[6]的珊瑚。这种情况显然说明这一地区的生物史出现了某种异常而又独特的重叠，三亿年前的生物与仅仅只有三千万年历史的生物出现在了同一个地方。至于这种生物史上的重叠在渐新世时期洞穴封闭之后又延续了多长时间，则完全无从猜测了。无论如何，更新世时期的可怕冰川终结了任何残留在这一地区、妄图能远远活过其应属的地质时期的原始生物——这已是五十万年之前的事情了，不过与这座洞穴的年纪比起来，它依旧像是发生在昨天一样。

莱克并没有让第一条简报久留，在莫尔顿动身返回挖掘地之前，另一条简报就已经穿过雪地送到了营区里。在这之后，莫尔顿就一直守在飞机的无线电前，将简报与随后莱克差遣信使送来的一系列补充说明——一发送给了我和阿卡姆号，并让他们转播给外界。那些通过报

---

[1] 真岳齿兽：活跃在北美洲渐新世时期的常见偶蹄目食草动物。

[2] 雷兽：马的近亲，外表类似犀牛。生存于始新世早期至晚期。

[3] 渐新世时期：三千三百万年到两千三百万年前。

[4] 瓶状海绵：一种已灭绝的花瓶状的海绵，中文准确译名未知，其化石是白垩纪地层的指示物。

[5] 志留纪：四亿两千五百万年到四亿五百万年前。

[6] 奥陶纪：五亿年到四亿两千五百万年前。

纸跟踪探险进展的人应该还记得那天下午的报告在科学家之间引起了多大的兴奋与骚动——也正是这些报告，在这些年后，导致了斯塔克韦瑟–摩尔探险队的成立——让我不得不竭力劝阻他们的计划。在这里，我最好还是将莱克发来的简报以原件形式给出，我们营地的报务员麦克泰格已经将之从铅笔速记转译成了文本：

"福勒在爆炸后的石灰岩与砂岩碎片里找到了最为重要的发现。几条清晰的条纹状三角形印痕，与之前太古代板岩上的痕迹非常类似。说明留下这种痕迹的生物繁衍了六亿年，一直存活到了白垩纪科曼齐系时期，而且没有出现形态学上的改变，或是尺寸大小的改变。如果要说变化，科曼齐系时期的印痕明显比早前发现的印痕更加原始，或者退化。务必向媒体强调这次发现的重要性。其对于生物学的意义不亚于爱因斯坦对于数学和物理学的意义。记得附上我之前的工作与补充的推论。如我怀疑的一样，这似乎表明地球曾见证了整整一系列，甚至许多不同系列的有机生物。这些生物要比我们所知道的、从太古代的细胞进化而来的生物体系要早得多。它们早在十亿年前就已经高度进化与分化。当时地球还很年轻，任何生命形式或是普通的原生质结构都无法适应那种环境。那么，这些生物是在何时、何地以及如何完成它们的进化的呢？"

———

"之后，检查了大型陆生爬行动物、海生爬行动物以及原始哺乳动物的骸骨。发现骨骼上有奇怪的伤痕或创口。不同于任何已知的任何时期的掠食或肉食动物所造成的伤口。伤痕分两种——笔直、贯穿的孔洞，与明显由劈砍造成的痕迹。有一两例被利落切断的骨骼。带伤痕的样本不多。已派人去营地拿手电筒。准备砍断钟乳石，扩大地下的搜寻范围。"

———

"之后，发现奇怪的滑石碎片。约六英寸宽，一英寸半厚。与当地发现的地质构造完全不同——淡绿色，但没有明显的证据可以确定样本的形成年代。碎片出奇的规则和光滑，形状像是尖端破损的五角星，在内角和中央的表面有裂开的痕迹。表面完整的样本中央有光滑的小坑。想知道它的来源与风化方式。可能是水磨作用造成的奇特结果。卡罗尔用放大镜进行了研究，觉得能找到额外一些包含有地质信息的痕迹。表面规则地排列着一组小圆点。在工作时，狗表现得很不安，似乎很讨厌这些滑石。滑石肯定散发着某种特殊气味。等米尔带来光源后，就开始探索地下区域，之后再做报告。"

——

"10：15PM。重大发现。奥兰多和沃特金9时45分带着光源在地底进行搜索时发现了一些巨大畸形的桶形化石，完全未知的品种；可能是植物，或者某种过度生长的未知海洋辐射动物[1]。矿物盐显然保护了生物组织。组织如皮革般坚韧，但某些部位依旧有惊人的弹性。样本的两端和周边有破损的痕迹。从一端到另一端有六英尺长，中间部分的直径为三点五英尺，两端的部分向内收缩了约一英尺，像是有着五条隆起脊状物的肉桶。样本侧面有破损，只剩下细小的茎秆，分布在桶的中部，脊状物的正中央。另外，在脊状物夹成的沟槽里还生长着奇怪的构造——是一种能像扇子一样折叠打开的梳状物，或膜翼。大多数都已破损，只有一个完整——完全展开后接近七英尺。这种结构让人想起某些出现在远古神话里的怪物，尤其是《死灵之书》虚构的远古之物。这些翼架似乎原本连有皮膜，依靠一个腺状管道组成的框架进行展开与合拢。在翼尖部分的管状物上有明显的微孔。身体的两端都已皱缩，无法猜测里面的结构，也想象不出上面原本还连接着什么东西。等回到营地后一定要进行解剖。无法确定样本是植物还是动物。许多特征显然非常原始。已派遣所有人手切断钟乳石，搜寻更多样本。另外，发现更多

---

[1] 未知海洋辐射动物：指相对于两侧对称的高等动物而言，呈中心对称的原始动物，例如海星等。

有伤痕的骨骼，但这些事情可以暂缓。管理拉橇犬方面有麻烦。它们无法忍受新发现的样本，如果不是我们把它们隔在远处，可能会冲上来撕碎这些样本。"

———

"11:30PM。注意，德尔、帕波第、道格拉斯，最重要的发现，我更愿意称之为空前绝后的发现。阿卡姆号必须立刻将之转播给金斯波特的无线电站。奇怪的桶形生物就是那种在太古代板岩上留下痕迹的生物。米尔、布德罗与福勒在地下距洞口约四十英尺的地方发现了一群样本。有十三个，或者更多。样品附近散布着古怪的圆润滑石碎片。这些碎片比最初发现的要小，呈星形，但除了某些地方外没有破损的痕迹。所发现的生物，有八个保存完好，附带了所有的器官。已经把所有的样本都搬到了地表。拉橇犬被隔开很远。它们无法忍耐这些东西出现在附近。准备进行细致描述，并精确传回。报纸必须准确报道此事。

"样本全长八英尺。带有五条脊状物的桶形躯干长六英尺，中央最粗处直径三英尺半，两端直径一英尺。暗灰色、柔软但非常坚韧。翼膜展开达七英尺，与躯干颜色相同，发现时保持折叠状态，能从脊状物之间的沟槽中伸展打开。翼骨架呈管状或一端粗大的腺体状，浅灰色，尖端有小孔。展开的翼膜有锯齿状的边缘。围绕躯干中央纬线，在每条尖端呈直角的脊状物中央有一组分叉的浅灰色柔软肢干或触手。发现时所有肢体都紧贴在躯干上，但展开后最长可达三英尺。类似原始的海百合触手。单个茎秆直径三英寸，在延伸六英尺后分叉成五条更小的茎秆，而后继续延伸八英尺，再分裂成五条尖端渐渐收缩的细小触手或卷须——因此，最初的一条茎秆共分裂成了二十五条触手。

"躯干的顶端，有鼓胀的浅灰色颈部，似乎生有鳃状器官。颈部以上是形态学的头部，五角星形的，淡黄色，类似海星，覆盖有三英寸长的坚韧纤毛。纤毛呈现出五彩缤纷的颜色。头部厚实而肥大，从一端到另一端大约两英尺。顶部正中央有裂口，可能是呼吸用的孔道。在五角星的每个顶端均向外延伸出三英寸长的淡黄色弹性软管。每条管道的末端都有球形的隆起。淡黄色的薄膜向后翻卷包裹在柄上，露出红色、带虹彩的晶状球体，显然是一只眼睛。另外，有五条稍长的淡红色软管从五角星形头部的内角中伸出来，并在终端形成同样颜色的囊状肿胀物。囊状物在受压时会打开直径最大可达两英寸的钟形孔道。孔道里排列着尖锐、白色的齿状附生物——可能是张嘴。所有软管、纤毛以及海星状头部的五个角在发现时都紧紧地贴伏着；软管和五角形的角都黏在球状的脖颈和躯干上。所有的构造都惊人得柔软，但却极其坚韧。

"躯干底端的结构与顶端存在着对应关系，但底端的器官更加粗糙，而且有着不同的功能。躯干下端连接着球根状的伪颈，没有鳃状的器官。再下面是淡绿色的五角星形肢体，肌肉发达，非常坚韧。五条肢体长四英尺，并且在尖端变得非常尖细。肢体根部直径七英寸，尖端直径两英寸半。肢体的尖端生长着淡绿色的三角形膜状物。每张膜上有五条经脉，长八英寸，底端宽六英寸。这是脚蹼、鳍或伪足。从十亿年前，到五千万或六千万年前，岩石上的三角痕迹都是这种器官留下的。从海星状排列的肢体那五角形的五个内角中均延伸出两英尺长的淡红色软管，一样也是渐渐变细的，根部直径三英寸，尖端一英寸，尖端都有小孔。所有的部分都是皮质的，非常坚韧且极具弹性。四英尺长、带有脚蹼的肢体无疑是依靠某种方式来进行运动的，在海洋里，或是其他地方。当移动时，显示出这些部位的肌肉非常强壮。发现样本时，所有的肢体都紧紧地贴在伪颈和躯干的底端，和上端的情况一样。

"无法肯定地将之归类为动物或是植物，但目前倾向于动物。可能是经历了难以想象的高度进化后诞生的辐射动物，同时又残留了某些原始的特征。尽管局部表现出相互矛盾的特点，但它们与棘皮动物[1]有些类似。考虑到它们可能栖息于海洋中，很难解释躯干上的膜翼结构有何作用，但或许能用来在水中游动。肢体表现出的对称性更加类

---

[1] 棘皮动物：指海星一类的动物。

似于植物，因为植物才具备最基本的上下结构，而动物通常是前后结构。在进化的最早阶段，甚至在我们所知晓的、最简单的太古代原生质出现之前，任何有关起源的推断总让人觉得非常费解。

"完整的样本不可思议地类似于某些远古神话里提到的生物。这意味着，这些古老的生物必定也曾生活在南极洲以外的地方。德尔和帕波第曾阅读过《死灵之书》，也看过克拉克·阿什顿·史密斯根据《死灵之书》所画下的那些噩梦般的绘画。因此，当我提到'远古之物'时，他们肯定会明白。据说它们因为一个玩笑或是错误而创造出了地球上的所有生物。学者们一直认为是某些涉及非常古老的热带辐射动物的病态想象催生了神话里的这些概念。威尔马斯[1]所提到的那些史前传说也如此——克苏鲁教团的附属物，等等。

"这开启了广阔的研究领域。根据相关的样本推断，它们被埋在这里的时间大约为晚白垩纪或早始新世时期。大量的石笋压在它们上面。砍出一条路来非常困难。好在样本非常坚韧，能避免大部分的伤害。样品的保存状况非常完美，显然是由于石灰岩的作用。目前没有更多的发现，但稍后会继续搜索。眼下的任务是在没有拉橇犬的协助下，带着这十四个巨大的样本返回营地。狗叫得非常凶暴，不敢让它们靠近样本。留下三个人照料拉橇犬——九个人应该足够拖动三架雪橇了，但风向很不利。必须建立一条直通麦克默多湾的航线，并且开始运送物资。但我决定在进行休息前先解剖其中一只。真希望这里能有一个真正的实验室。德尔最好为自己阻挠西进计划的事道歉。先是世界上最高的山峰，然后又是这些东西。如果这还不是探险的重点，那真不知道还能有些什么。我们开拓了科学的疆域。祝贺你，帕波第，是你的钻头打开了那个洞穴。现在，阿卡姆号，请复述你的情况。"

我几乎无法用言语来描述自己与帕波第在收到这条简报后的心情。同伴们对于这件事的热情一点儿也不亚于我们。在简报从嗡嗡作响的收报机里传出来的时候，麦克泰格已经转译了一部分重要内容，

---

[1] 威尔马斯：《黑暗中的低语》的主角。

待莱克的报务员停止播送后，他很快便将速记的内容转化成了整条信息。所有人都意识到了这次发现带来的划时代的意义。等阿卡姆号上的报务员按照要求复述了描述部分的内容后，我立即向莱克发去了祝贺。随后待在麦克默多湾补给储藏站里的谢尔曼，以及阿卡姆号船长道格拉斯也都发出了祝贺。稍后，作为探险队的领队，我在阿卡姆号转播给外界的消息里加注了一些评论。当然，在这种极度兴奋的状态下，我们已经顾不上休息了；我唯一的念头就是希望自己能尽快赶到莱克的营地。所以当他向我发来简报，称骤然到来的山间狂风使得短期内无法进行飞行时，我觉得非常失望。

但不出一个半小时，兴趣再次盖过了失望情绪。莱克送来了更多的简报，告诉我们他们成功地将十四个巨大的样本转移到了营地。搬运的工作非常辛苦，因为这些东西出乎意料的重；但九个人还是干净利索地完成了任务。随后，队伍中的一些人开始在距营地较远的地方修建一座雪砌的畜栏，以便可以把拉橇犬关在里面，更方便喂养。样本则被摆在营地附近冻硬的雪地上。莱克从中挑选了一只，准备尝试初步的解剖。

解剖工作似乎比想象得要困难。莱克最初挑选了一个强壮而完整的个体。可是，即便新建的实验室帐篷里有汽油炉供暖，所选样本的身体组织看起来也非常柔软，但它依旧如同皮革一般坚韧。莱克一方面想在样本身上打开必要的创口，另一方面又担心因为过度暴力搅乱他所要观察的精细结构，这让他非常犯难。的确，他还有七个保存得更完好的样本；但除非洞穴里还能找到更多的新样本进行补充，否则七个样本实在太少，让他没法不计后果地展开解剖工作。因此，他换了一个目标，拖走了一只被严重压扁，而且躯干的一条脊沟已经部分断裂的样本。虽然破坏得比较严重，不过样本在躯干两端起码还残留着海星状的身体结构。

结果很快通过无线电进行了报告，但却相当令人迷惑，也激起更多的好奇。由于解剖器械几乎无法切开这些不同寻常的身体组织，莱克没有办法获得精确或细致的结构，但得到的少量信息依旧让我们感到惊叹与迷惑。现存的生物学需要全面的修正，因为这种生物不是由现有科学已知的任何细胞发育生长而成的结果。尽管样本可能已经有四千万年的历史了，可莱克几乎没发现矿物交代[1]的迹象，内部的器官非常完整。似乎这种生物的组织器官天生就有那种如同皮革一般的坚韧、耐腐而且几乎无法被破坏的特性，这应该与某些完全超乎我们想象的无脊椎动物进化历程有关。起先，莱克发现的东西都是干燥的，但随着时间的推移，帐篷里的温度融化了什么东西。生物未受伤的一面开始散发出某种刺鼻且令人不快的有机蒸汽。那不是血液，而是一种黏稠、暗绿色的液体，但是显然有着和血液相同的作用。这个时候，所有三十七只拉橇犬都已被关进了营地附近还未完工的畜栏里，但即便相隔了一段距离，拉橇犬仍发出了疯狂的咆哮，并对这种扩散开来的刺鼻气味感到辗转不安。

临时展开的解剖工作得到了一些信息。但这些信息对于这种奇怪生物的归类没有起到任何帮助，仅仅加深了它身上的神秘色彩。有关外露器官的猜测全都得到了证实，根据这些特征任何人都会毫不犹豫地把它归类为动物；但内部构造的检查却发现了许多植物才具有的特征，这让莱克陷入了无可救药的困惑。它具备消化和循环系统，并且能通过底端海星形结构上生长的淡红色软管排泄废物。草率地说，它们的呼吸系统需要氧气而非二氧化碳，而且还有奇怪的证据显示它们具备多个储藏空气的气室，并且有能力在至少两套发育完全的呼吸系统——鳃与毛孔——之间进行转换。显然，它是两栖的，或许也能在没有空气的环境下进行长时间的休眠。发声器官似乎与主呼吸系统有关，但其表现出的反常特征暂时无法解释。几乎无法想象它们能做出音节清晰的发声或鸣叫，倒是有可能发出一种如同音乐般的、涵盖了宽泛音域的笛声。此外，肌肉系统也过度的发达。

它们的神经系统则非常复杂而且高度发达，让莱克感到骇然。虽然在某些方面依旧非常原始和古老，但这种生物有一组神经中枢与神经节，并且显示出极度特化的证据。它分为五叶的大脑惊人的发达，并且有证据显示它们有一套通过头顶坚韧的纤毛起作用的感觉器

---

[1] 矿物交代：指矿物取代生物体组织的位置进而形成化石的过程。

官——这与其他地球生物完全不同。或许，它有五种以上的感官，因此它的习性也无法根据任何现存的类似生物进行推断。莱克认为它们肯定是某一种有着敏锐感官的生物，并且在属于它们的远古世界里有着精细的分工——非常像是今天的蚂蚁和蜜蜂。但是在繁衍后代方面，它们反而像是隐花植物[1]，特别像是蕨类植物。它们在膜翼的尖端有孢子囊，而且显然是从某类叶状体[2]或原叶体[3]发展而来的。

不过，如果想在这个阶段就对它进行命名，实在是件非常愚蠢的事情。它看起来像是辐射动物，但是显然又不仅仅只是辐射动物。它有一部分的植物特征，但四分之三的部分仍是动物结构。这种生物最早应该起源于海洋，它极具对称性的外形以及其他一些特征都明确地支持这一推断；然而我们却无法准确地推断出它们后来发生的演变。毕竟，那些膜翼结构说明它们可能也有飞行的能力。至于它们如何在一个刚刚诞生的地球上经历极其复杂的进化历程，并最终在太古代的板岩里留下自己的痕迹，仍旧是个无从推测的问题。这使得莱克异想天开地想到了那些关于旧日支配者的远古神话；在那些古老的神话里，旧日支配者从群星之中降临到地球上，并因为一个玩笑或者错误而创造了地球生命；此外他还想到了密斯卡托尼克大学英语系的一个民俗学同僚也曾提起过一些怪异的传说，声称某些外太空来的东西藏在偏远的山区里。

起先，莱克非常自然地认定前寒武纪板岩上留下的痕迹是由这些生物的还未高度进化的祖先留下来的，但他很快又推翻了这种太过浅显的理论，因为那些更加古老的化石反而有着更加先进的特征。若有什么不同的话，相比早期的痕迹化石，后期痕迹化石的轮廓并非更加先进，反而有些退化。伪足的尺寸已经缩小，而且整体形态也似乎变得更加粗糙和简单了。此外，莱克在检查那具样本的神经系统与组织

---

[1] 隐花植物：指不产生种子而以孢子繁殖的植物，包括藻类、地衣、苔藓和蕨类植物。

[2] 叶状体：指地衣等植物的生殖器官。

[3] 原叶体：原叶体是蕨类的一种生殖器官，既产生雄配子也产生雌配子。

器官时，也发现了一些更复杂的器官结构在退化后残留下来的奇怪痕迹。样本身上萎缩与退化的痕迹多得惊人。而所有的疑问，都无从解答。于是，莱克回归到那些神话里，试图找到一个临时名字来称呼这些生物——开玩笑地将自己的发现称为"远古者"。

　　大约凌晨2时30分的时候，莱克决定延后接下来的工作，暂时休息一会儿。他用一块防水布盖上了解剖过的样本，离开了实验室帐篷，并饶有兴趣地研究起那些完整的样本来。永不落下的南极洲太阳慢慢软化它们的组织。几个样本的头部和两三条软管开始出现舒展的迹象；但由于气温还在华氏零度以下，莱克不认为样本会快速腐烂。不过，莱克还是将未解剖的几具样本堆在一起，并盖上一张备用的帐篷挡住了太阳的直射。这样也有助于防止它们的气味传到拉橇犬那里。虽然拉橇犬被关在远处的雪圈里，而且雪墙也修建得越来越高，但它们表现出的不安与敌意确确实实给探险队带来了不小的麻烦。越来越多的人仓促地加入到了堆高畜栏雪墙的工作中，人数已接近队伍总数的四分之一了。莱克也不得不开始用厚重的积雪压住帐篷帆布的底角，好让帐篷能撑过越来越强的寒风。而那片魁伟的山脉似乎正在酝酿着一场极其狂烈的风暴。早前他们曾担心会有突发性南极风暴，而现在这种担忧变得更加明显了。在埃尔伍德的监督下，探险队采取了许多预防措施——帐篷、新畜栏以及简陋的飞机掩体朝向山脉的那一面都用积雪进行了加固。由于先前只是在空闲时间里用冻硬的积雪堆建了一个基座，这些后来加筑的掩体完全没办法堆到它们应有的高度；莱克最后只能把从事其他任务的所有人手都抽调了过来。

　　大约4点的时候，莱克终于结束了播报，并且建议我们休息一下。等到掩体墙再堆高一点儿的时候，他们全体组员也能歇一歇了。他用无线电与帕波第进行了一些友好的闲聊，并再一次称赞了那些性能极其出色并且帮助他完成这一惊人发现的钻探设备。我热情地对莱克表示祝贺，坦言他坚持向西勘探的举动非常正确。随后，我们一致同意等第二天早上10点再用无线电进行联系。如果那时候风暴过去，莱克将会派来一架飞机接走留在我营地里的队员们。就在结束联络前，我向阿卡姆号发送了最后一条消息，指示他们暂时不要向外界转播当天的新闻，因为所有的细节似乎都太过激进，在没有进一步的实证前，肯定会激起外界的质疑。

III

我猜，那天晚上我们一行人中没有谁能睡得很熟，或是睡上很长时间。莱克激动人心的发现与越来越猛烈的凛风都让人没办法安睡。即使在我们营地，风暴依旧无比暴烈，这让我们不禁开始怀疑莱克的营地里会是怎样一幅景象，毕竟它就直接坐落在那些无人知晓的魁伟山脉脚下，而那些山脉正是这场风暴的摇篮与源头。麦克泰格在上午10点的时候醒了过来，并按照约定试图用无线电联系莱克，但西面紊乱的气流似乎产生了某种电气效应，阻断了无线电通信。不过，我们仍然联系上了阿卡姆号。道格拉斯告诉我，他也曾试图联系莱克，但没有应答。他不知道风暴的事情，虽然风暴在我们营地里无休止地肆虐，但麦克默多湾里只起了一点点微风。

我们在无线电旁焦躁地等了一整天，并且不时地尝试联系莱克，但一直都没有结果。接近中午的时候，一阵极度狂烈的风暴从西面呼啸而至，让我们不由得担心起自己营地的安全状况来；但风暴最终还是消退了，只在下午2点的时候稍稍复发了一阵。在3点过后，外面已经非常安静了。于是我们加倍努力，希望能联系上莱克。考虑到他那边有四架飞机，每架飞机上都配置着一台极好的短波无线电，我们无法想象有什么寻常事故能破坏他们所有的无线电设备。然而冷酷的死寂依旧持续着。当我们意识到风暴的狂乱力量也曾在他那里肆虐时，我们不由得做出了更多可怕的猜测。

傍晚6点的时候，我们的恐惧变得更加强烈、更加肯定起来。在与道格拉斯及索芬森进行无线电会议后，我决定采取行动展开调查。与谢尔曼以及另两个水手一同留在麦克默多湾贮藏站的第五架飞机状况良好，随时可以使用，而眼下的形势似乎也到了必须要动用它的时候。因此，我用无线电联系上了谢尔曼，命令他尽快驾驶飞机带上两名水手赶来南方营地与我们会合。此时的气候条件显然非常有利于飞行。接着，我们讨论了后续调查行动的成员名单，并最终决定全体出动，连同留在身边的雪橇与拉橇犬统统都带上飞机。虽然运载量很大，但我们用来运载笨重设备的大型飞机经过特别的定制，能够很好地完成任务。在此期间，我仍不时试图用无线电联系上莱克，但完全没有结果。

谢尔曼驾驶飞机于7时30分起飞。水手冈纳森与拉尔森也搭乘飞机一同赶来会合。飞行途中，他们进行了几次通报，表示一切顺利。三人于午夜时分降落到了我们的基地，随后所有人都聚在了一起，开始讨论下一步行动。搭乘一架飞机飞越南极荒原，沿线却没有任何营地提供引导，终究是件非常冒险的事情，可是我们似乎也没有其他的选择，因此没有谁想要退缩。凌晨2点的时候，我们完成初步的飞机装运工作，上床短暂休息了一会儿，然后又在四个小时内全都爬了起来，继续进行剩下的打包与装运工作。

1月25日，7：15AM，飞机航向西北方。麦克泰格负责驾驶，机上载着十个人、七条狗、一架雪橇、部分燃料和食物补给，还有机载无线电等其他设备。当时的大气层很清晰，相当平静，温度较为适中。飞行的目的地是莱克之前提供给我们的经纬坐标，他的营地应该就在坐标附近。我们预计旅途过程中不会遇到太多麻烦，但真正让人担忧的是我们会在航行终点发现什么，或者什么都没有发现——因为，所有发往莱克营地的呼叫都只换来一片死寂。

那段旅途长达四个半小时。飞行期间发生的每一件事都深深地烙在了我的记忆里，因为这段飞行在我的人生中占据着至关重要的位置。它是一个标志，标志着我在五十四岁那年失去了一个平凡的心智在习惯了外部自然与自然法则后所获得的一切安宁与平和。自此往后，我们十个人——尤其是我与学生丹弗斯——将要面对一个潜伏着无数恐怖的可怕世界。没有什么东西能够将它从我们的情感中彻底抹掉，而我们也竭力避免将它泄露给全人类。报纸已经刊登了我们在飞行过程中发送的简报，里面记录那段连续飞行的旅途，其间我们遭遇了两场变幻无常的高空烈风，还看到了一些奇怪的蓬松雪柱在风中滚动着穿越一望无际的冰封高原——阿孟森与伯德也曾记载过这样的景象。随后，我们遇到了一个问题，因为我们已经没法用媒体能够理解的词语来表达自己的感觉了，再后来我们不得不采取更严格的方式检查向外发送的报告。

水手拉尔森头一个看到了前方由丑恶尖峰组成的锯齿状山脉。他的惊呼让所有人都挤到了狭小飞机的舷窗边。虽然飞行速度很快，但那些山峰升高的速度却非常缓慢；这意味着那些山脉一定坐落在无限遥远的远方，我们之所以能看到它们仅仅只因为它们高得超出了正常的想象。然而，随着我们的前进，那些山峰缓慢而阴森地耸向西面的天空，让我们能够分辨出那些裸露而荒凉的黑色尖峰。闪光的冰晶云组成了引人入胜的背景，映衬着这些山峰。看着它们矗立在南极洲微红色的光线中，我们有了一种奇幻的感觉。在这幅奇景里始终渗透着某种暗示，暗示着某些惊人的秘密与潜在的揭示，就仿佛那些光秃秃的如同梦魇一般的尖顶标志着一座可怖门径旁的立柱，指引着我们通往梦境里的禁忌国度，以及那些遥远时间、空间以及其他维度里的难解深渊。我不禁开始觉得它们是邪恶的——这是一片疯狂的山脉，而那些远方的山坡正俯瞰着某些该被诅咒的终极深渊。那些不断翻滚、仿佛散发着光辉的云彩暗含着某些无法言说的深意，像是在暗示超越世俗空间之外，模糊而又缥缈的彼方；同时又可怖地提醒着我们，这片杳无人迹又无法窥探的终南之地是一个绝对偏僻、孤立、荒凉并且早已死亡了千万年的世界。

年轻的丹弗斯将我们的注意力转移到了新的地方。他发现山体高处的轮廓规则得有点儿古怪——就如同完美立方体上的一部分。莱克也曾在报告里提到过这一现象。他说那些轮廓朦胧得像是罗列赫用巧妙而又奇异的绘画表现的、位于云雾缭绕的亚洲山脉顶端的原始寺庙遗址——我们看到的景象证实他的确所言非虚。10月份，第一次看见维多利亚地的景色时，我也曾有过这样的感觉；而这一刻，那种感觉又回来了。此外，我还有些心神不宁，那太像是远古神话了；这片危险的国度与在原始神话里有着邪恶名气的冷原太过相似，实在令人局促不安。虽然神话学者们认为冷原位于中亚；但人类——或者说人类的祖先——有着非常漫长的族群记忆。而其中的某些神话很可能发源于那些比亚洲——甚至比我们所知的世界——更加古老的地方，某些恐怖的土地、山脉与庙宇。少数几个胆大妄为的神秘主义者曾表示残破的《纳克特抄本》[1]起源于更新世[2]之前的世界，并且宣称那些皈依撒托古亚的居民就如同撒托古亚本身一样，是与人类完全不同的存在。总之，冷原，不论它在哪个时空，都不会是一个我愿意涉足或靠近的地方，而我也不会喜欢一个与它类似的世界，一个曾孕育出莱克所提到的那些可疑的远古怪物的世界。在这一刻，我开始后悔自己阅读了那本令人嫌恶的《死灵之书》，后悔与大学里那位博学得甚至有些令人不快的民俗学者威尔马斯过多地讨论这些东西。

当我们接近山脉并且渐渐分辨出丘陵地带起伏的轮廓时，逐渐变成乳白色的天顶中突然出现了一幅奇异的蜃景。而之前的后悔情绪无疑加剧了我对于那幅蜃景的反应。过去数周里，我早已见过几十次极地蜃景。其中有一些也如那幅出现在天顶的蜃景一样神奇，一样栩栩如生；但这幅蜃景却有着全新的晦涩含义，透露出一种险恶的象征意味。当我们头顶混乱的冰晶云间隐约浮现出那座由奇异高墙、堡垒与尖塔组成的错乱迷宫时，我不由得打了个寒战。

蜃景里出现了一座雄伟的城市，城市充斥着人类不曾知晓也不曾想象过的建筑。那暗夜一般漆黑的巨石造物组成了无比宏伟的集合，无处不具现着对于几何对称法则的扭曲和倒错。那当中有许多截去了顶端的圆锥——上面如同梯田般层层叠叠，或是遍布凹槽，这些圆锥台上竖立着高大的圆柱形长杆，长杆随处可见球状的隆起，并且在顶端常常修筑着一层层薄薄的扇形碟子；还有些突出在外、如同桌子一

---

[1]《纳克特抄本》：洛夫克拉夫特虚构的第一本神秘书籍（1918年《北极星》）。在克苏鲁神话中，该书起源于人类之前，原始的抄本最初以卷轴形式存在。其前五章可能是由伟大种族所著，因为其包含了伟大种族的详细历史。

[2]更新世：始于一千八百万年前，结束于一万一千五百年前的地质时期。

般的奇怪构造，像是用许许多多平板、圆形碟子或者五角星一个接一个堆叠出来的结果。那当中有混合在一起的圆锥与金字塔，有些独立存在，有些的顶端则耸立着圆柱体或者立方体或者被截去顶角、更加扁平的圆锥与金字塔，偶尔还会有由五座针一般的尖塔构成的奇怪组合。管子一样的天桥似乎将所有的疯狂建筑都连接在了一起。那些天桥位于不同的高度，但全都高得令人晕眩。这座复杂的迷宫巨大得让人恐惧与压抑。寻常的极地蜃景无外乎是一些较为狂野的景象，就像是北极捕鲸人斯科斯比于1820年看到并画下来的那种。然而，此时此刻，前方耸达天际的陌生黑色山峰，记忆里有关异样古老世界的发现，以及笼罩在莱克探险队上的可能的灾难厄运全都融合在了一起，我们所有人似乎都在那幅蜃景里找到了一丝不易察觉的恶意，与无比邪恶的征兆。

随后，蜃景渐渐解体，这让我感到颇为宽慰，虽然这个过程将各式各样如同梦魇一般的尖塔与圆锥短暂地化作了更加扭曲的形状，反而让人更觉毛骨悚然。整幅蜃景最终溶解消失在翻滚的乳白色中。随后，我们再度望向地面，发现这段旅途即将抵达终点。陌生的山脉从前方令人目眩地拔地而起，仿佛由巨人修建的可怖壁垒。它们所呈现出的那种怪异的规则轮廓变得令人惊讶地清晰起来，甚至不需要通过望远镜就能看见。此时，我们正在低矮的丘陵上方，并且望见一些黑色的斑点点缀在冰层、积雪以及高地的裸露土地之间。我们觉得那儿应该就是莱克扎营与钻探的地方。地势在五六英里外迅速抬升，形成一片更高的丘陵，形成了一道轮廓清晰的分割，将远处那甚至超过喜马拉雅山脉的可怕群山分离开来。最后，罗普斯——一个协助麦克泰格驾驶飞机的学生——对准左边地面上一块与营地差不多大小的黑色斑点降下了飞机。飞机降落的时候，麦克泰格用无线电向外界发送了一条报告，这是探险队最后一条未经审核直接发送的报告。

当然，之后逗留南极的时间里，我们依旧发送了一些简短的报告，所有人都阅读了那些难以让人满意的报告。在着陆数小时之后，我们就谨慎地发回了一则消息，报告了我们发现的悲惨景象，同时很不情愿地宣布：前一天，或再往前的那个夜晚，刮起的可怖风暴彻底摧毁了莱克的探险队。确认有十一人死亡，年轻的格德尼失踪。人们原谅了这则粗略含糊的报告，因为他们觉得这起令人震惊和悲伤的事件肯定对我们造成了严重的影响。而当我们解释说狂风破坏性的力量使得十一具尸体遭受了严重的破坏，因而无法进行搬运时，人们也采信了我们的说法。事实上，我认为，虽然沉浸在悲痛、极度困惑以及紧紧摄住灵魂的恐惧中，但我们在具体事件上的报道并未出现失实。但那些我们不敢去提的东西里却隐含着惊人的深意；如果不是为了警告其他人远离那些无可名状的恐怖，我绝不会再提起那些东西。

那场风暴的确造成了可怕的破坏。即使没有遭遇另一桩意外，莱克的探险队恐怕也很难安然无恙地度过这场风暴。这场风暴，以及它掀起的细碎冰晶，肯定比我们探险队之前遭遇的任何状况都要危险。有一堵飞机防风墙似乎只剩下了薄薄的一层——几乎要被彻底粉碎了；而远处的钻井塔架则完全被狂风吹散了。被固定好的飞机以及钻探机械设备表面暴露出来的金属部分被风磨得锃亮。尽管有积雪加固，仍有两座小帐篷被彻底地压扁了。所有暴露在风暴中的木头表面都变得坑坑洼洼，而原本刷在木头上的油漆也被悉数剥去。雪地上留下的痕迹都抹得干干净净。此外，我们也没有发现任何完整的太古代生物样本。不过我们从一堆倒塌的巨型堆弃物里发现了一些矿物，其中包括几块淡绿色的滑石碎片。它们古怪的五角星形的轮廓以及上面一组组由圆点构成的模糊图案引起了许多可疑的对比；与滑石碎片一同发现的还有些化石骨骼，上面都有那种典型的奇怪伤痕。

没有拉橇犬幸存。莱克等人在营地附近用积雪匆忙修建起来的围栏几乎被彻底摧毁了。破坏可能是狂风造成的，但围栏贴近营地的那一面——虽然没有迎风——却遭受了更严重的破坏，似乎说明困在里面的拉橇犬在向外跳跃或突破。莱克带走的三架雪橇全都不见了，我们觉得可能是狂风将它们吹到其他地方去了。留在钻井附近的钻探与融冰设备都遭到了严重损坏，没法进行回收，于是我们用被破坏的设备塞住了莱克炸开的那条通往古老过去、略微有些令人不安的通道。此外，我们还留下了两架状态最糟的飞机；因为剩下的组员里只有四个人——谢尔曼、丹弗斯、麦克泰格与罗普斯——能够驾驶飞机，而且丹弗斯精神过度紧张，不适合导航。我们带回了能够找到的所有书籍、科学仪器以及其他杂物，但还有许多东西都被莫名其妙地吹走了。备用帐篷与保暖用的皮毛制品不是丢失了，就是被破坏得不成样子。

我们驾驶飞机进行大面积巡航。大约下午4点的时候，我们放弃了搜寻，认定格德尼已经失踪，并且将经过谨慎核查的消息发送给了阿卡姆号，供他们转播给外界；而我觉得我们成功地将报告书写得非常平淡与含糊。我们最多只向阿卡姆号提起我们带去的拉橇犬表现得非常焦躁，根据可怜的莱克之前做出的报告，我们都知道拉橇犬在靠近那些生物样本时会变得非常狂躁不安。但是，我想，我们并没有提起这些拉橇犬在奇怪的淡绿色滑石以及其他一些物件边嗅来嗅去时也表现出了类似的不安反应。这些散落在当地、会引起拉橇犬焦躁的东西中包括科学仪器、飞机以及营地与钻井附近的机械设备。这些设备中的某些部件出现了松动，还有些部件甚至被什么东西移走了——如果是狂风完成了这些举动，那么这场风暴肯定有着古怪的好奇心和调查能力。

至于那十四个生物样本，我们有充分的理由模糊淡化与之相关的事情。我们说过——我们只发现了一些已经损坏的样本，但是从破损样品身上获得的信息已足够证明莱克做出的描述的确非常完整，而且精确得令人印象深刻。要把个人情感排除在这件事情之外实在很困难——报告也没有透露我们发现了多少个样本，或者准确地说明发现的过程。在那个时候，我们一致同意，向外发送的报告需要谨慎对待，不能让人们觉得莱克队伍里的某些人已经精神错乱了——因为事情看起来的确让人觉得有些疯狂，我们发现六个残缺不全的怪物被竖直地埋进了九英尺厚的积雪下，而且这些冰雪坟墓还被堆建成了五角星形，并且印上了一组组由圆点构成的图案——那些图案与中生代或第三纪地层里发掘出来的那些古怪淡绿色滑石上的点阵一模一样。至于莱克提到的那八个完整的样本则全都被风暴给吹走了。

此外，我们希望人们的心智能够保持平和；因此，虽然我与丹弗斯于抵达莱克营地的第二天驾机飞越了那片山脉，但我们从不谈论那趟可怕的旅途。事实上，只有一架最大限度减轻重量的飞机才有可能飞越一条如此之高的山脉，那条山脉仁慈地限制了参加探险之旅的人数，因此只有我们两个人目睹了恐怖的一切。等凌晨1点返回营地的时候，丹弗斯几乎已经歇斯底里了。不过他依旧紧紧地闭上了嘴，着实让人钦佩。我甚至都不用说服他别去展示我们在探险过程中画下的素描，以及我们装在口袋里带回来的东西。除了我们一致同意转达给外界的故事外，他没有多说一个字，而且还把探险途中拍摄的照片胶卷统统藏了起来，留作私下研究之用；所以，我现在要说的事情是全新的——就连帕波第、麦克泰格、罗普斯、谢尔曼以及其他组员也不知道。事实上，丹弗斯比我更加守口如瓶；因为他从不告诉我他最后看到的——或者他以为他看到的东西。

众所周知，我们报告了驾机艰难攀升的过程。在报告里，我们证实了莱克的观点——这些巨峰的确是由太古代板岩以及另一些非常古老的褶皱地层构成的，而且自白垩纪科曼齐系中期以来，这些山峰就没有发生过任何改变；同时，我们还对那些攀附在山崖上的立方体和壁垒状规则构造进行了一些寻常的描述；并且认定那些山坡上的岩洞应该是被流水溶解的石灰质岩脉；此外，我们在报告里推断说那些经验老到的登山者应该可以借由某些陡坡和山隘攀登并翻越这些山脉；最后，我们还在报告里宣称山脉那神秘莫测的另一边有一座与山脉本身一样古老、一样一成不变的超级高原——这座高耸入云、广袤无垠的高原海拔足有两万英尺。离奇怪诞的岩石构造从高原表面薄薄的冰层中穿透而出；而高原表面与那些最高峰的陡峭崖壁之间则绵延着逐渐平缓的低矮丘陵。

这部分报告从各方面来说都是真实的，而在营地里的人也对此非常满意。不过，我们在时间上撒了谎。我们离开了十六个小时——虽然报告说我们在那段时间里从事了飞行、着陆、勘测与岩石采集等一系列工作，但这个时间依旧比这些工作应当花费的时间更长一些——但是，我们谎称逆风环境延缓了我们的速度，因此没有引起怀疑。其他的事情都是真的，我们的确曾降落在山脉后方的丘陵地带。幸运的是，我们的故事听起来非常真实与平淡，因此其他人并没有产生重复探险的想法。如果真的有人打算这么做，我会用尽全力阻止他们——

然而我不知道丹弗斯会有什么反应。在我们探险的时候，帕波第、谢尔曼、罗普斯、麦克泰格以及威廉森一直在忙着修复莱克留下来的、状态最好的两架飞机——因为有东西搞乱了它们的操纵系统，使之出现了莫名其妙的问题。

我们决定在第二天清晨装载好所有的飞机，然后尽快返回之前的营地。虽然在路线上有所迂回，但这是抵达麦克默多湾最安全的路线；因为在这块万古死寂的大陆上笔直飞越一片完全陌生的荒原会带来许多额外的、不必要的风险。考虑到大量队员不幸罹难，钻探设备也悉数被毁，想要继续探险已经是不可能的事情了。那些我们未曾向外界透露的疑问与恐惧围绕着我们，让我们只想尽快逃离这个荒凉死寂、孕育疯狂的极地世界。

众所周知，返程非常顺利，我们没有遇到更多的灾难。在经过一段快速、不间断的飞行后，所有的飞机于第二天晚上——1月27日——都抵达了之前设立的南方营地；28日，我们分两趟飞回了麦克默多湾，其中一趟在途中短暂停顿了一次。那次停顿很短暂，因为在我们离开南极大高原，飞越大冰架时，在狂风中飞错了方向。五天后，阿卡姆号与密斯卡托尼克号载着剩下的所有成员与仪器，破开逐渐变厚的浮冰从罗斯海起程。维多利亚地上那仿佛在嘲弄我们的群山若隐若现地耸立在西面，映衬着南极动乱的天空，并且将狂风呜咽的呼啸拧成一种如同音乐一般的笛声。这种音域宽广的笛音令我的灵魂感到了彻骨的寒意。不出十四天，我们便将极地的最后一点儿征兆抛在了身后。能够顺利摆脱那片受到诅咒的、在脑海中萦绕不去的地方，让我们由衷地感谢上天。在那土地上，自物质最初在这星球那尚未冷却的地壳上翻滚、漫游的时候起，生命与死亡、时间与空间之间就在未知的时代里缔结下了邪恶而又亵渎神明的盟约。

回来之后，我们就经常阻挠南极探险，并且非常团结与忠实地将某些怀疑和猜想埋在自己心底。就连年轻的丹弗斯，虽然已经精神崩溃，也没有表现出丝毫的退缩，或是向他的医生多说什么——事实上，如我之前所说，他觉得自己看到了某些东西，但是他甚至都不愿告诉我自己看到了什么，虽然我觉得如果他愿意吐露的话，会对他的精神状态大有裨益。虽然他看到的那些东西可能只是经历了先前的惊骇后，产生的虚幻余波，但如果他能说出来，或许可以解释很多东西，也让他得到舒缓和释放。这只是我个人的感觉，因为在某些罕见的、不可靠的瞬间里他朝我喃喃低语地说起一些支离破碎的东西——然而一旦控制住自己的情绪，他便会激烈地否认自己说过的一切。

　　劝服其他人远离那片白色的南方世界是件非常困难的工作。此外我们的一些工作或许直接损害了原来的目的，引起了其他人的注意。我们本该明白，人类的好奇心是不会磨灭的，而我们之前宣布的探险结果已经足够吸引其他人怀着长久以来追寻未知的激情继续向前。莱克有关怪物的报告已经将博物学者与古生物学家的好奇心激发到了顶点，但是我们很聪明地没有展示那些从被埋葬的怪物上采集到的样本，以及在发现这些样本时拍下的照片。此外，我们也抑制住冲动，没有展示浅绿色滑石以及带伤痕的骨骼化石上令人困惑的地方。丹弗斯与我更是牢牢保管着我们从那边的超级高原上拍摄与绘制的图片，以及那些我们抚平后恐惧地检查完然后放在口袋里带回来的东西。

　　如今，斯塔克韦瑟-摩尔探险队正在组建，而且比我们准备得更加周全。如果无人劝阻，他们将会深入南极的最深处，融冰开凿，然后他们会发现我们所知道的东西，而那东西可能会终结整个世界。所以，我没办法继续沉默下去——即便我因此再度提起那些位于疯狂山脉之后，最可怖也最无可名状的东西。

IV

　　一想到要让自己的思绪回到莱克的营地里，再次想起我们真正发现的东西——想起其他那些位于疯狂山脉之后的东西，就让我犹豫不决，备感嫌恶。一直以来，我总在试图逃离那些骇人的细节，让那些模糊的映象取代那些真实发生的事情，以及那些无从回避的推论。我希望自己已经说得足够，能够简单地略过剩下的部分；略过莱克营地里的可怕情景。我之前已经提过那些被狂风蹂躏过的景象——残破的防风墙；错乱的机器；队伍里的拉橇犬所表现出的不同程度的焦躁与不安；消失的雪橇；探险队员与拉橇犬的死亡；格德尼的失踪；还有那六个以某种疯狂的方式被埋葬在积雪里的生物样本——虽然它们来自于一个已经死去四千万年之久的世界，尽管它们遭受了结构性的破坏，但它们的组织与器官依旧完好得不可思议。我不记得自己是否提过一件事——在检查过营地里的动物尸体后，我们发现少了一只狗。当时，我们并没有深究——事实上，后来只有我与丹弗斯还记得这件事。

那些我一直回避的但却非常重要的事情与尸体有关，也与某些难以察觉的细微之处有关——那些细微之处或许能够为看似混乱的场景提供一套毛骨悚然而又令人难以置信的解释。在此之前，我一直尽力让人们的注意力远离这些琐碎之处；因为那样会简单许多，也普通许多——只要将一切都归咎于莱克探险队里某些成员突然精神错乱就够了。从这种角度看，巍峨山脉间吹来的邪恶风暴一定猛烈得能将任何置身在这片神秘与荒芜中心的人逼疯。

当然，最为怪异反常的地方还是那些尸体被发现时的状态。不论是人，还是狗，所有尸体都处于一种可怕的扭曲状态，并且以某种残忍而又完全无法形容的方式被撕扯绞碎了。根据我们的估计，所发现的受害者全都死于绞勒或撕裂。很显然，是拉橇犬引发了这场灾难——因为那座匆忙修建起来的畜栏遭到了严重的破坏，说明有东西从内部暴力突破了雪墙。由于拉橇犬对那些可憎的古老生物样本表现出了极度的憎恶与仇视，畜栏被刻意修建在距离营地一定距离的外围，然而这一预防措施似乎毫无作用。由于那些拉橇犬被单独留在了可怕的狂风中，而且那些雪墙既不够高也不够结实，因此它们肯定受惊逃窜了出来——至于到底是因为风的作用，还是因为那些可怕的样本所散发出的微妙但却越来越浓烈的气味，已经没人能说得清楚了。

不论发生了什么，肯定非常毛骨悚然，而且令人憎恶。或许，我最好把自己的厌恶情绪搁在一边，直接说出最糟的部分——但在这之前，我要明白无误地陈述一个观点，基于第一手的观察材料，以及我与丹弗斯一同做出的最严格的推理，当时失踪的格德尼绝不会是制造我们所发现的恐怖景象的罪魁祸首。我已经说过，尸体都被可怖地绞碎了。现在，我必须补充说，其中有些尸体还曾被切割分离过。某些东西以最怪异、最冷血而毫无人性可言的方式完成了这些工作，而且人与狗的尸体上都出现了这种情况。不论是人还是狗，所有较为健全和肥胖的尸块都被切割、分离了大量的血肉组织，仿佛有一个细心的屠夫在处理这一切；而尸块周围还奇怪地撒着盐粒——这些盐粒应该是从飞机上破损的补给箱里拿出来的——这在我们的脑海里勾起了最为恐怖的联想。怪事还发生在一座简陋的飞机防风墙边。防风墙内的飞机被拖了出来，但风暴抹去了所有的痕迹，因此没法做出可信的推断。一些从人类尸块上粗暴撕扯下来的衣物碎片散落在营地里，但却提供不了什么线索。在被毁的围栏一角，墙体挡住狂风的地方留下了某些非常模糊的痕迹，这些痕迹为我们提供了一些模糊的想法，但那毫无用处——因为那些想法里显然与过去一周来、可怜的莱克一直在谈论的那些化石痕迹混杂在了一起。置身在那片疯狂山脉投下的阴影里，任何人都应当小心自己的想象力。

正如我在前面说过的一样，清点到最后，我们发现格德尼与一条狗失踪了。但在走进那座位于避风处的可怖帐篷前，我们发现少了两个人和两条狗；不过，在调查过那些可怕的冰雪坟墓后，我们走进了毫发无伤的解剖室帐篷，并且看到一些恐怖的事情。帐篷里的场景与莱克停止解剖时的情况完全不同，因为之前摆在临时解剖台上，并且用防水布遮盖起来的远古怪物样本已经被移走了。事实上，在积雪里发现那六具被掩埋起来的生物样本时，我们已经认出了莱克解剖过的那个个体——它散发着一丝特别可憎的气味，而且是一块块拼接起来的。实验台上面，以及实验台周围，散落着一些别的东西——而我们很快就意识到，那是一条狗和一个人被一种细致但却古怪而笨拙的方式解剖后留下的碎块。为了照顾生者的感受，我不会在此提到被解剖的人究竟是谁。莱克解剖用的器件都不见了，但我们发现了一些因为仔细清洗解剖器件而留下的痕迹。汽油炉也不见了，但在汽油炉原来的位置上，我们发现了一堆以某种古怪方式使用过的火柴。我们把解剖室帐篷里的人安葬在了另外十个人旁边，狗也安葬在了另外三十五条狗附近。此外，实验台上还有奇异的污渍，而一些带插图的书籍也被粗暴地撕扯开，散落在实验台的周围。但我们实在太过困惑，无从推测到底发生了什么。

这便是营地所有恐怖情景中最糟糕的部分。但还有一些事情也让人感到困惑。除开格德尼和一条狗外，八个保存完整的生物样本，三架雪橇、某些仪器设备、部分带插图的科学类与技术类书籍、文具、手电筒、电池、食物、燃料、加热设备、备用帐篷、皮毛衣物都失踪了，这都让我们毫无头绪。此外，令人困惑的事情还有：某些纸张上留下了一些边缘参差不齐的墨点；营地和钻井附近的飞机与所有其他的机械设备上都留有某种东西以古怪而陌生的方式摆弄与试验后留下的痕迹。队伍中的拉橇犬似乎非常憎恶这些被胡乱摆弄过的机器。营地里的食品贮藏室也被弄得一团糟：某些日常主食不见了；而且留下了一堆已被打开的罐头——那些罐头全都是从最意想不到的地方以最意想不到的方式被打开的，虽然不合时宜，但却依旧让人觉得非常滑稽可笑。随处散落的火柴也构成了另一个较小的谜团——在这些火柴中，有些是完整的，有些是已经折断的，也有些被使用过。此外，我们还在附近找了两三张帐篷帆布与一些皮毛衣物，这些东西都被古怪地撕开了，似乎为了进行无法想象的笨拙改造而留下的结果。因此，人类与拉橇犬尸体上留下的暴行，以及那些以极度疯狂的形式掩埋起来的残破古老生物样本，仅仅只是这场令人崩溃的疯狂行径中极小的一部分。为了防止出现眼下这样的情况，我们小心地拍摄下了营地里发生的大部分疯狂情景；我们将这些照片用作证据，恳请正在准备的斯塔克韦瑟－摩尔探险队放弃他们的探险行动。

在避风处发现那两具尸体后，我们的第一反应便是跑去拍摄那一排五角星形的疯狂坟墓，并再度打开它们。我们不由自主地注意到这些可怕坟丘的形状，以及它们上面的一组组圆点，像极了可怜的莱克所描述的那些奇怪的淡绿色滑石；随后我们在那一大堆矿石里也找到了一些滑石，进一步确定了两者的相似性。必须要说明的是，这些东西的整体形状令人憎恶地联想起了那些古老生物海星形的头部；而且我们一致认定，这种可憎的暗示一定对莱克他们过度兴奋却又极度敏感的心智产生了强烈的影响。

就目前谈到的部分而言，所有人都会自然而然地将事情归结为莱克队伍里的某些成员——尤其是唯一可能幸存的组员格德尼——精神错乱后造成的结果；但我不会天真地认为我们当中的每一个人都安于这个解释，不会产生某些疯狂可怕的联想——只不过健全的理智不允许我们将那些念头清晰构想出来而已。当天下午，谢尔曼、帕波第与麦克泰格在周边地区进行了一次细致的搜索巡航。他们拿着望远镜在地平线上搜寻格德尼，也搜寻各式各样下落不明的器物；但却没有发现任何线索。他们报告说峣巍的山脉无穷无尽地向左右绵延开去，既看不到高度的变化，也看不到山体基本构造的变化。不过，一些山峰上的规则轮廓——立方体或壁垒状构造——要更加明显和醒目，越发诡异得像是罗列赫所画下的那些位于亚洲山脉上的废墟。神秘岩洞散布在黑色无雪的山峰上，不论他们飞到哪里，都能看得到。

尽管目睹了如此之多的恐怖景象，我们仍旧怀有足够的科学热情与冒险精神去探索隐没在这片神秘山脉之后的未知国度。我们谨慎核查后发布的报告里提到了之后的安排。在经历过一天的恐惧与迷惑之后，我们于午夜时分安顿了下来——并且制订了一个试探性的方案，准备在第二天早晨，利用一架最大限度减轻重量的飞机带着航空相机和地质学设备进行一次或多次飞越山脉的航行。探险队决定由我与丹弗斯进行第一轮尝试，并且打算在早晨7点起飞；不过，强风延误了起飞的时间——这一点在发送给外界的简短报告里也提到了，直到9点我们才起飞离开营地。

我已经在前面复述了那个含糊的故事。当初在经过十六个小时的探险，最终返回营地后，我也曾用同样的故事搪塞留在营地里的队员——并且转播给了外界。现在，我要做的就是为那些仁慈的空白填上我们在群山那边的隐匿世界里真正看到的东西——那些最终导致丹弗斯完全崩溃的东西。我希望丹弗斯也能坦白地说出那些只有他看见的东西——即便那可能只是神经质的幻觉——却也是压垮他的最后一根稻草；但他坚决反对这样做。我只能复述他后来喃喃自语的破碎片段——在我们体验过真实存在的惊骇后，逃上飞机腾空而起，飞越狂风肆虐的山关隘口时，这些东西曾让他无法抑制地大声尖叫。我会在声明的最后部分提到这些东西。我希望自己所揭露出来的事情——那些明显暗示着这个世界上还残存着某些古老恐怖的证据——能够阻止其他人深入南极内部——或者，至少能够阻止其他人深入窥探那片充满了禁忌秘密与冷酷荒芜的终极荒原之下的秘密——如果不能，那么不可名状可能也无法度量的邪恶将降临到我们头上，到那时这些后果都与我毫无瓜葛。

丹弗斯与我研究了帕波第在前一天下午飞行时写下的记录，并且用六分仪进行了观测，计算出最低的山隘就在我们右侧不远的地方，站在营地里就能望见。那条山隘的高度大约为海拔两万三千英尺到两万四千英尺。肯定了这一点之后，我们登上了减轻重量的飞机开始了那一趟发现之旅。我们的营地坐落在那片大陆高原上的丘陵地带，本身的海拔已有一万两千英尺；因此实际需要攀升的高度并没有看上去那么高。不过，随着飞机的爬升，我们仍敏锐地感觉到空气逐渐变得稀薄，而气温也变得越来越刺骨；因为，为了保证能见度，我们必须打开舱窗。当然，我们也因此穿上了最后的皮毛衣物。

那些黑暗而不祥的禁忌山峰耸立在满是裂隙的积雪与冰川之上。飞近之后，我们发现了更多攀附在山坡上，规则得有点儿古怪的构造；并且再度想起了尼古拉斯·罗列赫笔下的奇异亚洲风景。那些古老且严重风化的岩层完全证实了莱克的报告，说明这些山峰是在地球历史中某个非常古老的时期以完全相同的方式耸立形成的——也许它们有五千万年以上的历史了。它们原来的高度，已经无从猜测了；但与这片奇特地区有关的一切东西都说明当地的气候条件不利于大的变化，也会阻碍那些通常会使得岩石风化的气候过程。

但最令我们着迷和不安的还是那些散布在山坡上的立方体、壁垒结构与洞穴。丹弗斯驾驶飞机的时候，我用望远镜仔细研究了它们，并且进行了航拍；有时候，我会接替他的驾驶工作，让他腾出时间来用双筒望远镜看一看——不过我在航空飞行方面完全是个外行。我们看得很清楚，这些山体构造大多都是由淡色的太古代石英岩组成的，与广阔山坡表面分布着的其他岩石结构完全不同；但可怜的莱克几乎没有提到重点——这些东西的结构太过规则，甚至达到了不可思议的地步。

他在报告里说，经历过无穷无尽的亘古岁月，这些规则构造的边缘已经因为野蛮的风蚀作用破碎磨圆了；然而异乎寻常的牢固与坚硬保护了它们，免遭岁月的磨灭。那些构造上的许多地方，尤其是靠近山坡的部分，似乎与周围山坡表面的岩石是同一类岩石。这些奇异岩石构造在山坡上的分布与排列看起来像是安迪斯山脉上的马丘比丘遗迹[1]，或是牛津–费尔特博物院联合探险队于1929年在基什[2]发掘出的古老基墙；丹弗斯与我有时候会觉得自己看到独立的巨大石块——当初莱克报告说与他一同飞行的卡罗尔也曾有过类似的感觉。老实说，我不知道这些东西为何会出现在这里——这让身为地质学家的我古怪地感到卑微与谦逊。火成岩常常会产生古怪的规则轮廓——像是爱尔兰岛上著名的巨人堤[3]；可是，虽然莱克曾怀疑自己看到了冒烟的火山锥，但这条巍峨山脉暴露在外的部分完全没有火山构造的迹象。

这些古怪的岩石构造大多分布在一些奇异的洞穴附近。这些洞口的规则轮廓也让我们感到有些困惑，但却相对容易理解。和莱克所报告的一样，洞口的形状大多都近似于方形或半圆形；就像是天然的洞穴被神奇的大手塑造成了更加规则对称的形状。这类洞穴的数量极多，分布广泛，说明石灰石岩层中溶蚀出的无数管道已将整个地区变成了一片复杂的蜂巢系统。虽然搜寻时的匆匆一瞥无法看到洞穴更深处的情况，但它们里面显然没有生长钟乳石与石笋。洞穴的外面，与洞口相连的山坡表面，也似乎总是光滑而规则的；丹弗斯甚至觉得那些风化形成的裂缝与坑洼似乎形成了某种不同寻常的形状。营地里发

---

[1] 马丘比丘遗迹：秘鲁境内前哥伦布时期的印加遗迹。马丘比丘是南美洲最重要的考古发掘中心。

[2] 基什：古代苏美尔城邦。位于今天伊拉克中部，Tallal-Uhaymir 附近，在巴比伦遗址以东。

[3] 巨人堤：位于北爱尔兰贝尔法斯特西北的大西洋海岸。此地数公里长的海岸上分布了数万根六角形石柱。石柱连绵有序，呈阶梯状延伸入海。巨人堤道被认为是六千万年前火山喷发后熔岩冷却凝固而形成的。

The Whisperer in Darkness

现的恐怖与怪诞还徘徊在他的脑海里，以至于他觉得那些风化形成的坑洼隐约有些像是那一组组散布在古老的淡绿色滑石上、令人困惑的圆点；六座以疯狂样式堆建起来、埋葬着怪物的冰雪坟丘上也令人毛骨悚然地复制了那些圆点。

我们逐渐向上攀升，越过那些较高的山麓，沿着事先规划好的那条相对低矮的山隘继续向前飞行。随着飞机的前进，我们偶尔也会俯瞰下方的冰层与积雪，想象自己是否能依靠过去那些简单的登山装备爬上这些山峰。出乎意料的是，我们发现想要爬上这些山峰远没有我们想象的那么困难；虽然一路上会遇到某些裂缝与其他险要的地势，但这些难关似乎不太可能能阻挡住斯科特、沙克尔顿或是阿蒙森[1]那样的雪橇队。某些冰川似乎表现出了不同寻常的绵延不断，逐步抬升向上，一直连接到那些裸露在狂风中的山隘。而等飞机靠近预期的山隘时，我们发现这里的地势也不例外。

即将绕过山巅，瞥见那片杳无人迹的世界时，我们内心的强烈期盼几乎无法用文字来描述；虽然我们完全没理由认定山脉的那一边会与我们已经看过并且飞越过的这一面有什么本质的不同。这些屏障般的山脉，以及穿过丛丛尖峰望见的那片召唤着我们的乳白色云海，似乎暗含着一丝微妙纤细、无法诉诸文字的邪恶神秘。那更像是一种模糊的心理象征与审美联想——它们混杂着来自异域的诗篇与绘画，也糅合了那些藏在人们所回避的禁忌典籍里的古老神话，甚至连风的呼啸也带上了一股奇怪的、仿佛有意识般的险恶；有那么一瞬间，在这混合而成的声音里似乎也包含着一种涵盖了广阔音域、如同音乐般的奇异哨声或笛声——就像是狂风横扫过那些无处不在的、足以引起共鸣的洞穴时所发出的呼啸。这种声音让我觉得隐约有些厌恶，并会产生不好的联想，这样的感觉就与我脑海里其他阴暗隐秘的印象一样复杂，一样无从确定源于何处。

在一段缓慢的爬升之后，根据膜盒高度计，我们已经达到了两万三千五百七十英尺的高空；那些还覆盖着积雪的山坡已经被远远抛

---

[1] 斯科特、沙克尔顿、阿蒙森：三人均是著名南极探险家。

在我们下方。到了这个高度，我们能看到的只有裸露的暗色山坡，以及那些高低不平的棱纹状冰川的起点——然而结合那些令人惊异与困惑的立方体与壁垒状构造，还有那些回荡着呼啸风声的洞穴，眼前的景象便多了一分反常、离奇甚至梦幻的意味。看着那一行高耸的山巅，我觉得自己似乎看到可怜的莱克在简报里所提到的那座山峰——一座巨大壁垒就耸立在它的最高处。它似乎在一片奇异的极地薄雾中若隐若现——也许，正是这种极地薄雾导致莱克早先错误地认为自己看到了火山作用。山隘阴森地浮现在我们的正前方。在两侧险恶隆起、呈现锯齿状的山崖之间，这条暴露在狂风中的山隘显得格外光滑。而在那之后，是一片呼啸着旋风，并且被低垂的极地太阳所点亮的天空——这片天空正高悬在远处那个我们认为从未有人目睹过的神秘世界之上。

再向上飞行几英尺，我们便可望见那片世界。高速刮过山隘关口的狂风发出嘹亮的呼号，无法消除的引擎噪音也在轰鸣，除开高声尖叫外，丹弗斯与我几乎无法交谈。我们只得通过复杂的眼神相互交流。然后，我们向上最后攀升几英尺，让视线能够确确实实地越过那条最为重要的分界线，看到那片从未有人见过的、曾属于另一个古老且完全陌生的地球的秘密。

V

当扫清障碍，看见山隘后面的东西时，我觉得我们两个都怀着畏怯、惊愕甚至是恐惧的心情同时尖叫了出来，甚至不敢相信自己的眼睛。当然，在那一刻，我们肯定根据自己掌握的知识对自己所看到的景象得出了某些较为正常的理论。可能，我们觉得我们看到的东西就像是科罗拉多州诸神花园[1]里那些风化形成的怪诞红岩；或者像是亚利桑那州沙漠里那些风雕刻出的、有着奇妙对称的巨石。我们甚至隐隐

---

[1] 诸神花园：科罗拉多州一处奇特的红岩地貌。

觉得自己看到的东西只是另一幅蜃景，就像我们刚飞抵这片疯狂山脉时看到的那幅情景一样。事情必当如此，当双眼扫过那片被风暴凿刻的无垠高原，看到那幅难以置信的景象时，为了保护自己的心智，我们必须退缩回某些正常的、自然的想法——因为，我们看到了一片由巨大、规则而且极度符合几何对称原则的巨石造物组成的，几乎没有边际的迷宫。迷宫坑坑洼洼、支离破碎的顶端耸立在一片冰盖之上，而更多的部分则埋藏在冰川中——冰层最厚的地方大约有四十或五十英尺，而在有些地方则明显要薄得多。

我无法用言语说明这幅可怕景象所造成的影响，因为它从根基上残忍地毁坏了我们所熟知的自然法则。这是一片海拔足足两万英尺高的高原，有着古老得可怕的悠久历史，而且在过去的至少五十万年时间里，这里的气候一直不适宜生物生存；然而，在这片土地上却矗立着无数整齐的巨石构造，而且这些构造组成的迷宫如此宽广，一直绵延到我们视线的尽头——面对这样的情景，只有绝望地试图自我保护的心智才会去否认这一切不是由某些东西有意识地塑造完成的。在此之前，每每严肃讨论山体上那些规则立方体与壁垒构造的形成原因时，我们总认为那是自然作用的结果，并且排除了任何非自然作用的解释。否则还能如何呢？冰封的死亡一直统治着这片土地，而在这种未曾间断的统治降临之前的那段岁月里，人类这一物种几乎还未从大型类人猿的族群里分化出来。

然而，在无可辩驳的证据前，这个理由似乎出现了动摇。因为这座由方形、弧形与带角的巨石修建起来的雄伟迷宫所展现出的特征已经切断了所有能让人安定的退路。很明显，之前出现在蜃景里的亵渎之城有着一个客观存在而且让人无法逃避的真实原型。那令人憎恶的预兆终究还是有一个实实在在的源头——最初看见那片山脉的时候，高层大气里一定飘浮着一层横向的冰晶云；而这片令人惊骇的巨石遗迹通过简单的反射定律将自己的形象投射到了山脉的另一边，投射到了我们的面前。当然，冰晶云扭曲、夸张了整幅景象，并且杂糅进了真实源头中不曾包含的东西；然而，当我们看到它的真实源头时，我们觉得它甚至比那幅遥远的幻景更加险恶，更加令人毛骨悚然。

这些巨大的石塔与壁垒岿巍得令人难以置信，与人类的作品完全不同。唯有这样的岿巍才能保护这些可怖的造物，让它们能够在这片荒芜高原上的风暴中屹立数十万——甚至数百万年，却不至于被完全湮灭。"世界之冠[1]——世界屋脊——"当我们头昏眼花地盯着下方这难以置信的奇景时，各式各样奇妙的词语从我们嘴里不断地跳出来。我再次想起了那些怪异可怕的原始神话。自我第一眼看到这个死寂的南极世界时起，那些神话就一直徘徊在我的脑海里，从未真正离去。它们讲述了可怕的冷原，邪恶的米·戈——即那些出没在喜马拉雅山脉、令人嫌恶的雪人，《纳克特抄本》以及它上面关于人类出现之前的暗示，克苏鲁教团，《死灵之书》，还有终北之地传奇里的撒托古亚以及和这位神明一同出现的那些甚至比无定形的群星之卵[2]更加变幻不定的东西。

这座城市向各个方向无穷无尽地绵延开去，几乎看不到一点儿变得稀疏的迹象；事实上，当视线沿着城市与山脉交界处的那片逐渐变得低矮平缓的山麓边缘从一端移动到另一端的尽头的时候，我们发现建筑的密度完全没有变稀疏的迹象——只有一处地方例外，在我们所飞越的那条山隘左侧，杂乱的建筑群中夹着一条宽阔的空白地带。这意味着，我们所遇到的仅仅是某个巨大得无法想象的事物中有限的一角。山麓之上同样散布着石头建筑，但却稀疏得多。不过那些散落的建筑将这座可怖的城市与那些位于山脉另一侧，我们早就见过的立方体和壁垒构造衔接了起来，让那些攀附在山坡上的规则构造形成了这座城市的前哨与边沿。这一侧的山坡上同样分布着规则的构造与古怪的洞穴，而且它们的数量与分布范围一点儿也不比山脉另一侧稀少。

高大的墙体构成了这座不可名状的石头迷宫的绝大部分。这些墙壁位于冰盖以上部分的有十到一百五十英尺高，厚度约五到十英

---

[1] 世界之冠：Corona Mundi，拉丁文，翻译成英文是"The crown of the World"。

[2] 群星之卵：一个与克苏鲁相似但要小上很多的种族，克苏鲁的眷族。

尺。绝大多数墙体都是由极其巨大的石块修建的——其中有暗色的原始板岩、花岗岩以及砂岩——大多数石块的尺寸为四乘六乘八英尺左右。但某些建筑似乎是由一整块不规则的实心前寒武纪板岩岩床直接凿出来的。城市里的建筑物大小不一，既有无数体积巨大、如同蜂巢一般的复杂结构，也有许许多多分散独立的较小建筑。那些建筑的轮廓一般倾向于圆锥形，金字塔形，或者层层叠叠的梯田结构；但也有许多建筑物的外形像是规则的圆柱，完美的立方体，拥挤在一起的立方体，以及其他的长方体形状；此外城市里还散布着一类带有棱角的建筑物——它们有着五角星形的平面结构，略微有些像是现代的碉堡或要塞。城市的建筑者使用了大量的拱形结构，而且相当精于此道；或许在这座城市的全盛时期，我们还能看到许许多多的穹顶。

这座杂乱的城市遭受了相当严重的风蚀。尖塔林立的冰盖表面散落着从高处垮塌下来的巨石与极为古老的岩屑。透过冰层中较为透明的地方，我们能看到这些巨型建筑物的下部。在那里，我们注意到了许多冰封的石桥——这些天桥悬跨在不同的高处，将林立的高塔相互连接起来。而那些裸露在冰盖之上的墙体也存在着许多破洞——在过去，这些地方一定也存在着同种样式的石桥。飞得更近些后，我们看到了不计其数的巨大窗户；有些窗户紧紧地闭着，盖在上面的木质遮板已经完全地石化了，但大多数窗户都空洞地敞开着，充满了不祥与险恶的意味。当然，许多废墟的屋顶都不见了，只剩下高低不平但却被风磨圆了边沿的高墙；而其他建筑——那些有着尖锐圆锥或角锥形状的高楼，或者那些被更高的建筑保护起来的低矮房屋——虽然遍布着坑洼与裂缝，却还保留着完整的轮廓。通过望远镜，我们能勉强看见一些横向的宽板上似乎雕刻着某种装饰——那些装饰中也出现了一组组奇怪的圆点。这样一来，那些出现在古老滑石上的圆点可能具备着更加重要的意义。

在许多地方，建筑物已完全垮塌成了一堆废墟，就连冰架都因为各式各样的地质作用被撕裂出深深的裂缝。而在另一些地方，建筑中那些露出冰盖的部分已被彻底地磨蚀干净，只留下与冰盖表面平齐的残遗。我们之前看到的那条空白地带一头延伸到高原的内部，一头连接着一处位于山麓脚下的裂缝。那道裂缝位于我们进入高原时所穿过的山隘左侧，两者之间的距离大约有一英里。那条空白的长带上没有任何建筑，我们猜测这可能是一条大河的古河床。也许在第三纪时期——距今数百万年前——这条大河曾奔涌着穿过城市，灌进某座位于那条巍峨山脉下方、巨大得难以想象的地底深渊。可以肯定的是，那是一个充满了洞穴、深渊与地底秘密的国度，一个人类无法刺探的世界。

回顾起当时的感受，想起看着那些我们认定是从人类出现以前的亘古纪元里残存下来的可怖遗迹时所感受到的晕眩，我不禁怀疑，在那个时候，我们是如何强作镇定的。当然，我们意识到某些东西——年代史，科学理论，或者我们自己的感官——出现了可怕的扭曲；然而我们仍然能保持镇定，继续驾驶飞机，细致地观察所有事物，同时小心地拍摄下一系列照片，这对于我们和整个世界都很有帮助。就我而言，根深蒂固的科学素养提供了很大的帮助；尽管我感到迷惑和畏惧，但是熊熊燃烧的好奇心占据了主导地位，敦促我去发掘出更多的古老秘密——我想知道那些修建并生活在这座雄伟城市里的生物长什么样子；也想知道在它所处的那个时代——以及在其他那些生物能够如此密集地生活在一起的特殊时代里——这座城市与整个世界之间有着怎样的关系。

因为，这绝不会是一座普通的城市。它肯定在地球历史里某个令人难以置信的古老章节里扮演着极为重要的核心角色——然而这一章节早在任何已知的人类种群步履蹒跚地离开类人猿家族之前就已经消失在地表灾变造成的混乱之中，仅仅只有那些最为晦涩与扭曲的神话才依稀记得它的存在。这座绵延铺展在高原上的城市能够上溯到第三纪时期，与它相比存在于神话中的亚特兰蒂斯、利莫里亚[1]、康莫尼亚、

---

[1]利莫里亚：传说中沉入印度洋海底的一块大陆，其传说和亚特兰蒂斯传说类似，称其也曾孕育过超级文明。

乌兹洛达隆¹，乃至洛玛大陆上的奥兰欧²都像是今天才发生的事情；这座雄伟的都市完全能够与那些传说早在人类出现前就已经存在的亵神之城相提并论——像是伐鲁希亚、拉莱耶、奈尔大陆上的伊伯³，还有阿拉伯半岛上的无名之城⁴。飞越那些光秃秃的荒凉巨塔时，我的想象力偶尔会摆脱一切束缚，漫无目的地在奇思怪想中游荡——甚至将内心中那些和莱克营地里的疯狂和恐怖有关的、最狂野的想象与这个早已失落的世界联系在了一起。

　　为了减轻重量，飞机的油箱并没有完全装满；因此我们在勘探时必须非常谨慎。即便如此，我们依旧驾驶着飞机俯冲到了风势几乎可以忽略不计的高度，然后飞越了极为旷阔的地区——或者说，天空。绵延不断的山脉似乎无穷无尽，而与山麓接壤的城市似乎也望不到尽头。我们沿着山脉朝两个方向各飞行了五十英里，却没有发现这片由巨石与建筑组成的迷宫发生了任何明显的变化，就如同一具躺在永恒冰盖下的死尸。不过，我们仍旧观察到了一些引人注意的特色；比如那些留在河谷岩壁上的雕刻。在很久以前，那条宽阔的大河曾在岩壁间流淌，穿过山麓，涌入巍峨山脉下方的巨大空穴；而现在只有那些雕刻还残留在这里。在河水涌入深渊的入口处，陆岬被醒目地雕刻成了雄伟的门柱，然而门柱那带有脊线的桶形轮廓令丹弗斯与我产生了一种隐约似曾相识的感觉，这种感觉令人颇为困惑同时也让人非常厌恶。

　　我们还看到了一些星形的开阔地——那显然是广场。此外，地势上的起伏变化也引起了我们的注意。城市中矗立着的陡峭山丘大多被

---

　　[1]康莫尼亚、乌兹洛达隆：二者皆是克拉克·阿什顿·史密斯所创作的终北之地系列小说（Hyperborean）中的城市。其中康莫尼亚曾是北方净土的权力中心，乌兹洛达隆在康莫尼亚陨落之后接替了其地位。

　　[2]奥兰欧：洛玛与奥兰欧皆是洛夫克拉夫特的杜撰，二者都曾出现在《北极星》一文中。

　　[3]伊伯：出自《降临在萨尔纳斯的灾殃》。

　　[4]无名之城：出自洛夫克拉夫特的同名小说《无名之城》。

掏空了，并且被改造成了一些杂乱无章的巨型建筑；但至少有两座小山没有被改造。其中一座山丘已经出现了严重的风化，因此没法确定它为何会与众不同；另一座山丘上则矗立着一座奇妙的圆锥形纪念碑——那座纪念碑是用坚固的岩石直接雕刻出来的，略微有些像是佩特拉城[1]那古老河谷里的著名蛇冢[2]。

离开山脉向着高原内陆飞行时，我们发现这座城市的宽度并非像它的长度那样无穷无尽。飞行了大约三十英里后，怪诞的巨石建筑逐渐变得稀疏起来；再向内陆飞行十英里，我们便看到了一片连绵不断的贫瘠荒原，上面没有任何人工造物的迹象。在城市之外，一条宽阔、下凹的沟壑标示出了古河道的走向。荒原的地形似乎比城市更崎岖一些，而且微微向上延伸，并最终绵延进了西面的薄雾里。

在这之前，我们都没有着陆；但如果我们就此离开高原，不去巨型建筑里一探究竟，显然是件无法想象的事情。因此，我们决定在航道附近的山麓上寻找一块平整区域进行降落，为随后的徒步探险做些准备。虽然那些逐渐抬升的山坡上散落着废墟，但通过低空飞行，我们依旧发现大量可供降落的地方。由于在折返营地时还需要再度飞越巍峨的山脉，所以我们选择了一块最靠近山隘的平地，并于12：30PM左右成功地着陆在了那块平整坚实的雪地上。这一区域没有任何障碍，很适合快速且顺利地起飞。

由于徒步探险的时间不会太长，而且山麓上也没有高空强风，因此没有必要用积雪修建防风墙保护飞机；因此我们仅仅固定了着陆用的雪橇，并且为重要的机械装置做好防寒的保护。为了进行徒步旅行，我们脱掉了最厚重的航空皮衣，并带上简单的设备——包括便携式指南针、手持相机、少量补给、大笔记本和纸张、地质学用锤和凿子、样品袋、一卷攀爬用的绳索以及照明用的强光电筒和几节额外的电池；这些东西原本就带在飞机上，因为如果有机会着陆，我们就能拍摄地面照片；绘制地形学素描；并且从光秃的山坡、暴露的岩石以

---

[1] 佩特拉城：埃多姆王国的一个古代城市废墟，在今天的约旦。

[2] 蛇冢：佩特拉附近的一处古老墓穴，其内部有大量关于蛇的雕刻。

及岩洞里采集一些岩石样本。幸运的是，我们有额外的纸张，能够撕碎装进一个备用的样品袋里，并且像是猎狗追兔游戏[1]一样在深入迷宫的时候标注下自己走过的线路。只要洞穴系统里的气流足够平缓，那么我们就能用这种快速而简单的方法来代替寻常那种在岩石上凿下记号的老方法。

我们踩着冻硬了的积雪，面朝乳白色薄雾里若隐若现的巨大石头迷宫，小心地向山下走去。此时的感觉几乎和四个小时前刚抵达那条幽深山隘时一样，充满了奇迹迫近时的激动与热切。的确，经过先前的空中巡航，我们的双眼已经熟悉了这座隐藏在山脉屏障之后、让人觉得不可思议的秘密；然而，这些古老的石墙毕竟是在数百万年前由某群有思维与知觉的生物竖立起来的，而它们建成的时候，我们所知道的人类族群都还没有出现，因此当真走进这些高墙后，实际看到的景象——以及景象显露出的那种无比强烈的异样——依旧让我们感到敬畏，甚至可能还有些恐惧。由于海拔极高，空气稀薄，因此活动要比平常更困难些，但不论是丹弗斯还是我都发现自己能很好地适应这种负担，也觉得自己能够胜任任何可能需要展开的工作。没走几步，我们就遇到了一片已经被风化到和雪地齐平的废墟，而五十到七十码开外还有一座已经没了屋顶的巨大壁垒。那座壁垒还保留着完整的五角星形的轮廓，但墙体已经变得参差不齐，约有十到十一英尺高。我们朝着那座壁垒走了过去；而当最终切切实实地触碰到那些早已风化的雄伟石块时，我们觉得自己和那些早已被遗忘、通常也不会展现给人类族群的亘古之间产生了一种前所未有的，甚至是亵渎神明的联系。

这座壁垒呈五角星形，从一角到另一角约三百英尺长，由大小不一的侏罗纪砂岩修建而成。石料的平均尺寸大约在六乘八英尺左右。星形的五个凸角与五个凹角上对称地分布着一组大约四英尺宽、五英尺高的拱形望孔或窗户。窗户的底部距冰冻的地表约有四英尺高。透过孔洞，我们发现这座石头建筑的墙体足足有五英尺厚，建筑的内部

---

[1] 猎狗追兔游戏：一种英美儿童玩耍的游戏，充当兔子的人在前撒纸屑，充当猎犬的人在后追逐。

空间没有残留下任何形式的隔间，不过内壁上残留着一些痕迹说明那上面曾有过带状分布的雕画或浅浮雕——事实上，早前飞过这座建筑以及其他类似建筑时，我们就做出过这种猜测。虽然这座建筑的下方肯定还有更多的结构，但现如今，深深的冰层与积雪已经将它们完全遮盖住了。

我们翻过一扇窗户，想描绘下那些几乎完全隐没的壁画雕刻，但却徒劳无功。不过，我们没有尝试打开被冰封冻的地板。通过先前的巡航，我们知道城市里还有许多封冻得不太厉害的建筑，甚至我们还可能在那些保留着屋顶的建筑里找到完全无冰的内部空间，并且一直抵达真正的地面。在离开壁垒前，我们小心地给它拍下了照片，并且试图弄明白它那种无需灰泥黏合的石工技术，但却完全摸不着头脑。我们很希望帕波第能在身边，因为他的工程学知识也许能帮助我们猜测出城市里的居民在久远得无法想象的过去修建这座城市以及它的边沿建筑时，是如何处理这些巨型石块的。

想抵达城市真正的边缘需要往山下再走半英里。这半英里路程，以及背景里高空气流在耸入云霄的尖峰中发出的徒劳而野蛮的号叫，深深地刻印进我的脑海里，哪怕最微小的细节也不会漏下。除开丹弗斯与我外，任何人都只能在奇妙的噩梦里才能想象出那种视觉奇观。那座由暗色石塔形成的宏伟迷宫平躺在我们与西面翻滚涌动的白色雾气之间，它的轮廓如此怪诞，如此不可思议，以至于我们每到新的视角都会为看到的景象而折服。它是一座由坚硬岩石构成的蜃景。如果不是那些照片，恐怕我现在仍会怀疑是否真的存在这样的东西。大多数建筑的状况与我们检查过的那座石头壁垒类似；但是这些位于城市里的建筑所展现出的夸张外形却完全无法描述。

它有着无穷无尽的变化，非同寻常的厚实以及完全陌生怪异的异域风格。即便是照片也只能展现这些特质中的一两个方面。有些建筑的几何形状甚至在欧几里得几何体系里都找不到相应的名字——各种各样不规则的截断圆锥；形形色色不匀称而又令人不快的阶梯结构；有着奇怪球形鼓胀的长杠；一组组奇怪的破碎柱子；还有某些疯狂而怪诞的五角星结构或五条脊线结构。走近之后，我们还能透过冰层中某些透明的地方看到冰盖之下的模样，在那里许多管状的石桥在不同的高度上连接着那些散乱得令人疯狂的建筑。城市里似乎没有什么规则的街道，唯一露天的宽阔空白在左侧一英里开外——那无疑是古老的大河穿过城市，流进山脉的路线。

透过望远镜，我们还看到了大量安装在外部的横向宽板。宽板上残留着几乎已经磨蚀干净的雕画与一组组圆点。虽然大多数屋顶与塔尖难逃毁灭的厄运，我们依旧能勉强想象出这座城市过去的模样。整个看来，它曾是一个由扭曲的小巷与街道组成的复杂整体。所有的街道全都像是位于深深的峡谷底部，相较隧道而言，它们的差别只不过是顶端不像隧道那般完全封闭，而是悬垂着大量的建筑与拱形石桥。此时，它铺展在我们下方，映衬着西面的迷雾，若隐若现，就像是梦境奇想。南极那低垂在北端的太阳透过迷雾挣扎着洒出一点儿光辉；偶尔，更加浓密的遮挡也会拦住光线，将整个场景投进暂时的阴暗之中。那种景象以一种我不敢奢望能够描述的方式为眼前的一切增添了几分险恶的意味。就连我们完全感觉不到的狂风在身后巨大的山隘里发出的呼啸与低吟也仿佛带上了一种更加疯狂甚至意味深长的恶意。走进城市的最后那一段路格外崎岖与陡峭，一块巨石从山麓的边缘凸出来形成了向下的通道，坡度的变化让我们怀疑这里曾经有过一段人造的梯台。虽然地面上全是冰雪，但我们相信，在冰盖的下方肯定有着阶梯或是其他类似的东西。

最后，我们终于走进了那座城市，爬上了倒塌的石头建筑。那些破碎坑洼的石墙无处不在，近得让人压抑，而它们让人觉得无比渺小的高度更让我们不寒而栗。这种感觉是如此强烈，让我不由得再次为我们剩余的自制力感到惊讶。丹弗斯明显变得神经质起来，并且开始令人不快地胡乱揣测起发生在莱克营地里的恐怖事故——这让我越发愤恨，因为他让我不由自主地想起了某些结论，而这座源自可怖太古的病态遗迹所表现的许多特征越发加强了这些结论。此外，这些猜测也诱发了丹弗斯的想象；在有个地方——一处满是石屑的小巷突然大角度转向的角落——他坚称自己在地上看见了某些让他不安的痕迹；而在其他一些地方，他会停下来仔细聆听一些想象中的声音——他说那些无法确定源头的声音是一种透过阻碍传来的如同音乐般的笛声，很像是风吹过那些山坡岩洞时发出的声响，但又有着一些令人不安的差别。四周的建筑设计与墙上依稀可辨的蔓藤花纹装饰里充满了五角星的形状，这些无穷无尽的五角星包含了一种隐晦的邪恶暗示，让我们在潜意识里开始确信，它肯定与那些修建并居住在这座不洁之城里的远古存在有关。

不过，科学与冒险的精神还未完全泯灭。我们机械地执行着原定的计划——从巨石建筑上出现的所有不同种类的岩石上采集合适的样本。我们希望自己能有一套完整的设备，这样就能更加准确判断这个地方的年代历史。我们没有在外墙上找到早于侏罗纪或白垩纪科曼齐系时期的岩石样本，也没有看到哪块石头的年代晚于上新世[1]。可以肯定的是，我们游荡在一座被死亡统治的城市里——这种统治已经持续了至少五十万年，而且很可能更加漫长。

行走在这座被巨石阴影笼罩着的迷宫里，只要遇到大小合适的孔洞，我们就会停下来，研究它们内部的情况，也看看能不能当作进入建筑的入口。有些孔洞的位置太高，超出了我们能够看到的范围；而另一些则通向被冰雪封堵的遗迹——就像小山丘上那座没有屋顶的荒芜壁垒。有一个洞穴的内部很宽敞，充满了诱惑，但却通向一个似乎无底的深渊，根本找不到下去的方法。偶尔，我们会遇到一扇残存下来的窗户遮板，用来制作遮板的木头已经石化了。通过那些依旧可以辨认的纹理，我们对于这些木头古老得难以置信的历史有了深刻的认识。这些东西多数是中生代的裸子植物与针叶树——特别是白垩纪的苏铁植物——还有些显然是第三纪的扇叶棕榈和早期被子植物。我们没有发现任何晚于上新世的东西。窗户遮板的边缘似乎安装过奇怪的铰链，虽然铰链已经消失很久了，但它们的痕迹依旧留了下来。这些铰链似乎有许多不同的用途。有些遮板安置在窗户的外侧，有些则安装在深深的窗口内侧。所有的遮板似乎都卡在原来的位置上，因此那些可能是金属的固定物与闩扣虽然已经锈蚀了，但遮板依旧保留在原

---

[1] 上新世：一千三百万年到两百万年前。

来的位置上。

其间，我们经过了一排窗户——它们安装在一个有着完整尖顶的雄伟五边形锥体建筑的外凸表面上。透过窗户，我们看到了一个保存完好的巨大房间。房间里有岩石铺设的地板。但房间太高了，不依靠绳索几乎无法进入。虽然带着绳索，但除非真的必要，否则我们不想费力气去下降二十英尺，况且高原上的稀薄空气本来就给心脏增添了额外的负担。这个巨大的房间可能是某种大厅或礼堂，我们的手电筒照出了许多清晰显眼而又极其令人吃惊的雕画。这些图案雕刻在宽大的横板上。而那些横板则排列在墙面上，横板与横板之间穿插雕刻着常见蔓藤花纹并拥有同样宽度的另一类横板。我们仔细地为这里留下了标记，如果我们找不到更容易进入的地方，就从这里进去看一看。

不过，我们最终看见了最希望遇到的通道；那是一座大约六英尺宽、十英尺高的拱门，在拱门后是一座悬跨小巷的天桥。天桥距冰面的高度约为五英尺。当然，这样的拱道里通常都堆满了上方楼层垮塌下来的地板。但这座拱道的上层建筑依旧完好，因此我们能够通过它进入西面左手边的建筑——那是座由一连串长方形堆砌的梯台。小径的对面是另一座敞着的拱门，后面连接着一条古旧的走道。走道里没有窗户，却在孔洞上方约十英尺的地方有着奇怪的隆起。走道里一片漆黑，让整个拱道看起来好像是一口通向无尽虚空的深井。

成堆的碎石让进入左边那座巨大的建筑物变得更加容易，但是，在利用这次期待已久的机会前，我们仍旧犹豫了一会儿。虽然我们已经进入了这座充满了古老秘密的迷宫，但这座建筑属于一个古老得难以置信的世界，而这个世界的秘密正在变得越来越明白、越来越毛骨悚然——想要真真实实地踏入这样一座建筑，需要新的果敢与刚毅。不过，我们最终下定了决心，爬过瓦砾，走进了敞开着的入口。后方的地面上铺设着大块的板岩，似乎是一条又长又高的走廊的出口。而走廊两侧的墙上则刻满了雕画。

走廊的内部开着许多道拱门，我们意识到这可能是一座有着许多房间、结构非常复杂的巢穴，于是决定用猎狗追兔那一套方法留下标记。在这之前，依靠手里的罗盘，并且频繁眺望身后那出现在高塔之间的巍峨山脉，已足够确保我们不会迷失方向；但是从这时开始，我们必须要采用一些人工的标记作为替代。于是，我们把额外的纸张裁到了合适的大小，装进丹弗斯携带的一个袋子里，并准备在保证安全稳妥的前提下，尽可能节省地使用它们。这个方法或许能够保证我们不会迷路，因为在这座古老的建筑物里似乎没有太强的气流。如果想更加稳妥，或者用完了所有的纸张，我们也能重新启用那种更安全、但更单调与缓慢的方法——在岩石上凿下记号。

在进行试探前，我们无法想象这趟探索之旅究竟能走多远。这些建筑物之间修建着频繁而紧密的连接，因此我们有可能通过冰盖之下的石桥从一座建筑物进入另一座建筑物。由于冰层似乎没有侵入这些厚实建筑的内部，因此只有小规模的垮塌和地质变迁产生的裂缝才能阻碍我们的脚步。我们之前遇到过许多冰层透明的地方，透过那些地方，我们发现封冻在冰层里的窗户全都紧紧地闭着，仿佛居民们离开这座城市时已经将所有的窗户统一关上，随后冰雪封冻了建筑中较为低矮的部分，并且一直保持到了现在。事实上，看到这些情况，我们产生了一种奇怪的感觉——我们觉得这座城市并非是被突然降临的灾难给摧毁的，也不是因为逐渐衰落而荒废，生活在这里的居民似乎在某个我们不知道的远古时代里有意地关闭并放弃了这座城市。或许这里的居民们预见到了冰雪的降临，于是全体离开了这座城市，搜寻另一个更加安全的居住地去了？但在当时，我们还无法解释冰盖形成时所需要的精确物理条件。不过，这里显然没有冰川迁移的迹象。可能是积雪的压力起了作用，或者是大河里泛滥的洪水，抑或是巍峨山脉中某些古老冰坝破裂后产生的融水最后造就了我们现在看到的特别景观。加上些想象力，我们几乎可以构想出与这块地方有关的一切。

VI

这座隐伏着古老秘密的可怕巢穴，在历经过无穷无尽的岁月后，如今第一次回响起了人类的脚步声。虽然我们漫游了那座由远古巨石修建、犹如洞穴一般的复杂蜂巢建筑，但要连贯而详尽地叙述整个过程实在过于累赘。而且，大多数可怖的情节与启示都来自我们观察研究过的那些无处不在的壁画雕刻。利用闪光灯，我们拍摄了许多幅雕画。这些照片能够证实我们所揭露的一切都是真实的。可惜的是，我们身边没有更多的胶片。因此，在胶片用光后，我们在笔记本上用粗糙的素描画下了那些格外引人注意的东西。

我们进入的那座建筑物非常巨大，而且装饰得也非常精巧。这让我们对那一时期的建筑风格有了非常难忘的概念。虽然内部的隔墙不如外墙那样厚实，但建筑中较低矮的部分却保存得极好。整个建筑的最大特征就如同迷宫一般复杂，而且每一层都会出现一些毫无规律的古怪变化；如果没有在身后留下撕碎的纸片作为标记，我们肯定会在一开始就完全迷失方向。我们决定先探索建筑物更加残破的上半部分，于是在这座迷宫里向上攀登了大约一百英尺，抵达了那些位于最高层的房间——那些残破的房间里满是积雪，屋顶已经不见了，只留下向着极地天空敞开的巨大空洞。建筑物内修建着许多带有横向棱纹的石头坡道或者斜面，可供我们上下。这些建筑应该对应着我们经常使用的楼梯。旅途中遇到的房间，涵盖了任何人类能想象得到的任何形状与比例；从五角星形到三角形到完美的立方体。保守估计，房间的平均建筑面积约为三十乘三十英尺，高二十英尺，但也有更大的房间。在详尽地检查完上层建筑后，我们开始向下探索，一层又一层，深入那浸没在冰层之下的部分。很快，我们便意识到自己走进了一个连绵不断的迷宫——这座迷宫由无数相互连接着的房间与通道组成，甚至可能把我们领向这座建筑以外的无穷空间。身边所有东西全都显得无以伦比的巨大与厚重，给人以一种古怪的压迫感；这些古老石头建筑的各个方面——轮廓、尺寸、比例、装饰乃至结构上的细微差别——全都暗含着某种模糊但却与人类完全不同的意味。不久，我们便从墙上的雕画里了解到，这座可怕的城市已经存在数百万年了。

我们不知道城市的建筑者们利用了怎样的工程学原理调整那些巨型的岩石，让它们能够保持怪异的平衡状态，但拱形结构显然起了非常重要的作用。我们看到的房间全都是空的，没有任何便于携带的东西。这种情况让我们更加确信先前的结论——城市里的居民有计划地抛弃了自己的家园。几乎无处不在的墙面雕画构成了建筑装饰中最显著的特征。雕画通常都凿刻在连续不断的横向宽板上。这些横板的宽度为三英尺宽。除开雕画横板外，还有一种同样宽度的横板，这些横板上雕刻的是几何对称的蔓藤花纹。两种横板相互穿插，交替出现，一直从地板排列到天花板，占据了整个墙面。虽然我们也看到了其他的排列方式，但这种设计占了绝大多数。不过，我们也经常看到某块雕刻着蔓藤花纹的横板旁排列着一连串平整并且带有花边的圆角方框，方框里古怪地排列着一组组圆点。

我们很快就发现，这些图案所反映的雕刻技法非常成熟，创作者的技术也非常高超，其对于美学原理的把握更是发展到了登峰造极的程度。然而，这些雕刻里的每一个细节都与已知的任何人类艺术传统完全不同。就雕刻的精细程度而言，我还从未见过能与它们相提并论的作品。雕画采用了很清晰的比例，复杂植物与动物上最微小的细节也表现得栩栩如生，令人惊讶；另一方面，常用的设计也显得精巧而又纷繁复杂。那些蔓藤花纹展现了雕刻者对于数学原理的深奥运用——这些花纹均由复杂的对称曲线与折角组成，而且每种基本元素的数量都是五的倍数。雕有绘画的横板都遵循着一种严格定型的传统，并且对图案的远近透视进行了一种奇特处理，尽管它们与我们之间存在着漫长地质年代所形成的巨大鸿沟，然而这些图画所具备的艺术感染力仍旧深深地打动了我与丹弗斯。这些雕画创作者在设计构图时采用的基本方法是将所描绘事物的横截面二维轮廓奇怪地并置在一起——这表现出一种能够分析事物的心理特征，完全超越了任何已知的古代人类族群。若是将这些作品与我们陈列在博物馆里的那些艺术品进行对比，恐怕不会有什么结果。那些看过照片的人可能会发现与它们最接近的东西反而是那些最为大胆超前的未来主义者所提出的某些怪诞构想。

刻有蔓藤花纹的方框完全由凹陷的刻线组成。在未被风化的墙面上，这些刻线深度能达到一到两英寸。而那些刻有一组组圆点的圆角方框则会整个陷入墙面。这些方框内的平面会陷进墙面一英寸半的深度，而圆点部分则会再向下陷入约半英尺——那些圆点显然是用某种未知的远古语言与字母书写的铭文。带图案的横板采用的是下沉式的浅浮雕[1]，浮雕的背景通常距离墙面有大约两英寸的深度。我们发现有一些雕画残留着上色的痕迹，但是大多数雕画上的颜料早已在无穷无尽的岁月中分解剥离了。我们越研究这些了不起的技法，就越是钦佩这些作品。虽然这些雕画有着严格统一的创作规则，但我们仍能领会那些艺术家细致而精准的观察与绘图技巧；事实上，那些惯用的创作规则本身就在象征与强调事物的真正本质，或者用来表现所描绘物体之间的重要差别。我们发现，除开那些能够辨认的优点外，这些雕画里还藏着一些我们无法感知的东西。各处发现的痕迹都隐约暗示着一些象征与刺激——也许在了解了另一种精神背景或文化背景后，借助更全面的——或者完全不同的——感官，才能让我们了解那些更深层，也更强烈的意义。

那些雕画的主题显然都源于创作者们在那个早已逝去的时代里的生活，其中有很大一部分显然都是它们的历史。这个古老的种族对于历史有着超乎寻常的热衷与执迷——虽然只是巧合，但却为我们创造了一个极其有利的环境——它们的执迷使得雕画为我们提供了叹为观止的丰富信息，也让我们忘记了其他考虑，一心想把它们拍成照片、誊写在纸上。在某些房间里会出现地图、星图以及其他一些尺寸较大的科学图案，随着这些图画的出现，雕画的排列方式也会跟着发生变化。这些科学图案为我们从刻有绘画的横板与墙裙上了解到的信息给

---

[1]浅浮雕：一种结合了浮雕和沉雕特点的雕刻工艺。创作者先将雕刻内容画在材料表面，然后凿掉没有内容的部分，再用浮雕的方式进一步细刻。这样制作的作品整体陷入材料内部，但画面本身依旧是浮雕。国内似乎将这种方式归类为浮雕的一种。

出了简单而又可怕的证实。在说明它们到底揭露了什么信息前，我只希望自己的叙述不会在那些完全相信我的听众心中唤起过分强烈的好奇心，以致盖过应有的理智与谨慎。如果我的警告反而更加诱惑人们向往那个充满了死亡与恐怖的国度，那实在是个悲剧。

高大的窗户与十二英尺高的厚实大门穿插在满是雕画的石墙之间。偶尔，我们也能发现一些残留下来、早已石化的木门或窗户遮板——那些木板全都被雕刻上了精巧的图案，并且进行了抛光处理。所有的金属固定物早在很久以前就已经完全锈蚀了，但是有些大门还保持在原来的位置上——当我们从一个房间进入另一个房间时，常常不得不将这些木门推到一边。有时我们还能发现一些装着古怪的透明薄片的窗框——这些薄片大多数是椭圆形的——但数目并不多。另外，我们还常常能看到一些非常巨大的壁龛，大多数都是空的，但偶尔也有一些用绿色滑石雕刻的奇异物件——有的已经破损了，有的可能是因为太微不足道所以没必要一并带走。房间里的其他孔洞显然与过去存在的某些机械设备有关——供暖、照明等等，诸如此类——许多雕画中也展现过这些东西。天花板一般是平整的，但偶尔也会镶嵌上一些绿色的滑石或其他地砖，但大多数装饰都已经掉下来了。有些地板上也铺设着类似的地砖，但绝大多数地方都是平整的石板。

我之前已经说过，所有的家具以及其他可以移动的东西都不见了；但雕画仍让我们对于这些响彻着回音、如同坟墓一般的房间里曾经摆放过怎样一些奇怪设备有了清晰的概念。冰盖以上的楼层里通常都堆积着一层厚厚的碎石与岩屑，但是越往下走，这样的情况就越少见。某些位置较低的房间和过道里只有些许沙砾般的灰尘，或是古老的积垢，还有些地方甚至像是新近打扫过一般干净无瑕，充满了神秘气氛。当然，在出现裂缝和发生倒塌的地方，位置较低的楼层也与上方楼层一样杂乱不堪。由于我们所进入的这座建筑里有一片中央庭院——我们驾驶飞机时也在其他建筑里看到过类似的结构——建筑的内部并不是一片漆黑；所以，在位置较高的楼层里，除非要研究雕画的细节，否则我们会尽量避免使用手电筒。但是在冰盖以下的楼层里，光线会变得非常昏暗；在那些贴近地面、结构错综复杂的楼层里，大多数地方几乎是漆黑一片。

行走在这座万古沉寂、绝非出自人类之手的迷宫里，我们产生了许多想法与感受。如果要为我们的所思所想描画出哪怕最最基本的轮廓，任何人都一定会觉得那是由一连串难以捉摸的情绪、记忆与印象形成的令人困惑到绝望的混乱。即便我们没有在莱克的营地里遇见无法解释的恐怖情景，即便四周骇人的雕画没有过早地向我们解释那些真相，这个地方那完全令人骇然的古老与让人联想到死亡的荒凉也足以压垮任何一个心智敏感的人了。至于究竟是谁在千百万年前，在人类的祖先还只是一群古老而原始的哺乳动物，在巨大的恐龙还游荡在欧亚大陆热带大草原时，修建并生活在这座可怕的死城里，我们一直心存疑虑与侥幸。直到那一刻，当我们来到一系列保存完整的雕画前时，事实再也容不下任何模棱两可的解释，甚至我们只是花了短短一瞬就意识到了那令人毛骨悚然的真相——如果要说我与丹弗斯之前私下没有想过这个答案，那未免太过天真了；可是我们一直小心地压抑着自己的想法，甚至都不曾向对方做出任何暗示。但是，在这一刻，我们已再无任何仁慈的疑虑可供搪塞。

在这之前，我们一直绝望地试图寻找一个假设，并在心中坚持相信那些无处不在的五角形设计只是针对某种明显表现为五角星形的远古自然物产生的文化或宗教崇拜；就像是克里特文明会将神圣的公牛画进装饰图案里。类似的还有埃及的圣甲虫，罗马的狼与鹰，以及各种各样蛮荒部落挑选出来的动物图腾。但在那一刻，现实剥走了我们仅存的安慰，迫使我们明白无误地直面足以动摇我们理性的真相。看到这里的读者无疑早已预料到这个结果。可直到如今，我仍几乎无法忍受将事实白纸黑字地写下来，也许我的确没有必要这么做。

那些早在恐龙时代就已修建并居住在这座可怖的城市里的生物并不是恐龙，它们与恐龙完全不同，但却比恐龙更可怕。恐龙只不过是一群年轻而又无脑的愚笨动物——这座城市的建筑者远比恐龙更加古老，也更加睿智。早在十亿年前；早在真正的地球生命还未进化成一团多细胞原生质之前；甚至早在真正的地球生命还未出现之前，它们就已经在当时的岩石里留下了自己的痕迹。它们是生命的创造者与奴役者，毫无疑问，它们是——就连《纳克特抄本》与《死灵之书》这样的禁忌典籍也只敢胆怯暗示的——可憎远古神话的原型。它们就是伟大的"远古者"。早在地球尚且年轻的时候，它们就从群星之中降临到了这里——另一种对我们来说完全陌生怪异的进化历程塑造了它们的形体；而我们所生活的行星从未孕育过它们那样的力量。想想看，仅仅在一天前，我们还切切实实地看过它们具有数万年历史的残破化石——而且可怜的莱克及他的组员还亲眼见过它们的完整轮廓——所以，即便能够从人类出现以前的地质历史里了解到有关它们的零星信息，我们也没有办法将这些信息按照合适的顺序排列起来。在某些启示带来的第一轮惊骇后，我们不得不停顿下来，试图恢复镇定。而等我们开始系统的调查之旅时，已经是下午3点钟之后的事情了。陈列在我们最初进入的那座建筑里的雕画是年代较晚的作品——根据画中的地质、生物以及天文学特征，我们认为那些雕画有两百万年的历史。后来我们穿过冰下石桥，探索了一些其他更古老的建筑物。与在那些建筑物里发现的古老雕画相比，最初发现的雕画在艺术上的造诣显现出了衰落与颓废的迹象。我们曾探索过一座直接用实心岩床开凿而成的建筑，那座建筑的年代可以追溯到四千万甚至五千万年前——也就是早始新世[1]或晚白垩纪时期。在那座建筑里出现的浅浮雕在艺术上的造诣几乎超越了我们在城市里遇到过的任何雕画，仅仅只落后一个地方。后来，我们一致认定，那是我们探索过的最为古老的建筑。

我们拍摄的照片很快就会公之于众，如果没有那些照片做证，我绝对不会说明自己发现与推测出的东西，免得被人称为疯子。当然，在我们拼补起来的故事中，那些极其早期的部分——那些描述地球形成以前，这些有着星形头部的生物在其他行星、其他星系，乃至其他宇宙中生活的故事——能够被简单地解释为这些生物自己创造的奇妙神话；然而牵涉到那些故事的雕画里有时会出现一些特别的图案与简图，这些简图极其不可思议地像是人类在数学与天体物理学领域的最

---

[1] 早始新世：五千八百万年到四千万年前。

新发现，这让我不知该做何感想。待其他人看到我公布的照片后，自己去做判断吧。

当然，我们遇到的每组雕画都只讲述了一个连贯故事的某个片段，而且我们遇到的各个片段并不是按照这个故事的发展顺序依次出现的。某些巨大的房间里陈列的图案可以组成一个独立的单元，而在另一些地方，一部连续的编年史则需要占据一系列的房间与走道。最好的地图与简图都刻在一座地势很低的地方——那儿的位置甚至在古老的岩石地表之下，它是一座可怕的深渊——那个洞穴的尺寸大约为两百英尺乘两百英尺，高度约六十英尺，无疑是某种类似教育中心的地方。有些主题会重复出现在许多不同的房间与建筑内，非常引人注目——因为某些经历，种族历史中的某些阶段，以及某段历史的摘要显然会得到许多雕刻家或居民的喜爱。不过，有些时候，一个主题也会出现不同版本的叙述，这种做法显然有助于解决争端、调和分歧。

直到现在，我仍为我们能利用那一点点时间演绎推断出如此多的东西而感到惊讶。当然，即便是现在，我们也仅仅只有一个最粗略的轮廓——而且其中的大部分内容都是通过研究当时采集的照片与素描获得的。也许，后来开展的那些研究正是导致丹弗斯最终精神崩溃的直接原因——这些研究唤醒了压抑的记忆与模糊的印象，加上他天生较为敏感，并且在最后瞥见了某些一直不愿意告诉我的东西，因而被压垮了。但我们不得不这么做；在尽可能充分了解那些信息之前，我们根本没办法明智地做出警告，而向世界发出警告则是我们的首要任务。有股力量一直在那片时空扭曲、自然法则怪诞陌生的未知南极世界里徘徊着，这使得我们必须中止进一步的探险工作。

VII

整个故事，所有已经解译的部分，最终会发布在密斯卡托尼克大学的官方报告上。在这里我将仅仅以一种没有条理而且杂乱无章的方式粗略地谈一谈那些极为重要的部分。不论神话与否，那些雕画讲述了它们的降临：这些有着星形头部的生物从宇宙空间降临到毫无生机的初生地球上——雕画不仅讲述了它们的到来，也讲述了其他一些外星生命在某些时期为了开拓生存空间而降临地球的情形。它们似乎能够利用巨大的膜翼在星际空间的以太里穿行——这一发现古怪地印证了某位从事古物研究的同僚在很早以前告诉过我的奇特山区民间传说。这些生物大多都生活在海洋里。它们修建起了许多奇妙的城市，并且使用错综复杂、原理未知的能量设备与一些不可名状的敌人进行了可怕的战争。它们所掌握的科学技术显然远远超越了今天的人类，但它们只在必要的时候，才会使用这些远比人类科技更加普及与复杂的设备。根据某些雕画的表述，它们曾在另一些星球上选择过高度机械化的生活方式，但它们放弃了那种生活方式，似乎是因为这种生活无法让它们得到情感上的满足。这些生物有着坚韧得超乎寻常的组织器官以及非常简单的生理需求，因此即便没有专门制造的设备，它们也能生活得很好——它们甚至都不需要衣物，只在非常少见的情况下装备一些保护措施抵御危险环境。

在海底，这些生物根据自己很久以前就掌握的方法，使用能够找到的物质，创造出了最初的地球生命——起初，它们将这些生物当作食物，后来又有了其他的用途。在歼灭了各种来自宇宙的敌人后，它们又进行了一些更加复杂和精细的实验。在其他的星球上，它们也曾进行过同样的实验，并且不仅制造出了生活必需的食物，而且还创造了某种原生质般的多细胞肉块——在某些类似催眠的作用下，这些肉块能够将自己的组织临时塑造成各种各样的器官。于是，这些肉块成了理想的奴隶，能够在它们的社会里从事一些繁重的劳力工作。这些带有黏性的肉块无疑就是阿卜杜·阿尔哈兹莱德在他那本可怖的《死灵之书》里悄悄提到的"犹格斯"，然而就连那个阿拉伯疯子也没说这种东西曾经出现在地球上，人们在嚼食某种含生物碱的药草后才会在梦境里遇见那种东西。那些有着星形头部的远古者在这颗行星上合成了它们所需的简单食物，并且培育出了一大批犹格斯。在这之后，它们开始允许其他一些细胞组织自由进化成其他形式的动植物生命，用于各种各样不同的目的，同时也消灭掉任何会造成麻烦的生物。

通过膨胀躯体，犹格斯能举起极为惊人的重量。在它们的协助下，远古者们在海底修建的低矮小城逐渐演变成了巨大而又壮丽的石头迷宫，后来它们也在陆地上建造了更多类似的城市。事实上，在宇宙中的其他地方，具有极强适应性的远古者们大多都居住在陆地上，可能也因此保留了大量修建陆地建筑的传统。我们研究了所有出现在雕画中的古老城市，包括我们身处的这座万古死寂的城市，并且发现了一个令我们记忆犹新的巧合，然而我们至今都没有尝试去解释这个巧合，即便是自己在心里做出解释。虽然我们身边的这座真实存在的城市在历经岁月侵蚀之后只剩下了一堆堆奇形怪状的废墟，但是在那些浅浮雕里，这座城市里曾耸立着一簇簇细针般的尖塔，某些圆锥和角锥尖顶上曾有着精巧的装饰，那些圆柱形杆状建筑的顶端曾有着层层叠叠的扇形薄碟。这幅情景与我们即将抵达悲惨的莱克营地时看到的那场可怕而又不祥的蜃景一模一样。当时这座死城的扭曲影像越过无法窥探的疯狂山脉浮现在了我们无知的双眼前——然而作为蜃景的真正源头，这座死城的天际线早在千万年前就已经失去了那些特征。

远古者们的生活，不论是海中的生活，还是移居陆地后的生活，都足以写上几本大部头的专著。那些生活在浅水区的远古者能最大限度地利用自己生长在头部的五条触肢末端的眼睛，并且用非常普通的方法进行雕刻与书写工作——它们用一根尖细的小棍在防水的蜡质表面进行书写。而那些下潜到大洋深处的远古者，虽然拥有一种能散发出磷光的奇怪生物为自己照明，却仍然会利用头部顶端那些多彩的纤毛来补充视力上的不足——这些纤毛似乎具备一种令人费解的特殊感知能力——它们的存在使得所有远古者都能在遇到紧急情况时一定程度上摆脱对光线的依赖。随着深度的增加，它们的书写与雕刻方式也都发生了奇怪的变化。雕画描述了某些看上去像是用化学物在物体表面包裹覆盖的情景——可能是为了固定磷光——但浅浮雕无法向我们做更清楚的说明。在海洋里移动时，这些生物有时会依靠侧旁海百合一般的肢体进行游泳；有时则依靠底端带三角形伪足的触肢进行蠕动。偶尔它们也会利用两对或更多扇子一般可折叠的膜翼进行长距离的滑行。在地面上时，它们会利用自己的伪足进行短程旅行，但偶尔也会利用膜翼飞到极高的地方，或是进行长距离的飞行。由于海百合状的肢体有许多细长的分支，这使得这些肢体在肌肉与神经的调控下变得极端精细、灵活、强壮与准确——这一特点确保了远古者们在从事各种艺术与手工工作时能最大限度发挥自己的技能与灵巧。

　　这些生物坚韧得让人难以置信。即使海底最深处的可怕压力似乎也不能伤害它们。除开暴力因素，似乎只有极少数远古者会死亡，而它们的坟地似乎也非常有限。根据雕画的描述，它们会将死者竖直地埋葬在带有铭文的五角星形坟丘里。看到这里，我与丹弗斯的脑海里都浮现出了某些可怕想法——这让我们不得不再次停顿下来，等待心情恢复平静。另一些雕画显示，这些生物依靠孢子进行繁殖——正如莱克之前推测的一样，与蕨类植物类似——但是，由于它们有着异乎寻常的坚韧体魄与极为惊人的寿命，所以没有必要进行世代更替。除非它们要殖民新的地区，否则远古者不鼓励大规模产生新的原叶体。幼体成熟得很快，而且需要接受标准高得显然完全超越我们想象的教育。知识与艺术生活占据着社会的主导地位，两者高度发达，并且产生了一套坚持传承了很长时间的风俗与制度。我将在随后的专题论文里对此进行更全面的详述。由于陆地与海洋的居住环境不同，这些风俗也会相应地发生一些细微的变化，但是它们都具备着相同的基础与本质。

　　虽然能像植物一样从无机物中吸取养分，但它们显然非常喜欢有机食物，尤其是动物。生活在海底的时候，它们会吞食未经烹饪的海洋生物，但在陆地上，它们会在食用前进行烹饪。这些生物会追捕猎物，也会喂养肉用的兽群——宰杀动物时，它们会使用一种尖锐的武器。我们的探险队之前在化石骨骼上发现的奇怪伤痕就是这些武器留下的。另外，它们能奇迹般地耐受住任何寻常的温度，甚至不需要保护就能在低于冰点的水中生活。然而，将近一百万年前，更新世的刺骨寒冷让陆地居民不得不开始使用某些特殊的设备，包括一些人造的热源。后来，致命的严寒似乎将它们全都赶回了海里。传说，在很早之前，飞越宇宙空间的时候，这些生物会吸收某些化学物质，然后变得几乎完全不需要进食、呼吸或取暖——但到了冰河时代，它们显然已经忘记了这些方法。现在看来，不管怎样，它们都无法依靠那些人造设备在这座城市里一直安然无恙地生存下去。

由于不需要配偶，而且身体结构比较类似植物，远古者不像哺乳动物那样有着组建家庭的生物学基础。但雕画显示它们依旧会组成类似大家庭的社会单元，根据画面上那些生活在一起的远古者所从事的职业与娱乐活动推断，这些团体是根据空间利用的舒适程度建立起来的，生活在一起的个体都有着相宜的趣味和习性。在布置家园的时候，它们会把所有的东西摆放在巨大房间的中央，将所有的墙面都空出来用于装饰。地上的居民使用一种可能依靠化学电的设备进行照明。不论是在水中还是在陆地上，它们都使用一些奇怪的桌子与椅子，还有一种像是圆柱形框架一样的躺椅——因为它们在休息和睡觉时都是站立着的，仅仅只将身体上的触手折叠起来而已——另外，我们还在雕画里看到了一些搁架，上面摆放着一套套带有圆点、用铰链装钉而成的平板——那应该是它们用的书籍。

远古者的政府显然非常复杂，而且很可能是社会主义社会，但是单单依靠我们所看到的雕画无法进行任何确定的推断。它们拥有大量的商业活动，不仅在城市内部进行贸易往来，也会在不同城市之间进行商业交流——某些扁平且带有刻印的小五角星形物件被当作货币进行流通。我们探险队之前也发现了各种淡绿色的滑石，那些较小的样本可能就是这种货币的碎片。尽管在文化上已经是城市文明了，但它们还保留有一部分农业与大规模的畜牧业。矿物开采以及有限的制造活动也都在进行。远古者们经常旅行，但除开在种族扩张时期进行的大规模殖民运动外，它们似乎不太会永久性地移民定居到其他地方。个体在活动时不需要使用额外的辅助设备，因为不论是在水里、地上还是空中，远古者们似乎都能够达到惊人的速度。不过，它们会驱使那些能够负重的野兽为自己搬运重物——在海洋里，它们会驱使犹格斯；而后来登上陆地之后，它们则会驱使各式各样奇形怪状的原始脊椎动物。

这些脊椎动物，与无数其他生物——不论动物还是植物，不论海生的、陆生的还是天上飞翔的——都是从远古者们所制造的生命细胞进化发展而成的。那些细胞在脱离了它们的注意后，无约束地自行进化繁衍，从而产生了各种各样的生命。但这些生命之所以能不受管束地自由发展，主要还是因为它们没有与主宰地球的种群发生冲突。当然，那些带来麻烦的生物全都被远古者们不假思索地灭绝了。但最令我们感兴趣的还是某些年代最晚、技巧也最退化的雕画，雕画里描绘了一种蹒跚滑稽的原始哺乳动物——那些居住在陆地的远古者们有时把它们当作食物，有时则把它们当作娱乐用的小丑——而这种哺乳动物无疑已有了些许模糊的猿猴甚至人类特征。另外，还有一些雕画描绘了远古者们在建造陆地城市时的情形，它们驱使某种巨大的翼龙来搬运建筑高塔的巨型石块——现今的古生物学家对这种翼龙还一无所知。

远古者们在地表经历了各式各样的地质剧变和灾难，却近乎奇迹般地生存了下来。虽然它们修建起来的第一批城市大多——甚至可能是全部——没有熬过太古代[1]，但它们的文明，或者说它们的历史传承却没有出现任何中断。它们最初降落在地球的南冰洋。它们降临的时候，月亮可能刚被地球从南太平洋上甩出去[2]。根据一幅雕刻在石墙上的地图来看，当时整个地球还位于水面之下。然而，随着岁月的流逝，它们的石头城市逐渐出现在了南极以外的其他地方，并且散布得越来越远。在另一幅地图上，南极点附近已经出现了一块巨大的干燥陆地。显然，有一部分远古者在这片大陆上建造起了一些实验性的定居地，但整个远古者族群的主要中心还是转移到了最近的海底。年代较晚的地图反映了这片巨大陆块的断裂与漂移，同时也描绘了一些分离的小陆地向北移动的过程，所有这些都明显地论证了最近由泰勒、魏格纳与乔利等人所发展起来的大陆漂移理论。

---

[1] 太古代：地球成形到二十五亿年前。

[2] ……月亮可能刚被地球从南太平洋上甩出去：此处依据的是19世纪末，乔治·达尔文在研究了地月系统的潮汐演化后提出的最早的月球形成理论。该理论认为月球是从地球分离出去而形成的，并提出太平洋盆就是月球脱离地球时所造成的一个巨大遗迹。这一理论现在已被撞击假说取代。

随着新大陆从南太平洋的海底隆起，一系列巨大的变故接踵而至。远古者的许多海底城市被彻底地毁灭了，然而这还不是最不幸的事情。没过多久，另一个种族，一个像是章鱼的陆地种族——可能就是那些出现在传说里、存在于人类之前的克苏鲁的眷族——从无垠的宇宙中降临到了地球上。它们对远古者发动了突然袭击，挑起了一场可怕的战争。一时间，远古者们被全数赶到了海底——考虑到陆地定居点的数量之前一直在增加，这一定是个巨大的打击。后来，双方达成了和解，克苏鲁的眷族能占有那片从海中升起的新大陆；而远古者则仍保留海洋与所有的旧大陆。它们新建了一批陆地城市——当中最为巨大的城市就在南极，可能它们将自己种群最初抵达的区域视为圣地。从这时起，事情回到了以前的模样，南极大陆再度成为了远古者文明的中心，而克苏鲁的眷族之前在南极修建的城市全都被远古者清除掉了。随后，在某个时期，位于南太平洋的那些大陆突然沉没了，一同淹没的还有那座恐怖的石城拉莱耶，以及所有从宇宙中降临到那片土地上的章鱼种族。于是，远古者们再度统治了整个星球，只不过，这时的它们已经有了一些不愿提及的隐隐忧惧。过了一段相当长的时间之后，它们的城市已经散布到了全球的各个大陆与海洋——因此我会在即将发布的专题论文中推荐一些考古学家利用帕波第的钻探设备在一些广泛分散的地区进行系统的钻探考察。

随着岁月的流逝，远古者们逐步从水底转移到了陆地上——不断出现的新陆块也促进了它们的移民，但那些位于海底的城市却从未彻底荒废。另一个促进它们向陆地转移的原因是犹格斯。在海底生活需要使唤犹格斯，但它们在培育和管理犹格斯时却遇到了新的麻烦。远古者们在雕画里悲伤地承认，随着时间的推移，从无机物中创造新生物的技术已经遗失了，所以它们只能改造那些已经存在的生物。陆地上的巨型爬行动物很容易驯服；但海里的犹格斯，不仅能依靠分裂进行繁殖，而且偶尔还会表现出非常危险的智力。一时间，这些东西已成为了非常严重的问题。

过去远古者们一直都利用某种类似催眠的技术牢牢地控制着犹格斯，令它们坚韧而又可塑的形体变成各种各样临时的肢体与器官；但到了这个时期，犹格斯偶尔也能独立地表现出自我塑形的能力，并开始模仿过去那些依照远古者的命令而塑造出来的形状。它们似乎发展出了一个不太稳定的大脑，这颗大脑不仅独立而且有时候会变得非常顽固倔强。它们会附和远古者的愿意，却不总是遵循命令。雕画中的犹格斯令我与丹弗斯充满了恐惧与嫌恶。它们通常只是一些黏性胶冻般不定型的块状物，看起来像是一堆泡沫组成的聚集体。当它呈球形时，平均直径约十五英尺。不过，它们的形状和体积总在不断地变化——抛出临时的附肢，或是形成某些用于模仿它们主人看、听与说话的器官——这个过程既可以是自发的，也可以遵循远古者的命令。

到了二叠纪中期，大约两亿五千万年前[1]，犹格斯似乎变得更加危险和倔强了。居住在海洋里的远古者发动了一场真正的战争，试图镇压它们。一些雕画描绘了这场战争，也描述了那些被黏液包裹着的无头尸体——犹格斯一般会这样对待它们捕捉到的受害者。尽管这些场景发生在距离我们无穷遥远的过去，但却依旧让人觉得毛骨悚然。远古者们利用一种能够将物质裂解成分子与原子的奇怪武器镇压了反叛的犹格斯，并最终取得了完全的胜利。雕画显示，随后的一段时间里，在全副武装的远古者们面前，犹格斯变得既温顺又沮丧，就像美国西部那些被牛仔们驯服的野马一样。但在反叛期间，犹格斯展现出了新的能力：它们能够离开水体后继续存活了。不过，远古者并没有发展它们的这种能力——因为在陆地上，它们带来的用处远远抵不上管理它们的麻烦。

到了侏罗纪时期，远古者遇到了新的麻烦——另一种新的来自外层空间的入侵者。这一次是一种半真菌、半甲壳类的生物——北方的某些山野传说也提到了同样的生物[2]，而在喜马拉雅山脉地区，它们被

---

[1]两亿五千万年前：此处原文为 the middle of the Permian Age,perhaps two hundred and fifty million years ago,Permian Age，二叠纪中期应该为两亿七千万年前，而非两亿五千万年前，洛夫克拉夫特在《超越时间之影》里也犯了类似的错误，不知原因为何。

[2]……北方的某些山野传说也提到了同样的生物：见《黑暗中的低语》。

称为"米·戈",或者可憎的雪人。为了与米·戈开战,远古者们准备在地球周围的外层空间展开突袭。这是它们登上陆地后第一次试图回到宇宙里;然而,尽管像很久以前一样做好了所有准备,它们却发现自己已经无法离开地球大气层了。不论它们曾掌握着怎样一些有关星际旅行的古老秘密,到了这个时期,远古者族群已经遗忘了那些知识。最后,米·戈将远古者赶离了所有位于北部的大陆。但是,它们似乎无力去打扰那些生活在海里的远古者。渐渐地,远古者们开始一点点缓慢地向它们最初的南极聚居地退缩。

研究过那些描绘战争的雕画后,我们好奇地发现,构成克苏鲁眷族与米·戈的东西与我们所知道的、构成远古者的物质完全不同。它们能够进行某些变形与重组过程,而它们的对手却完全做不到这些,因此这些外星种族似乎源自宇宙空间中那些更加遥远的深渊。而远古者,除开它们非同寻常的坚韧躯体和极为独特的生命特性外,依旧是由物质构成,因此肯定源自我们所知道的时空连续体——然而其生物的最初起源就只能留给我们去焦虑地揣测了。当然,这种假设的前提是那些入侵外敌所具备的特异能力,以及与地球毫无关系的特质,并非是纯粹的神话。可以想象,远古者们可能创造了一个宇宙体系来解释它们偶尔的战败,因为对历史的兴趣与自豪显然是它们最主要的心理特征。耐人寻味的是,它们的编年史里并没有提到许多曾出现在某些神话里、先进而强大的种族——那些晦涩的传说里曾一再提到过它们强大的文化与高塔林立的城市。

许多雕刻而成的地图与场景极其生动地反映了这个世界在漫长地质年代中不断变化的情景。某些地方,现有的科学理论需要进行修正,而在其他一些地方,科学中做出的大胆猜测得到了极好的证实。我在前面说过,泰勒、魏格纳与乔利曾提出过一些假说,认为所有的大陆都是最初位于南极的一片巨大陆块破碎之后的产物。这一假说认为最早南极的陆块在离心力的作用下断裂,尔后断裂的部分在一个严格来说具有黏性的地表上相互漂移远离,形成了今天的世界——像是非洲与南美大陆的轮廓线相互吻合;巨大山脉隆起与堆挤的方式都支持这一假说——不过这一假说在这个神秘的地方得到了最为醒目与直接的证明。

　　地图明显显示，在三亿年前或更久以前的石炭纪，世界出现了巨大的缝隙与裂痕，并注定最后将非洲从原本欧洲（这时还是远古神话中的伐鲁西亚）、亚洲、美洲以及南极洲组成的联合大陆中分裂开来。而其他的图案已经能很好地区分现今的几个大陆了——其中最有意义的一张与我们身边这座巨大死城在五千万年前的建立有关——而在我们能发现的最晚期的地图里——其历史可能能追溯到上新世——已经出现了一个与今天的地球非常相似的世界，虽然当时阿拉斯加与西伯利亚还相互连接着，而北美通过格陵兰与欧洲相连，南美则通过格雷厄姆地与南极大陆连接着。在石炭纪的地图上，整个地球，不论海底还是分裂的陆地上都标记着符号，象征了一座座远古者的巨型石城；但是在较晚期的地图中，远古者向着南极逐渐衰退收缩的迹象表现得非常明显。在最晚的上新世地图中，除开南极大陆与南美洲的尖端，远古者已没有任何陆地城市了；而在海底，情况也差不多，最北端的城市大约在南纬50度左右，更北的地方也没有留下任何象征城市的符号。远古者只研究过北方大陆的海岸线，至于北方世界的其他情况，它们一无所知，也毫无兴趣——就连针对海岸线的研究也可能是它们利用扇子一般的膜翼进行长途飞行探险时完成的。

　　山脉隆起、大陆被离心力撕裂、陆地和海底地震以及其他一些自然原因都会导致城市的毁灭，像这样的记录非常常见。但我们好奇地发现，随着岁月的流逝，远古者们重新修复的城市越来越少。这座铺展在我们周围、巨大而又死寂的都市似乎是这个种族最后的文明中心。它始建于白垩纪早期。当时一场剧烈的地壳弯折运动彻底地毁灭了另一座位于不远处但却更加巨大的城市，于是远古者们在这里重新修建了一座新的城市。似乎这一片地区是远古者最为珍视的圣地，据说第一批抵达地球的远古者就定居在这个位置上，只不过当时这里还是一片远古汪洋的海床。我们能从雕画上认出许多有关这座新城市的特征，然而它沿着山脉向两侧分别绵延了足足一百英里，这已远远超出了我们飞行观测时所能达到的范围。从雕画上看，这里可能保存了一些神圣的岩石——它们是第一座海底城市残留下来的一部分。然而经历过漫长的时期，随着地层的隆起与破碎，这些石头早已高高耸立，露出了海面。

VIII

当然，任何与我们身边这座城市有关联的事物都会让丹弗斯与我产生格外浓厚的兴趣与非常古怪的敬畏。这里自然有着极为丰富的、针对当地历史的记叙；而我们也很幸运地在地面上错综复杂的石头迷宫里找到了一座包含着大量相关信息的建筑。这座石屋的修建时间非常晚，虽然一条与之相邻的裂缝对它的墙面造成了一定程度的破坏，但是这里仍保留下了许多技艺已经出现倒退衰落的雕画——这些雕画里讲述了一段有关这座城市的历史。这段历史的时间甚至要比我们根据那幅上新世时期的地图推断出的最后时间还要晚上许多。这是我们详细检查过的最后一块地方，因为我们在那里发现了一些东西，让我们有了一个新的而且更加迫切的任务。

可以肯定的是，我们那时正置身在世界上最奇异、最怪诞也最可怖的角落之一。这里无疑是现存所有陆地中最为古老的一块。而我们也越来越确信，这片令人毛骨悚然的高原肯定就是出现在传说中，甚至连撰写《死灵之书》的阿拉伯疯子也不愿提及的可怖冷原。这条巍峨的山脉有着惊人的长度——它起始于威德尔海东岸的路德维希地，差不多横穿了整个南极大陆。山脉中真正高耸的部分自东经60度、南纬82度起，到东经115度、南纬70度为止，在南极高原上划出了一道巨大的弧线——这道圆弧的凹处正对着我们的营地，而它朝海的末端则终结在狭长的冰封海岸之上——威尔克斯与莫森[1]都曾在南极圈的边沿瞥见过那些绵延的山丘。

然而，某些更加可怕、更加夸张的事物似乎令人不安地坐落在我

---

[1] 威尔克斯与莫森：二人均是南极探险家。

们身边。我已经说过了，这些山峰甚至要比喜马拉雅山脉更加高大，但那些雕画告诉我，它们并不是地球上的最高峰。这个阴森而可怖的荣耀无疑要留给另一条山脉——半数雕画在表现那个地方时都会显得踌躇不安，而另外的雕画在表现那个地方时则会明显地显露出嫌恶与惶恐的情绪。似乎它也是这片古老高原的一部分——早在大地将月球抛向天空、远古者自群星之间降临到此后不久，这片土地就成为了第一块从海水中升起的陆地——远古者们似乎总因为某种模糊的、无可名状的邪恶而刻意回避那个地方。那些建造在这条山脉上的城市早在远古者的时代来临之前就已然风化崩塌，而远古者们发现那些城市似乎都是被突然遗弃掉的。科曼齐系时期发生的第一次剧烈的地壳弯折运动导致这片区域陷入了剧烈的动荡。在那个时候，一列令人恐惧的尖峰从最为骇人的喧嚣与动荡中拔地而起，直指苍穹——由此，地球也有了她最高、也最恐怖的山脉。

如果那些雕刻的比例是正确的，这些可憎尖峰的高度肯定远超四万英尺——比我们所飞越的那片令人惊骇的疯狂山脉要高大得多。它似乎自东经70度、南纬77度起一直延伸到了东经100度、南纬70度——具体位置就在距离这座死城不到三百英里的地方，如果没有那些朦胧的乳白色薄雾，我们面朝西方的时候，应该可以瞥见它位于远方、令人畏惧的尖峰。而玛丽皇后地那长长的南极圈海岸线上也一定能看到这条山脉的北段。

在逐渐衰落的那些日子里，一部分远古者会对着那片山脉做奇怪的祷告——但从未有哪个远古者靠近那片山脉，或是胆敢揣测那后面到底藏着什么东西。人类的眼睛从未目睹过这些尖峰，而当了解了那些雕画所蕴含的情感后，我不由得祈祷永远不会有人看见它们。沿着威廉二世地与玛丽皇后地的海岸线，分布着许多山丘。这些山丘保护着世人，让人们无法靠近那片可怕的地方。而我也不由得感谢上天，因为从来都没有人想过要在那里登陆，想要攀登那些山丘。而今，我已不会像过去那样怀疑那些古老的传说与恐惧了，也不会去嘲笑那些出现在人类之前的雕刻家们所表达的想法——它们认为闪电偶尔会意味深长地停驻在每一座阴郁笼罩的巅峰上；认为在漫长极夜中，这片可怖山脉之中的某座尖峰会持续散发出一种无法解释的光芒照亮整个长夜。那出现在古老的纳克特传说里，位于冰冷荒原上的卡达斯也许有着非常可怕、非常真实的含义。

但近在我们眼前的这片土地，即便没有可憎到难以言语的地步，却与那片山脉一样离奇怪异。在这座城市建立后不久，城市旁的巍峨山脉成了安置重要神殿的地方。许多雕画都向我们展示了当时的情形——那些而今只剩奇怪立方体与壁垒状构造的地方，当时却有着无数怪诞而离奇的高塔直插天际；随着岁月的流逝，由流水磨蚀出的岩洞逐渐出现在庙宇附近，于是远古者们将洞穴改造成了庙宇的附属物；再后来，这片地区的整条石灰岩脉被地下水完全掏空了，因此这片山脉以及山脉后的山麓与平原下方出现了一个由相互连接着洞穴和坑道组成的复杂网络。许多雕画都记载了远古者探索洞穴深处的情况；也描述了它们最终的发现——一片藏在大地深处，如同冥河般不见天日的幽暗海洋。

这片漆黑的广阔深渊无疑是那条流经城市的大河经年冲刷的结果。过去，这条大河从西面那些无可名状的恐怖山峰间流淌而出，然后在远古者们的巍峨山脉脚下迂回流转，绕过整条山脉，最后在威尔克斯地上位于巴德地和托滕地之间的海岸线上灌进印度洋里。随着岁月的流逝，河水一点点地侵蚀掉了山丘脚下弯道处的石灰石岩层，后来，不断向下淘蚀的流水灌进了地下水系塑造出的岩洞里，与奔流着的地下水汇聚在一起，挖掘出了一个更深的深渊。直到最后，大河里的流水完全灌进了被掏空的群山，只留下一条淌向海洋的干涸河床。事实上，建立这座城市的时候，许多建筑就修建在那条大河过去的河床上。远古者们知道这里发生的事情。凭借长久以来对于艺术的敏锐感觉，它们在这条大河开始灌进无尽黑暗深渊的地方留下了自己的痕迹——将山麓上延伸出来的陆岬雕刻成了巨大而又华美的门柱。

这条大河无疑曾流淌在我们于巡航时所观测到的那条古河道上。河水之上曾横跨着许许多多的宏伟石桥。由于这一区域漫长历史中的各个阶段都有它的身影，因此它在不同雕画里的位置能够帮助我们确定画中场景的方位。依靠着这些帮助，我们才能在短时间内细致地画出一幅标记好显著特征——像是广场和其他重要建筑物的地图，为进一步的探索指明方向。很快，我们就能在想象中复原整座雄伟城市在一百万甚至一千万年前的模样，因为那些雕画已经精确地告诉了我们那些建筑、山脉、广场、郊区、风景以及繁茂的第三纪植被看起来是什么样子。想象这一切的时候，我们觉得那肯定是一幅神秘莫测而又超凡脱俗的美景，甚至让我几乎忘却了那种阴冷而又不祥的压抑感——然而这座城市所呈现的那种人类无法想象的古老、厚重、死寂与偏远加上穿过冰川里透进来的微光带来了沉重的压抑，这种压抑一直紧紧地扼住我的灵魂，重重地压在我的心头。然而，根据某些雕画的描述，原本生活在这座城市里的居民也明白这种被压抑的恐惧牢牢掌握的感觉；因为我们看到过一些风格阴森却又一再出现的雕画，在这些雕画里，远古者们往往会做出一些因为恐惧而试图逃离某些东西的动作——至于它们到底在害怕什么，却从未被刻画进图画里，我们只知道这些东西往往都出现在那条大河里；而且雕画里亦会暗示这些东西是从西面那可怕的山脉里冲下来，漂过覆盖满蔓藤、摇曳起伏的苏铁森林，最后出现在远古者的城市里的。

在探险过程中，我们曾检测过一座修建年代较晚的建筑。正是雕刻在那座建筑里的退化雕画向我们预示了导致这座城市被荒置的最终灾祸。由于时局紧张、前途未卜，远古者们不像以前那样对雕刻艺术充满热情、干劲十足；但在这座城市的其他地方肯定还有许多同一时期创作的雕画；事实上，在那之后不久，我们就发现非常确定的证据，证明的确存在着其他一些同时期的雕刻作品。但这是我们径直遇上的第一组、也是唯一一组出自那个时代的雕刻。我们原本希望在稍后着手进一步的寻找；但是，我之前也说过，之后的情况让我们停止了搜寻工作，把注意力转移到了一个新目标上。远古者的雕刻工作终有停止的一天——因为当远古者们意识到自己没有办法长久地继续生活在这里时，它们别无他法，只能停止壁画的雕刻工作。当然，终结这座城市的最后一击便是第四纪冰川期的到来——这次冰期带来的酷寒曾一度统治着地球的绝大多数地方，并且一直停留在不幸的地球两极，再也没有离开。在世界的其他地方，这次严酷的冰期也终结了传说中的洛玛与终北之地文明。

　　现在已经无法精确地断定南极大陆开始逐渐变冷的确切时间了。目前，我们认为冰河期始于距今五十万年前，但若是在两极，这场可怖灾祸的降临时间一定会早得多。眼下，所有定量的估计在一定程度上都需要依靠猜测，但那些技法退步的雕画肯定远没有一百万年的历史，但这座城市被真正废弃的时代很可能远早于公认的更新世开端——按整个地表来测算，那大约在五十万年前[1]。

　　在那些技法退步的雕画里，我们看到了许多严寒降临前的征兆。所有地方的植被都变稀薄了；远古者们的乡间生活也变少了。房间里开始出现供暖设备，冬季外出的旅行者们也开始裹上了某些保护性的织物。然后，我们看到了一系列带有边饰的圆角方形方框——在这些晚期出现的雕画里，早期那种连续不断的横板排布方式经常会出现中断，并且插入这种新出现的雕刻样式——根据这些圆角方框的描绘，越来越多的远古者开始向最近的，而且更加温暖的栖息地转移——其中一些逃到远离岸边的海底；而另一些则进入那些被掏空的丘陵，沿着地下由石灰岩洞穴组成的复杂网络，躲进了紧邻的黑暗深渊里。

　　到最后，似乎大多数远古者都移居到了与这座城市毗邻的深渊里。毫无疑问，这在一定程度上是因为这片特殊的土地一直都被远古者们奉为圣地，但更主要的原因可能还是因为远古者们希望能够继续利用那些修建在满是洞穴的山脉上的雄伟庙宇；此外，这座广阔的陆地城市也能作为夏季居住地以及联系各个坑道的中转站继续使用下去。为了使两个聚居地之间的交通更加高效便利，它们对两地之间的通道进行了分类，并对已有的路线进行了改进——它们开凿出了无数隧道，将这座古老石头都市与下方黑暗的深渊直接联系了起来。经过极其深思熟虑的推敲后，我们在先前绘制的向导图上仔细地标记出了那些陡峭隧道的入口。根据地图来看，当时至少有两条隧道位于我们可以探索的距离之内——二者都在城市靠近山麓的地方：其中一条就

------

[1]五十万年前：目前地质学界已更改了更新世的年代划分，认为更新世始于两百万年前。

位于前往古河道的方向上，距离我们不到四分之一英里；而另一条在相反的方向上，距离大约是前一条的两倍。

从雕画上看，地底深渊里似乎也有干燥的倾斜坡岸，但远古者依旧将它们的新城市建在了水底——这肯定是因为水底更加暖和，而且温度的波动也更小。这片地下海似乎非常深，所以从地壳内部传来的地热可以确保它们能生活很长一段时间。虽然这意味着它们要在水底度过一部分时间——当然，后来发展到完全生活在水底——但这些生物似乎相当适应这种生活，因为它们的鳃一直都没退化。许多雕画都反映了城市居民的水性——比如它们经常拜访那些居住在海底其他地方的同类；而且它们也很习惯在大河幽深的河底游弋洗浴。此外，对于一个早已习惯了漫长极夜的种族来说，地下世界的黑暗同样也不是什么障碍。

虽然那些讲述远古者在地下的海洋里修建新城市的雕画在风格上出现了明显的退化，但它们依旧如同史诗般宏伟壮丽。远古者们科学而系统地修建起了这座新城市——它们从满是洞穴的山脉中心开采出那些不会溶解的坚石，从最近的海底城市里请来了娴熟的工匠，并且依据最好的方案进行了建造。那些工匠带来战胜全新挑战所需要的一切东西——不仅包括能制作成磷光生物用来提供照明的原生质，也包括了犹格斯的组织细胞——用来培育出举起巨石的血肉，以及为海底城提供负重用的牲畜。

最后，幽深的海底耸立起了一座无比巨大的都市。这座城市的建筑风格与地面上的古城非常相似，而且它的做工，相对而言，并没有显现出太多退化的迹象，因为远古者们在修建城市时采用了大量精确的数学理论。新培育出的犹格斯生长得非常大，而且表现出了非凡的智力。根据雕画上的描述，它们能飞快地接受和执行远古者下达的命令。此外，它们似乎能够模仿远古者的声音，与主人交流——如果可怜的莱克在解剖时推断正确的话，那应该是一种涵盖了宽广音域、犹如音乐般的笛声。到了这个时期，远古者们似乎更多地利用口头命令分配犹格斯的任务，而不需要像过去那样用类似催眠的技术暗示它们的行为。即便如此，远古者们依旧牢牢地控制着犹格斯。而那些散发出磷光的生物也运作得非常出色，深渊不像地表世界，没法在夜晚看到熟悉的极光，但那些发光生物无疑弥补了这一损失。

与艺术及雕刻装饰有关的工作仍在继续，但所使用的技法肯定出现了倒退。远古者们似乎也意识到了自己的衰落。在许多地方，它们采取了后来的君士坦丁大帝[1]也曾采取过的政策：它们将那些保存着优秀古怪雕画的巨石从地上城市搬运到了海里——这种做法就如同人类历史上的那位皇帝，在面对文明的衰落时，掠走了希腊与亚洲最好的艺术作品，将他的新拜占庭首都修建得辉煌壮丽，甚至比城中居民所能创造的辉煌更加壮观。但是，被转移的岩石雕画并不多，这无疑是因为远古者们在最开始并没有打算完全放弃地面上的城市。而等到它们真正彻底放弃这座地面城市的时候——极地肯定已经进入更新世很久了——而远古者们可能也已经习惯了那些已经衰落的艺术，并且对现状感到非常满意；或者，它们可能已经没法分辨那些古代雕画所表现出的卓越价值了。无论如何，即便远古者们带走了最好的独立雕像以及其他可以移动的物件，但它们肯定没有在我们周围这座万古沉寂的废墟里实施过大规模的雕画迁移工作。

之前已经说过，这些早已衰落退化的雕画所讲述的故事就是我们在有限时间内研究得到的最新成果。它们向我们描绘了当时的生活情景——远古者们夏季居住在地表的大都市里，冬季则返回地下海里的石城中；偶尔它们也会与那些远离南极陆岸的海底城市进行贸易活动。到了这个时期，远古者们肯定已经知道这座地表城市最终在劫难逃，因为在雕画里出现了大量严寒侵袭的征兆。植被在减少，冬季厚重的积雪即便到了盛夏也不会完全融化。蜥蜴类的家畜几乎已经完全死亡，甚至连哺乳动物也无法很好地适应严酷的气候。为了保证地表世界的工作能继续开展下去，远古者们不得不培育出了一类没有固定

---

[1] 君士坦丁大帝：272—337 年，罗马皇帝。此人于 330 年将罗马帝国的首都从罗马迁到拜占庭，将该地改名为君士坦丁堡，并下令兴建学院，保存来自亚洲与希腊的各类古籍。这一举动使得许多民族的文化成果在原民族衰落之后仍被很好地保存了下来。

形体且出奇抗寒的犹格斯——若是在从前，远古者们是不会愿意做这种事情的。到了这个时候，大河已变得了无生机，而海洋的上层水域也失去了大多数往日的住民，只剩下海豹与鲸鱼还在这里遨游。鸟类全都已经飞走了，只留下一些巨大而怪异的企鹅。

之后发生的事情，只能留给猜测了。地下海中的新城市又残存了多久？时至今日，它是不是仍犹如一具尸体般躺在永恒的黑暗里？那些地下水系最终是否也被封冻了呢？那些位于外部世界的海底城市又面临着怎样的命运呢？是否有部分远古者最后迁移到了冰盖以北的地方？现有的地质学知识里并没有提及它们的存在。那些可怖的米·戈是否依旧威胁着外部世界北方大陆呢？时至今日，又有谁知道还有些什么东西仍在地球最深处那无法探知的幽暗深渊里徘徊呢？这些生物似乎能够承受任何强大的压力——而居住在海边的人们偶尔会捞上一些奇怪的物件。难道真的就是杀人鲸造就了上一代探险家博克格尔文克所看到的那些出现在南极海豹身上神秘而又野蛮的伤口？

可怜的莱克所发现的那些样本并不在我们的考虑范围之内，因为这批远古者所处的地质环境说明它们生活在非常久远的年代，那应该还是地表城市发展的早期。根据所处的地质环境来看，它们肯定有至少三千万年的历史了。根据我们的猜想，在它们生活的那个时期，洞中的海底城，甚至就连洞穴本身，应该还未出现。它们肯定只会记得那些更加古老的景象；记得繁茂而且随处可见的第三纪植被；记得它们身边那座艺术发展兴盛繁荣的年轻城市；记得一条大河在巍峨山脉的脚下奔腾向北，一直流淌进位于远方热带的海洋里。

然而，我们仍止不住地去猜想与那些样本有关的一切——尤其是那八个完整的样本，我们并没有在饱经可怕蹂躏的莱克营地里发现它们的踪迹。整件事情里总有一些不太正常的地方——像是那些我们一直努力认为是某些发疯的人所做出的离奇怪事——还有那些可怕的坟墓——那些不见了的东西——格德尼——这些远古怪物有着非同寻常的坚韧躯体，许多雕画也描绘了这个种族拥有许多诡异古怪的行为——在短短的几个小时里，我与丹弗斯看到了太多的东西，而且也试图相信许多有关远古世界的秘密，并且准备对这些难以置信而又骇人听闻的秘密缄口不言。

IX

如之前所言，在研究过那些已经技法退化的雕画后，我们的行动目标发生了变化。这自然与那些在岩石里开凿的、通往黑暗世界深处的隧道有关。我们之前并不知道它们的存在，但在研究过那些雕画之后，我们开始迫切地想要找到这些通道，并通过它们抵达更深处的地下世界。从那些出现在壁画上的明显参照物来看，我们断定如果进入附近的任何一条隧道，只要再走上一英里陡峭的下坡，都能抵达巨大的深渊那不见天日同时也让人晕眩的崖岸；然后沿着那些由远古者们拓宽修整好的道路继续向下，就能抵达下方乱石丛生的陆岸，看见那片隐匿在地下、如同午夜般漆黑的海洋。一旦知道这些事情，我们便无法抗拒随之而来的诱惑，想要亲眼见证这座令人难以置信的深渊——然而，我们明白，如果我们想在此次探索中完成这一壮举，就必须立刻着手寻找那些向下的通道。

当时已经是晚上8点了，而我们也没有足够的电池让手里的电筒一直亮下去。由于在冰盖下方的建筑里进行了大量的研究与抄誊工作，我们已经使用了至少五个小时的电池，而且几乎一直都在连续使用。根据使用干电池的经验，剩下的补给显然仅够使用四个小时的时间——不过，如果在那些比较容易通过同时也不太吸引人的地方只使用一只手电筒照明的话，我们也许能延长电池的使用时间。在这些巨大的地底墓穴里，如果没有照明的话，什么也做不了。因此，为了能顺利探索深渊，我们必须放弃继续解译壁画的工作。当然，在那个时候，我们已计划好再度造访这座城市，并且进行为期数天，甚至或许是数周详尽透彻的研究与拍摄——因为，好奇早已战胜了我们内心的恐惧——只是在这个时候，我们必须加快步伐。

我们用来记录踪迹的碎纸片是有限的。虽然不愿意撕掉备用的笔记本或素描纸来补充碎纸片，但我们还是撕掉了一本大笔记本。如果情况变得更糟，我们还能通过在石头上画下标记的方法继续前进——当然，如果真的完全迷失了方向，只要时间允许我们来进行充分的尝试与纠正错误，我们也能一条一条通道地找寻出口，重返地面。所以，我们急切地朝着最近的那条隧道动身了。

根据用来绘制地图的雕画，我们距离最近的隧道入口只有不到四分之一英里的距离；夹在我们与入口之间的建筑群虽然看起来好像重重叠叠，但很可能会留有一些通路，让我们即使在冰盖以下也能顺利抵达目的地。那个开口应该位于一座明显有着公共用途——可能用于举行某些仪式的五角星形巨大建筑下方的地下室内。我们回忆了先前的航空勘测，试图确定这座建筑的位置。

但回顾在空中看见的景象时，我们没有想到类似的建筑结构。因此我们推测这座建筑的上层结构一定出现了严重的损毁，或者它也可能倒塌进了我们之前看到的冰层裂缝里。如果出现了后一种情况，那么隧道可能会被碎石完全堵住，而我们就必须去查看距离较近的另一条隧道——那条隧道在北面，不到一英里远的地方。横穿城市的古河道阻挡了我们继续向北寻找更多的隧道；事实上，如果两条位置较近的隧道都被堵塞住了，我很怀疑剩下的电池补给是否还够我们抵达北面另一条隧道——那条隧道距离我们的第二选择还有近一英里的路程。

依靠着地图与指南针的帮助，我们走过完整或破碎残缺的房间与走廊；爬上坡道，穿过上方的楼房与桥梁，然后向下重新回到地面；遇到被堵死的过道与成堆的碎石与瓦砾；有时还要快速地通过某些保存完好而且一尘不染的神秘小道。遇到死胡同，则折返回去（同时拿走那些我们留在身后用于标示的小纸片）。有时我们会经过一些开口的天井，看见外界的日光从这里倾泻或是渗透下来——一路上出现的雕画再三吸引着我们的注意力，其中的许多雕刻肯定包含了非常重要的历史故事。到最后，我们只有坚持日后必定重返此地的念头才能快步经过那些雕画，继续走下去。虽然如此，偶尔我们也会慢下来，打开我们的第二只手电筒。如果身边有更多的底片，我们肯定会稍做停留拍摄下某些浅浮雕，但是手工抄画这种浪费时间的记录方式无疑显得有些不合时宜。

　　到这里，再次到了一个让我非常犹豫，或者让我更愿意含糊暗示而非直接陈述的部分。然而，我必须揭露后来发生的事情，说明我的确有理由要劝阻进一步南极探险。几经辗转，我们终于来到了一个与预期的目的地非常接近的地方——当时，我们刚穿过一座位于二楼的石桥，进入了一个显然由两堵墙面形成的夹角尖端，然后沿着一条破旧的走道向下前进。我们看到这条走道的两侧刻满了复杂而且显然带有仪式意味的晚期雕画——将近傍晚8点30分的时候，年轻而且嗅觉敏锐的丹弗斯首先闻到了某些不同寻常的东西。如果身边有一条狗，我想在更早些的时候我们就会收到这种警告。起先，我们无法准确地说出透彻纯净的空气里掺杂进了什么东西，但仅仅几秒钟之后，我们的记忆就对这种东西做出了极其明确的反应。让我勇敢地将这一切明白地陈述出来。空气里有一种奇怪的气味——这气味虽然细微而模糊，却绝不会被认错——因为当我们打开那座疯狂的墓穴，发现那具被可怜的莱克解剖过的样本时，也闻到过同样的气味。

　　当然，在那个时候，这一启示并没有像现在说起来这样简洁明了。我们想到了几个可能的解释，并且犹豫不决地低声讨论了好一会儿。可最重要的是，我们不想在展开进一步的调查前先行退却，因为既然已经走到了这一步，我们实在不愿意为任何事情停下脚步，除非我们知道灾难就在前面等着我们。无论如何，那些应该猜到的想法实在太过疯狂，就连我们自己都不会相信。正常世界里绝对不可能发生这样的事情。不过，或许是毫无理性可言的本能在作祟，我们依旧调暗了手里亮着的电筒，放慢了脚步，谨慎地踮起脚走过越来越杂乱的地板，爬过堆堆石屑——那些技法退化、邪恶不祥的雕画在两侧的石墙上充满险恶意味地睨视着我们，而我们也不再关注它们的内容。

　　丹弗斯的眼睛与鼻子都比我敏锐，在经过几段部分被堵塞的拱道，走向位于底层的房间与走廊时，他同样抢在我的前面先注意到了地上的石屑的奇怪朝向。这些石屑的朝向看起来不像是经历过千万年的遗弃后所应该呈现出的样子，而当我们小心地将手电筒的光线调得更亮些的时候，我们看到了一些痕迹，像是某些东西不久前穿过石屑时留下来的痕迹。虽然杂乱散布的残砖碎瓦无法显示出任何明确的迹象，但在那些较光滑的地方，我们仍找到了一些重物留下的拖痕。有一会儿，我们觉得我们看到了几行平行的痕迹，就好像是几条滑道。这让我们再次停了下来。

也就在这次停顿中，我们同时闻到前面传来了另一种气味。荒谬的是，这种不那么恐怖的气味让我们更加恐慌起来——它本来并不可怕，可是在这里，在我们所面临的情形下反而让人觉得极度毛骨悚然起来——当然，除非那是格德尼——因为那种气味显然源自一种我们熟悉的普通燃料——我们每天都在使用的汽油。

在这之后，驱使我们继续下去的动机只能留给心理学家去解释了。我们知道制造了营地恐怖景象的东西肯定已经爬进了这座漆黑的远古坟墓，因此绝不应该怀疑眼下——或者至少是近期——无可名状的诡异情况。然而，到了最后，完全忘我的好奇心，或者焦虑，或者自我催眠，或者隐约将所有一切都归咎于格德尼所为的想法，或者其他什么东西起了作用，我们没有就此停下脚步。丹弗斯又开始喃喃自语地讲起他觉得自己在冰盖上方废弃小巷里看到过某些痕迹；讲起自己在小巷里看到那些痕迹后，曾隐约听到一种音乐般的模糊笛音从脚下未知的深处传来——尽管那声音像是山巅上狂风肆虐时岩穴所发出的共鸣，但莱克的解剖报告让这种声音也蕴含了某种更加意味深长的含义。而轮到我时，我则支支吾吾地念叨着我们发现莱克营地时的惨象——讲起那些消失的物件，讲起那个孤独幸存者到底会有多么难以想象的疯狂——他究竟是如何翻越那可怕的山脉，进入这片未知的远古石城的呢——但是，我们一直都没有试图让对方，甚至让我们自己，明白确切地相信任何东西。停下脚步的时候，我们关掉了所有的光源。一丝来自外界的光线渗透过深深的废墟照射进来，让环境不至于陷入完全的黑暗。随后我们机械地一步步前进，并时开时关地使用电筒照亮前方的道路。地面上凌乱的碎石在我们脑海里印下了一种始终无法摆脱的奇怪感觉，前方飘来的汽油味也变得越发浓烈。越来越多的乱石出现在我们眼前，阻碍着我们前进的步伐。紧接着我们便发现前方的路完全地被堵死了。我们证实了先前根据飞行时所看到的裂缝而做出的悲观预测——我们所进入的隧道是一条死胡同，甚至都不能抵达那座通向深渊的地下室。

站在被堵塞的隧道尽头，用手电筒发出的光线扫过那些雕刻着怪异图案的石墙，我们发现了几条被不同程度堵塞住的拱道；其中一条拱道里传来的汽油味完全掩盖了先前闻到的那种古怪气味——但我们仍能察觉出二者之间有着明显的不同。经过更仔细的检查，我们发现从那座拱门里延伸出了一条狭长却没有覆盖着任何石屑的痕迹。从附近的状况来看，这条痕迹应该是在不久前留下的。不论那潜藏着的恐怖到底是什么，我们觉得自己已经发现了一条径直通向它的道路。因此，我想没有人会奇怪为何我们在进行下一步动作之前停顿了很长的一段时间。

然而，即便有过犹豫，我们最后还是冒险进入了那座漆黑的拱道。可是，我们得到的第一感觉就是扫兴与失望。因为我们来到了一个内部空间呈标准立方体的大地下室——房间的边长约二十英尺，四周刻满了雕画，而地面散布着碎石。不过，我们却没有在这里发现任何大得可以让我们立即分辨出是在不久前才出现的东西。于是，我们本能地想要寻找到另一个出口，但却完全徒劳无功。然而，稍后不久，丹弗斯便凭借着他那敏锐的视力找到了一块有些异样的地方——在那儿，地面上散布的碎石似乎曾被某些东西打乱和移动过；于是我们将两只手电筒的光线均调到了最亮。凭借着手电筒的照明，我们看到了一些非常简单而细碎的小物件；尽管如此，我仍然很不愿意直白地说出那到底是什么——因为它暗示了一些事情。那里有一堆被粗略地平整过的碎石，而在碎石上还随意地散落着一些不起眼的小东西。另外，肯定曾有大量的汽油泼洒在这堆碎石的一角——因为即便是在海拔如此之高的超级高原上，那些汽油依旧留下一股刺鼻的浓烈气味。换句话说，这肯定是某种营地——其他一些东西，像我们一样，意外发现通向深渊的道路被阻塞之后，折返过来并在这里临时扎建的营地。

让我坦白一点儿。我们所看到的那些散落在石堆中的东西全都源自莱克的营地；其中有一些锡罐头——和我们在被踩踏后的营地里看到的一样，全都以非常奇怪的方式被打开了；许多用过的火柴；三本带有插图并且或多或少被涂污了的书籍；一个空的墨水瓶以及带有绘画和说明的墨水瓶盒；一支被损坏了的钢笔；几块被奇怪裁剪过的皮毛衣物和帐篷帆布；一节包裹着使用说明的、已经用过的电池；一只帐篷暖炉使用的匣子[1]；还散落着几张折皱了的纸。光是看到这一切就已经够糟了，但是当我们将平那些皱褶的纸张，看到那些涂抹在上面的东西时，事情变得更加可怖起来。之前在营地里发现的那些纸张上也有完全无法解释的圆点，这也许能让我们有所准备，然而，当我们置身在一座噩梦般的城市里，置身在一间存在时间远远长于人类历史的地下室中，再度看到那些圆点组成的图纸时，所产生的惊骇与恐怖仍旧让人无法承受。

也许是发疯的格德尼在这些纸张上模仿了那一组组出现在绿色滑石上的小圆点，正如他在那疯狂的五角星形坟冢上留下的圆点一样；相应地，也许他也曾在路上仓促而简略地绘制好了草图——有些地方精确，有些地方则不太准确——他画出了城市的邻近部分，并且从我们之前所经过的路线之外的某个用圆圈表示的地方——比如我们在雕刻中看到的圆柱形高塔，或是在高空飞行时瞥见的巨大圆形深坑——一直寻找到了我们所在的这座五角星形建筑里，并曾尝试深入到它下方的隧道中去。

我必须重申，他也许在探索这座城市的时候就准备好了这些草图；因为这些摆在我们面前的图纸显然——和我们手里拿的地图一样——是从这座冰川迷宫中的某些晚期雕画上抄绘下来的。但它所仿制的雕画肯定不是我们曾见过和抄录过的那些。然而一个对艺术一窍不通、笨手笨脚的人不可能用这样一种怪异并且应当被诅咒的方式来绘制这些草图——虽然它们看起来绘制得有些匆忙和粗心，但是其中所体现的技法却可能要比任何它们所仿制的那些已经衰落退化的雕画更加卓越和高超——只有那些生活在这座死城的全盛时期的远古者才具备这样的技巧。

---

[1] 匣子：暖炉用来装燃料燃烧的盒子。

有人会说丹弗斯和我肯定已经彻底疯了，在看到这一切时居然还未拔腿就跑；因为我们的推测——尽管如此疯狂无稽——却在这一刻得到了完全的证实。而我根本无需向那些阅读这些叙述的读者详述我们的推测。也许我们的确疯了——难道我没提到那些可怕的顶峰正是疯狂山脉吗？但是，我想我能从那些悄悄跟踪危险致命的野兽穿越非洲丛林、拍摄照片、研究它们习性的人身上找到某种类似的精神——即便他们的举动远远不如我与丹弗斯这般极端与疯狂。虽然我们一时间被恐惧牢牢摄住，几乎动弹不得；然而，越来越强烈的好奇心和冒险精神最终还是战胜了恐惧。

当然，我们知道那些东西到过这里，我们也没有打算直接面对它们。但我们觉得它们一定已经走远了。到了这个时候，它们一定已经找到了另一个邻近的入口，走进城市下方那个它们从未见过的终极深渊，甚至可能已经找到那些从逝去的过往里遗留下来、一直静静等候在终极深渊里的碎片和残迹。或者，如果那个入口也像这里一样，被碎石堵死了，它们可能会继续向北移动，继续寻找其他的入口。毕竟，我们记得，它们并不像我们这么依赖光亮。

回顾起那些时刻，我几乎无法找到合适的词语来描述我们当时的心情——眼前的情况变化得太快，打乱了我们的期待。我们当然并不希望直面那些我们所恐惧的东西——然而我也不否认，我们可能暗怀着一种下意识的期盼，期盼能在一个有利而隐蔽的位置上观察到某些东西。可能我们仍未放弃窥探那片深渊的想法，虽然在这之前我们还有一个新的目标——也就是那张皱褶草图上用巨大圆圈所标示出的地点。我们很快就意识到那个巨大的圆圈正是一座出现在最早期的雕画中的圆形巨塔，只是随着岁月的变迁，当我们航行飞过城市时，只看到了一个巨大的孔洞向着天空敞开着。虽然这些草图绘制得相当匆忙，但对于这座巨塔的描画仍让我们产生了某种感觉，认为它那掩埋在冰盖之下的部分仍有着非常重要的意义。也许，它正代表着那些我们还未遇见过的建筑奇迹。根据那些描绘了这座巨塔的雕画看来，这座建筑肯定古老得令人难以置信——事实上，它是这座城市里第一批修建起来的建筑。那些雕刻在它内部的壁画，如果还保存着，无疑具有着极其重要的意义。而且，它可能还完好地保留着一条通向冰盖的道路——这条道路应该要比我们之前那样小心翼翼开拓出的路线要短得多，而且可能它们就是从那里下来，进入冰川下方的。

无论如何，我们仔细研究了这些可怖的草图——并在不久后亲自完美地证实了我们的结论。我们折转回去，按照草图的指示，向着那个标示成圆圈的地方前进。赶在我们之前的那些无可名状的先拓者们肯定已经在这条线路上往返过一次了。因为邻近的通向深渊的另一处入口也在这个方向上，而且在更远的地方。一路上，我们一直节约地使用纸片在身后留下线索。至于这段旅途的详情，我不必过多叙述——因为它与我们走进那条死胡同时的情况完全一样；只不过这条路虽然要经过一些位于地下的走道，但最后却会更加接近地面。一路上，我们时常能在脚下的残砖碎石中发现被扰乱的痕迹。当离开了汽油味笼罩着的范围后，我们再次断断续续地闻到了之前那种更加让人毛骨悚然也更加持久不散的气味。当离开先前过来时所走的那条线路后，我们开始偶尔用一只手电筒偷偷地扫过走道两边的石墙；但那些几乎无处不在的雕画里似乎并没有多表现出什么，事实上，那些雕画似乎是远古者们宣泄情感的主要方式之一。

大约晚上9点30分的时候，我们穿过了一条长长的拱道。此时，地面上的冰雪逐渐多了起来，似乎意味着我们距离冰盖的表层已经不远了；与此同时，走道的拱顶也渐渐变得低矮起来。不久我们就看到前方出现了明亮的日光。于是，我们关上了手电筒。似乎我们已经来到草图上那个巨大的圆形区域，而且我们与冰层表面之间的距离也已经不远了。走道的终点是一座拱门。相对雄伟的遗迹来说，拱门出乎意料的低矮，但就算我们还没走到它的面前，就已经能透过它看见后面的很多东西了。在那道拱门之后是一片巨大的圆形区域——这块地方的直径足有两百英尺，里面散落着大量的石屑，同时也分布着许多与我们之前所穿过的拱门一样的石门——大多数石门都已被堵塞住了。四周的石墙——在我们可以看得到的那些地方——都被醒目地雕刻成尺寸雄伟的带有图案的螺旋形宽板。由于直接暴露在外界恶劣的气候条件中，这些宽板已经出现了严重的风化，但那些描刻在上面的壁画依旧展现出了卓越与辉煌的艺术成就，甚至远远超越了我们之前所遇到的任何雕刻。满是断壁残垣的地面上覆盖着一层厚厚的冰雪，而我们则幻想着这座废墟那位于冰层下更深处的真正地面究竟呈现一幅怎样的光景。

但这里最引人注目的东西还是遗迹内部残存下来的一条巨型石头坡道。这条坡道在遗迹的内部避开了那些拱门，以一个大角度的弯折引至空旷的开口。它在巨大的圆形内墙上螺旋上升，仿佛与某些曾经攀附在巨塔外的结构相互对应，又像是古巴比伦的塔庙[1]。由于飞行速度太快，以及远景中混乱的塔内墙面让我们没有在高空中注意到这座极具特征的建筑，也导致我们不得不寻找另一条通向冰下的通道。帕波第也许能告诉我们究竟是何种工程学原理让它仍屹立于此，但丹弗斯和我就仅仅只能表示钦佩与惊叹了。巨大的石头枕梁与立柱随处可见，但是我们看到的东西似乎不足以支撑起这样的壮观景象。这座遗迹，从地面到现存的顶端，保存得极好——考虑它直接暴露在外界中，能维持这样已经相当不容易了——它的掩蔽在很大程度上保护了那些雕刻在墙面上、奇异而又令人不安的巨幅图画。

走进这座被外界光线点亮的、令人叹为观止的巨型遗迹底部，我们看到坡道攀附的那一面一直延伸到足足六十英尺、令人目眩的高处。它足有五千五百万年的历史了，而且无疑是我们见过的最为古老的建筑。回忆起飞行时看到的景象，我们意识到外面的冰川约有四十英尺厚；因为我们看到这座敞开的深坑时，它敞在一堆约有二十英尺高的破败建筑物顶端。它圆周大约四分之三的地方，被一行更高的废墟留下的巨大而弯曲的石墙遮挡保护住了。根据那些雕画，这座巨塔原来位于一座旷阔的广场中央，可能曾有五百到六百英尺高，并在靠近顶端的部分有横向阶梯状的圆形堆叠，而在最顶端的位置上还有一排针状的尖塔。大多数建筑物显然都更可能向外，而非向内倒塌——这是件幸运的事情，否则坡道可能会因此粉碎，而整个内部也会因此被堵塞。但事实上，坡道仍遭到了十分严重的破坏；而底部原本堵塞

[1]古巴比伦的塔庙：一种类似玛雅金字塔的建筑。

的拱门似乎也在最近被清理过。

我们没过多久就推测出，其他那些东西就是通过这里从冰盖上方进入建筑群内部的。所以逻辑上说，这里应该也能让我们爬出冰盖，虽然我们已在身后留下了一道长长的、标示用的纸片。塔顶的开口靠近山麓，距离我们停靠飞机的地方并不远；从这里抵达停靠飞机的地方需要走的距离不会比返回最早进入的那座巨大的梯形建筑更远。我们完全能以这里为起点进行任何接下来需要展开的、在冰川下方进行的探险工作。很奇怪，到了这个时候，我们仍在想着下一步的旅途——即便已经看到了那么多可怕的景象，猜想到了那么多恐怖的事情。接着，当我们小心地在旷阔地面上的碎石间寻找出一条通道时，我们看到了另一幅景象，让我们暂时忘记了其他所有的事情。

我们看到三架雪橇整齐地挤在远处坡道低矮的角落。由于之前一直在向外张望，我们直到此刻才注意到它们的存在。它们是从莱克营地里消失的那三架雪橇。由于过度使用，雪橇已经有些破旧——它们肯定在无雪的石头建筑里以及满是碎石的地表上强行拖拽了很长的距离，而且同样被搬运过许多无法通行的地方。这个时候，它们被小心而聪明地打包捆扎起来，上面摆着我们非常熟悉的那些东西：汽油炉，燃料罐，工具包，口粮罐头，显然塞满了书籍的防水帆布，还有其他一些包裹着其他不明物体的帆布——所有那些从莱克营地带过来的东西。

在地下室里发现了那些东西之后，我们在某种程度上已经准备好看见这样的场景了。然而，其中一块防水布的轮廓依旧让我们觉得有些不安。当走上前去，揭开它的时候，我们才感到了真正的惊骇。看起来，那些东西与莱克一样，也会注意收集典型的标本；因为在雪橇上有两件冻硬并且被完美保存下来的东西。那些脖颈周围的伤口涂着有黏性的黏合剂，显然是做了修补，而且物体还被小心地包裹起来，避免受到进一步的损害。雪橇上的东西是年轻的格德尼，以及那条失踪的拉橇犬的尸体。

X

　　许多人可能会觉得我们既冷酷又疯狂——因为在发现了如此令人悲痛的景象后，我们很快又想起了位于北边的隧道与隧道下方的地底深渊。但我并不是说我们在发现了格德尼的尸体后，立刻想起了之前的计划。之所以会再度想起地底深渊，是因为我们遇到了一件非常特别的事情，而且这件事情让我们有了一连串新的猜测。那时候，我们为可怜的格德尼盖上了防水布，然后沉默地站在原地，陷入了迷茫。就在这时，一些声音引起了我们的注意——自离开冰原地表，告别了山风在极高处发出的微弱呼号后，这是我们第一次听到别的声音。虽然那个声音既熟悉又普通，然而在这个充满了死亡的偏远世界里，它的出现要比任何怪诞或惊人的声音更加出乎我们的意料，也更加让人紧张慌乱——因为它的出现再一次搅乱了我们心中所有关于宇宙万物的概念。

　　如果那种声音听起来像是一种覆盖了宽广音域、犹如音乐一般的奇异笛声——那么根据莱克的解剖报告，这会让我们想到同在这座死城里的那些东西——实际上，自从目睹了莱克营地的惨象后，过度紧张的我们每次听到狂风的呼号，都能隐约从中分辨出这种可怕的声音；而那种声音与我们周围这片万古死寂的世界有着一种可憎的和谐与协调。一个属于其他时代的声音应该出现在一座属于其他时代的墓园里。然而，我们听到的声音却粉碎了我们心中根深蒂固的一切观念。我们心照不宣地认为南极内陆是一个永恒不变、绝对没有任何寻常生命痕迹的荒原。然而，我们听到的声音并不是那些源自远古地球、掩埋在溶洞里却依靠着超凡的坚韧体魄最终被扭转时光的极地太阳唤起的亵神之物所发出的惊人音符。相反，那个声音普通得让人觉得有些可笑。早在航行离开维多利亚地以及待在麦克默多湾营地的那些日子里，我们就已经熟悉了这种声音。然而在这里听到它的时候，我们依旧打了个寒战，因为它绝不应该出现在这里。简单来说——那是一只企鹅发出的沙哑叫声。

　　那声音穿透了重重阻隔，从冰层下方的某些裂缝里飘了出来。其方向几乎正好与我们过来时的那条通道相对——而另一条通往地底深渊的隧道明显也在那个方向上。唯一可能的解释是，虽然这个荒芜世界的地表在漫长的时期内一直了无生机，但那个方向上却还有一只活生生的水禽；因此我们脑中出现的第一个念头便是去证实这个声音是否真的存在。事实上，那个声音一再反复，而且偶尔听起来有不止一只企鹅在鸣叫。为了寻找它的源头，我们走进了一条石屑较少的拱道。当外界的阳光逐渐消失在我们身后时，我们又开始在沿途留下更多的记号——为此我们带着奇怪的厌恶感撕掉了一块原来放在雪橇上的防水帆布，补充了我们用于留下记号的碎纸片。

当脚下覆盖着冰雪的地面再度变成了一堆堆散乱的岩屑与碎石后，我们在石堆里清楚地辨认出了一些奇怪的拖痕；丹弗斯还发现了一个清晰的脚印——至于那是什么样的脚印恐怕无需我再多做描述了。企鹅叫声所指引的方向与我们依靠地图和罗盘画出的、通向北面隧道口的路线完全重合；接着，我们兴奋地发现了一条位于地面、无需翻越石桥的大道，而且前往地下的通道似乎也很畅通，没有阻塞。根据草图，那条隧道的起点应该在一座巨型金字塔式建筑的地下室里。回忆起飞过城市上空时看到的景象，我们依稀记得那座建筑保存得相当完好。亮着的那只手电筒一如既往地照出了大量沿着走道分布的雕刻，但我们并没有就此停顿，也没有检查其中的任何一幅。

突然一个巨大的白色物体若隐若现地出现在我们的前方。于是，我们飞快地打开了第二只手电筒。事后想来颇为奇怪，虽然我们早前曾害怕那些东西就藏在附近，但追寻企鹅叫声源头的时候，热情似乎已经盖过了恐惧。那些东西把它们的补给留在了巨大的圆形遗迹内，所以它们肯定做好了进行侦查——或者进入深渊——再折返回来的打算；然而，在那个时候，我们完全忘了要防备着它们，就好像它们根本不存在一样。这个蹒跚摇摆着的白色物体足有六英尺高，但我们似乎立刻便意识到那不是它们中的一员。它们要更大，颜色也要更深；而且根据那些雕画的描述，尽管它们有着结构怪异的海生触肢器官，但它们在陆地表面的行动肯定非常迅速。但要说那个白色的物体并没有让我们感到惊骇，则也不尽然。在那一瞬间，一种原始的恐惧牢牢地抓住了我们，这种感觉甚至几乎要比那些东西所能带来的、发自理性的最糟畏惧还要强烈。紧接着，事情急转直下，那只白色的物体侧转走进了我们左边的一座拱门，加入了另两只一直在用沙哑叫声召唤它的同伴。那只是一只企鹅而已——是一种未知的巨型白化种，甚至要比已知帝企鹅中最大的个体还要大，白化的外貌与实际上目盲无眼的特征让它看起来颇为可怕。

我们跟着这只企鹅走进了拱门，并将手里的两只手电筒全都打开，照在这三只反应漠然、对我们毫不在意的企鹅身上。我们发现它们都是同一种未知的巨型白化企鹅，而且它们的眼睛均已退化消失。它们的大小让我们想起了远古者们曾在雕画里描绘过的某种古代企鹅，而我们也很快便推断出这些企鹅便是那种古代企鹅的后裔。它们的祖先肯定撤退到了某些较为温暖的地下区域，并且因此幸存了下来。但地底永恒的黑暗中断了它们身体里的色素沉淀，并让它们的双眼萎缩退化成了两条无用的细缝。毫无疑问，它们现在的栖息地应该就是我们所寻找的深渊；而这也证明地底深渊依旧温暖，并且可以供生物栖息。这一发现让我们的好奇心达到了顶点，同时也产生了些许不安的想象。

此外，我们有些好奇，这三只水禽为什么会冒险离开它们往常的领地？根据这座巨大死城所处的状态以及笼罩在城市上的死寂氛围来看，这里显然不是企鹅们通常的季节性繁殖地，而三只企鹅面对我们的造访表现得相当淡漠，因此那些东西路过这里时也不太可能惊吓到它们。难道它们做出了某些攻击性的动作，或者试图获取更多的肉类补给？虽然我们的拉橇犬非常憎恨那些东西散发的刺鼻气味，但我们不确定企鹅是否会有同样的表现，毕竟它们的祖先与远古者们相处得更好——而且在深渊里，它们应该会一直保持着这种和睦的关系，只要远古者们还活着。随着追求科学的精神重新复燃，我们不由得有些遗憾，因为我们没办法用相机拍下这些反常的生物。随后，我们离开了这三只企鹅，向着那个肯定畅通无阻的深渊继续前进，任由它们在我们身后继续呱呱鸣叫。地面上偶尔出现的企鹅脚印让通向深渊的方向变得更加清晰与明确了。

不久，前方出现了一条没有拱门的走道。而走道两侧也没有任何雕画。沿着这条冗长而低矮的走道继续向下，经过一段陡峭的下坡路后，我们确信自己离隧道入口已经不远了。随后，我们又经过了两只企鹅，并且听到前方不远处还有更多的叫声。然后，走道的尽头出现了一个巨大而空旷的空洞，甚至让我们不自觉地倒抽了一口凉气——那是一个完美的半球形空洞，显然是在地底深处。空洞的直径足足有一百英尺，洞顶离地面的高度约为五十英尺。围绕着半球的圆周底端分布有许多低矮的拱门；唯一一处打破对称、没有开凿拱门的地方敞开着一座如同巨穴一般、漆黑的弓形洞穴。这座洞穴的高度接近十五英尺，那正是通向地下巨大深渊的入口。

空穴凹陷的顶端分布着大量虽然已显退化但依旧令人印象深刻的雕画，仿佛是一座精妙超凡的远古穹顶。不远处，有几只企鹅在蹒跚摇摆地走动——虽然我们是陌生的访客，但它们却显得相当漠然，毫不在意。那条黑色隧道就在一段陡峭的下坡后隐约敞开着，隧道的入口凿刻着奇异的门柱与石楣作为装饰。站在那神秘的洞口前，我们隐约感觉到了一丝较为温暖的气流，甚至可能还夹杂着一些湿润的水汽。我们有些好奇，除了企鹅外，地下的无底空洞以及紧邻的蜂窝状高原与巍峨山脉里还隐藏着怎样一些生物？此外我们也想知道，可怜的莱克最早曾隐约看见的山顶烟雾，以及我们看到的那些环绕着山巅壁垒的古怪薄雾，是否就是蒸汽从地心深处、某些从未被人勘探过的地方沿着弯曲的隧道上升到地面后形成的。

进入隧道后，我们看到它——至少在最开始这一段的宽度与高度大约都是十五英尺。两侧的墙壁、地板还有拱形的天花板都是由常见的巨石搭建的。墙壁上零星装饰着一些雕刻在圆角方框里的常见图案——全都显现出晚期衰落退化后的特点。隧道的整体结构与所有的雕画全都保存得极好。地面很干净，只留有一些石屑，石屑上显示着企鹅向外跑动的痕迹，与那些东西深入隧道的痕迹。随着我们继续深入，周围变得更暖和了；我们很快就解开了身上厚重衣物的扣子。我们怀疑隧道的深处是不是会出现岩浆运动留下的证据；也怀疑下方那个不见天日的海洋是不是热的。再走过一小段路，隧道里铺设的石板变成了实心的岩石，但隧道的宽高仍保持着原有的大小，而且明显保留着刻意凿刻规整后留下的痕迹。隧道的坡度不断变化，偶尔会出现非常陡峭的斜坡，但隧道的修建者已经在地面上刻出一道道沟槽。好几次，我们看到了一些开在侧旁的较小走道，但这些走道并没有记录在我们的简图上；不过它们并不会干扰我们折返回去的线路，相反我们很高兴能见到这样通向旁侧的走道——万一那些我们不希望遇上的东西从深渊里折返回来，这些走道也许能为我们提供一些躲避。走在隧道里，那些东西散发出的、无可名状的气味变得非常明显起来。在这种情况下仍冒险深入隧道的做法无疑是种自杀式的愚蠢行径；但是探究未知的诱惑，在某些人的心中，要远比大多数疑虑更加强烈——事实上，最初也正是这种诱惑将我们带到了这片极地荒原里。沿着隧道逐渐深入，我们看到了几只企鹅，并试着推测了一下我们还需要走多远的路。根据那些出现在建筑里的壁画，我们觉得只要走过大约一英里的下坡路就能抵达深渊的边缘，但是之前游荡时得出的经验告诉我们，那些壁画的比例并不完全正确。

　　大约四分之一英里后，那种无法描述的气味开始变得极其强烈，而我们也仔细地记下我们经过的各个位于侧旁的洞口。这些洞口附近并没有弥漫着雾气，但无疑这是因为缺乏能让水汽凝聚起来的较冷空气。随着深度的增加，温度在迅速上升。和预料的一样，不久之后，我们便遇到另一堆随便丢弃在地上、熟悉得令我们战栗的东西。那主要都是些皮毛制品和莱克营地里的帐篷帆布。但我们并没有停下来去研究这些织物被撕扯出的奇怪形状。而在这之后不远，我们便注意到那些通向侧旁的走道明显增多了，而且也变得更高更大。我们推测我们可能已经进入那些较高的丘陵下方、裂缝密集分布的区域。那些东西所散发的那种难以形容的气味这时奇怪地混进了另一种几乎一样令人不快的臭味——至于这到底是什么散发出来的，我们却无从推测。但我们猜想这可能是某些腐烂的生物，也许是一些未知的地底真菌。这时，隧道出现了惊人的扩张——这是雕画上从未提到过的。这条隧道突然扩宽、抬高形成了一个巨大的椭圆形天然洞穴——大约七十英尺长，五十英尺宽。洞穴的旁侧有着许多巨大通道，通向神秘的黑暗之中。

虽然这个洞穴看起来像是天然形成的，但依靠两只手电筒细细查看后，我们发现它是由人工凿通一些位于蜂巢结构之间的阻隔后形成的。这些石头阻隔既粗糙又高大，而拱形的洞顶上也布满了钟乳石；但坚实的岩石地表却被仔细地平整抛光过，没有任何岩屑、碎石，甚至就连灰尘也反常的稀少。除了我们过来时的那条通道，这个洞穴里的所有通道都是向下离开这个洞穴的；这种奇怪的情况让我们陷入了徒劳的迷惑。而那种混合在先前气味中，新出现的古怪恶臭在这里变得格外刺鼻；这种气味如此强烈，甚至掩盖了其他那些气味的踪迹。这个地方包含的某些东西，以及它那经过抛光甚至几乎闪闪发亮的地面，比我们先前遇到过的其他任何可怕事物更让我们感到隐约的迷惑与恐惧。

不过根据通道最前端那规则的形状，以及通道附近分布着更多的企鹅粪便，让我们仍能从诸多大小相等的洞口中挑选出正确的线路。然而我们依旧决定，如果接下来情况变得更加复杂，则要继续采用纸片留下踪迹的方法来进行探索；因为，这时当然已经无法仰赖留在尘土上的痕迹来留下线索了。随着我们继续前进，我们将手电筒的光柱照在了隧道两侧的墙上——接着，我们惊愕地停了下来，因为出现在通道墙面上的壁画已经发生了根本上的变化。当然，我们已经意识到在修筑这些隧道的时期，远古者们已经出现了极大程度的衰落与退化；而且，实际上，我们也注意到了身后那些雕画里的蔓藤装饰已经雕刻得颇为拙劣。但是，这时我们所看到的那些出现在洞穴深处的雕刻却突然发生了一种完全无法解释的改变——这些雕刻，不论是从完成质量还是从基本特征上来说，都发生了极其巨大的变化，而且雕刻者的技艺也出现了极其严重，甚至是灾难性的衰落与倒退。我们完全无法根据之前看到的那些衰退痕迹推想出它们最后竟会倒退至如此地步。

这幅严重倒退的新作品显得非常粗糙与拙劣，而且完全没有精细的细节。它的横板深深地陷入了墙内，浮雕最底层的深度与之前遇到的那些圆角方框相同，但浅浮雕的高度却矮了一截，并没有和周围的墙面平齐。丹弗斯认为这可能是二次雕刻的结果——某些雕刻家破坏了先前的雕画，并在上面重新雕刻了新的作品。从内容上来说，这幅作品完全是用来装饰的，上面描绘的图案也颇为普通常见。它由一系列简陋的螺线与折角构成，依旧遵循着远古者传统的五分法数学原理；然而它看起来却完全不像是对这种传统的继承，反而更像是一种拙劣的模仿。除了技巧之外，这些雕刻对于美感的把握出现了某些细微但却完全怪异反常的东西，这种感觉久久地徘徊在我们的脑海，挥之不去——丹弗斯猜测这可能是由于雕刻者费力替换原有壁画，重新雕刻而造成的。它有些像是我们所认识的远古者艺术，但却又有些令人不安的不同；这种混杂的东西让我总是不断地联想起那些按照罗马的方式凿刻出来的难看的巴尔米拉[1]雕刻。走在我们前面的那些东西也曾在这一列雕刻前逗留，因为我们在特征最明显的那一节雕刻下方的地板上发现了一块用完的电池。

由于不能耗费太多的时间做进一步的研究，在匆促一瞥之后，我们便开始继续前进；不过，一路上，我们仍旧频繁地用手电筒照射两边的墙壁，看看是否还能发现更多的装饰变化。但是我们并没有发现那类东西。不过，由于路上有无数通向侧旁、地面平整过的走道，所以这里的雕刻大多都聚集在一起出现，而非分散在各处。我们看到与听到的企鹅变少了，但却隐约能听见一大群企鹅在地下遥远的深处不断地鸣叫。后出现的那种无法解释的恶臭刺鼻得令人憎恨，我们几乎都闻不出那些东西散发出的气味了。一股股翻滚的蒸汽表明温度的反差正在变得越来越大，而我们也越来越接近那巨大深渊边的黑暗海崖了。而后，在不经意间，我们看到前方抛光的地面上出现了某些巨大的东西——那些东西明显不是企鹅——于是我们立即打开了第二只手电筒，确保那些东西是完全静止的。

---

[1] 巴尔米拉：叙利亚中部的一个重要的古代城市，位于大马士革东北二百一十五公里，幼发拉底河西南一百二十公里处，是商队穿越叙利亚沙漠的重要中转站，也是重要的商业中心。由于巴尔米拉后来被罗马占领，并在提比略统治时期被并入罗马帝国的叙利亚行省，所以那里的雕刻也因此发生了一些变化。

XI

　　我的叙述又一次来到了一处很难再继续下去的地方。事到如今，我本该因为这一切而变得坚强与冷酷；然而，有些经历与它所包含的暗示仍旧会给人带来深得无法再愈合的伤害，并且让我们更加敏感，让记忆重新翻出所有最初感受到的恐惧。正如前面提到的，我们看见前方抛光的地面上出现了某些东西；而我也许要补充说一句，几乎与此同时，我们鼻子也闻到那种无处不在的古怪恶臭突然变得无法解释地强烈起来，而且还明显混杂进了那些东西在不久前留下的、难以形容的气味。在两只手电筒的光亮中，我们看清楚了那到底是什么东西；而我们之所以还敢继续靠近它们是因为，虽然还隔着一段距离，但我们已清楚地看见它们与我们在莱克营地里发现的那六个埋葬在可怕星形墓丘之下的个体一样，再也无法伤害我们了。

　　事实上，它们和我们在营地里发现的那几个样本一样残缺不全——但它们的身体下淌着一洼黏稠的暗绿色液体，说明它们是在不久前才变成这副样子的。躺在这里的似乎只有四个，但根据莱克的报告，至少有八只赶在我们前面进入了这座深渊。我们完全没有预料到会像这样发现它们，同时也不由得奇怪在这片位于地下深处的黑暗里到底曾发生过怎样的可怕争斗。

　　我们知道企鹅们会统一发动攻击，用尖锐的鸟喙进行野蛮的报复；而且根据耳朵听到的声音，我们可以确定远处肯定有一个企鹅的繁殖地。难道它们打扰了这个地方，从而招致企鹅凶残的追赶？但地上的尸体并不支持这种推断，按照莱克的解剖分析，企鹅的尖喙几乎不可能在这些坚韧的组织上留下我们靠近后辨认出的骇人伤口。而且，我们觉得这些巨大的瞎子水鸟表现得不可思议的和平。

　　或者，它们之间发生了冲突，而不见了的另外四只就是造成这一切的罪魁祸首？如果是这样，那么它们到哪儿去了呢？它们是否就在附近，即将对我们造成威胁呢？我们迈着缓慢的步子，极不情愿地向前挪去，焦虑地扫视着几处地面平滑的侧旁走道。虽然不知道当时的情况，但那些受惊的企鹅肯定是被这场争斗给赶进了它们惯常活动范围以外的地方。而且冲突开始的地方肯定在无底深渊里，在我们所听到的那群企鹅附近，因为这附近没有水鸟居住的痕迹。我们猜想，这里或许发生了一起让人毛骨悚然的冲突，较弱的那一方试图逃跑，折返回它们存放雪橇的地方，但追击者赶上了它们，并在这里结果了它们。我们甚至都能想象出那幅情景：这些可怕得难以形容的生物一面和恐怖争斗着，一面赶着一大群匆忙逃散、鸣叫着的企鹅，冲出了黑暗的深渊。

我说过，我们缓慢而又极不情愿地靠近了那些散落在地上、支离破碎的尸体。但我由衷地希望我们根本没有靠近它们，由衷地希望我们能以最快的速度逃出那条有着光洁地面的隧道；逃离那些模仿、嘲讽着先前作品的拙劣雕刻——我希望我们在看到随后发生的事情前，在某些永远不会再让我们自如呼吸的东西开始折磨我们的心智前，逃离那个地方。

我们将两只手电筒都照在了那堆平瘫着的东西上，随后我们就意识到了它们残缺不全的主要原因。虽然它们的身体上有撕扯、碾轧、扭曲、割裂的痕迹，但最致命的伤口却是由斩首造成的。四具尸体那带有触肢的海星形头部都不见了；再靠近些后，我们发现它们的头部像是被什么东西给残忍地撕去，或是掉了，而非寻常那样被砍掉的。它们刺鼻的暗绿色液体形成了一摊逐渐向四周扩散的浓浆；但浓浆的刺鼻气味却被后来出现的那种更加奇怪的恶臭给掩盖了；在这儿，这种气味要比我们一路上经过的任何地方更加刺鼻。一直走到那些瘫软的尸块身边时，我们才明白那种无法解释的恶臭源自哪里——然后，几乎是在同时，丹弗斯想起了某些非常栩栩如生的雕画，那些雕画里描绘了远古者在二叠纪时期——即距今两亿五千万年前——的历史。紧接着，丹弗斯爆发出了饱受紧张折磨的尖叫。而那声尖叫歇斯底里地回响在这条复刻着邪恶雕画的古老拱顶通道里。

仅在尖叫回响片刻之后，我也恐惧地尖叫了起来；因为我也看见过那些古老的雕画——那些雕画里描绘了包裹在可怕黏液里、瘫倒在地、残缺不全的远古者——它们是那场大规模镇压战争里被可怖的犹格斯屠杀并吮吸成恐怖无头尸体的受害者——而此时，我不由得满怀畏惧地敬佩那些无可名状的古代艺术家所完成的工作。即便那些雕画描述的是早已逝去的远古事物，但它们依旧恶名昭彰、如同梦魇一般；犹格斯的模样与作为，任何人都不应该目睹，任何生物都不该去描述。就连写下《死灵之书》的阿拉伯疯子也曾紧张地发誓说我们的星球上没有犹格斯，只有那些服下迷幻剂的人才能在睡梦中想象出它们的存在。这些无定形的原生质能够模仿任何形状、任何器官、任何动作——它们是一团聚集在一起、带有黏性的肿泡——它们是直径十五英尺、有着无限可塑性与延展性的强韧球体——它们是听令的奴隶，是城市的建造者——它们越来越阴郁、越来越聪明、越来越适宜水陆两栖的生活，越来越懂得如何模仿它们的主人。老天在上！究竟是怎样的疯狂让那些亵渎神明的远古者愿意驱使与雕刻这样的东西？

此时，我与丹弗斯忍受着那些隐约飘散、只有最病态的幻想才能描绘其源头的恶臭；看着那些新近残留下来的、反射着多彩虹光的黑色黏液。这些黏液厚厚地包裹在尸体上，同时也闪闪发亮地黏附在墙面上重新雕刻后的那一连串的圆点上。在这一刻，我们最为深刻地了解了广袤无穷的恐惧。我们不害怕那四只不见踪影的远古者——因为我们有理由相信它们不会再伤害我们了。这些可怜的恶魔！毕竟，在同类之中，它们并非恶魔。它们也是人，它们是另一个时代、另一种生物体系中的人。大自然朝它们开了一个残忍的玩笑——将来，如果某些疯狂、麻木或冷酷无情的人想在这片早已死去，或者仍在沉睡的可怖极地荒野里进行挖掘的话，这个玩笑也会落在他们的身上——这就是它们悲剧的回归。它们甚至都不是野蛮的——说到底，它们到底都做了些什么呢？它们在寒冷里痛苦地清醒过来，发现自己置身在一个陌生的时代——或许一群披着皮毛、狂怒咆哮的四脚动物正在攻击它们。而它们茫然地抵抗着那些疯狂的四脚野兽；同时也茫然地抵抗着一群包裹在奇怪装束与装备里、同样疯狂的白色猿猴……可怜的莱克，可怜的格德尼……还有那些可怜的远古者！直到最后，它们仍怀抱着追求科学的精神——置身在它们的处境中，我们的所作所为又会与它们有什么差别呢？这是何等的智慧！这是何等的坚持！它们面对的是怎样一幅难以置信的情景啊！与那些出现在雕刻里的同族与先祖们所面对过的东西相比，它们的遭遇同样难以置信！不论是辐射动物，还是植物，还是怪物，还是自群星降临到这里的东西——不论它们是什么，它们是和人类一样有智性的生物啊！

它们翻越过冰雪覆盖的山峰——在过去，它们还曾在这些修砌着庙宇的山坡上顶礼膜拜；在这些生长着树木般蕨类植物的山麓间漫步，然而现在却只剩下冰雪与刺骨的寒冷。然后，像我们一样，它们发现了这座属于它们的死城与笼罩其上的诅咒。和我们一样，它们也从那些雕画上读到了后来的历史。它们试图与那些还可能生活在黑暗深渊里、自己从未见过的同族取得联系——到最后，它们又发现了什么呢？当我们看着那些包裹在黏液里的无头尸体，看着那些可憎的复刻雕画，看着它们一旁的墙上还带着新鲜黏液的一组组可憎圆点时，所有这些想法闪过了我们的脑海——我们知道是什么东西最终获得了胜利，它们一直栖息在那片满是企鹅的漆黑深渊下，无比巨大的水底城市中。此刻深渊里不祥地喷出了一股翻滚卷曲着的苍白薄雾，仿佛是在回应丹弗斯歇斯底里的尖叫声。

当我们意识到可怖黏液与无头尸体的始作俑者时，极度的惊骇将我们变成了两尊缄默僵硬的雕像。直到后来，通过进一步的交流，我们才知道在那一刻我与丹弗斯的想法竟然完全一致。我们似乎在那里呆立了数千万年，可实际上，可能还不到十秒或十五秒钟的时间。那可憎的苍白迷雾翻滚卷曲着向前涌来，仿佛正被更深处的某些巨大事物驱赶着——这时传来了一个声音，搅乱了我们刚刚想到的一切。这样，那个声音打破了施加在我们身上的魔咒，让我们能沿着之前的路线像是疯了一般飞奔过那些不知所措、呱呱鸣叫着的企鹅，跑向那座位于地面的死城，沿着冰下巨石修建的走道折返回那座空旷的圆形遗迹，疯狂而机械地猛冲上螺旋形的古老坡道，追寻那属于外界的、理智的空气与阳光。

这个声音打乱我们脑中所想的一切；可怜的莱克在解剖报告里做过一些描述，因此我们立刻想到这是那些我们以为已经死了的东西。后来，丹弗斯告诉我，这也是他在冰层上方、小巷转角处隐约朦胧听到的声音；而且它也令人惊骇地像是我们在高山洞穴附近听到的狂风呼号。虽然有人可能会因此嘲笑我天真幼稚，但我必须再多说些想法——因为在这一点上，丹弗斯的感觉与我惊人的一致。当然，虽然平常阅读的书籍让我们俩有了那样的解释，但是丹弗斯的确曾暗示过一些奇怪的想法——他认为爱伦·坡，早在一个世纪前，写作《亚瑟·戈登·皮姆的故事》时，可能意外接触到某些禁忌的源泉。人们也许会记得，在那个奇幻的故事里曾出现过一个来源不明、但却有着不祥蕴意的可怕词语——这个词语与南极有着密切的关系。在小说里，那些生活在这块险恶之地深处，如同幽灵般的雪白巨鸟永远尖啸着：

"Tekeli-li! Tekeli-li!"

我得承认，我们觉得我们听到的正是这个声音。它是一种有着宽广音域、犹如音乐般的险恶笛声，从不断前涌的白色迷雾后突然传来。

早在那东西完整喊出这三个音符，或者说这三个音节之前，我们就已经飞一般地逃走了。但我们知道远古者的速度——只要它们愿意，那些躲过屠杀的幸存者能够在瞬间追上我们。然而，我们还隐约地怀有一丝侥幸——希望我们没有恶意的行为以及为了向同伴展示等原因，它们也许不会杀死我们，而是把我们当作俘虏，仅仅为了满足它们的科学好奇心。毕竟，它并不害怕我们，所以它没有什么动机要伤害我们。而在这个时候，再找地方躲藏显然毫无意义。奔跑中，我们转过手电筒向后投去一瞥，看到那苍白的迷雾正在慢慢变淡。难道我们最终将会看到一个完整的、活生生的远古者吗？这时，我们又听到了那种音乐般的险恶笛声——"Tekeli-li! Tekeli-li! "可是，我们并没有看到追逐者，于是我们觉得那个东西可能受伤了。但是，我们不能冒险，因为它并不是在躲避其他东西，它显然是被丹弗斯的尖叫声引来的。时间太过紧迫，容不得半点疑虑。至于那些更加难以想象、更加不能被提及的梦魇——那些散发着恶臭、喷吐出黏液却从未有人见过的原生质山丘；那些征服了深渊，并派出它们的先遣者蠕动着探索山丘下的地道同时重新雕刻那些壁画的怪物——在哪里，我们已经无法再做猜想了。想到要将那只受伤的远古者——也许是个孤单的幸存者——留在这里，独自面对再度被抓住的危险与之后无可名状的残酷命运，我们感到了真正的痛苦。

感谢老天，我们并没有停下脚步。翻滚的雾气再次变浓了，而且越来越快地向我们涌来；那些被我们落在身后、似乎已经迷路的企鹅开始嘎嘎大叫，并表现出了真正的恐慌——考虑到在我们经过时，它们所表现出的相对安静的混乱来说，这实在是个令人颇为惊异的表现。接着，我们再一次听到了那音域宽广的不祥笛声——"Tekeli-li! Tekeli-li！"我们猜错了。那东西并没有受伤，仅仅只是在遇到那些倒在地上的同伴尸体，以及那些覆盖着黏液的铭文时稍稍停顿了一下。我们可能永远也无法了解这到底有着怎样恶魔般的意味——但莱克营地里发现的葬礼说明它们对于死者是非常重视的。很快，我们的手电筒便揭示出前方就是那个汇聚着许多通道的空旷洞穴，能逃离那些被重新复刻的病态雕刻让我们颇感欣慰——甚至当我们不向后张望时，也能感到这种欣慰。这个洞穴的出现让我们意识到，如果交会在这里的大型隧道能够迷惑身后的追逐者，那么我们也许能逃过它的追捕。有一些瞎眼的白化企鹅在这座空旷的洞穴里活动，而且它们显然也非常害怕这个即将赶上来的东西，甚至已经达到了不可理喻的境地。如果我们将手电筒的光线调到保证继续前进的最低限度，并一直笔直地照向前方，那些巨大鸟儿在迷雾中受惊发出的鸣叫也许会掩盖住我们的脚步声，遮住我们真正前进的方向，让追逐者失去方向。在这搅动着盘旋上升的雾气中，那条满是碎石、不太反光的主隧道与其他那些被极度抛光过的通道之间并没有非常明显的差别；根据我们的推测，虽然那些雕画里描绘的远古者有某些特殊的感官，能让它们在紧急情况下不太需要光线——但这种感官并不像视力那样完美，恐怕也难以快速地分辨不同通道间的差别。事实上，在穿过洞穴时，连我们都有些焦虑，唯恐在仓促间走错了通道。当然，我们决定必须笔直地向前跑回那座死城；因为在这些位于山丘下方、蜂巢状的迷宫里迷失方向的后果是无法估量的。

我们幸存了下来，摆脱了追逐者。这说明那东西的确选错了路，而我们则犹如神佑般幸运地跑进了正确的通道。单靠那些企鹅是无法拯救我们的，但在迷雾的帮助下，它们似乎做到了。只有最善良仁慈的好运才能让那翻滚的水汽在正确的时刻厚得恰到好处。因为那片迷雾一直都在不断移动，而且随时都有消失的危险征兆。而事实上，在我们离开隧道，摆脱那些令人作呕的壁画，逃进空旷的岩洞之前，这些水汽曾消散过短短的一瞬；而在调暗手电筒，混进企鹅群里希望躲过追逐之前，我们曾充满恐惧与绝望地向后瞥了最后一眼——虽然只是仅仅隐约一瞥，但这是我们第一次实实在在地看到了紧追在身后的东西。如果最后保护并遮蔽我们的好运是仁慈良善的，那么让我们看到这隐约一瞥的厄运就绝对是它的反面与大敌；因为快速闪过的隐约一瞥让我们看到了一个恐怖梦魇的部分轮廓，并让这种恐惧自那时开始就一直纠缠着我们。

我们之所以会向后回望，可能仅仅只是一种猎物尝试确定追逐者及其追逐线路的久远本能；或者，这只是一个机械的反应，试图回答某个我们感官察觉到的、下意识的疑惑。在奔跑过程中，我们的全部注意力都集中在逃跑这件事情上，显然无法去观察和分析某些细节；即便如此，我们的潜意识一定在奇怪我们的鼻子闻到的气味。接着，我们意识到了这个问题——虽然我们距离那些覆盖在无头尸体上的恶臭黏液越来越远，而身后一直在追赶的生物却在渐渐接近，但两种气味的浓烈程度却没有出现变化，这显然不合逻辑。靠近那些瘫在地上的尸块时，那种在不久前还无法解释的新臭味完全掩盖了其他的气味；但到了这个时候，那种恶臭应该在很大程度上要让位于那些东西所散发出的、难以形容的刺鼻气味了。但实际上并非如此——相反，后出现的那种更加无法忍受的恶臭不仅没有变淡，反而随着时间的推移，变得越来越浓烈，几乎到了让人窒息的程度。

于是，我们同时向后望了一眼；不过，那肯定是有一个人率先这样做，而另一个则下意识地跟着进行了模仿。当我们向后看去时——

不论是因为希望看得更清楚一些的原始本能，还是因为希望在调暗灯光混入前方企鹅群之前先晃花追捕者眼睛的下意识举动——我们将两只手电筒都调到了最亮，让光线完全穿透身后暂时变薄的迷雾。就是这个愚蠢的举动！甚至俄尔甫斯[1]，或罗德的妻子[2]，也不曾因向后回望而付出如此致命的代价。那音域宽广、令人惊骇的笛声又出现了——"Tekeli-li! Tekeli-li!"

即便我无法忍受太直接的描述，但让我还是坦白地从我们所看见的东西说起；虽然，在那个时候，我们觉得这完全无法接受，即便只在我们两人间说起。读者所看到的文字根本无法表现那幅景象的恐怖。它完全地击垮了我们的心智，以至于我不禁怀疑我们为何还能残存一丝理智去调暗手电筒的灯光，去跑进那条正确的、通向死城的隧道。我们肯定仅仅依靠着本能继续前进——也许在这一点上，它做得比理性更好；但是，如果这就是拯救我们的东西，那么我们也为此付出了很高的代价。因为我们肯定已经没有丝毫理性可言了。

丹弗斯完全崩溃了，后来我记得的第一件事情就是听着他神志恍惚、歇斯底里地反复念叨着一些词语。在那些词语里，我只能发现纯粹的疯癫与毫无逻辑的片段。这些词句在企鹅叫声激起的尖锐回音中回荡；回荡着穿过前方的拱顶；回荡着穿过后方的拱顶——感谢上帝，我们身后已经空空荡荡了。他肯定并不是一开始就在念叨着这些——否则我们肯定不可能还活着，也无法那样漫无目的地狂奔。如果那个时候他紧张不安的反应出现丝毫偏差，会带来怎样的后果？一想到这个就让我不寒而栗。

---

[1] 俄尔甫斯：希腊神话中的一名雷斯诗人和音乐家。他深入冥界用音乐打动了冥王和冥后，希望以此带回爱人欧律狄刻。冥后答应了他的要求，但要求他在离开冥界前不能向后望，否则就会永远失去她。但当俄尔甫斯带着欧律狄刻最后走出冥界前，忍不住回头看了一眼，于是永远地失去了爱侣。

[2] 罗德的妻子：圣经中的人物。上帝打算毁灭罪恶的索多玛，派天使嘱咐罗德一家立即离开前往琐珥，不要回头。在离开城市时，罗德的妻子因好奇而向后望了一眼，于是被变成了盐柱。

"南站下——华盛顿站下——公园街下——肯德尔——中央站——哈佛站——"[1]我很熟悉这个可怜的家伙反复念叨的东西。那是远在数千英里外，新英格兰的故土上，分布在波士顿市到剑桥市隧道里的一个个车站名字。然而对于我来说，这种念叨既支离破碎，也丝毫没有回家的感觉。我所能感受到的只有恐怖，因为我确切无疑地知道这种念叨究竟暗示着怎样一个可怖而又污秽的东西。在我们向后回望的那一刻，如果迷雾足够稀薄，我们曾指望自己会看到一个恐怖而又不可思议的东西飞快地靠上来；虽然危险，但我们起码清楚地知道那到底是什么。可事实上，身后的迷雾在那一刻的确变得阴险的稀薄，但我们所看到的东西却与我们之前的想象完全不同，而且远比我们的想象更加可憎、更加恐怖。那完全客观具现了奇幻小说家口中所说的"不应该存在的东西"；与那最接近的、能够为人所理解的比喻是站在地铁月台上，看着一辆巨大的火车从隧道中向你疾驰而来——看着那巨大的黑色前端阴森地从远处汹涌而来，上面闪耀着怪异的光彩，并且像是活塞填满气缸一般，塞满了巨大的地下通道。

但是，我们并不是站在地铁月台上。我们正站在那堆散发着恶臭、犹如梦魇般的黑亮圆柱前进的道路上；看着那足足十五英尺大小、反射着多色虹彩的前端紧紧地贴着隧道渗涌上来，逐渐提升到匪夷所思的速度，推动着它前方那些来自深渊的苍白水汽螺旋翻腾，并使之再次变得浓密起来。那是一个可怖而又无可名状的东西，比任何地铁都要大——那是一堆无定形的原生质肿泡，闪着隐隐约约的微光。无数只眼睛犹如泛着绿光的脓泡在它的表面不断地形成和分解。而那填满整个隧道的前端向我们直扑过来，将前方慌乱的企鹅尽数压碎，蜿蜒滑过由它与它的同类清理得一尘不染、闪闪发光的地板。耳边依旧传来那怪异、犹如嘲弄般的声音——"Tekeli-li! Tekeli-li!"。最后，我们终于记起，这就是恶魔般的犹格斯——远古者独力赋予了它们生命，赋予了它们思想，并赋予了它们可塑的器官与血肉。但它们却没有语言，只能借用那一组组圆点来表达——同样，它

---

[1] ……哈佛站——：这是马萨诸塞州交通局快速交通红线的运行路线。

们也没有声音，只能模仿它们过去主人的声音。

XII

丹弗斯与我记得自己走进了那座刻有壁画的半球形洞穴；也记得自己沿着先前的路线，穿行在死城雄伟的房间与走道里；但这些记忆像是梦境剩下的碎片——我们不记得当时的想法，不记得看到的细节，也不记得自己的肢体动作。仿佛我们飘浮在一个模糊的世界——或者空间里，没有时间，没有因果，也没有方向。巨大圆形遗迹中的灰色阳光让我们清醒了些许；但我们并没有再靠近那些掩藏起来的雪橇，也没有再看一眼可怜的格德尼与那条可怜的拉橇犬。他们已有了一座奇怪而又巨大的陵墓作为陪葬，而我希望直到这颗星球终结之时，他们仍不会受到任何打扰。

在挣扎着爬上雄伟的螺旋斜坡时，我们第一次感觉到了疲惫，可怕的疲惫。我们呼吸开始变得急促起来——这是我们在高原稀薄空气里奔跑的结果；然而，在重新回到那片有着天空和太阳的正常世界前，即使遗迹可能倒塌的疑虑也无法再阻止我们继续前进。我们最终爬上这座圆形遗迹，离开了那段早已被埋葬了的岁月，这种选择隐约有些恰当的意味；因为在气喘吁吁地爬上六十英尺高的古老石柱时，我们曾浏览过身边那一长列记叙史诗的壁画。这些雕刻还完整地展现着那个早已死去的种族，在早期——它们未曾衰落的时代里——掌握过的精妙技巧。这是五千万年前，由远古者们写下的道别。

最终从顶端爬出来的时候，我们发现自己站在一堆倒塌的巨石上。在我们的西面耸立着一些弧形的石墙——那是一些更高的石头建筑风化倒塌后留下的遗迹。在东面，越过更多摇摇欲坠的建筑，我们可以瞥见巍峨山脉那寂静阴沉的尖峰。南面的地平线上，极地低垂的午夜太阳泛着红光，透过参差遗迹间的裂缝注视着我们。极地风景里这些相对较为熟悉的特征反而更加突兀地映衬了这座噩梦般的城市所展现出的可怖古老与死寂。头顶的天空中翻滚搅动着一片由纤细冰尘组成的乳白色云雾。凛冽的寒意牢牢地抓住了我们心魄。我们疲倦地放开了绝望地逃命时一直紧紧抱着的工具袋，重新扣上了厚重的衣物，跌跌撞撞地爬下巨石堆，穿过这片历经永恒岁月的巨石迷宫，回到了停泊飞机的山丘边。至于那些迫使我们夺路狂奔并最终从地底秘密与古老深渊的黑暗里逃离出来的东西，我们只字未提。

不出一刻钟，我们就找到了那段通向山丘的陡峭斜坡——那个可能埋着一条古老阶梯的地方。我们曾从这里走下来，走进这座噩梦般的城市。而这时，我们站在这里，抬起头就可以望见位于前方山坡上稀疏的遗迹间，属于巨大飞机的黑色身影。向上爬了一半路程后，我们停顿了一会儿，稍做喘息，并再次回望下方那座由难以置信的巨石建筑所组成的奇异迷宫，再一次看着它在未知的西面勾勒出神秘的轮廓。当我们这样看着时，远方的天空已渐渐退去清晨的朦胧；翻滚不休的冰尘向上攀到了天顶。它们仿佛在嘲讽我们，并且将外形逐渐变幻成某种奇异的图案，但是就连它也不敢将之表现得太过明确，或太过确定。

此刻，在这座怪诞的石头城市后方，显现出了一条无穷远的白色地平线。在那里，隐约地矗立着一排迷人的紫色尖峰，那针尖般的巅峰若隐若现地矗立在西面玫瑰色的天空下，仿佛梦境里的情景。从那些位于古老高原边沿上、微微闪光的山峰开始，那条扁平的古老河道横穿过高原，犹如一条不规则的暗色缎带。有一会儿，这幅场景所表现的、超越尘世的无穷魅力让我们屏住了呼吸，暗自叹服。但随后，隐约的恐惧悄悄地爬进我们的灵魂。因那条位于远方的紫色边沿无疑就是那片被视为禁地的可怖山脉——那是地球上最高的山峰，也汇聚了地球上的邪恶；那里隐匿着无可名状的恐怖与太古时期的秘密；那些远古的雕刻家害怕刻画下这些山脉的真正含义，它们有意地回避这些山脉，并且向山脉祈祷；地球上从未有任何活物涉足此地，但不祥的闪电却经常造访这里，而在漫长的极夜中，奇怪的光辉会从这里发出，穿越整个高原——无疑，这就是那位于冰冷荒原上、令人畏惧的卡达斯的未知原型。甚至就连远古神话也只敢支支吾吾地提起那座位于可憎的冷原后方的城市。

如果这座史前城市里的地图与壁画讲述的都是实情，那条神秘的紫色山脉就在不到三百英里的远处；即便如此，它们精巧的尖端依旧轮廓清晰地显露在那道遥远的白色边缘上，仿佛一颗即将升入陌生天空的可怖异星所露出的锯齿边缘。它们的高度肯定令人叹为观止，无可比拟——直插进稀薄的大气层。只有气态的幽灵才能抵达这样高的气层——那些鲁莽的飞行家见过这些幽灵的身影，但在经历了难以想象的坠落之后，几乎不可能再活着去讲述自己的见闻。看着它们，我紧张地想起某些雕画里描绘过的情景——想起那条大河从山脉那被诅咒的山坡上冲刷而下，裹挟着某些东西流淌进城市里——既然那些远古者将这条山脉雕刻得如此阴沉缄默，我想知道，它们的恐惧里又有几分理智、几分愚蠢？随即，我回忆起这条山脉的北端肯定就在玛丽皇后地上，甚至在那时，道格拉斯·莫森先生的队伍与它们相隔不到一千英里而已。我由衷地希望道格拉斯先生与他的手下不会有这种厄运，不会无意间瞥见那些被沿岸山脉所把守着的东西。这种想法一定程度上说明了我当时过度紧张的状态——可丹弗斯看起来甚至更糟。

　　然而，早在经过那座巨大的星形遗迹，折返回飞机之前，我们的恐惧已经衰竭了；然而重新翻越巨大山脉的艰巨任务仍旧摆在我们面前。站在这片山麓往东望去，散落着废墟的黑色山坡陡峭地拔地而起，令人毛骨悚然，也再一次让我们回忆起尼古拉斯·罗列赫笔下奇异的亚洲绘画；而当我们想起那散发着恶臭的恐怖无定形物可能穿过那些空洞，蜿蜒扭曲地爬进最高处山巅时，我们丧失勇气陷入了恐慌，因为我们要驾飞机经过那些朝向天空、引起我们无穷联想的洞穴，更何况狂风会在洞穴内发出一种如同音乐般、有着广泛音域的邪恶笛声。更糟糕的是，我们清楚地看见几座山巅上腾起了一缕缕迷雾——早前可怜的莱克肯定将它错误地当成了火山作用的迹象；而我们则颤抖着想起了我们不久前逃离那团迷雾，想起了所有水汽的来源——那个栖息着无穷恐怖、亵渎神明的无底深渊。

　　飞机一切都好，我们笨拙地穿上了笨重的飞行用皮毛衣物。丹弗斯顺利地启动了引擎，接着顺利地起飞，爬升到了那座可怖城市的上空。脚下，巨大而古老的石头建筑延伸铺展，一如我们第一次看到它们时的模样。而我们开始爬升、回转，观测风况，准备再度穿越山隘。在非常高的地方，气流肯定极度动荡，因为天顶的冰晶云在不断变幻成各种各样的奇异事物；但在两万四千英尺，即将穿越山隘的高度上，我们发现航行并没有太大的问题。当我们飞近那些突兀的山峰时，风发出的奇异笛声再次变得明显起来。我能清楚看见丹弗斯操纵飞机的双手在颤抖。虽然我只是个差劲的初学者，但我想在那个时候，若要驾驶飞机努力穿越山峰之间的那条危险通道，我会比他做得更好。而当我做着手势要交换座位，接替他的职责时，他也没有反对。我努力试图发挥出自己所有的技能和镇定，死死地盯着两侧山崖后面的远方淡红色天空——决意不再去关心山顶那一股股水汽，并希望自己像是那些离开塞壬[1]海岸的奥德修斯手下[2]一样，能有一双蜡封住的耳朵，将那些令人不安的呼啸赶出我的脑海。

　　然而，丹弗斯虽然已从驾驶飞机的任务中解放出来，却仍无法保持安静，反而将神经绷紧到了危险的境地。我感觉他一直在左顾右盼，扭来转去，仿佛在回望身后那座逐渐远去的可怕城市；或是眺望前方遍布洞穴、黏附着立方体构造的巅峰；或是扫视两侧由覆盖着积雪、点缀着壁垒的丘陵组成的荒凉山峦；或是仰望阴云离奇密布、翻滚搅动着的天空。在这个时候，在我努力驾驶飞机试图安全通过山隘的时候，他那疯狂的尖叫差点儿将我们带进无可挽回的灾难中。这声尖叫击溃了我施加在自己身上的牢固控制，导致我在那一瞬间开始无助而又紧张地胡乱摆弄起操纵杆来。但很快，我的意志战胜了慌乱，我们成功地穿越了山隘——然而，我恐怕丹弗斯也许永远不会再像以前那样了。

　　我说过，丹弗斯从不告诉我，在最后那一刻，究竟是怎样的恐怖让他如此疯狂地大声尖叫——我感到惋惜，最后的恐怖景象显然最终

---

[1] 塞壬：希腊神话中半人半鸟的女海妖，以歌声吸引水手并使船只遇难。

[2] 奥德修斯手下：奥德修斯遵循女神喀耳斯的忠告，令人把他拴在桅杆上，并吩咐手下用蜡把他们的耳朵塞住。他还告诫他们通过死亡岛时不要理会他的命令和手势，最后成功逃离了塞壬的引诱。

导致了丹弗斯的精神崩溃。当我们安全越过山脉，缓缓飞向营地时，我们曾在风的尖啸与引擎的轰鸣声中有几次高声大叫的对话，但和我们准备离开那座可怖城市时一样，大多数内容都是在发誓保守住所有的秘密。我们都同意，某些事情绝不应该让其他人知道，不应该让其他人讨论，哪怕一丝一毫——即使现在，如果不是为了不惜一切代价阻止斯塔克韦瑟–摩尔考察队，以及其他人再深入那片荒野，我决计不会吐露任何事情。这是绝对必要的，为了世间的和平与安宁，人类绝不该再涉足地球上某些死寂的黑暗角落，不该再深入某些未知的无底深渊；否则沉睡的异怪将会被重新惊醒，而残存下来的邪恶梦魇也将从它们黑暗的巢穴里蠕动扑出，迎接全新的疯狂征程。

丹弗斯一直都暗示说最后的恐怖景象仅仅是一幅虚无的蜃景。他声称，那幅恐怖景象与我们所飞越的那条回音呼啸、云雾缭绕、内部如同虫蛀般错综复杂的疯狂山脉没有任何关系，也与那些岩洞和立方石台没有任何瓜葛。那仅仅只是简单、古怪又异常可怕的一瞥——他借着天顶中翻腾云雾的反射，看见了某些位于西面那条就连远古者们也会感到恐惧并刻意回避的山脉之后的东西。这很可能只是先前紧张压力下产生的妄想；也可能是一天前我们在莱克营地附近看见的那团实际出现，但当时并未意识到与山后这座死城有关的蜃景所造就的错觉；但对于丹弗斯来说，那是如此真实，甚至直到现在仍因它饱受折磨。

在少数时候，他会呢喃着某些支离破碎，不太可靠的事情，像是"黑暗的深坑""雕刻的边沿""初原犹格斯""没有窗户的五维实体""无可名状的圆柱""远古灯塔""犹格·索托斯""原始的白色胶冻""外太空的色彩""有翼者""黑暗中的眼睛""月亮阶梯""初原，永恒，不朽"以及其他一些怪诞的概念；但当清醒过来，并且控制住自己的时候，他会否认所有的一切，并将之归结于他早些年阅读过的那些离奇而又可怖的书籍。的确，丹弗斯是我知道的少数几个胆敢从头到尾完整阅读那本满是虫蛀的《死灵之书》副本的人——这本书一直都被锁着，而它的钥匙则一直保管在大学的图书馆里。

当我们飞越山脉时，天空里肯定满是水汽，动荡不安；虽然我没有去看天顶，但我能想象出它那旋转着的冰尘也许会转换成奇异的形状。我知道远方生动的景象偶尔能被反射与折射，并通过多层动乱的云层而扭曲夸张，而一个人的想象力则很容易补完剩下的工作——当然，在那个时候，他的记忆没有时间将过去的阅读经历通通翻倒出来，因此丹弗斯也没有像后来这样呼喊出具体的恐怖事物。他永远不可能在那短暂的一瞥中看到这么多的东西。

在当时，他的尖叫完全是在重复一个来源极其明显，非常简单，同时也非常疯狂的词句：

"Tekeli-li! Tekeli-li!"

章 节 简 介
The Whisperer in Darkness

译者：竹子 玖羽

《无名之城》(The Nameless City)

作于1921年1月，最初发表于业余作家杂志《狼獾》的1921年11月号。

洛夫克拉夫特称，这篇小说源自他做过的一个梦，外加《大英百科全书》上对"埃雷姆"的描述。这是他第一次尝试以旁观者的视角叙述一个异族文明的兴衰；虽然故事相对简单，但本作和他的其他名作相比，却丝毫不显逊色。许多年后，洛夫克拉夫特又用同样的技巧创作了更加著名的《丘》《疯狂山脉》以及《超越时间之影》。（竹子）

在1921年给好友弗兰克·贝尔科纳福·朗的信里，洛夫克拉夫特写道，可能是受邓萨尼勋爵的《奇迹之书》中的"无光照耀的深渊黑暗"一节影响，他做了一个梦，之后基于梦境创作了这篇小说。为了更好地抓住恐怖的氛围，他把小说的开头重写了三遍。值得一提的是，"阿卜杜·阿尔哈兹莱德"这个名字，以及那个著名的叠句，都是在本作中第一次出现的。不过，《死灵之书》这个设定第一次出现，却是在他于次年（1922年9月）创作的《猎犬》中。（玖羽）

《关于已故亚瑟·杰尔敏及其家系的事实》(Facts Concerning the Late Arthur Jermyn and His Family)

作于1920年10月，最初发表于业余作家杂志《狼獾》的1921年3月号和6月号。

和《墙中之鼠》等作品相同，这篇小说的主题也是洛夫克拉夫特在这段时间（1919年到1923年）的创作中常见的"家族宿命"，不过在此之外，洛夫克拉夫特还加入了当时流行的"失落的民族"这个元素。本作最初以两节连载的形式在《狼獾》上发表；1923年，《诡丽幻谭》创刊后，洛夫克拉夫特在克拉克·埃什顿·史密斯的鼓励下投去了五篇小说，本作就是其中之一（另外四篇是《大衮》《伦道夫·卡特的供述》《乌撒的猫》《猎犬》）。结果，五篇小说全部被当时的主编埃德温·贝尔德采用。

本作在《诡丽幻谭》的1924年4月号上刊登时，贝尔德把标题改成了《白色类人猿》，洛夫克拉夫特认为这个标题并不符合小说的内容（在小说中登场的生物虽然像类人猿，但其实不是类人猿），对此非常愤怒。因为有过这段经历，《诡丽幻谭》在1935年5月号上重新刊登本作时，时任主编的法恩斯沃斯·莱特就把标题再次改成了《亚瑟·杰尔敏》。（玖羽）

《黑暗中的低语》(The Whisperer in Darkness)

作于1930年2至9月，最初发表于《诡丽幻谭》的1931年8月号。

在1930年前后，洛夫克拉夫特的小说风格出现了较大的转变。他逐渐放弃了早先带有神秘主义色彩的短篇奇幻故事，开始创作一些更加契合当时科学发展状况的中篇科幻小说。《黑暗中的低语》就是这一转型时期的代表作品。在小说中，洛夫克拉夫特基于自己于1929年

12月创作的长篇组诗《犹格斯真菌》，创造了"米·戈"这个来自宇宙的奇怪外星种族。虽然《黑暗中的低语》在如今的克苏鲁神话体系里已不占核心位置，但"米·戈"依然是克苏鲁神话中的经典元素之一。

在西方恐怖小说普遍以鬼魂、吸血鬼、狼人以及各种类似传统题材为主题的20世纪二三十年代，《黑暗中的低语》有着一种超越时代的魅力。虽然这是一篇写于八十多年前的小说，但它所探讨的主题——外星人潜伏在我们周围，通过种种手段渗透进人类社会——至今仍在许多科幻小说、科幻电影乃至流行文化里有着非常重要的地位。（竹子）

《超越时间之影》(The Shadow Out of Time)

作于1934年至1935年，最初发表于《惊天传奇》的1936年6月号。

洛夫克拉夫特在自己用来记录灵感的笔记本里完整地记下了这个故事的最初雏形——"一个人在地下的古老遗迹里发现了一份霉烂的古老英语记录。记录上是他自己的笔迹，其中讲述了一个难以置信的故事；暗示了从现代穿越到古老过去。可能会写出来。"（1930年）

随后，在1930年11月写给克拉克·埃什顿·史密斯的信里，洛夫克拉夫特明确提到，自己正在构思这个故事，并且想到了"远古种族将思想与现代人交换"这个点子。但《超越时间之影》的创作过程并不顺利，在1934年的最终版本定型前，他写了好几个版本（最后都销毁了）。最终，他在1935年前往佛罗里达时，将手稿当作礼物送给了好友罗伯特·H.巴洛，后者用打字机重誊了手稿，然后将这份打印稿寄给了《惊天传奇》的编辑。

《惊天传奇》接受了这份稿件，但在未征得作者同意的情况下对稿件进行了较大幅度的修改（同样被《惊天传奇》接受的《疯狂山脉》也遭到了类似的命运）。洛夫克拉夫特对杂志社的这一举动非常不满，并多次在信中抱怨。后来，他凭着记忆重新修订了刊登在《惊天传奇》上的故事，然后将稿件交给了奥古斯特·德雷斯。由于巴洛的遗物里并没有《超越时间之影》的原始手稿，因此在很长一段时间内，《超越时间之影》的原貌一直是谜。直到1995年，这份写在笔记本里的原稿才重见天日。（竹子）

《疯狂山脉》(At the Mountains of Madness)

作于1931年2至3月，最初发表于《惊天传奇》的1936年2月号至4月号。

19世纪末20世纪初正是南极探险的黄金时代，因此，在南极探险新闻的熏陶下成长起来的洛夫克拉夫特对南极有着一种近乎痴迷的兴趣，这种兴趣在《疯狂山脉》的创作过程中发展到了顶点。虽然洛夫克拉夫特从未去过南极，但有关南极的探险报道和照片给了他无穷的想象力。而将故事设置在这样一个人迹罕至的舞台上，也使得《疯狂山脉》拥有了空前的自由度。洛夫克拉夫特可以肆意发挥他的想象，而不用担心读者或科学事实的反驳（他后来在《超越时间之影》中也用了类似技巧）。正因如此，《疯狂山脉》拥有远比他之前创作的任何小说都更宽广的视野，以及异样的魅力。（竹子）

洛夫克拉夫特对这篇小说非常满意，但他把本作投给《诡丽幻谭》时，却被主编莱特以"篇幅过长"为由拒绝，这给洛夫克拉夫特造成了巨大的打击。后来，在朋友的努力下，这篇小说终于得以在《惊天传奇》上刊登；然而，《惊天传奇》的编辑却对《疯狂山脉》擅自进行了严重的篡改和删节，不仅把文章改得面目全非，同时也导致不明真相的读者对本作恶评连连。对洛夫克拉夫特来说，这次打击更加惨痛，以致他差点儿因此完全放弃写作。（玖羽）

怪奇小说创作摘要
Notes on Writing Weird Fiction

我会撰写小说，乃是因为目睹了某些东西（风景、建筑、气氛等），产生了惊奇、美感、对冒险的向往，以至艺术和文学上的想法、事件、意象；这只是一些模糊、零碎、难以捉摸的印象，如果能把它们变得明确、详细、稳定、形象化的话，我就会获得满足。我选择怪奇小说为载体，是因为它和我的性格最为相合——时间、空间和自然法则那恼人的限制永远地监禁了我们，它们会无情地击碎我们对自己的视野和分析皆不可及的无限宇宙空间的好奇心。把这种奇特的中断或称侵害化为幻影，哪怕只有一瞬间，就是我最根深蒂固的愿望之一。我的小说时常强调恐惧这个元素，因为恐惧是我们心中最深刻、最强烈的感情，要想创造出反抗自然的幻影，它可以提供最合适的帮助。恐惧和"未知"或"怪异"常有密切的联系，如果不强调恐惧这种感情的话，就很难富有说服力地描绘那被破坏的自然法则、那种宇宙规模的疏离感以及那种"异界性"了。而我让时间在小说里扮演重要角色的理由，则是因为我隐约觉得，"时间"这一元素正是宇宙中最具戏剧性、最冷酷、最恐怖的东西。在我看来，与时间的斗争，也许是人类一切表现手法中最有力、最有效的主题。

我选择的"小说"这种表现手法十分特殊，恐怕也十分狭隘。尽管如此，它却是一种恒久不变、几乎和文学本身一样古老的表现形式。永远有那么一小部分人心中燃烧着对未知的外宇宙的好奇，燃烧着逃离"已知现实"这一牢狱，遁入梦境向我们展现的那些充满诱惑、充满难以置信的冒险和无限的可能性的世界的愿望——那幽深的森林，那都市中奇异的高塔以及那瞬间所见的燃烧的夕阳。在这些人中，既有和我一样无足轻重的业余爱好者，也有伟大的作家——比如邓萨尼（Dunsany）、爱伦·坡（Edgar Allan Poe）、亚瑟·梅琴（Arthur Machen）、蒙塔古·詹姆斯（M. R. James）、阿尔杰农·布莱克伍德（Algernon Blackwood）、沃尔特·德·拉·梅尔（Walter de la Mare），这些人皆是这一分野中的巨匠。

至于我的写作方法，则没有一定之规。我每一部作品的来历都各自不同，有那么一两次，我只是单纯地把梦记下来，但一般来说，我会先在头脑里想出自己要表现的情绪、想法、意象，不断地在思想中对它细加琢磨，直到找出表现它的最好方法——也就是想出能够用具体的语言描写的一连串戏剧性事件为止。我有一种倾向，会在脑内列举和想要表现的情绪、想法、意象最为相配的基本状况或场景，然后对处在所选的基本状况或场景中的特定情绪、想法、意象进行最符合逻辑和自然动机的阐释。

我实际的写作过程当然会因选择的主题和最初的构思不同而各有千秋。但如果对我所有作品的来历加以分析、平均起来的话，则可以推导出以下规则：

一、依据时间轴——而不是描写的顺序，列出所有事件的概要或大纲。描写必须足够，应包含所有的决定性事件，以及所有矛盾的动机。这只是一个临时性的框架，但有时也可以加上细节、注释和大致的因果关系。

二、撰写第二份概要或大纲——这回是根据描写的顺序，而不是时间轴排列。此时应充分且有余量地描写细节，并且记下视角转换、重点和高潮的地方。如果对原始构思的改动会增强小说的戏剧性力量或整体效果，则应修改构思。可以随心所欲地插入或删除某些事件——就算最后写成的小说和当初构思的完全不同，也不应束缚于当初的构思。在写作过程中，我经常根据新想法增删、修订文章。

三、根据第二份——依描写的顺序撰写的大纲，开始写作。写作时要着眼于迅速和流畅，不需太精细。只要觉得有必要，就可以随时在展开描写的时候对事件或情节加以改动，绝不要被以前的构思束缚。如果接下来的发展会突然带来全新的机会，让效果更具戏剧性、让叙述更为生动，就应该把它加到文章里，把已写的部分和新构思调和起来。在必要的或自己希望的时候，也可以对全文进行修订，尝试写出各种不同的开头和结尾，直到找出最佳的起承转合为止。但必须让小说的全部内容和最后的构思完全协调一致，去掉所有多余的东西（词汇、句子、段落乃至整段情节），把一切注意力都放在小说整体的协调性上。

四、校订全篇，着重注意词汇、语法、文章的节奏、分段、语调、优雅而有说服力的转折（从场景到场景的转换；将缓慢而详细的行动加快速度、删繁就简；或者相反等等）、开端、结尾、高潮等处的效果、戏剧性的悬念和趣味、逻辑性和氛围，以及其他各种要素。

五、整齐地抄写原稿——在这个阶段可毫不犹豫地进行最后的修改和增删。

这些程序的第一阶段基本是在脑内执行的，我会先构思一系列状况和事件，直到需要依描写的顺序拉出详细的大纲为止，都不会把它们付诸文字。此外，我有时也会在没想好后续情节的情况下直接动笔，这种开头本身就会形成一个悬念，用来激发和开拓后文的写作。

我认为，怪奇小说可分为四个种类：

一、表现某种情绪或氛围的；

二、表现某种视觉上的概念的；

三、表现整体状况、状态、传说、智力上的概念的；

四、表现明确的情景、特定的戏剧性状况或高潮的。

换句话说，怪奇小说可大体分为两种，一种表现怪异、恐怖的状态或现象；另一种则表现与这些异常的状态、现象相关的人物的行为。

所有怪奇小说（特别是恐怖小说），都应包含五个具体元素：

一、 最基本的，会引发恐怖或反常的状态或实体；

二、恐怖通常会产生的效果或影响；

三、恐怖显现的模式——恐怖本身或被观察到的现象是怎样表现出来的；

四、对恐怖做出何种反应；

五、 恐怖在给定状况下产生的特殊效果。

在创作怪奇小说的时候，我很重视营造合适的情绪和氛围，并在必要之处对它们加以强调。绝不能像那些生硬、拙劣的低级通俗小说那样，把不可能、不太可能、不可思议的现象写得像是在描述客观的行动和平凡的感情一般，那样写出来的东西只是平庸的记叙文而已。描写不可想象的事件和状况，会给作者带来特殊的、不能不加以克服的困难。为了克服这个困难，故事必须在所有场合都小心地维持一种现实主义的风格，只有一个例外，那就是在触及惊异之事的时候。这件惊异之事（已经仔细地"积累"了强烈的感情）必须有意识地给予读者非常强烈的印象，否则小说就会变得浅薄而不可信了。这件惊异之事必须成为故事的核心，它的阴影笼罩了所有的角色和事件。但角色的行动和事件的发展也必须首尾一致、自然进行——只有在触及那一件惊异之事的时候除外。在面对最核心的惊异时，文中的角色必须表现出压倒一切的感情，假如现实中的人物真的面对了这种惊异，他也会表现出这种感情。不要让惊异变成理所当然的东西，哪怕在设定上角色已经习惯了惊异，我也要编织出一种令人敬畏、令人难忘的气氛，好让文章和读者的感觉相称。散漫的文体会破坏所有严肃的幻想。

　　怪奇小说最需要的，不是行为，而是氛围。实际上，所有的惊异故事都只是在逼真地描绘一张反映了人类的某种特定情绪的画片，除此无他。如果涉足其他任何方面的话，在那一瞬间，故事就会立即变成廉价、幼稚、毫无说服力的东西。最重要的，是给读者一种微妙的暗示——这是一种觉察不到的暗示，它通过描述精心选择、互有关联的细节，使人生出种种情绪，制造出非现实，然而却具有异样的现实性的、暧昧模糊的幻影。只要不是在描写绵延的、象征性的彩云，就应避免将那些没有实质、没有意义的奇闻怪事简单地罗列成文。

　　以上就是我在严肃地创作幻想小说时有意无意遵循的法则，或称标准流程。就结果来说，它是否成功，也许会有争议，但如果不遵循这套法则的话，我的作品可能会写得比现在更烂吧。至少我是这么觉得的。

作于1933年，发表于《业余通讯录》1937年5、6月合刊号

The Whisperer in Darkness

H.P.洛夫克拉夫特自述
H.P.Lovecraft self-reporting

关于我[1]自身的情况：我生于1890年8月20日，出生地位于现住所以东约一英里处。当时我家[2]靠近郊外，都市的景色和乡村的风景——野地、森林、农田、小溪、山谷，以及树木在它高高的堤坝上茂密生长的锡康克河，都是我幼年记忆中不可分割的一部分。当时那一带的房屋不过刚建成三十年左右，小时候的我对建在现在住的山丘[3]上的房屋相当倾心。古老的事物无论何时都能让我感动——在我家昏暗的阁楼里有许多藏书[4]，其中也有年代非常久远的古书。在所有的书中，我最爱读这些古书。就这样，我熟悉了各种不同的古式活字印刷术。神秘之物与幻想之物皆能叩响我的心弦——外祖父[5]为我讲述的魔女、幽灵、童话故事是我最喜欢听的。我四岁开始读书，最开始读的书里有《格林童话》和《一千零一夜》。之后，我开始阅读希腊罗马神话的普及版，并为之深深倾倒。从八岁开始，我对科学也产生了兴趣——最初是化学（还在家里的地下室做过一些小实验），然后是地理学、

---

[1]是1889年6月结婚的温菲尔德·斯科特·洛夫克拉夫特(Winfield Scott Lovecraft)和莎拉·苏珊·菲利普斯(Sarah Susan Phillips)的独子。

[2]即建于安吉尔街(Angell Street)454号的母亲娘家。1893年父亲进入精神病院后，他和母亲一起住在这里。

[3]学院山。

[4]母亲家里的藏书。

[5]惠普尔·菲利普斯(Whipple Phillips)，恐怖小说和哥特小说的爱好者，经常把这些故事讲给外孙听。

天文学等学科。但我对神话和神秘的热爱并没有因此减少。

　　我最初写作文章是在六岁的时候[1]，但我最早的记忆是七岁时写的《高尚的偷听者》[2]，是个关于盗贼山洞的故事。从八岁起，我写了一堆粗劣不堪的小说，这些小说现在还留下两篇，分别是《神秘船》和《墓地的奥秘》。我从一本1797年出版的古书中学到了格律，从此开始写诗。我的散文和韵文文风颇古，因为我对18世纪——我所爱的古书和旧宅问世的时代——抱有不可思议的亲近感，对古罗马也有非常亲近的感觉。当时我体弱多病，基本不去上学，所以不管追求什么、选择什么，都有充足的自由。因为多次的精神疾病发作，我连大学也没上；实际上，我到三十岁以后才变得和常人一样健康。八岁或九岁时，我第一次读到了爱伦·坡的作品，从此就把他的作品当成范本。我写的尽是和字面意义一样的怪奇小说——关于时间、空间和未知事物的谜团使我心荡神驰，没有什么东西能赶上它们的一半……当然，从八岁以后，我就完全不信宗教或任何超自然事物了。我的想象力在南极、外星、异界等难以接近的远方土地上驰骋，天文学对我有特别的吸引力。我买了不大但很棒的望远镜[3]（现在还留着），十三岁时还出版了小小的天文学杂志，叫《罗得岛天文杂志》[4]，用胶版印刷，由我自己编辑并出版。

　　十六岁时，我还在上高中，第一次给报纸投稿[5]。我为新创刊的日报[6]撰写每月一次的天象报告，同时还为地方刊物[7]撰写天文记事[8]。

---

[1] 现存一篇叫《小玻璃瓶》的作品。

[2] 已佚。

[3] 直径三英寸的折射望远镜，1906年花50美元（约相当于今天的1200美元）购入。

[4] 每次印25册，从1903年持续到1907年。

[5] 1906年5月27日的《普罗维登斯星期日日报》上刊登了他的来信。

[6] 1906年8月1日至1908年为《普罗维登斯论坛报》撰稿。

[7] 1906年7月至12月为周刊《鲍图基特谷拾穗者》撰稿。

[8] 洛夫克拉夫特在高中的外号原本是"甜心"（Lovey），开始给报纸撰稿后外号变成了"教授"。

十八岁时，我对自己过去写的小说感到全都不满意，把它们悉数烧掉了[1]。那时我的兴趣完全转移到了诗作[2]、随笔、评论上，有九年没写小说[3]。我当时的健康状况很差，每天茫茫然地混过，也不旅行，只是喜欢在天气很好的夏日午后（专门骑自行车）到乡村中去[4]。

1914年，我加入了一个全国规模的业余作家协会[5]——它对孤立的文学入门者非常有用；我结识了很多有才华的作家，他们帮我克服奇怪的文风，还劝我重新拾起作为我的主要表达方式的怪奇小说[6]。就这样，以《墓》和《大衮》为起点，我从1917年起重新开始撰写怪奇小说。1918年，我写了《北极星》，1919年写了《翻越睡眠之墙》，当时我并没有把它们在商业杂志上发表的打算，在同人志上登了好几篇。1919年末，我初次接触到邓萨尼的作品，受到他莫大的影响，进入一段创作欲望空前绝后发达的时期[7]。1923年，我开始接触亚瑟·梅琴的作品，想象力进一步受到激发。这其间（1920年以后）我的健康状况也逐渐变好，遂摆脱隐居生活，开始旅行（1921年去了新汉普郡，1922年去了纽约和克里夫兰），同时也开始仔

---

[1] 此年因神经疾病从高中退学，在消沉中烧掉了所有小说原稿，只有上面提到的两篇被母亲保留下来。

[2] 诗作受其姨父富兰克林·蔡斯·克拉克(Franklin Chase Clark)影响甚大。

[3] 自1908年撰写《炼金术士》之后的九年。

[4] 1904年，因为经济状况恶化，全家不得不搬出洛夫克拉夫特从小长大的宅邸，住进位于安吉尔街598号的较小的房子。这对洛夫克拉夫特打击很大。他一直在那里住到1924年。

[5] "业余作家协会"是业余作者们互相交换同人志和文学评论的组织，当时有三个全美规模的协会。1913年，洛夫克拉夫特给杂志《大船》(The Argosy)投了一封抨击弗莱德·杰克森(Fred Jackson)的恋爱小说的信，激起一场大辩论，因而受到注目，被邀请入会，他遂于1914年4月6日加入了"业余作者联合会"(United Amateur Press Association, UAPA)。

[6] 1916年，《炼金术士》在同人志《业余作者集》(United Amateur)上刊登后，W.保罗·库克(W. Paul Cook)等人力劝他继续创作小说。

[7] 单1920年一年就写了《屋中画》等十二篇小说。

细调查普罗维登斯以外的古市镇（我小说中的阿卡姆和金斯波特实际上就是塞勒姆和马布尔黑德）。1922年，我的小说首次在商业杂志上刊登——那是一份有业余作家协会会员担任编辑的小杂志，叫《家酿》(*Home Brew*)，刊载的是十分拙劣的《尸体复活者赫伯特·威斯特》[1]，连载六期。同年年末，同一家杂志刊登了《潜伏的恐惧》（后来它在《诡丽幻谭》上也刊载过），给那篇文章绘制插图的正是克拉克·埃什顿·史密斯，我们是通过业余作家协会相识的[2]。1923年，《诡丽幻谭》创刊，我在史密斯的鼓励下投去了七篇小说[3]，结果全被采纳——当时的主编埃德温·贝尔德对我十分友好，比莱特好得多。《大衮》首先在该年的10月号上刊登，接下来我的小说和诗作就不断在《诡丽幻谭》上发表。

很快，我开始鼓励年轻的朋友弗兰克·贝尔科纳福·朗（也是通过业余作家协会认识的）向《诡丽幻谭》投稿。朗的小说于1924年底见刊。当时我的健康日渐好转，就想把眼界开拓得更广——甚至曾搬到朋友很多的纽约去，但最终的结果很失败。我厌恶大城市的生活，永不愿住在那里，于1926年回到故乡[4]。但我已经养成了旅行的爱好，调查的范围也向南北不断扩大。1924年我去了费城，1925年去了华盛顿和弗吉尼亚北部，1927年去了波特兰、缅因和佛蒙特南部，1928年去了佛蒙特的其他地方，莫霍克、阿尔巴尼、巴尔的摩、安纳波利斯、华盛顿，以及弗吉尼亚西部的无尽洞窟（第一次欣赏到了美妙的地下世界景观）。1929年参观了金斯敦、纽约的历史古迹、威廉斯堡、里士满、弗吉尼亚的约克城和詹姆斯城，1930年南到查尔斯顿、北到魁

---

[1] 这篇粗糙的小说后来被多次改编成 B 级片，以至于成了洛夫克拉夫特最有名的作品之一。

[2] 洛夫克拉夫特读过史密斯的诗集《黑檀与水晶》后，给他寄去读者信，两人从此成了亲密的笔友。

[3] 洛夫克拉夫特在这里记错了，实际上是五篇。

[4] 这里十分轻描淡写，但实际上他从 1924—1926 年经历了一次惨痛的婚姻，几乎是逃回普罗维登斯的。

The Whisperer in Darkness

北克，1931年到了佛罗里达的基维斯特，1932年去了查塔努加、孟菲斯、维克斯堡、纳奇兹、新奥尔良、莫比尔。因为经济状况恶化——现在简直是绝望的[1]——旅行计划暂时搁置了。以前有钱的时候身体不好，现在身体好了却没有钱了，我现在只能坐便宜的大巴到处走走。为小说等作品改稿或代笔是我创作以外的主要收入来源（已故的胡迪尼[2]也曾是主顾之一），但现在我却陷入了地狱般的状况[3]。

　　超乎寻常的事件在我的生活中极其稀少——我的人生就是慢慢地失去一切的过程。我的家族现在只剩下我和一个姨妈[4]，去年5月，我们搬到一所古旧的公寓中居住[5]。这所公寓属大学所有，位置很不错[6]，面积也大，暖气和热水都齐备，租金非常便宜[7]。我一直想住在古旧的住宅里，因贫困而搬到这里之后，恰好偿了心愿。我非常喜欢这栋房子。由于面积大，原来家里的很多东西（家具、绘画、雕像等）也都有地方放了。在各种意义上，虽然只有一点影子，但我还是觉得它和我长大的地方很像[8]。我的房间由书房和寝室组成，在以前写给你的信里应该也提过——我的书桌就摆在西窗前，从窗户里能望见古老的宅邸和庭院、尖尖的屋顶和塔楼，还有美不胜收的晚霞。我的藏书约有两千本[9]，我只

---

[1] 整个1934和1935年的鬻文所得只有137.5美元。

[2] 哈利·胡迪尼（Harry Houdini），美国著名魔术师。洛夫克拉夫特为他代笔过小说《金字塔下》。

[3] 洛夫克拉夫特从1915年开始改稿，这是他主要的收入来源，但写此信时他的改稿大多已变成免费的了。

[4] 母亲的姐姐莉莉安·D.克拉克（Lillian D. Clark）。

[5] 学院路66号的公寓，于1825年建成。洛夫克拉夫特和姨妈住在二楼。另外，1926-1933年期间他住在巴恩斯街（Barnes Street）10号。

[6] 正如洛夫克拉夫特在《夜魔》中描述的，就在布朗大学的约翰·海伊图书馆后面的山丘上。

[7] 周租金10美元。

[8] 洛夫克拉夫特母亲的娘家是一栋有三层、十五间屋的大宅子。

[9] 大半是母亲家里的。

为怪奇小说制作了目录。

我喜欢的作家，除希腊罗马作家及18世纪的英国诗人、散文家之外，都是爱伦·坡、邓萨尼、梅琴、布莱克伍德、蒙塔古·詹姆斯、沃尔特·德·拉·梅尔这种类型的。在幻想小说以外，我喜欢现实主义的小说——也就是巴尔扎克、福楼拜、莫泊桑、左拉、普鲁斯特等人的作品。我认为，法国人最适合写那种反映人生全景的作品——而我们盎格鲁-撒克逊人擅长的领域是诗歌。我十分讨厌维多利亚时代的文艺作品，几乎没有例外。我相信，新近出现的逃避主义文学一类的东西，比大多数先前的文学都有希望。超现实主义大抵已经走进了死胡同，但它的某些特定要素也许还能影响到主流文学。我在文学欣赏上很保守，我认为最近的散文既草率又有非艺术的倾向。

说到音乐，我的爱好十分贫乏——这可能是小时候被逼着学小提琴的后遗症。小提琴早就不会拉了[1]。维克多·赫伯特[2]是我真心鉴赏音乐的上限。总之，在音乐领域，我是个野蛮人。在绘画方面，我的审美十分保守，喜欢风景画。我家里有很多人都画画，我也曾经想画，但最后还是没画。至于建筑，我就像牛讨厌红布那样讨厌功能主义的现代派建筑。我还是喜欢古典风格的建筑，高耸的哥特式建筑最合我意，但总地来说，我对美学的兴趣可能比不上对科学、历史和哲学的兴趣。

我的政治倾向是反动保守——就是保皇党和联邦党[3]中的前者。但受到现实、也就是最近的思潮影响，开始转向与之对立的经济自由主义：国有经济、人为分配工作、严格保证工资支付时间和劳动时间、失业保险、养老金等等。但我不认为人民能很好地管理自己。除非他们能自己逐渐平息混乱，否则改革就必须由少数精英通过法西斯式的

---

[1] 据他自己说，"忘得如此彻底，就像从来没碰过小提琴一样"。
[2] 爱尔兰裔美国作曲家。
[3] 指美国独立时赞成和反对的两派。在洛夫克拉夫特的时代，这两个词早已是历史名词了。

The Whisperer in Darkness

集权进行。当然，无论如何也要把主要的文化传统保留下来，但像俄国的布尔什维克主义那种极端的剧变是和我无缘的。

在哲学上，我是如乔治·桑塔亚纳[1]那般持机械论的物质主义者。从考古学和人类学两方面，我都对原始人之谜充满兴趣，在某种意义上，我是个天生的好古之人。我最关注的，可能就是在想象中再次体验18世纪的美国了；罗马史也令我十分着迷。如果缺少罗马人的视点，我根本无法想象古代世界。罗马时代的不列颠颇能引发我的遐想（就像亚瑟·梅琴那样），正是在彼时彼地，罗马文化的浪潮和我祖先的家系发生了交集。我倒是没写过以罗马治下的不列颠为背景的小说，但这只是因为觉得不好下笔而已。

我不想见到伟大的文明被分割开来，就美国从大英帝国分裂出去这件事，我感到深深的惋惜；我从心底里站在英国这一边。1775年的纷争要是能在大英帝国内部解决就好了。我敬佩墨索里尼[2]，但我认为希特勒只是墨索里尼拙劣的复制品，他完全被浪漫的构想和伪科学冲昏了头脑。不过他做的事可能也是必要之恶——为了防止祖国崩溃的必要之恶。总体来说，我认为任何一个国家都应该保持统治民族的血统纯粹，是北欧日耳曼裔的国家就尽量保留北欧日耳曼裔，是拉丁裔的国家就尽量保留拉丁裔，这样就能很方便地保证文化的统一性和延续性了。不过我觉得希特勒那种基于"纯粹人种"的优越感既愚蠢又变态，每个民族都有各自的习惯和癖好，真的在生物学上劣于其他种族的，只有黑人和澳洲原住民而已，应该对他们执行严格的种族分类政策。

至于我自己的情况、撰写小说的方法、对文学的见解等等，都在过去的信里告诉你了，因此这里没有什么特别要写的。而那些琐事，

---

[1] George Santayana，西班牙裔美国哲学家。

[2] 墨索里尼掌权后采取的政策对部分外国人来说是很有欺骗性的，他的种种复古举动也很对洛夫克拉夫特这种好古之人的胃口。顺便一提，乔治·桑塔亚纳也很欣赏墨索里尼。

比如一切类型的游戏和运动，我都不感兴趣，所以也不想写在这里。最让我感到愉快的，是观望古旧的宅邸，以及夏日里在充满古风、景色优美如画的土地上漫步。只要天气允许，夏天我绝不待在家里——我会在包里装上原稿和书，到森林或原野里去。我喜欢炎热，但无法忍受寒冷。因此，虽然我对故乡的风景和气氛十分留恋，但以后说不定会有必须搬到南方去的一天。散步是我唯一的正经运动。受坚持散步之惠，近年来我养成了几乎永无止境的忍耐力。

虽然就餐时间不固定，但我习惯每天只吃两顿。一般来说夜里的工作效率最高。我对海产品无比厌恶，甚至都不愿提起。十分喜爱奶酪、巧克力、冰激凌[1]。我不喜欢抽烟，对酒精类饮料根本不碰。大体上，比起酒神的生活方式，我更喜欢太阳神的生活方式[2]。我极其热爱猫，从最健壮的到最萎靡的都很喜欢。至于外表，我身高五英尺十一英寸，体重一百四十五磅[3]，肤色为白色，瞳色为褐色，发色为渐变到铁灰色的褐色，驼背、长鼻、颏部突出，长得奇丑无比。衣着非常朴素而保守，除了进入辩论时之外，对人的态度克制而客气。但在辩论时，无论是口头还是写信，一旦开始，我就不能保持克制了。

……我在四十岁后精通了希腊语，这应该算是值得夸耀吧；因为我十六七岁时学的一点皮毛早就忘干净了。原先在我家昏暗的阁楼里摆着三语对照版（拉丁语、希腊语、英语）《圣经》，但当生活发生剧变时，我把它抛下了。对这件事我至今都感到遗憾——实际上，我对自己曾经抛下的任何书籍都感到遗憾。

……没有人为我的家族立传——家谱里倒是记载着，有几个担任过牧师的祖先（全是英国人）出版过讲道集之类的东西，但我对这些一无所知。我所留下的家人的纪念品，只是母亲（故于1921年）的画

---

[1]洛夫克拉夫特的母亲惯着他，使他养成了偏食的习惯。从喜欢甜食这方面，也可窥见低血糖症的倾向。

[2]指尼采"酒神精神"和"太阳神精神"的理论。

[3]约178厘米、66公斤。

和姨妈[1]（故于1932年）的画而已。除去亲人之间的纪念价值之外，它们也的确具有一定的美学价值（特别是姨妈的画）。还有很多画因为长期放在仓库里，已经毁损了，不过也有没入过仓库的画，毁损的画也修复了一些。我姨妈画的海景画现在还挂在楼梯的墙上，外祖母的蜡笔画也留着，有朝一日姨婆的画可能也会传给我。如果证明家人才华的遗物不是很占地方的画，而是书的话，就能保存得更久了，但我会把这些画尽可能长久地挂在墙上。对于生活这种东西，我既不关心，也不想关心。即使经过五次搬家，我依然把很多从生下来就和我相伴的东西留在身边。这些桌子、椅子、书箱、画作、书、摆设等等，都是我非常熟悉的。对我来说，这些东西就意味着"家"。如果它们消失的话，我真不知道该怎么办才好了……

摘自1934年2月13日给*F. 李·鲍德温(F. Lee Baldwin)*的信

---

[1] 母亲的妹妹安妮·E.菲利普斯·加姆威尔(Annie E.philips Gamwell)。

图书在版编目（CIP）数据

克苏鲁神话Ⅱ黑暗中的低语／（美）H.P.洛夫克拉夫特著；
竹子，玖羽译. -- 北京：作家出版社，2019.8（2025.9重印）
（悬疑世界文库）
ISBN 978-7-5063-9132-0

Ⅰ. ①克… Ⅱ. ①H… ②竹… ③玖… Ⅲ. ①中篇小说 -
小说集 - 美国 -现代 ②短篇小说 - 小说集 - 美国 -现代 Ⅳ. ①
I712.45

中国版本图书馆CIP数据核字（2016）第209422号

克苏鲁神话Ⅱ黑暗中的低语

作　　　者：[美]H.P.洛夫克拉夫特
译　　　者：竹　子　玖　羽
出版统筹策划：汉　睿
特约编辑：赵　衡　李　翠
责任编辑：李　静
装帧设计：几何创想
版式设计：潘伊蒙　李人杰
出版发行：作家出版社有限公司
社　　　址：北京农展馆南里10号　　　**邮　　编：**100125
电话传真：86-10-65067186（发行中心及邮购部）
　　　　　　　86-10-65004079（总编室）
E-mail:zuojia@zuojia.net.cn
http://www.zuojiachubanshe.com
印　　　刷：河北鹏润印刷有限公司
成品尺寸：142×210
字　　　数：300千
印　　　张：10.25
版　　　次：2019年8月第1版
印　　　次：2025年9月第33次印刷
ISBN　978-7-5063-9132-0
定　　　价：46.00元

悬疑世界文库

悬疑世界

蔡骏策划

悬疑世界打造

H.P.洛夫克拉夫特《黑暗中的低语》
最古老强烈的恐惧就是未知。

悬疑世界文库

中国类型小说殿堂卷帙

[悬疑世界文库] 魅惑解锁

时间从此分叉

万象森罗 蛰伏如谜

爱与恨正在演绎无数可能

悬疑无界 故事无常

敬请期待